Dov Silverman, 1933 in Brooklyn/New York geboren, ging gleich nach der Schule zum Militär und diente im Korea-Krieg. Er arbeitete als Eisenbahnschaffner und Auktionator, bis er 1972 nach Israel übersiedelte. Er studierte Geschichte an der Stony-Brook-Universität in New York und ist ein erfahrener Lehrer und Schuldirektor.
Neben seiner schriftstellerischen Tätigkeit leitet er zusammen mit seiner Frau Janet eine englische Privatschule.
»Der Untergang des Shogun« ist sein erster Roman.

Deutsche Erstausgabe

Titel der Originalausgabe »The Fall of the Shogun«

Umschlaggestaltung Adolf Bachmann
Umschlagfoto AKG, Berlin
Satz Compusatz GmbH, München
Druck und Bindung Ebner Ulm
Printed in Germany 5 4 3 2 1
ISBN 3-426-02071-8

Dov Silverman: Der Untergang des Shogun

Roman

Aus dem Englischen von Dinka Mrkowatschki

Knaur

Dem Andenken an unseren Sohn Jeff gewidmet.
Er sagte: »Das Leben ist unfair.«
Er hat seines mit Bravour gemeistert
Und bis zum Ende in vollen Zügen gelebt.

. . . weder Osten noch Westen,
noch Grenzen, Rasse oder Herkunft,
wenn zwei starke Männer sich gegenüberstehen,
selbst wenn sie von verschiedenen Enden
der Welt kommen.

RUDYARD KIPLING 1893

Solange Menschen atmen können und Augen sehen,
Solange wird dies leben und Euch Leben spenden.

WILLIAM SHAKESPEARE

Prolog

US State Department, Washington D. C., April 1853

Direktor William Whittefield von der Japanischen Abteilung und der Marineminister, Jason Spaulding, lauschten aufmerksam den Ausführungen Harold MacDonalds:

»... und Männer wie Moryiama Einosuke können Japans Zukunft in eine neue Richtung lenken. In dem Land gibt es nur wenige einflußreiche Menschen, die sich in ihrer Ausbildung bewußt westlich orientieren. Sie wollen die gleiche Macht, die Admiral Biddel 1852 in der Bucht von Edo demonstriert hat, und noch mehr.«

William Whittefield und Jason Spaulding wechselten verstohlen Blicke. Dann sagte der Direktor: »Bitte, Mr. MacDonald, fahren Sie fort. Erzählen Sie uns, wie es Ihnen nach dem Schiffbruch ergangen ist.«

»Das Glück war auf meiner Seite, nachdem ich gestrandet war. Statt mir, wie üblich, den Kopf abzuschlagen, warfen mich die Japaner ins Gefängnis. Später wurde ich dann nach Süden auf die Insel Dishima in den Hafen Nagasaki verschifft, an den einzigen Ort im japanischen Kaiserreich, der Ausländern zugänglich ist, und zwar ausschließlich den Holländern. Ich wurde Englischlehrer und Assistent von Moryiama Einosuke auf der staatlichen Dolmetscherschule. Von den vierzehn herausragenden Männern in der Schule war er mit Abstand der genialste. Man sagte mir, er spreche holländisch, als wäre er dort geboren, er studierte Latein, und sein Englisch war flüssig und grammatikalisch korrekt, wobei er es, wie ich bemerkte, in einem typischen New-England-Akzent aussprach. Ich fragte ihn, ob er je außerhalb Japans gewesen sei, was er verneinte. Moryiama war ein selbstbewußter Mann, der keinerlei Schwierigkeiten hatte, sich mit Ranghöheren auf einer Stufe zu bewegen. Andere Dolmetscher erzählten den japanischen Fürsten das, was sie hören wollten. Mangiros Ehrlichkeit ähnelte der, die man oft bei Priestern findet ...«

William Whittefield erstarrte. Sein pockennarbiges Gesicht wurde bleich. Er sprang auf und ging quer durchs Zimmer auf MacDonald zu, der dem Marineminister Jason Spaulding einen überraschten Blick zuwarf. Auch dieser fragte sich wohl, was in den Direktor gefahren war.

»Beschreiben Sie diesen Moryiama Einosuke oder Mangiro, wie Sie ihn gerade genannt haben!« sagte William Whittefield zu MacDonald. »Beschreiben Sie seine Statur!«

»Er war um die ein Meter siebzig, größer als die meisten Japaner. Helle Haut, edle Gesichtszüge, bis auf eine gebrochene Nase, die ihm eine gewisse markante Würde gab.«

Whittefield fixierte die Pupillen MacDonalds, bevor er die nächste Frage stellte. »Warum haben Sie ihn zuerst Moryiama Einosuke genannt und dann Mangiro?«

»Mr. Whittefield. Ich bin auf Bitte des US State Departments hier, und man hat mich Ihnen empfohlen, weil ich zweieinhalb Jahre in Japan verbracht habe. Ich weiß nicht, was ich gesagt habe, das Sie derart gegen mich aufbringt ...«

William Whittefield hob beschwichtigend die Hand. »Entschuldigen Sie bitte mein aggressives Verhalten, Mr. MacDonald. Ich beschäftige mich schon seit vielen Jahren mit Japan und seinen Einwohnern. Sie sind der erste westliche

Besucher, der in den letzten zweieinhalb Jahrhunderten aus diesem hermetisch abgeriegelten Kaiserreich kommt. Ihre Informationen und Beobachtungen sind für uns von allergrößter Wichtigkeit.«

»Was meinen Sie mit ›hermetisch abgeriegelt‹?«

»Das ist ein neues Wort, das die Wissenschaft gebraucht; es bedeutet total oder völlig abgeschlossen.«

MacDonald kratzte sich an der Nase und schaute gedankenverloren ins Leere. Dann sagte er: »Das Wort hermetisch würde ich nicht gebrauchen.«

»Warum nicht?«

»Es stimmt, daß wir den Japanern wissenschaftlich und technisch Jahrhunderte voraus sind. Aber es gibt in diesem Land eine Handvoll Aristokraten, die die holländische Lehre unterstützen, der Ausdruck ist gleichbedeutend mit moderner Erziehung. Deshalb habe ich Moryiama als Beispiel angeführt. Er und ein paar auserwählte Schützlinge des Shogunats studieren die westliche Welt. Die Schule existiert offiziell überhaupt nicht, ebenso wie der Handel mit Fremden verboten ist. Und dennoch haben die Japaner die künstliche Insel Dishima gebaut, damit sie, in Grenzen, mit den Holländern Handel treiben können, und die Schule existiert tatsächlich.«

»Wollen Sie damit sagen, daß die Japaner auf dem Weg zur Modernisierung sind?«

»Nein, aber das Wort hermetisch paßt nicht. Es entspricht der Wahrheit, daß man seit über zweihundert Jahren ausländische Seeleute und schiffbrüchige Mannschaften gewohnheitsgemäß gleich an den Stränden abschlachtet. Und jeder Japaner, der auf einer ausländischen Insel landet oder an Bord eines ausländischen Schiffes geht, wird bei seiner Rückkehr nach wie vor geköpft, aber es gibt Leute in hohen

Positionen, die an westlichem Wissen interessiert sind. Sie haben die Holländer benützt, um es ins Land zu schmuggeln.«

»Warum hat man Sie nicht getötet?«

»Vielleicht deshalb, weil es im Norden, wo ich gelandet bin, *Daimyos* gibt, die Fürst Nariakira und dem Kaiser treu ergeben sind und die holländische Lehre befürworten.«

»Warum machen sie nur mit den Holländern Geschäfte?«

»Vor etwa dreihundert Jahren haben die Jesuiten unter der Führung von Francis Xavier die ersten Japaner bekehrt. Die Missionare betrieben Religion, Politik und Geschäfte, alles in einem. Ein kleiner römisch-katholischer Aufstand gab damals dem Shogun die Handhabe, über dreihunderttausend Leute zu töten und seine politische Stellung zu festigen. Die Holländer, die mehr am Handel interessiert waren als an der Verbreitung des Christentums, bekamen danach diese kleine Handelslizenz.«

»Mr. MacDonald«, sagte Spaulding, »Sie haben in Ihrem ersten Bericht einen Mr. Levysohn erwähnt, den Leiter der holländischen Handelsdelegation auf Dishima. Er hat behauptet, daß der Handel mit den Japanern mit Verlust betrieben wird oder bestenfalls plus/minus Null. Und das seit langem. Warum haben die Holländer dann nicht aufgegeben?«

MacDonald wandte sein breites Pokergesicht Jason Spaulding zu. »Es gibt ein indisches Sprichwort, das lautet: Versuch nicht, deinen Hintern mit dem Geld abzuwischen, das ein Händler angeblich bei einem Geschäft verloren hat.«

Die drei Männer lachten, und die Atmosphäre entspannte sich.

Dann sagte MacDonald: »Und das wichtigste, wie mir Mangiro sehr höflich, aber bestimmt ins Ohr flüsterte, ist:

Seit dem siebzehnten Jahrhundert bis zum heutigen Tage zahlen die Holländer inoffiziell mit Büchern, Entwürfen oder kleinem mechanischen Gerät, mit Dingen, die auf der Reise von Dishima zur Hauptinsel in den Kleidern versteckt werden können, um die Ergebnisse der Volkszählung zu bekommen, die alle fünf Jahre angesetzt wird. Laut Moryiama ist die Bevölkerung seit der Machtübernahme des Shogun auf den Hauptinseln bei dreißig Millionen konstant geblieben. Sie sind sicher auch der Meinung, daß ein potentieller Markt von dreißig Millionen Käufern das Warten lohnt.«

Jason Spauldings Zigarre blieb auf dem Weg zu seinem Mund mitten in der Luft schweben. Rauch quoll aus seinem offenen Mund. Dann zog er ein Notizbuch aus der Brusttasche und begann, in Windeseile zu schreiben.

William Whittefield ging zum Fenster, das sich zum Potomac-Fluß öffnete. Mit dem Rücken zu den anderen fragte er: »Wie ist das Militär verteilt?«

»Ich habe keine Ahnung. Bestimmte Schichten tragen Waffen, fast ausschließlich Schwerter. Einige waren früher Wachsoldaten, andere trugen sie zu zeremoniellen Zwecken oder als Zeichen ihres Ranges. Ich konnte sie nie unterscheiden. Ich habe ein paar antiquierte Musketen gesehen. Sie müssen wissen, ich durfte in den zweieinhalb Jahren Dishima nur zu wenigen, streng überwachten Spaziergängen über den Markt in den Docks von Nagasaki verlassen, und keiner der Übersetzer hat je meine Fragen über ihr Militär beantwortet.«

»Wie ist denn ihre momentane Haltung oder Einstellung zum Christentum?« fragte Spaulding.

»Die ersten beiden Monate wurde ich ständig verhört. Sie fragten mich häufig nach meiner Religion. Einmal begann ich, das Glaubensbekenntnis aufzusagen, aber als ich sagte: › ... und an Jesus Christus, den einzigen Sohn, geboren der Jungfrau Maria‹, unterbrach mich Moryiama schnell und rettete mir damit wahrscheinlich das Leben. Er übersetzte das, was ich gesagt hatte, mit: ›Es gibt keine Götter.‹ Er sagte ihnen auch, ich würde meinen Willen und meinen Verstand pflegen und den Himmel verehren, um Erleuchtung und Glückseligkeit zu erlangen.«

»Mr. MacDonald«, sagte Direktor Whittefield, »ich muß Sie noch einmal fragen. Sie haben den Namen Moryiama Einosuke und dann Mangiro für denselben Mann verwendet. Warum?«

»Weil er Mangiro hieß, bevor man ihn in die Ränge der Jung-Samurai aufnahm. Mit dieser Ehre wurde ihm von seinem Herrn und Wohltäter, dem *Daimyo*, oder Feudalherrn, Fürst Nariakira, ein ehrenvollerer Name verliehen. Dieser Rang gab ihm auch die Möglichkeit, ungehindert mit Aristokraten zu sprechen, was er als Dolmetscher ja tun mußte.«

»Glauben Sie, daß das Ergebnis der Volkszählung von dreißig Millionen richtig ist?« fragte Spaulding.

»Ja. Moryiama wollte mir zwei Dinge besonders einbleuen, bevor man mich mit den schiffbrüchigen amerikanischen Matrosen auf die USS *Preble* brachte. Erstens die Anzahl der Einwohner von Japan; zweitens die Tatsache, daß der Feudalherr Shimatzu Nariakira von Satsuma im Süden von Kyushu, ein Berater des Kaisers, einer der Anhänger der holländischen Lehre ist und gegen den Shogun eingestellt ist.«

»Sie haben den Terminus Shogun als Symbol für politische und militärische Macht in Japan gebraucht«, sagte Whittefield. »Wir wissen, daß dem Kaiser, der behauptet, direkt vom Sonnengott abzustammen, alle Japaner treu ergeben sind. Deshalb hat Präsident Fillmore seine Korrespondenz an Seine Hoheit gerichtet, und Commodore Perry erhielt ausdrücklichen Befehl, mit dem Kaiser in Tokio zu verhandeln.«

Harold MacDonald sah verwirrt und verärgert aus. Er räusperte sich und ließ sich Zeit, bis er antwortete. »Warum haben Sie Commodore Perry nach Yedo, oder wie Sie es nennen, Tokio, geschickt?«

»Weil es der Sitz der Regierung ist.«

»Da haben Sie recht. Aber der Kaiser ist mit dem Hofstaat in Kyoto. Der Shogun in Edo ist der wahre Inhaber der Macht, nicht der Kaiser.«

Drückendes Schweigen legte sich über den Raum. Der Marineminister beugte sich vor. »Sind Sie sicher, Mr. MacDonald? Das ist von allergrößter Bedeutung! Sind Sie ganz sicher?«

»Ja, soweit ich informiert bin, ist der Kaiser nur eine angebetete Galionsfigur. Die staatlich wichtigen Entscheidungen fällt der Shogun in Edo.«

Spaulding ließ seinen Zigarrenstummel in den glänzenden Messingspucknapf neben seinem Stuhl fallen. »Warum haben die Japaner Admiral Biddel im Glauben gelassen, er würde mit dem Kaiser verhandeln, als er mit seiner Flotte in den Hafen von Edo einfuhr?«

Wieder ließ sich MacDonald Zeit. Marineminister Spaulding und der Direktor der Japan-Abteilung, Whittefield, hingen an den Lippen dieses Mannes, der mit Informationen aus Japan zurückgekehrt war, die die Außenpolitik der Vereinigten Staaten verändern würden.

»Die Japaner sind im allgemeinen klein«, begann er bedächtig. »Sie haben eine Kampfmethode, die Jiu-Jitsu genannt wird, das bedeutet die sanfte Kunst. Das Prinzip dieser Nahkampfmethode ist es, die Stärke des Gegners dazu zu verwenden, ihn zu besiegen. Man hält einen Mann, der einen anspringt, nicht auf, sondern nützt seinen Schwung, um ihn zu Boden zu werfen. Mit anderen Worten, sie verleiten einen dazu, Fehler zu machen.«

»Daniel Webster, der gerade unter die Erde gekommen ist, wird sich wahrscheinlich im Grab umdrehen«, sagte Spaulding. »Er würde uns die Hölle heißmachen, wenn er wüßte, daß wir mit den falschen Leuten verhandeln.«

»Mr. MacDonald«, sagte William Whittefield, »wollen Sie damit sagen, daß die Japaner wußten, daß Admiral Biddel kommen würde, und ihn hereingelegt haben?«

»Nein, aber sie wissen einiges darüber, was die Europäer in China gemacht haben. Moryiama hat mir von einem Krieg erzählt, mit dem die Engländer die Chinesen zwingen wollten, Opium aus Indien zu kaufen. Er hat auch von den für eine Seite unvorteilhaften Handelsabkommen berichtet, die den Chinesen von anderen europäischen Ländern aufgedrängt wurden.«

William Whittefield erhob sich plötzlich. »Sir, wir danken Ihnen sehr für die Zeit und die Geduld, die Sie uns gewidmet haben. Die Informationen, die Sie uns gegeben haben, sind äußerst wertvoll. Wir hoffen, Sie betrachten es nicht als aufdringlich, wenn wir Sie noch einmal konsultieren.«

»Freut mich, wenn ich Ihnen zu Diensten sein kann.« MacDonald stand auf und schüttelte beiden Männern die Hand. »Einen schönen Tag noch, die Herren.« Er verschwand durch die schwere Eichentür.

Direktor Whittefield verschränkte die Hände hinterm Rükken und beobachtete, wie kleine Windböen den langsam dahinfließenden Potomac aufwühlten. Dann sagte er: »Wir müssen unsere Einstellung zur Öffnung Japans noch einmal gründlich überdenken, selbst wenn es nur auf die Aussage eines Mannes hin geschieht. Mr. MacDonald hat uns einen Blick hinter die Kulissen dieses östlichen Kaiserreichs verschafft, über dessen Tragweite er sich selbst nicht bewußt ist. Seine Vermutung, daß Moryiama Einosuke die Fähigkeit hat, Japans Zukunft zu ändern, war richtig. Auch die Geschichte mit seinem eigentlichen Namen Mangiro ist wahr. Aber er hat auch noch einen dritten Namen. Den haben ich und meine Mannschaft auf dem Walfänger *J. Howland* ihm gegeben. Er ist John Mung. Mein Adoptivsohn!«

»Mein Gott, William!« stöhnte Spaulding.

Whittefield griff in eine der unteren Schreibtischschubladen und holte ein Schiffslogbuch heraus. »Harold MacDonald hat mit seinem Loblied auf die Fähigkeiten Mangiros oder Moryiamas oder John Mungs, wie wir ihn nannten, nicht übertrieben. Er war ein außergewöhnlicher Junge, als ich ihn kennenlernte, und ein brillanter Mann und Seemann, als sich unsere Wege wieder trennten.«

John Spaulding beobachtete, wie Whittefield das Logbuch durchblätterte. Auf jeder Seite stand in großen, kühnen Lettern: EIN TAGEBUCH DER REISE DER J. HOWLAND, MIT GOTTES SEGEN, VON FAIRHAVEN, MASSACHUSETTS, UND IHRER RÜCKKEHR DANK SEINER GNADE. Der Finger des ehemaligen Kapitäns glitt eine ihm vertraute Seite hinab und blieb beim 8. Januar 1841 stehen. Er las vor: »Zehn Uhr morgens: Blaser gesichtet. Haben Boot zwei und drei zu Wasser gelassen. Deacon Dooley, der das Kommando über Boot eins hatte, hat um ein Uhr seine Harpune gesetzt. Nach langer Fahrt hat sich der Wal losgerissen. Auf dem Rückweg zum Schiff hat Boot drei auf einem vulkanischen Atoll

Ausgesetzte gesichtet, Längengrad 132.3, Breitengrad 33.25. Zwei Ausgesetzte wurden an Bord genommen, bewußtlos und völlig erschöpft. Ein weiterer weigerte sich, die Insel zu verlassen. Das ist für einen Japaner nichts Ungewöhnliches. Ich bat die Mannschaft, ein Paket mit Lebensmitteln zu machen. Alle stimmten zu, und die Männer haben großzügig dazu beigesteuert. Bootsmannschaft Nummer drei bat um Erlaubnis, zum Atoll zurückzufahren. Sie sahen, wie die zwei Pakete sicher aus der Brandung gezogen wurden. Wir alle sind Gottes Kinder, doch Seeleute besonders.«

1

Nakanohama, Japan, Januar 1841

Mangiro lag auf einer erhöhten, mit Matten bedeckten Plattform über dem harten Lehmboden und beobachtete, wie eine dünne Rauchschwade sich durch die Öffnung im Schilfdach schlängelte. Er dachte an den Tod seines Vaters vor drei Jahren. Er war damals erst elf Jahre alt gewesen, hatte aber kurz nach der Beerdigung einen sehr reifen, detaillierten Plan entwickelt. Jetzt, nach all den Wochen und Monaten und Jahren, stand sein Plan kurz vor der Erfüllung. Immer wieder ging ihm der Kriegerkodex durch den Kopf, den sein Vater ständig zitiert hatte. ›Das Wissen und Bushido werden uns wieder den Namen und den Rang eines Samurai einbringen.‹ Der Stolz seines Vaters, ein Samurai zu sein, hatte zu seinem Tod geführt, aber dieser selbe Stolz hatte auch bei seinem jüngeren Sohn die Sehnsucht geweckt, zu lernen.

Mangiros Vater war zum *Ronin* deklassiert worden, weil sein *Daimyo* (Herr) das doppelte Pech gehabt hatte, fern von seinen Gütern zu sterben, als er sich gerade mit dem Shogun überworfen hatte. Nach uraltem Gesetz ging der Besitz eines *Daimyo*, der fern von seinem Herrensitz starb, an den Kaiser über. Der Shogun, der eigentliche Machthaber Japans, bediente sich des selten in Kraft tretenden Gesetzes aus politischen Gründen. Die Samurai des *Daimyo* traten in die Dienste anderer *Daimyos* oder wurden zu

Ronins deklassiert, was »Wellenmann« bedeutet – einer, der herrenlos, ohne Aussicht auf Arbeit, dahintreibt. Zweihundert Jahre Isolation und Frieden in Japan hatten für die Samuraikrieger ein Vakuum geschaffen. Sie wurden jetzt hauptsächlich für Rituale, Zeremonien oder als Distrikt- und Gebietsverwalter eingesetzt. Es war für einen Samurai undenkbar, in die Händler- oder Bauernklasse abzusteigen. Unzählige Banden von arbeitslosen *Ronin* durchstreiften die Inseln und wurden zu Piraten und Banditen.

Mangiros Vater war eine Vernunftehe eingegangen, die ihm ein Haus in dem kleinen Fischerdorf Nakanohama und eine Frau beschert hatte, die für seine Bedürfnisse sorgte. Dort zeugte er zwei Söhne, Jakato und Mangiro. Der frühere Samurai betätigte sich als Schreiber für die offizielle Korrespondenz der Gemeinde und für persönliche Briefe der Dorfbewohner, die des Schreibens unkundig waren. Er unterrichtete einige Schüler und seinen jüngeren Sohn. Jakato, sein älterer Sohn, zog es vor, zu arbeiten, zu spielen oder Kampfdrachen zu bauen, und war zufrieden, wenn er sich körperlich betätigen konnte.

Mangiro war ein unermüdlicher Schüler, der besonders seine Lektionen in Kriegskunst und Jiu-Jitsu genoß. Im Alter von vier Jahren übte er ein Jahr lang täglich eine Stunde Saltos. Das Jahr darauf lehrte ihn sein Vater, wie man fallen muß, wenn man geworfen wird, ohne sich weh zu tun. Mit sechs Jahren begann er mit dem Erlernen der Kunst, die Stärke des Gegners zu nutzen, um ihn damit zu besiegen. All das, zusammen mit Literatur, Tanz, Mathematik, Bushido, Dichtkunst und Malen, lehrte er ihn nur aus einem einzigen Grund: um Mangiro darauf vorzubereiten, seinem Kaiser zu dienen.

Der Knabe zeigte erstaunliches Auffassungsvermögen und

Konzentrationsfähigkeit. Seine Begabung, sich lange Texte zu merken, war enorm. In seinem sechsten Lebensjahr kam ein Steuerverwalter aus dem Regierungsbüro in Kochi nach Nakanohama.

Der Beamte öffnete eine Schriftrolle mit Namen und eine andere mit Steuerbestimmungen auf einem niedrigen Tisch. Er hatte Mangiros Vater als Samurai gekannt, behandelte ihn jetzt jedoch wie einen Bauern. »Mach die Abrechnungen für das Dorf!« befahl er.

Mangiros Vater bedeutete ihm, an den Tisch zu kommen. Der Junge näherte sich den beiden Männern ehrfurchtsvoll und verbeugte sich. Sein Vater winkte ihn näher heran. Der Sechsjährige schaute sich die Reispapierrollen an. Seine Augen wanderten die Listen von Namen und Zahlen auf und ab. Zuerst hörte er den schroffen Verweis des Steuerschätzers gar nicht. Dann, mit einem Schrei, der bis zu denen drang, die draußen warteten, schickte er den Jungen mit Worten, die man in Japan sonst nur gegenüber den niedrigsten Kreaturen verwendet, weg. Mangiro verbeugte sich höflich, trat einen Schritt zurück und kehrte dann schnell zu seinem Platz in der Ecke zurück. Sein Vater blieb reglos sitzen, sein Gesicht eine Maske aus Stein.

Der Beamte aus Kochi befahl: »Fang mit der Abrechnung an!«

Der frühere Samurai befahl seinem Sohn: »Rechne den Betrag für jede Familie im Dorf aus und schreibe die diesjährigen Bestimmungen dazu, wie sie auf der Rolle erscheinen.«

Mangiro neigte seinen kleinen, rasierten Kopf. Der Roßhaarpinsel flog in seiner rechten Hand über das Reispapier auf seinem kleinen Schreibtisch, während die linke Hand unter Klappern und Klicken den Abakus betätigte.

Er war so vertieft, daß er gar nicht hörte, wie der Beamte zum Dorfobmann sagte: »Warum muß nur jeder *Ronin* in jedem Kuhdorf versuchen, mich mit seinen Fähigkeiten oder denen seiner Studenten zu beeindrucken? Sie vergeuden nur meine Zeit. Das Kind kann ja noch nicht einmal richtig laufen, geschweige denn das hier verstehen.« Er drehte sich zu Mangiros Vater um, der mit gekreuzten Beinen dasaß, die Hände auf den Knien, den Blick unverwandt geradeaus gerichtet. »Fang an!« befahl er.

Mangiro schaute hoch zu seinem Vater, der ihm, ohne sich umzudrehen, bedeutete, an die Vorderseite des Tisches zu kommen, einen Platz, der sonst nur Erwachsenen vorbehalten war. Er nickte, und der kleine Junge überreichte ihm das Reispapier. Er hatte die Namen jedes Dorfbewohners und die Steuern, die er zu bezahlen hatte, in genau derselben Reihenfolge, wie sie auf der Rolle des Steuerbeamten standen, niedergeschrieben.

Mangiro flüsterte seinem Vater zu: »Zwei Namen stehen in falscher Reihenfolge.«

Der Beamte aus Kochi zog die Augenbrauen hoch und schrie: »Unmöglich! Ein Trick! Du –« er zeigte auf Mangiros Vater, »hast ihn die Liste von letztem Jahr auswendig lernen lassen. Betrüger!« kreischte er.

Der Regierungsbeamte hatte sein Gesicht bereits verloren, weil er seine Wut offen gezeigt hatte, aber Mangiros Vater wollte die Gelegenheit nutzen und diesen aufgeblasenen, arroganten Mann, der einmal mit ihm gleichgestellt gewesen war, noch weiter zu blamieren. Er zeigte gelassen auf das untere Ende des Reispapiers, wo sein Sohn die Richtlinien für die Besteuerung dieses Jahres Zeile für Zeile, Schriftzeichen für Schriftzeichen, korrekt bis ins letzte Detail aufgeschrieben hatte.

Der Beamte stürmte, Drohungen murmelnd, aus der Hütte und verließ das Dorf. Einige Zeit später bestätigte das Büro in Kochi die Richtigkeit von Mangiros Abrechnung, und das Dorf mußte zwanzig *Kurus* Reis (zweiunddreißig Büschel) bezahlen.

Die vielen Gelegenheiten, bei denen Mangiro zeigte, wie anders er war, gereichten ihm jedoch nicht zur Ehre, sondern brachten ihm nur Ärger mit seinen Nachbarn und Freunden ein. Sein Vater hatte ihn zwar gelehrt, daß Kunst sein Herz erfreuen sollte und den Geist nähren, aber er mußte mit zehn Jahren erfahren, daß man das Herz und den Geist der Gemeinde befriedigen muß, und nicht den eigenen. Die Dorfältesten beschlagnahmten seine Farben und Pinsel, weil sie seine Darstellung der menschlichen Gestalt erschreckt hatte. Mangiro hatte sich über das klassische Konzept japanischer Malerei hinweggesetzt, indem er seine Modelle perspektivisch im Spiel von Licht und Schatten malte und sie somit sehr lebensnah zeigte. Die Dorfbewohner, die er porträtiert hatte, hatten Angst, ihre Seelen wären durch seinen Pinsel auf der Seide gefangen worden. Als der Shinto-Priester ins Haus kam und seine Gemälde beschlagnahmte, fand sich Mangiro mit der Entscheidung ab und begnügte sich fortan damit, mit Kohle die Tiere, Blumen und Fische zu zeichnen, die ein Teil seines Alltags waren. Bevor sein Vater seinen Todeswunsch erfüllte, ließ er seine Söhne zu sich rufen. »Jakato«, sagte er, »du bist stark und genießt es, dich körperlich zu betätigen. Für dich wird das Leben geradlinig sein – einfach und geregelt. Die Götter haben entschieden, daß du nur wenige komplizierte Entscheidungen wirst treffen müssen. Dein Bruder hat nicht dieses Glück. Du bist der ältere und mußt dich um Mangiro kümmern.« Dann wandte sich der ehemalige Samurai an seinen jüngeren Sohn. »Du bist etwas Besonderes, nicht nur wegen deines Intellekts und deines Gedächtnisses. Du bist einer, der alle Bereiche des Lebens genießt. Bis jetzt hattest du das Glück, noch nicht die Fähigkeit zu besitzen, Böses zu sehen. Ich bin froh, daß ich nicht dabeisein muß, wenn sich deine Augen der Wirklichkeit öffnen. Deine außerordentlichen Begabungen haben dich bereits in Schwierigkeiten mit den Leuten deiner Umgebung gebracht, und ich weiß nicht, wie ich dir raten soll. Wenn du versuchst, deine natürlichen Begabungen zu unterdrücken, wäre das so, als wollte man einen Vulkan mit einem Korken verschließen. Die Menschen sind von Genialität nur dann beeindruckt, wenn sie einer offiziell anerkannten Quelle entspringt. In der Regel aber wecken überragende Fähigkeiten in denen, die über dir stehen, nur Eifersucht und Angst.«

Jetzt, während er beobachtete, wie der Rauch sich durch das Loch in der Decke schlängelte, dachte Mangiro, wie recht sein Vater doch gehabt hatte. Mangiros neueste Idee, Kiesel in den Mörser zu geben, um das Reispolieren zu beschleunigen, war mit Wut und Verachtung aufgenommen worden. Er konnte nicht verstehen, wieso seine Idee nicht akzeptiert wurde. Er hatte bewiesen, daß sie funktionierte, war aber trotzdem vor versammeltem Dorf getadelt worden, weil er an den Grundlagen gerüttelt hätte, auf die sich das ganze japanische Leben stützte.

Sogar sein Bruder hatte zu ihm gesagt: »Die Dinge ändern zu wollen ist unrecht. Alles muß nach den Regeln getan werden. So war es immer schon.«

Jakato packte Mangiro bei den Schultern und schüttelte ihn. »Komm schon. Es ist dein Plan, und er ist großartig. Wir müssen vor Fudenojo da sein.«

Die beiden Brüder zogen sich schnell an. Sie wickelten ihr Essen in die dichtgewebten Bambusschlafmatten und gingen hinunter zum Strand zu dem vierundzwanzig Fuß langen Fischerboot, das kurz über der Hochwassermarke seitlich gekippt auf dem Strand lag. Sie legten ihre Regenumhänge aus Stroh, die konischen Hüte und die Essensbündel unter den Querbalken am Bug. Fudenojo, der Meisterschiffer und Besitzer des Bootes, winkte, als er mit Shin-ho an den Strand herunterkam. Shin-ho trug zwei Körbe übereinander. In jedem befanden sich hundertfünfzig Meter sorgfältig geflochtene Schnur, die speziell für Seebarsch ausgerüstet war. Sie gehörte Shin-hos Familie. Mangiro hatte Shin-ho genaue Anweisungen gegeben, was er sagen mußte, um die Erlaubnis zur Benutzung der Schnur zu bekommen. Fudenojos guter Ruf und eine schlechte Fischfangsaison hatten den Ältesten dazu gebracht, ihnen die Schnur zu leihen.

Das Datum war der 5. Januar 1841 – im Glücksjahr des Ochsen. In zwei Tagen würden die Neujahrsfeierlichkeiten beginnen. Um diese Jahreszeit war Seebarsch eine sehr begehrte Delikatesse. Mangiros Plan stützte sich auf Fudenojos Fähigkeiten als Fischer, aber Glück mußten sie auch haben, um den Markt in der Bezirkshauptstadt Kochi kurz vor Neujahr mit einer Ladung frischen Fisch zu erreichen. Wenn der Fang gut war und sie zum richtigen Zeitpunkt ankamen, würde der Gewinn groß sein und das Jahr des Ochsen mit einem freudigen Schwanzwedeln beginnen. Um Fudenojo wenigstens dazu zu bewegen, sich seinen Plan anzuhören, hatte Mangiro ihm die Grundbegriffe des Abakus beibringen müssen. Und für die Erlaubnis, sich bei Shin-hos Familie seines Namens zu bedienen, hatte sich Mangiro bereit erklärt, die beiden Kinder Fudenojos im kommenden Jahr den Gebrauch des Abakus zu lehren. Mangiro und sein Bruder würden den beiden älteren Fischern als Köderausleger und Hakenlöser beistehen.

»Mangiro«, brüllte Fudenojo, »ich hab ein ganz gutes Gefühl bei diesem Plan von dir. Hai!« Er klopfte dem Jungen auf die Schulter.

Shin-hos rundes, glänzendes Gesicht strahlte Jakato an. »Bist du bereit, das Triumphlied des Fischers zu singen?« fragte er.

Der körperlich kleinere, muskulösere Bruder lachte. »Ja. Natürlich.«

»Dann wirst du wie der Teufel ködern und Haken lösen müssen.«

»Ich werde wie zwei Teufel ködern und Haken lösen, bis in die Geisha-Häuser von Kochi.«

Die beiden lachten, der kalte Morgenwind riß ihnen den Atemhauch weg.

»Verzeih, Fudenojo«, sagte Mangiro, »der Wind ist zu meiner Linken, wenn ich zur See schaue, und die Sonne ist noch nicht ganz aufgegangen.«

Die beiden älteren Männer und Jakato lachten.

Mangiro fuhr fort: »Sagt man nicht, ein früher Südwind zeigt dem Nordwind sein Hinterteil zum Saubermachen, bevor sich das Auge des Himmels zur Nacht schließt?«

Shin-ho kicherte und stieß Jakato mit der Schulter an: »Sagt man nicht auch, daß ein Fischer ohne Fisch auch nicht besser ist als ein Bauer ohne Reis? Beide werden sehen, wie sich das Auge des Himmels in einer leeren Schüssel spiegelt.«

Ihr Lachen wurde von Fudenojos schroffem Befehl unterbrochen: »Macht das Boot bereit!«
Sie würden mindestens einen, möglicherweise zwei Tage unterwegs sein. Mangiro half beim Einladen der Köder, des Feuerholzes, der Angelschnüre und beim Festzurren der beiden Wasserfässer und biß sich dabei auf die Unterlippe, weil er sich Vorwürfe machte, denn er hatte wieder einmal die Anstandsregeln verletzt, indem er den Meisterfischer befragt hatte. Man hatte schon erfahrenere Männer wegen geringerer Vergehen am Strand zurückgelassen. Seine Frage war kindisch gewesen, sogar sein Bruder hatte gelacht. Aber er kannte auch die bittere Wahrheit, sie brauchten dringend einen Fang. Das Dorf machte harte Zeiten durch. Viele Fangtage waren in diesem Jahr wegen des Wetters verlorengegangen. Das alleine schon würde ihren Fang noch wertvoller machen. Wenn sie Glück hatten und die Männer von Kochi gar nicht hinausfuhren, dann konnten sie sich den Lohn für ein ganzes Jahr verdienen, wenn sie einen Stand aufbauten und den frischen Fisch direkt an die Feiertagskunden verkauften.
»Stemmt eure Schultern gegen das Boot. Die Flut fängt an zu steigen«, sagte Fudenojo. Die drei unterstützten den Meisterfischer und schoben das Boot ins Wasser, dann sprangen sie hinein. Jakoto hißte das dreieckige Segel, Shin-ho übernahm das Ruder, und das Boot kam mit dem Wind und der Flut, die es auf die offene See hinaustrieben, in Fahrt.
Fudenojo nahm seinen Platz im Bug ein. Als sie den Hafen hinter sich gelassen hatten, brüllte er: »Hai!« und zeigte gen Norden.
»Köpfe weg!« erwiderte Shin-ho und ließ den Segelbaum ausschwingen.

Der Wind war gut, die Strömung tat ein übriges, und das Boot war gut gebaut. Durch sein hohes Heck machten ihm die niedrigen Wellen nichts aus.
Jakato schaute zu seinem Bruder und sagte: »Wir segeln zu den äußeren Fischgründen.«
Mangiro wußte, daß Fudenojo als Meisterfischer einer Gilde angehörte, die eine Truppe Fischspäher entlang der Küste unterhielten. Durch Geheimzeichen und Signale spielten sie sich gegenseitig die Standorte der Fischschwärme zu.
Die Knaben zogen zwei Körbe mit Muscheln, die sie letzte Nacht ausgegraben hatten, in die Mitte des Bootes. Sie setzten sich und fingen an, die Muscheln aneinander aufzuschlagen. Sie ließen den Saft in einen Eimer aus Seehundshaut zwischen ihren Beinen laufen, kratzten das weiche, sahnefarbene Fleisch in den einen Eimer und warfen die zerbrochenen Muscheln in den anderen. Mangiro schaute nach Norden, ob sich da schlechtes Wetter zusammenbraute, aber der Himmel war klar, das Meer ruhig, und der Wind blies stetig, wenn auch von Norden.
Die Jungen arbeiteten und unterhielten sich darüber, was sie mit ihrem Anteil vom Gewinn machen würden. Sie erzählten sich Geschichten, in denen ihnen ihr Vater von den Neujahrsfeiern in der großen Stadt Kochi berichtet hatte.
Jakato machte den Anfang mit der altvertrauten Geschichte: »Die meisten Leute haben schon aufgehört zu arbeiten und gehen von Fest zu Fest.«
Mangiro fuhr fort: »Sogar die Bettler verbeugen sich zweimal voreinander und feiern.«
»Ganze Familien und Clans ziehen von Haus zu Haus, von Fest zu Fest, dann zu den Jahrmärkten.«

Die Jungs waren mit dem Auskratzen der Muscheln fertig und machten sich jetzt daran, das Fleisch zu schneiden und es um die Haken der Angelschnur zu wickeln.
»Es wird Drachentänzer, Drachensteigwettbewerbe, Musiker und Puppenspieler geben«, sagte Mangiro.
»Jakato«, rief Shin-ho vom Ruder her. »Erzähl deinem Bruder von der Kappa-Flüssigkeit.«
Jakato verstummte und konzentrierte sich auf das Ködern der Haken.
»Mangiro, kennst du Kappa?« Shin-ho lachte und zwinkerte ihm zu.
Mangiro schaute hinüber zu Jakato und schüttelte den Kopf.
»Oho!« sagte Shin-ho. »Und ich dachte, du wärst der mit der guten Bildung. Du mußt wissen, was zu tun ist, wenn du einem Kappa begegnest, denn es ist stark genug, einen Menschen zu töten oder Tiere, groß wie ein Pferd. Es ist nur sieben bis zehn Zentimeter hoch, und deshalb unterschätzt man es leicht.«
Mangiro versuchte in die Augen seines Bruders zu sehen, aber Jakato wich seinem Blick aus. Mangiro beschloß mitzuspielen. In ausgesucht höflicher Sprache sagte er: »O ehrbarer Herr, der Ihr unser Schicksal mit Eurer mächtigen rechten Hand und Eurem scharfen Auge leitet. Laßt Euch dazu herab, einen Unwürdigen wie mich in das Geheimnis der Kappas einzuweihen.«
Jakato schubste seinen Bruder und stieß ihn mit dem Rükken gegen die Brüstung. Beide Jungen kicherten, wurden aber von Fudenojos Befehl wieder ernüchtert. »Hört auf, Zeit zu verschwenden, und paßt auf, wie ihr die Haken ködert!«
Sie schauten sich an, dann hoch auf die See und zum

Himmel und zuckten mit den Schultern. Die Anspannung in Fudenojos Stimme überraschte sie. Sie wandten den Blick zu Shin-ho, der gelassen am Ruder stand, den nackten rechten Fuß auf die Reling gestützt.

»Das Kappa«, sagte er und lächelte, »ist in Wirklichkeit ein schreckliches kleines Biest, das in der Nähe von Strömen und Flüssen lebt. Es sieht aus wie eine Kreuzung zwischen einem Frosch und einer Schildkröte. Das Erstaunlichste an ihm ist sein Kopf. Er hat obenauf eine Einbuchtung, die eine kräftespendende Flüssigkeit enthält. Das Kappa kann Menschen und Tiere in sein wäßriges Zuhause zerren, und sie verschwinden auf Nimmerwiedersehen. Seine einzige Schwäche ist, daß es unheimlich höflich ist. Wenn man ein Kappa trifft, gibt es nur eine Möglichkeit zu entrinnen. Man muß sich tief verbeugen, bis zum Boden. Das Kappa erwidert die Verbeugung, weil es so höflich ist, und verschüttet dabei die kräftespendende Flüssigkeit aus seinem Kopf, wodurch es schwach und harmlos wird. Ich werde Jakato helfen, diese Flüssigkeit am Neujahrsabend am Gläubigermarkt zu finden.«

Shin-ho zwinkerte, und alle lachten.

Mangiro dachte an den silbernen Anhänger, den er auf dem Markt verkaufen würde. Sein Vater hatte an dem Morgen, an dem er *Seppuku* (rituellen Selbstmord) begangen hatte, weil er mit dem Leben nicht mehr fertig wurde, diesen Anhänger wortlos seinem jüngeren Sohn überreicht.

»Ein ehrenhafter Tod für einen würdigen Mann«, hatten die Dorfbewohner gesagt.

Für Mangiro war der Verlust doppelt schwer. Er hatte keinen Vater mehr, und auch keinen Lehrer. Sein Plan, den Markt in Kochi mit dem Seebarsch zu erobern und den Silberanhänger zu verkaufen, würde es ihm ermöglichen, den Einkommensverlust für den Haushalt zu lindern. Damit konnte er alle Unkosten bezahlen, und zusätzlich ein Jahr lang einen Lehrer für sich selbst in der benachbarten Stadt Uwajima.

Auf und ab bewegte sich das Boot über die Ozeanwellen in Richtung Fischgründe. Die Brüder waren mit dem Ködern der Leine fertig und befestigten einen Stein zum Beschweren am Ende; dabei sprachen sie die vorgeschriebenen Formeln an die Götter der See und der Fische.

Fudenojo rief Mangiro zu sich. »Zünde den *Hibachi* an, koch Tee und mach den Reis warm.«

Das hieß, sie würden die Fischgründe bald erreichen.

Gegen neun Uhr sprang Fudenojo auf den Querbalken im Boot. Dabei hielt er sich am kurzen Bugseil fest, um das Gleichgewicht nicht zu verlieren. Er dirigierte Shin-ho nach rechts, später dann nach links. Für Mangiros ungeübtes Auge sah das Meer überall gleich aus, aber er wußte, daß Fudenojo das Wasser und die Wellen lesen konnte.

»Hai!« rief der Meisterschiffer.

Shin-ho drehte den Bug in den Wind, und die zwei Jungen holten das Segel ein. Fudenojo stimmte das alte Seebarschlied an, und die anderen sangen mit. Er ging zu dem Eimer mit den gebrochenen Muschelschalen, warf eine Handvoll über die Reling und beobachtete, wie sie im Wasser davontrieben. Jeder der Männer nahm ein Ende der Angelschnüre und warf die Steingewichte, dann ließen sie langsam die aufgerollte Schnur mit den Haken und Ködern ausrollen. Danach setzten sie sich zum Essen um den *Hibachi*. Die Buben warfen Fischstücke und Muschelschalen über Bord, um die Fische anzulocken. Die Köderstücke trieben um die beiden Angelschnüre zu beiden Seiten des Bootes. Jede Schnur war circa hundertfünfzig Meter lang, mit drei

Haken pro Meter. Jeder Haken aus Fischbein war sorgfältig in ein kleines Stück Holz gebettet, damit er ungehindert unter Wasser treiben konnte. Die Männer gingen nach achtern und tauschten ihren Platz mit den Jungen, die ihre Hände im grünen kalten Wasser wuschen und dann nach vorne zum Bug gingen, um zu essen.

Mangiro schluckte gierig den heißen Tee. Er bemerkte, daß keine Möwen herabflogen und schreiend die Fischstückchen aus dem Wasser holten, wollte aber Fudenojo nicht erneut beleidigen, indem er ihn darauf aufmerksam machte. Die Jungen beendeten ihre Mahlzeit und kehrten zu den Eimern zurück. Die Männer gingen nach vorn und zogen an den Schnüren, um zu sehen, ob schon Fische angebissen hatten.

»Schneller mit den Ködern, Jungs«, riefen die älteren Männer. Er rückte näher zu Shin-ho. »Ich hatte auf besseres Wetter gehofft. Der Wind wird drehen.« Er schaute zur Sonne hoch und dann nach Norden. Der Himmel war klar und die See ruhig. »Ich möchte, daß ihr zwei die ganzen Köder in der nächsten halben Stunde über Bord schüttet. Wir werden kurz danach die Leinen einholen und uns auf den Heimweg machen.«

Fudenojo und Shin-ho setzten sich. Es war Brauch bei den Fischern, sich so ruhig wie möglich zu verhalten, solange die Leinen im Wasser waren, und daß jeder zu seinem eigenen Gott für einen guten Fang betete.

Das Boot tanzte übers Wasser.

Fudenojo winkte die beiden Knaben zu sich. Er und Shin-ho standen auf und legten jeder die rechte Hand auf die Leine. Es war Brauch, beim ersten Griff zum Einholen der Leine mit der rechten Hand anzupacken, damit der Fang gut wurde. Sie stimmten das Leinen-Einhol-Lied an, jeder der Reihe nach eine neue Strophe. Die Knaben, die dicht hinter ihnen bereitstanden, um die Fische von den Haken zu lösen, stimmten mit ein.

> Die Schnur ist so schwer, die Fische ziehen das Boot vorwärts,
> Awaii maru, awaii maru.
> Weil sich der große, dicke Fisch nicht fangen lassen will,
> Awaii maru, awaii maru.
> Sag ihnen, daß sie das Neujahr in Kochi verbringen,
> Awaii maru, awaii maru.
> Ai! Hier kommt der erste, um das Fest zu feiern,
> Awaii maru, awaii maru.

Die Leinen einzuholen war eine lange, harte Arbeit. Die beiden Männer zogen praktisch mit eigener Kraft das Boot durchs Wasser. Jakato stand auf der einen Seite, Mangiro hinter Fudenojo auf der anderen. Sie holten die Fische oder die Köderstücke vom Haken und rollten die Schnüre wieder in die Körbe. Die oberen Haken waren zum Großteil leer, bis auf ein paar kleine Haie und Makrelen, aber die Fischer merkten am Gewicht der Schnur, daß die unteren Haken gut gefüllt waren. Die Jungen sangen lauter, als die ersten Seebarsche an Bord gezogen wurden. Dann hatten sie keine Zeit mehr zum Nachdenken, fast jeder Haken wurde mit einem Fisch an Bord gezogen, der jeweils um die drei bis vier Pfund schwer war, wie geschaffen für den Neujahrsmarkt. Die Feiertagsbesucher würden den Fisch roh, noch lebend essen, oder aber ausgenommen, mit Konfekt gefüllt, die Schuppen mit Mandeln gespickt und so gebacken, daß er auf dem Teller aussah, als würde er gleich vom Tisch schwimmen.

Die schwerbeladene Leine kam langsamer herein, als das Boot in ein tiefes Wellental stürzte. Die beiden Fischer stemmten die Knie gegen die Reling und zogen an den Leinen. Das Boot trieb bewegungslos am Fuß des Wellentals, dann wurde es angehoben und von der nächsten Welle vorwärtsgeschoben. Beide Männer zogen, so schnell es ging, die Leinen ein, während das Boot durch die wogende See vorwärtsschoß, der ganze Bootsboden ein Chaos aus zuckenden Fischen und Schnüren. Der Wind hatte sich um hundertachtzig Grad gedreht. Er blies jetzt aus Norden. Alle vier drehten sich um und sahen hinter sich ein massives Wolkenband, das sich von Horizont zu Horizont zog. In der Ferne, vor dem nahenden Sturm, sah Fudenojo, wie der starke Wind die Schaumkronen von den Wellen blies.

»Jakato«, brüllte er, »geh ans Ruder und lenke das Boot vorwärts, damit wir möglichst viel Schnur retten können.« Er schaute hinüber zu Shin-ho, der ihm flehende Blicke zuwarf. Die Schnüre waren wertvoller Familienbesitz. »Mangiro, vergiß die Haken und die Fische. Stell dich ans Segel und mach dich bereit, es zu setzen.«

Die Männer zogen wie besessen an ihren Leinen. Jakato ruderte, aber das Glück, um das sie gebetet hatten, hatte sich gewendet, und jetzt schienen sie in einen Alptraum geraten zu sein. Die mit Fischen beladenen Angelschnüre wirkten wie ein Anker. Wieder hob sie eine Welle von hinten hoch und ließ sie dann erneut nach hinten fallen. Jakato stieß einen Warnschrei aus, bevor die nächste Welle übers Heck brandete und das Boot voll Wasser laufen ließ. Der Wind flüsterte immer lauter um den Mast. Mangiro hörte den Befehl: »Setz das Segel!« und zerrte es am Mast hoch. Das Boot machte einen Satz vorwärts. Die beiden Fischer holten die Leine Hand über Hand ein, bis sie hinter ihnen trieb und ihr Gewicht zusammen mit dem der Fische das Boot ins nächste Wellental zog.

Fudenojo schaute hinüber zu Shin-ho, als eine Welle sich über dem Bug brach und das Boot überflutete. Sie zogen gleichzeitig ihre Messer und schnitten die Schnur durch. Befreit von dem schleppenden Gewicht, machte das Boot einen Satz vorwärts und erklomm den Rücken der Welle vor ihnen.

Fudenojo sprang mit einem Satz über die Haken und Fische am Boden. Er lief achtern und nahm Jakato das Ruder ab. Die Jungen und Shin-ho schöpften Wasser aus. Fudenojo nutzte virtuos jede Welle, den Wind und die Strömung, um das Schiff in Richtung Süden in einen sicheren Hafen zu bringen. Er ließ das Boot von den großen Wogen hochtreiben und ruderte dann mit dem langen Steuerruder seitwärts. Er ritt mit der Strömung der Wellen vorwärts und fing mit dem Dreieckssegel den Wind. Auf jedem Wellenkamm drehte er sich nach hinten, um zu sehen, wie weit die Sturmfront noch entfernt war. Es war ein Rennen auf Leben und Tod.

»Shin-ho!« brüllte er. »Verteil den Proviant. Jeder soll soviel essen, wie er kann!«

Sie legten ihre Regencapes aus Stroh an und setzten ihre konischen Hüte auf, aßen mit einer Hand und schöpften mit der anderen. Der Wind wurde stärker, die Wellen höher und die Gräben tiefer. Das Boot rutschte in einen riesigen Wellengraben, und das Dreieckssegel fiel in sich zusammen, weil der Wind von hinten aussetzte. Das Boot schlingerte, Fudenojo ruderte wie besessen mit dem Steuer, versuchte die Welle zu erklimmen, aber die Welle hinter ihnen brach sich und ergoß ihre Wassermassen auf das Boot. Das ganze Gewicht des Wassers drückte in das Boot, als die Welle über den Bug brandete. Die beiden Jungen wurden nach vorne gespült, mit dem Gesicht nach unten, mitten in die Haken,

Schnüre und zuckenden Fische. Shin-ho zog sie hoch und setzte sie hin. Das Rennen war verloren.
Fudenojo brüllte in den tosenden Wind: »Köpfe weg, wir wenden.«
Fudenojo sprang nach vorn und schickte sich an, das Segel zu trimmen, sobald sie in Richtung Sturm gewendet hatten. Das Boot drehte sich sehr träge durch das Gewicht des Wassers, dann ritt es langsam in Richtung Sturm die nächste Welle hoch. Auf dem Kamm prallte der Wind mit voller Wucht gegen das Segel, der Mast brach und riß die Takelage mit sich. Ein Blitz durchzuckte die mittägliche Finsternis und erleuchtete riesige, graue Wogen mit weißen Schaumkronen. Das Boot turnte auf dem Wellenkamm, dann raste es auf dem Rücken der Woge abwärts. Sein Bug grub sich in das glatte, grüne Wasser des Wellentals. Tonnen von Wasser ergossen sich über sie.
Die vier Männer hielten unter Wasser den Atem an und klammerten sich ans Boot, aber Jakato hatte nicht rechtzeitig Luft geholt. Er hielt sich, solange es ging, fest, dann kämpfte er sich an die Oberfläche, um Luft zu holen. Er wurde mitsamt der Bordausrüstung und den Seebarschen, die in ihr natürliches Element zurückkehrten, weggespült. Das überflutete Boot war nicht in Gefahr, zu sinken, weil es aus Bambus war und jedes Rohr durch die Luft natürlichen Auftrieb hatte, aber es konnte ohne weiteres von den Wellen zertrümmert werden. Fudenojo stand bis zur Taille im kalten Seewasser am Steuer und brachte das Boot immer wieder in Sicherheit, wenn neue Gefahren drohten.
Fast zwei Tage fuhren Mangiro und die beiden Männer durch den Sturm. Sie konnten nicht einmal reden, so laut heulte der Wind, und so tückisch waren die Wellen. Als der Wind endlich ein wenig abflaute, übernahm Shin-ho das

Ruder. Fudenojo war halb bewußtlos vor Erschöpfung. Mangiro hielt den Meisterfischer fest, damit er nicht im überfluteten Boot ertrank. Nach einiger Zeit band er den schlafenden Fudenojo an die Reling und watete durch das schlingernde Boot. Er tastete mit Händen und Füßen durch das Wasser am Boden, um etwas Eßbares zu finden. Er entdeckte zwei Seebarsche, die sich mit ihren Flossen im Bambus verklemmt hatten, und die Matten, die sein Bruder und er unter dem Querbalken verstaut hatten. Die drei aßen erschöpft nassen Reis und rohen Fisch. Keiner erwähnte Jakato. Als Meister des Bootes war es Fudenojos Aufgabe, seiner Familie und dem Dorf die Nachricht zu überbringen.
In der zweiten Nacht trug sie eine Querströmung weiter hinaus auf See. Sie wechselten sich am Ruder ab und versuchten, mit ihren Seehundstiefeln Wasser zu schöpfen, aber die Wucht des Sturms hatte aus dem Boot ein Bündel loser Bambusstäbe gemacht – ein schwimmendes Sieb.
Gegen Abend des dritten Tages kauerte Fudenojo im Bug des Bootes, um dem Wind zu entgehen, dann stand er plötzlich auf und lauschte zuerst nach links, dann nach rechts. Einige Minuten später zeigte er nach links, und Shin-ho, der am Steuer saß, versuchte das Boot mit einigen Ruderschlägen langsam zu drehen.
Bald hörten sie in der Ferne die tosende Brandung. Fudenojo ging achtern und bedeutete Mangiro, näher zu kommen. Die drei standen im Heck des Bootes, manchmal bis zur Taille, manchmal bis zum Knöchel im Wasser.
»Wir nähern uns irgendeinem Land und können uns nicht mehr allzu lange halten«, brüllte Fudenojo. »Mangiro, du hilfst Shin-ho, auf das Geräusch der Brandung zuzurudern. Ich übernehme das Steuer und versuche, das Boot auf den Strand zu setzen.«

Das Donnern wurde lauter und lauter. Bald tauchten Gischtfontänen vor ihnen auf. Die Wellen kamen jetzt von hinten, trieben das Boot schneller voran, einige brachen sich über dem Heck. Fudenojo packte die Bugschnur und stieg auf den Querbalken, um besseren Überblick über den Landeplatz zu haben. Das kleine Boot schlingerte heftig. Er ließ sich nicht aus dem Gleichgewicht bringen, und nach einigem Hin-und-her-Schwanken machte er sich auf den Weg in Richtung Heck.

Die drei kauerten sich zusammen, und Fudenojo erteilte die nötigen Anweisungen. »Ihr zwei rudert weiter in die Richtung, die ich euch befehle. Vor uns sind Felsen, kein Strand. Ich übernehme das Steuer, kurz bevor wir auf sie zugetrieben werden. Zieht eure Stiefel und Regencapes aus. Wenn wir aufprallen – springt! Shi-ho zuerst, dann Mangiro, dann ich. Habt keine Angst vor den Wellen. Klammert euch an einen Stein, wartet ab und laßt euch dann von der nächsten Welle vorwärts tragen. Wie das Kappa, das Jakato wollte, müßt ihr halb Schildkröte, halb Frosch sein. Kauern und springen, kauern und springen. Viel Glück!«

Weiße Gischtsäulen und das Donnern der Tonnen von Wasser, die über die Felsen brandeten, rückten näher. Der Meisterfischer dirigierte das Boot in die brüllende Wand aus Schaum und Wasser hinein. Er wartete – um die Entfernung einzuschätzen und den Wellenrhythmus abzupassen. Sie kamen in Fünferreihen, dann eine leichte Unterbrechung, dann wieder die größte Welle der nächsten Fünferreihe. Das Boot wurde hochgehoben, und jetzt sahen sie zum ersten Mal die Küste: glänzendes, schwarzes, vulkanisches Gestein, umsäumt von weißer Gischt, die vom Wind an Land gepeitscht wurde.

Fudenojo watete zum Bug. Er stieg noch einmal auf den

Querbalken, um einen letzten Blick auf den Landeplatz zu werfen, dann sprang er herunter, zog sich seine Seehundstiefel und das Regencape aus und watete zum Heck. Er löste die beiden am Steuer ab und brüllte ihnen durch das Getöse der Wellen zu: »Springt, wenn das Boot aufschlägt!«

Sie gingen zum Bug, zogen die schwere Kleidung aus und warteten.

Fudenojo wußte, daß er nur eine Chance hatte: sich auf der größten Welle soweit wie möglich landeinwärts treiben zu lassen. Er prüfte den Abstand zwischen den Felsen und den Wellenreihen. Das Boot schlingerte, legte sich seitwärts und rollte hin und her. Es erklomm die fünfte Welle und war in der richtigen Stellung für die große, die auf sie zurollte. Er ruderte wie besessen mit dem Steuer und brachte in letzter Sekunde das Boot seitlich zur Welle in Position. Das Schiff ritt auf der Welle wie ein Stück Holz und raste auf die schwarzen Steine zu. Es flog über kleine, messerscharfe Riffausläufer.

Shin-ho klammerte sich an die Bugschnur. Er kauerte auf dem Querstreben, Mangiro dicht hinter ihm. Das Boot schlug auf. Shin-ho katapultierte nach vorne wie ein Stein aus der Schleuder und traf auf einen großen, glattgeschliffenen Felsblock auf. Benommen streckte er die Arme aus und versuchte, sich festzuklammern.

Mangiro und Fudenojo sprangen auf kleinere Felsen und hielten sich krampfhaft fest, um nicht vom Sog der Wellen mitgerissen zu werden. Sie sprangen von Stein zu Stein auf Shin-ho zu und klammerten sich zwischendrin immer wieder an den Felsen fest, wenn eine neue Welle über ihnen zusammenschlug.

Shin-ho verlor den Halt, und sie mußten mitansehen, wie

er zwischen die Felsblöcke glitt und seine Fingernägel am Stein abrutschten. Die nächste Welle überflutete die Lücke, in die er gefallen war. Die beiden anderen kletterten auf den großen Felsblock, von dem er abgerutscht war. Sie legten sich auf den Bauch und warteten, bis eine große Welle über ihnen zusammenschlug und ihr bewußtloser Freund an die Oberfläche trieb. Beide streckten die Arme nach ihm aus, aber Shin-hos Hemd war weggespült worden, seine Arme hingen nach unten und seine kurzgeschnittenen Haare kriegten sie nicht zu fassen. Mangiro gelang es, ein Ohr zu packen. Fudenojo griff seinem Freund in den Mund. Die Welle raste an Land, und sie hielten Shin-ho seitlich neben dem Felsblock, bis die nächste Welle ihn hochhob und sie ihn auf den Stein zerren konnten. Sie legten sich, keuchend nach Luft ringend, über ihren Kameraden und hielten ihn fest, damit er nicht weggespült werden konnte.

Shin-ho atmete noch, blutete aber aus Hunderten von kleinen Schnitten. Die Wellen hatten ihn über die rasiermesserscharfen Muscheln seitlich an den Felsen hin und her geschleudert. Fudenojo und Mangiro zogen seinen bewußtlosen, blutenden Körper außer Reichweite der Brecher.

Bei einer kurze Verschnaufpause merkten sie, daß es regnete. Sie formten ihre Hände zu Schalen und tranken, dann wuschen sie sich die Salzkrusten von den Augen. Sie versuchten, Shin-ho abzuwaschen, aber er hörte nicht auf zu bluten. Fudenojo machte sich auf die Suche zwischen die Felsen und kam mit einem Armvoll Seetang zurück, mit dem sie Shin- hos nackten, verwundeten Körper einwickelten. Fudenojo und Mangiro suchten sich einen vor Wind und Regen geschützten Platz zwischen den Felsen und legten sich neben ihren Freund, um ihn mit ihren Körpern

zu wärmen. Sie deckten sich mit Seetang zu und schliefen zitternd ein.
Mangiro wachte auf, hatte aber keinerlei Begriff von der Tageszeit. Die donnernde Brandung warf weiße Gischt in den grauen Himmel, die zurück in die dunkle See stürzte. Shin-hos Körper glühte vor Fieber. Fudenojo war verschwunden. Mangiro kletterte auf einen großen Felsblock und sah, wie der ältere Mann über den Strand auf ihn zukam.
Fudenojo war splitterfasernackt und trug einen toten Pinguin über der Schulter. Er warf den großen Vogel hinauf auf den Felsen vor Mangiros Füße und sagte: »Sie hat frische Eier im Bauch. Ich habe versucht, den Kopf abzuschneiden, aber mein Messer ist zu stumpf, also hab ich sie ausgeweidet. Da erst habe ich die Eier gesehen, auf denen sie gesessen war. Das war sehr seltsam, ich hatte gedacht, sie wäre tot, aber als ich mich gebückt habe, um die Eier herauszuholen, ist sie hochgesprungen und hat mich in die Beine gehackt.«
Der Mann und der Junge setzten sich und aßen rohes Pinguinfleisch. Die Eier hoben sie für Shin-ho auf.
»Hatten Sie nicht mehr an, als wir gelandet sind?« fragte Mangiro.
»Nicht viel mehr. Komm, ich zeig's dir.« Fudenojo führte Mangiro auf die andere Seite des Vulkanatolls, das an seiner breitesten Stelle kaum hundertfünfzig Meter maß. »Dort!« Er zeigte auf einen Felsen, der oben vom Kot der Seevögel völlig weiß war. »Ich hab meine Kleider zerrissen, das, was von ihnen übrig war, und aus den Streifen Schlingen gemacht, die ich auf dem Felsen ausgebreitet habe. Wenn die Vögel landen und dabei in eine Schlinge treten, zieht sie sich um ihren Fuß zusammen, und sie können nicht mehr fliegen. Deine Arbeit wird es sein, einen windgeschützten

Platz zu finden, von dem aus du sie beobachten kannst. Wenn ein Vogel in die Falle geht, mußt du ihn packen, bevor er ins Meer flattert. Halt Ausschau nach Wrackteilen vom Schiff in der Brandung. Ich geh zurück zu Shin-ho und schaue, ob ich sonst noch etwas Brauchbares finde.«

Mangiro fand einen Platz zwischen Felsblöcken, der abseits vom kalten Wind lag. Vögel landeten, watschelten in, auf und über die Stoffallen, ohne daß sich ein einziger verhedderte. Ab und zu blieb ein Vogel mit der Klaue am Stoff hängen, und Mangiro hielt gespannt den Atem an, aber die Schlinge zog sich nicht zu. Er zog Fäden aus seiner grobgewebten Jacke und flocht sie zu einer Schnur. Daraus knotete er eine lose Schlinge, band das Ende an nassen Seetang und legte seine Fallen auf den Fels. Zusammen mit den Schlingen, die Fudenojo gemacht hatte, konnte er daraus ein noch besseres Netzwerk herstellen.

Ganz vertieft in seine Arbeit, hörte Mangiro plötzlich schrilles Kreischen auf dem Felsen. Er sprang auf und hüpfte schnell von Stein zu Stein. Er landete auf allen vieren und versuchte, das Ende der Schlinge zu packen, die sich um die Kralle eines Vogels festgezurrt hatte. Andere Vögel flüchteten mit lautem Wutgeschrei. Der gefangene Seevogel flatterte mit seinen Riesenflügeln und schrie in den Wind, als Mangiro ihn unmittelbar vor dem Ende des Felsens erwischte. Er klemmte sich den Vogel unter den rechten Arm; den peitschenden Wind und die kalte, salzige Gischt spürte er überhaupt nicht mehr. Mit der Linken packte er den Schnabel und löste mit den Fingern der Rechten die Schlinge.

Aus dem Augenwinkel heraus sah Mangiro dicht unter sich einen Felsblock, der sich bewegte. Mit einemmal blickte er in die Augen eines Seeungeheuers. Der Vogel strampelte sich unter seinem Arm frei und flog davon. Der Junge saß reglos da und starrte auf die entsetzliche Kreatur, die nur fünf Fuß vor ihm saß. Sie war siebzehn Fuß lang und hatte über endlosen Rollen von Fett eine rauhe, haarlose Haut. Vorne verjüngte sich der Körper zu einem kleinen, häßlichen Kopf mit Knopfaugen und langen Schnauzhaaren über dem langen Maul. Das ist ein Seeungeheuer, das Menschen frißt, dachte er. Er war wie gelähmt vom Blick der Bestie. Das Ungeheuer beugte seinen Kopf ins Wasser, baute sich drei Fuß vor dem knienden Jungen auf, starrte ihm in die Augen und spuckte ihn voll Wasser.

Das kalte Wasser befreite Mangiro aus seiner Erstarrung. Er sprang auf und rannte davon, von Felsblock zu Felsblock, von Stein zu Stein springend, bis er keuchend zu Fudenojos Füßen zusammenbrach und seine Geschichte erzählte.

Die beiden gingen vorsichtig zum Felsen zurück. Der Meisterfischer glitt vorsichtig auf dem Bauch über den Felsblock, lugte behutsam über die Kante und fing an zu lachen. Er bedeutete Mangiro, zu ihm zu kommen. Der Junge zögerte, aber dann schlich er näher. Das Ungeheuer saß immer noch am selben Platz und schaute zu ihnen hoch.

Fudenojo lachte wieder. »Das ist ein See-Elefant, wahrscheinlich einer der häßlichsten, aber auch einer der harmlosesten Meeresbewohner.«

Die riesige Kreatur steckte den Kopf wieder ins Wasser, dann spuckte sie Meerwasser über Fudenojos Kopf. Mangiro versuchte, sich das Lachen zu verkneifen, aber als Fudenojo kicherte, brachen die beiden, nackt wie sie waren, auf dem Felsen unter wildem Gelächter zusammen. Der See-Elefant gab ihrer Heiterkeit den Rest, weil er sie noch einmal voller Wasser spuckte.

Am Nachmittag fieberte Shin-ho immer noch. Die Schnitte in seiner Haut fingen an zu eitern. Mangiro versuchte mühsam, die Schüttelfrostanfälle, die seinen Körper immer wieder überfielen, zu unterdrücken. Er fragte sich, wieso Fudenojo mit seinem langen, muskulösen Torso, den sehnigen Armen und seinen kurzen krummen Beinen die Kälte, der Regen und der Wind nichts ausmachten. Der ältere Mann wußte, daß es nur eine Frage der Zeit war, bevor der Junge zusammenbrechen würde. Er befahl Mangiro, sich auf Shin-ho zu legen, um sich an ihm zu wärmen.
Gegen Abend kehrte Fudenojo mit den Vogelfallen und einem leeren Wasserfaß aus ihrem Boot zurück. Er ließ Mangiro und Shin-ho bis zu den Schultern ins Faß kriechen, dann legte er sich auf sie, so daß sie eine Pyramide bildeten. Das Faß gab ihnen in dieser Nacht ein wenig Schutz vor Wind und Regen.
Am nächsten Morgen aßen Mangiro und Fudenojo wieder rohes Pinguinfleisch. Shin-ho trank nur etwas Wasser, das sie aus Felsmulden sammelten. Er zitterte unaufhörlich, und sein Körper glühte vor Fieber.
Fudenojo ging die Brandungslinie des Atolls ab und suchte nach brauchbarem Treibgut oder Wrackteilen, die ihnen Schutz geben konnten. Hier und da sah er Bambusstücke auf der schäumenden Gischt tanzen, sonst jedoch nichts.
Mangiro setzte die Schlingenfallen auf dem Vogelfelsen und nahm seinen Beobachtungsposten ein. Von Zeit zu Zeit döste er ein, während die Vögel hin und wieder aus den Fallen staksten. Aber sein zitternder Körper holte ihn bald wieder zurück in die Wirklichkeit des Windes und der Kälte. Eine Falle schloß sich nicht einmal, als der Vogel sie bis zur Felskante zerrte. Fast schien es, als lachte der Vogel, als er die Schlinge zur Seite in die Brandung abschüttelte.

Mangiro kroch hinaus auf den Felsen. Die Vögel flogen kreischend vor Wut hinaus aufs Meer, dann kehrten sie im Sturzflug zurück und schwebten über seinem Kopf, ließen sich vom Wind und ihren weitausladenden Schwingen in Stellung halten, um dem Störenfried wüste Beschimpfungen zuzuschreien. Er sammelte die Fallen ein, konzentrierte sich, so gut es ging, löste alle Knoten und band sie wieder neu. Er fertigte eine Schlinge mit einer langen Schnur, die er von seinem Beobachtungsposten aus halten konnte. Er legte die einzelne Falle aus und führte die Schnur zu seinem Platz zwischen den Felsen.
Die Vögel kehrten auf ihren Hochsitz zurück und staksten hochnäsig über den weißen, kotverkrusteten Felsblock. Jetzt hatten zwei große Möwen ihre Füße in der Falle. Mangiro zog langsam die Schlinge zu. Einer der Vögel stieg im letzten Moment aus der Falle. Der Junge riß an der Schnur, sie verfing sich um den einen Fuß, und der Vogel versuchte vergeblich davonzuflattern. Der Wind trieb den Vogel hoch wie einen Drachen, aber Mangiro zog ihn Stück für Stück herunter.
»Ahoi! Ahoi auf der Insel!«
Hundert Yards vor der Brandungslinie schwamm ein schlankes, weißes Boot mühelos auf den Wogen. Männer saßen an langen Rudern, ganz anders als die Japaner, die im Stehen ruderten. Mangiro winkte mit einem Arm und hielt mit der anderen die Fallenschnur. Er winkte den Ruderern zu und sie ihm, dann legten sie sich in die Riemen und steuerten zur anderen Seite der Insel. Fudenojo dirigierte das Boot mit Handzeichen. Mangiro zerrte den reglosen Vogel aus der Brandung und lief dann zu der Stelle, an der Shin-ho lag.
Fudenojo kniete bereits neben seinem Freund und zog den

steifen Seetang von seinem Körper. Er schaute hoch zu Mangiro. »Du wirst mit Shin-ho auf das Schiff der Ausländer gehen.«

»Und Sie?«

»Ich werde bleiben.«

»Sie werden sterben!«

»Vielleicht. Aber ich habe die Verantwortung, deiner Mutter von dir, Jakato und Shin-ho zu erzählen.«

»Das werden Sie nie überleben! Ich entbinde Sie von der Verpflichtung, es meiner Mutter zu erzählen!«

»Du entbindest mich davon?« Fudenojo war schockiert.

Mangiros Kopf beugte sich ob dieser Verletzung der Etikette.

Fudenojo schlug sich mit der Faust an die Brust. »Es ist meine Pflicht zu bleiben! Es ist deine Pflicht zu gehen!«

»Wir werden Japan nie wieder sehen! Es ist verboten, wenn wir uns ihnen jetzt anschließen.«

»Ich, der Meisterfischer, befehle es dir! Jetzt pack mit an!«

Sie bückten sich und packten Shin-ho an Armen und Beinen. Unter großen Schwierigkeiten gelang es ihnen, ihn auf einen vulkanischen Felsvorsprung über der Brandung zu zerren. Fudenojo winkte das Boot näher heran. Eine Leine wurde fachmännisch vom Boot zum Felsen geworfen. Der Meisterfischer wickelte sie schnell zweimal um die Brust seines bewußtlosen Freundes und dann um Mangiro. Er schaute in die Augen des Jungen, dann schob er Shin-ho und Mangiro vom Vorsprung in das wogende, kalte Wasser. Die Männer auf dem Boot zogen sie schnell durchs Wasser. Mangiro schlug mit Kopf und Schulter gegen das tanzende Boot. Er schaute hoch, und da war es, das legendäre große, rote, haargesichtige, grünäugige Ungeheuer, und aus seiner glänzenden Haut streckten sich zwei riesige, haarige Hände und hoben Mangiro und Shin- ho in einem Zug aus dem Wasser und ins Boot.

»O Herr des Meeres und des Himmels, wem hast du mich da ausgeliefert?«

2

An Bord der *J. Howland* wurden die beiden bewußtlosen Fischer sofort in die Kombüse verfrachtet, den wärmsten Platz auf einem Walfänger, auf dem seit zwei Monaten kein Fisch mehr getötet worden war. Cooky ließ die beiden Schiffbrüchigen in Decken wickeln und neben den Ofen legen. Er versuchte, ihnen heißen Tee mit viel Zucker einzuflößen. Nur der Jüngere war fähig zu trinken und wurde dann ins Mannschaftsquartier gebracht. In seiner Funktion als Schiffsarzt ließ Cooky den älteren Mann neben dem Ofen liegen und versuchte, so gut es ging, die eitrigen Wunden zu versorgen, mit denen der Körper des Mannes übersät war.

Mangiro schlief zwei Tage lang. Er erwachte, als der zweite Maat, Deacon Gilhooley, ihn rüttelte. Er rieb sich die Kruste von den Augen und sah ein blasses Gesicht mit roten Haaren über sich schweben. Aufgerissene, runde, grüne Augen starrten ihn an. Das Ungeheuer streckte eine große Hand nach unten und setzte ihn an der Kante der Koje auf. Mangiro überlegte verzweifelt. Welchen Gott sollte er um Gnade anflehen? Aber es fiel ihm kein Gebet ein. Er konnte einfach nicht klar denken.

Das Ungeheuer gab ihm eine heiße Tasse Tee in die Hand und führte sie ihm an den Mund. Mangiro schluckte das süße Gebräu trotz seiner Angst, ohne die Augen von dem häßlichen Gesicht vor sich abzuwenden. Die Wärme und der Zucker, der durch sein Blut zirkulierte, brachten Mangiro zu der Überzeugung, daß dieses Ungeheuer vielleicht wie ein See-Elefant war, nur ein abstoßender, stinkender, aber freundlicher Riese.

Das rote Haar im Gesicht teilte sich und Worte kamen aus rosa Lippen, die von großen, glänzenden, weißen Zähnen umsäumt waren. Mangiro konnte nur noch an eins denken: an das, was laut Shin-ho zu tun war, wenn man ein Kappa trifft. Er sprang auf, ließ die Decke zu Boden fallen und verbeugte sich splitterfasernackt. Das Monster brüllte, dann hob es ihn auf, zog ihm einen Pullover über den Kopf und zeigte dann auf die anderen Sachen am Boden. Mangiro verstand, daß er sich anziehen sollte, wußte aber nicht wie. Man half ihm behutsam in die seltsamen Kleider und zeigte ihm, wie man Wellington-Stiefel bindet.

»Deacon«, wiederholte das Monster einige Male und zeigte auf sich selbst.

Der Junge begriff sofort. Er klopfte sich auf die Brust und sagte seinen eigenen Namen. Der Bärtige nickte und bedeutete ihm dann, ihm zu folgen.

Als Mangiro den Kopf aus der Luke steckte, peitschten ihm der Seewind und die Gischt ins Gesicht. Er schaute über das schräge Deck, über die Reling und sah riesige Wellen vorbeirasen. Über ihm, so weit das Auge reichte, war ein Gewirr von Leinen, Segeln und den Stämmen riesiger Bäume. Zwei Männer bückten sich, packten ihn unter den Armen und hoben ihn an Deck. Von hier aus sahen die Wellen kleiner aus, weil das Schiff so groß war. Man führte ihn zu einer Gruppe Männer, die mittschiffs in der Nähe der Reling standen. Sie traten zur Seite, um ihn durchzulassen. Wind und Gischt peitschten ihm ins Gesicht. Hockmeyer, der große Maat und Leiter der Flenserei, nahm seinen Wollhut ab, setzte ihn Mangiro auf den Kopf und zog ihn ihm über die Ohren. Auf dem Deck, mit den Füßen zur Reling, lag Shin-ho. Sein Körper war in einen Segeltuchsack eingenäht, und man hatte ihm Steine an die Füße gebunden. Seine Augen waren geschlossen, und sein wächsernes Gesicht ein vertrauter Anblick für einen Jungen aus einem armen Fischerdorf. Mangiro berührte Shin-hos Gesicht, dann strich er ihm kurz über die Wangen, richtete sich auf und trat zurück.

Captain Whittefield nickte Deacon Gilhooley zu und sagte: »Sie waren mal für die Kirche bestimmt. Sie machen das wohl besser.«

Cooky war mit dem Zunähen des Sackes fertig.

Deacon wandte sich an den Jungen. »Du verstehst kein Wort und bei euch Heiden wäre die Zeremonie anders, aber das hier ist ein christliches Schiff, und wir glauben, der Schöpfer hat alle Menschen erschaffen.«

Er zog eine abgewetzte Bibel aus der Tasche und las die Worte, die denen, die zur See fahren, so vertraut sind. Dann nahm er Mangiro beim Arm und ging ein paar Schritte zurück. Vier Männer traten vor und hoben die Planke, auf der Shin-ho lag. Der Kapitän nickte, sie kippten die Planke, und die Leiche glitt nahtlos in eine vorbeiziehende Welle. Die Männer verteilten sich auf Deck, und der Kapitän machte sich auf den Weg zur Brücke.

»*Town-hooo! Town-hooo!*« kam der uralte Schrei der Walfänger aus dem Ausguck hoch über dem Deck. Alle schauten hoch. Old Peter, der hundert Fuß über ihnen im Korb kauerte, brüllte: »Vier Buckel. Zwei Strich Backbord vom Bug, ungefähr drei Meilen Entfernung.« Kapitän Whittefield stand schon mit dem Teleskop auf der Brücke, als Peter wieder lossang: »Sie blasen! Sie blasen! Gottverdammich, wie sie blasen! Noch drei, Kapitän. Eine Herde von sieben Spermwalen.«

Deacon Gilhooley schüttelte drohend die Faust nach oben. »Keine Gotteslästerung, Peter ...«
Seine restlichen Worte gingen im Jubelgeschrei der Mannschaft unter.
Pistchiani, Kommandant von Boot Nummer eins, der alle Männer an Bord außer den beiden Maaten überragte, packte Mangiro um die Taille und hob ihn hoch. Er tanzte mit dem Jungen übers Deck, als wäre er eine Puppe. »Du bist unser Glücksbringer, Mungi, Mungo ...«
Mangiro glaubte, jetzt müßte er sterben. Die Teufel hatte Shin-ho in ein nasses Grab gestürzt, und jetzt war er an der Reihe.
Die Mannschaft sang im Chor: »Mungi, Mungo.«
Die weißen Dämonen tanzten wie eine Horde rundäugiger Verrückter um ihn herum.
»Macht euch bereit, alle Boote zu Wasser zu lassen!« kam der Befehl von der Brücke.
Mangiro wurde einfach fallengelassen. Die Mannschaft verteilte sich auf Deck, als das Schiff nach Backbord drehte. Jede Planke vibrierte, so schnell rauschte der dickbäuchige Walfänger durch die Wogen. Mangiro richtete sich schwankend auf, als die Männer zu ihren Posten rannten, einige kletterten in die Takelage, um besser zu sehen.
Jetzt glaubte Mangiro, die Ausländer würden das Shin-ho zu Ehren machen – das Brüllen, das Tanzen und das Singen, dies alles war ein Teil ihres merkwürdigen Beerdigungsritus. Dann merkte er, daß etwas in Fahrtrichtung sie so in Aufregung versetzte.
»Kapitän«, rief Cooky, »darf ich den Jungen auf die Brücke bringen? Er hat vielleicht noch nie einen Wal gesehen.«
»Bringen Sie ihn rauf, Cooky!«
Auf der Brücke ließ Mangiro seinen Blick von Horizont zu

Horizont übers Meer schweifen. Eine Meile vor ihnen sah er etwas Ähnliches wie Dampf aus kleinen Vulkanen aus dem Wasser sprühen, dann hoben und senkten sich schwarze Buckel aus dem Meer, Kolosse pflügten durchs Meer. Er hatte schon Delphine und Narwale vom Ufer aus beobachtet. Einmal war Jakato mit ihm einen halben Tagesmarsch weit gelaufen, um ihm einen gestrandeten Wal zu zeigen, den ein anderes Dorf für sich beansprucht hatte. Aber dieser Anblick von einem Walfänger auf hoher See erfüllte ihn mit Ehrfurcht.

»Dort blasen sie!« kam der Ruf von oben.

Mangiro sah, wie die Schwänze sich aus dem Wasser hoben, einer von ihnen war zwanzig Fuß breit. Die Hälfte des sechzig Fuß langen Körpers stieg aus dem Wasser, dann klatschte er mit einem Donnerschlag und einer riesigen Gischtwolke wieder herunter.

»Sie sind getaucht«, brüllte Old Peter.

Der Kapitän schob sein Fernrohr zusammen und griff sich das Megaphon. »Alle Mann antreten! Essen fassen! Bootskapitäne zur Brücke!«

Cooky zog Mangiro die Leiter hinunter zu sich in die Kombüse. Aus einem dampfenden Topf auf dem Ofen löffelte er dicken Eintopf in Blechschüsseln. Er steckte in jede Schale einen Löffel und einen Zwieback, dann reichte er sie Mangiro und zeigte auf die Männer, die vor der Tür anstanden.

Auf der Brücke unterhielt sich Kapitän Whittefield mit den drei Bootskapitänen. »Die Herde weiß, daß sie gejagt wird. Deshalb sind sie getaucht. Aber sie halten es höchstens eine Stunde unter Wasser aus, dann müssen sie zum Luftholen aufsteigen. Laßt in dreißig Minuten alle Boote zu Wasser. Dann segelt fächerförmig vor uns her, eine halbe Meile

Abstand zwischen den Booten, das Boot von Hockmeyer in der Mitte. Irgendwelche Vorschläge?«
Pistchiani, Walfänger in zweiter Generation aus Sag Harbor, sagte: »Sir, wenn es eine Bullenherde ist, dann ist der Fächer am besten, aber wenn's ein Harem ist, wäre ein Keil besser. Wir würden dann versuchen, eine der Kühe zu verwunden, dann würden sich die anderen um sie scharen, und der Bulle wird zurückbleiben, um sie zu schützen. Dann können zwei Boote dem Bullen den Weg abschneiden, und das dritte verfolgt die Kühe.«
Der Kapitän richtete sein Megaphon nach oben: »Peter, sind es Bullen oder Kühe?«
»Ein Harem, Sir, ein verdammter blauer Harem!«
Die Marine macht's doch immer am besten, dachte Kapitän Whittefield. Man berät sich vor dem Angriff mit seinen Nachwuchsoffizieren und fällt dann die Entscheidung. »Wichtig ist: Mägen vollschlagen! Die Halbmeilendistanz zwischen den Booten einhalten! Und Öl mit zurückbringen.«
Um elf Uhr vormittags beobachtete Mangiro mit offenem Mund, wie das riesige Großsegel eingeholt wurde, damit die Boote ausgesetzt werden konnten.
»Boote ab!« kam der Befehl von der Brücke. Backbord und steuerbord des Walfängers klatschten drei achtundzwanzig Fuß lange Boote mit Rundböden aufs Wasser. Die zentimeterdicken Zedernplanken und Zwei-Meter-Balken gaben ihnen soviel Auftrieb, daß sie übers Wasser sausen konnten wie Windhunde über die Bodenwellen in einem frisch gemähten Feld. Die Ruder wurden eingeholt und die Segel gesetzt. Mangiro schaute den Booten nach, die sich in einer steifen Brise rasch vom Mutterschiff absetzten.
Auf Walfängern war traditionsgemäß der Ruderer am Bug

auch der Harpunier. Wenn dann der Wal in Schußweite kam, gab der Bootskapitän, von seinem Platz an einem zweiundzwanzig Fuß langen Ruder aus, dem Harpunier, der oftmals schon ein oder mehr Stunden am Ruder hinter sich hatte, das Zeichen zum Werfen der Harpune. Der Harpunier mußte dann sein Ruder einholen, aufstehen, sich umdrehen, die Waffe aus dem Stauraum am Bug holen und werfen. Sehr oft traf er dann sein Ziel nicht, weil seine Muskeln vom Rudern überanstrengt waren. Oder wenn doch, dann bohrte sich der Pfeil nicht weit genug ins Fleisch und wurde von dem Koloß wieder abgeschüttelt. Falls das Eisen aber traf, tauschten der Harpunier und der Kapitän sofort ihre Plätze, vom Bug zum Heck, und diese akrobatische Meisterleistung fand meistens statt, wenn das Boot hektisch von Welle zu Welle sprang, gezogen von einem wütenden, verwundeten Wal.

Kapitän Whittefield hatte in den vier Jahren als Walfänger nach seinem Abgang bei der Marine schon zu viele Fische wegen des müden Arms eines Harpuniers verloren und schon zu viele Männer beim Plätzetauschen über Bord gehen sehen. Er begann damit, seine Walboote mit sieben Leuten loszuschicken. Zuerst schimpften die Männer über diese Neuerung des Mannes von der Marine, aber bald leuchtete ihnen ein, wie praktisch das war. Ein extra Mann am Ruder erleichterte bei einer langen Jagd die Arbeit der Ruderer. Der Bootskapitän wurde zum Harpunier. Er war derjenige, der mit der Lanze den tödlichen Stoß in die Lungen des Wals führte, der dem Tier das Blut durch das Spundloch hochjagte.

Jetzt sah Mangiro, wie drei Boote in V-Formation vor dem Mutterschiff segelten. Die Bootskapitäne hielten Ausschau nach den Signalflaggen vom Mutterschiff. Als Old Peter

vom Ausguck aus dunkle Schatten direkt vor dem Leitboot aus dem Wasser steigen sah, hißte er die Flagge, die »Fisch voraus« bedeutete.
Der Erste Maat Hockmeyer in seinem Boot an der Spitze der dahinrauschenden V-Formation stellte sich näher zum Mast und deutete auf einen Ruderer. »Rauf mit dir!«
Black Ben stellte seinen Fuß in die verschränkten Hände des Maats und stieg auf seine breiten Schultern. Er schlang einen Arm um den Mast und hielt Ausschau nach vorne. Die Sonne stand fast genau über ihnen und erleuchtete die Tiefen des hellblauen Wassers. Seine Augen suchten backbord und steuerbord nach verräterischen Schatten ab.
»Heiliges Kanonenrohr!« brüllte er. Dann flüsterte er aufgeregt: »Sie sind unter uns! Wir sind über ihnen!«
Ben sprang von der Schulter des Maats und setzte sich wieder auf seine Bank. Alle schauten über die Reling und sahen, wie die schwarze Masse in Windeseile von unten aufstieg.
Hockmeyer ließ die Segelschnur durch die Hand gleiten, um Fahrt zu verlieren. Er flüsterte heiser: »Ruhig, Jungs, sie können uns hören. Riemen fallen lassen. Fertig! Zusammen. Riemen fallen lassen!«
Die Männer ließen die Ruder ins Wasser fallen, die Bremswirkung hob sie aus den Sitzen. Sie lugten über die Seite auf die ominösen Schatten, die von unten auf sie zukamen.
Black Ben sagte wutentbrannt: »Ich schieb Old Peter seinen Bart so weit in den Hals, daß er sich am Arsch rasieren muß!« Er stemmte sich in die Planken und hielt mit aller Macht sein Ruder ins Wasser, dann grunzte er: »Gebt mir ein Rasiermesser, ich werd ihm den Arsch rasieren und ihm die Eier abhacken!«
Ihr Boot hob sich langsam aus dem Wasser.

Der Kapitän hielt sich das Teleskop ans Auge. Zusammen mit ihm beobachteten Cooky und Mangiro, wie der Kopf des riesigen Wallbullen wie ein schwarzes Gebirge direkt unter dem führenden Walboot hochkam. Das schlanke, lange, weiße Boot rutschte rückwärts den gigantischen Walkopf hinunter. Gleichzeitig tauchte eine kleinere Kuh auf und blies direkt neben ihnen eine Fontäne.
Das Boot rutschte auf den Sattel zwischen dem Kopf des sechzig Fuß langen Bullen und seiner gefährlichen Schwanzflosse.
Hockmeyer packte die Harpune.
»Du lieber Himmel, stech bloß jetzt nicht zu, dann sind wir alle tot!«
Das Boot schlingerte im Sog des Bullenkopfes. Der hochgewachsene Maat nahm den Arm zurück und schleuderte die Harpune mit aller Kraft auf die Kuh. Der eiserne Schaft grub sich bis ans Hohlheft in ihren Körper, und sie machte einen Satz nach vorn. Hockmeyer schlang die Harpunenleine einmal um den Ankerblock am Bug, und das Boot sprang, außer Reichweite der Schwanzflosse des Bullen, hinter der Kuh her.
Kapitän Whittefield verfolgte die atemberaubende Fahrt des Bootes. »Eine Klasse für sich, diese Yankee-Walfänger«, sagte er.
Mangiro leckte sich die Lippen, seine Augen glänzten im Jagdfieber. Er sah die Gischt und hörte den Donnerschlag, als die Schwanzflosse des großen Bullen aufs Wasser peitschte. Damit warnte er die Boote, die sich ihm näherten, auf der Hut zu sein. Die fünf übrigen Kühe schwammen langsamer, auch der Bulle fiel zurück, um seine Weibchen zu schützen.
Deacon und Pistchiani refften die Segel und näherten sich

dem Bullen mit Ruderkraft. Sie stimmten ein Lied an, um ihre Männer anzutreiben.

Die beiden Boote schossen übers Wasser, die Ruder bissen sich im Gleichtakt in die See und trieben das lange Boot vorwärts.

Deacons grüne Augen funkelten, sein roter Bart wehte im Wind, und er sang seine Lieblingshymne: »Oh, wie gut ist es doch, als Christ zu sterben. Rudert Männer, rudert.«

Die Ruderer antworteten mit dem Aufklatschen der Ruder und beugten ihre Rücken, dann sangen sie: »Hiev-ho, hiev-ho, keine Angst vor dem großen Wal. Rudert, Männer, rudert. Hiev-ho, hiev-ho. Gott hat Menschen geschaffen, um den Wal zu töten. Rudert, Männer, rudert. Hiev-ho. Zwanzigtausend Familien leben von einem Wal. Rudert, Männer, rudert. Hiev-ho. Ein großer Wal erleuchtet die Nacht mit Millionen Lichtern. Rudert, Männer, rudert.«

Pistchianis Boot schoß von Steuerbord her direkt auf ihn zu. Er schleuderte seine Harpune genau hinter dem Kopf in den schwarzen Körper. Deacons Boot kreuzte über die Schwanzflosse des Wals, um ihn von Backbord aus anzugreifen. Als die riesige Schwanzflosse in Reaktion auf den Schmerz auftauchte, überflutete ihre Bugwelle fast die Boote. Der Wal drehte nach Steuerbord und versuchte den Stachel aus seinem Fleisch zu ziehen. Das gab Deacon seine Chance. Er stand auf und suchte mit der linken Hand ein Ziel in der Seite des Wals. Dann hob er die Harpune mit der Rechten und warf. Volltreffer. Vor Schmerz hob sich die Schwanzflosse des Wals noch höher aus dem Wasser.

Pistchiani beobachtete, wie die Riesenflosse sich über sein Boot hob. »Springt! Springt!« rief er.

Alle Seeleute waren schon über Bord, als die riesige Flosse

mit Getöse die Zedernplanken zerschmetterte. Der Wal rauschte durchs Wasser, Deacons Boot und die Wrackteile von dem Pistchianis tanzten über die Wellen, gehalten von den Harpunen in dem riesigen Körper.

»Drei Strich Steuerbord!« befahl Kapitän Whittefield. Die Muskeln unter seiner glattrasierten, pockennarbigen Haut tanzten über seinen Kieferknochen. »Cooky, Rettungsboot zum Wassern klarmachen.«
Das große Schiff steuerte mit gerefftem Hauptsegel schwerfällig auf die Stelle zu, wo die Wrackreste trieben.
»Zwei Köpfe hoch!« sang Old Peter von oben. »Drei! Fünf! Alle sind oben, aber ein paar haben Schwierigkeiten!«
Der Kapitän sah durch sein Glas drei Männer auf Wrackteile zuschwimmen. Zwei schienen Schwierigkeiten zu haben, sich über Wasser zu halten, die anderen versuchten, ihnen gebrochene Holzteile zuzuschubsen.
»Fertig zum Wassern!« befahl der Kapitän. Der Walfänger hatte die Wrackteile fast erreicht. »Hart nach Steuerbord!«
Die *J. Howland* gehorchte. Die Segel erschlafften, sie schlingerte, als Cookys Boot auf dem Wasser aufschlug. Mangiro lief zur Reling und sah, wie ein Mann versuchte, einen anderen über Wasser zu halten, aber beide sanken unaufhaltsam. Das große Schiff glitt gerade an ihnen vorbei. Cooky hievte einen weiteren Seemann an Bord. Mangiro schnürte seine Wellingtons auf, zog sie aus und rannte zum Heck.
Der Kapitän sah, wie der Junge das Deck hinunterrannte und ohne eine Sekunde zu zögern über die Reling ins Meer sprang. Er landete genau neben den Männern, als der eine von ihnen gerade unterging.
Mangiro griff unter Wasser und bekam nur den Wollhut

des Seemanns zu fassen. Er tauchte unter und tastete blind um sich. Er erwischte die Haare des Mannes, zog den Mann hoch, konnte aber selbst, ohne loszulassen, sein Gesicht nicht aus dem Wasser heben, um Luft zu holen. Dann packte ihn plötzlich jemand am Kragen. Er ließ den Mann nicht los, und beide wurden ins Boot gehoben.

Die Mannschaft des Boots Nummer eins stand mit Cooky und Mangiro in der Kombüse. Sie waren eng aneinandergedrängt, jeder hatte in einer Hand eine Schüssel mit heißem Haferbrei, und in der anderen eine Tasse mit süßen Tee.

»Mungi oder Mungo«, prostete Pistchiani dem Jungen mit seiner Teetasse zu, »du magst ja ein heidnischer Japaner sein, aber du hast das Herz eines Christen und das Glück eines Kindes, das in Walscheiße geboren ist.«

»Hört! Hört!«

»Wie sollen wir dich nennen? Mungi oder Mungo?« fragte der große Mann den Jungen.

Cooky schlug Mangiro auf die Schulter. »Ich nenne in Mung nach einem alten Rezept aus Kapstadt, das Mung Juice heißt.«

»Dann soll es bei Mung bleiben«, Pistchiani erhob wieder seine Teetasse. »Aber er braucht einen christlichen Namen.«

»John«, rief Old Peter, der gerade zur Tür hereingekommen war. »John, wie der tote Sohn des Kapitäns!«

3

Fairhaven, Massachusetts, 10. September 1840, 4 Uhr 30 morgens.

Der Doppelton eines Kornetts hallte durch die Stadt, immer und immer wieder dieselben hohen und tiefen Töne. Der vierzehn Jahre alte John Whittefield schlug seine Quiltdecke zurück, zog sich seine schweren wollenen Socken und Hosen an und ließ sein Nachthemd aufs Bett fallen. In drei Minuten hatte er sich die Taschen voller Brot, Käse und Äpfel gestopft und war auf dem Weg zu seinem Schiff, wie viele andere, die sich in einer Art Prozession zum Strand begaben.

Eine große, blaue Flagge hing vom Mast am Hauptdock. Die Flagge und das Kornett signalisierten, daß ein Schwarm Bunkerfische in die Bucht geraten waren. John wußte, daß man die Bunker mit vier großen Netzen, die die Gemeinde eigens für diesen Zweck erworben hatte, in eine der kleinen Buchten gegenüber des Hafens treiben und dann die Netze zuziehen würde. Die Fische konnten dann herausgeholt und ans Dock gebracht werden, von wo aus man sie auf die Maisfelder brachte. Die Begründer von Fairhaven hatten von den Indianern gelernt, die Fische im Herbst in die Erde zu graben, sie im Frühling unterzupflügen und damit für eine bessere Ernte im Sommer zu sorgen.

Als John an seinem Boot angelangt war, sah er, wie vier Langschiffe mit den Gemeindenetzen und je sechs Mann am Ruder vom Hauptdock ablegten. Kleinere Boote folgten. Er legte einen glatten Baumstamm unter den Kiel seines Bootes, lief zum Bug und schob es rückwärts über den Baumstamm ins Wasser. Es war kein besonders schnelles Boot, aber stabil gebaut. Leute aus Long Island hatten es aus starken Eichenbohlen gebaut, mit hochgezogenem Bug und Heck, wodurch die Brandung gut zu bewältigen war.

Die Flut hatte ihren höchsten Punkt erreicht, und das Wasser im Hafen war ruhig, träge und durchsichtig wie Glas. Möwen tauchten in den Fischschwarm auf der anderen Seite der Bucht. Sogar auf diese Entfernung hörte man, wie sie mit vertrautem Gekreische die Sonne begrüßten und der Ruhe der Morgendämmerung ein Ende machten.

John watete durch das flache Wasser, wobei seine schweren Wollhosen, die er in die Schäfte der hohen Öltuchstiefel gesteckt hatte, kräuselnde Wellenlinien in das ruhige Wasser pflügten. Er zog sich ins Boot hoch und stieß sich mit einem der Ruder ab. Das Rudern brachte ihn zum Schwitzen, er zog sein Ölzeug aus, legte es gefaltet unter die Bank und durchquerte mit gleichmäßigen Schlägen die Bucht.

Die vier Langboote waren bereits in Stellung gegangen und warfen die Netze aus. Den kleineren Booten, die die Bucht durchquert hatten, wurden Plätze angewiesen, an denen sie sich anleinen mußten, um die vier Netze zu vertäuen und somit die Falle zu schließen, die den Fischschwarm in der schlammigen Bucht festhielt.

John zog seine Wollmütze aus und rollte die Augen nach oben, um zu sehen, wie der Dampf von seinem verschwitzten Kopf aufstieg. Er spannte die Muskeln in seinen Armen an, ein Gefühl, das er genoß. Er war größer als die meisten seiner Freunde und hatte bereits beachtliche Schultern im Vergleich zu seinen Hüften. Es gefiel ihm, seine Kraft anzuwenden, besonders wenn er sie geplant und in ganz speziellen Dingen einsetzen konnte. Steine von einem Feld zu räumen und aus ihnen einen Zaun zu bauen, bei dem alle Felsbrocken sich aneinanderfügten, war gute Arbeit. Noch besser gefiel es ihm, mit einem seiner Onkel Bäume zu fällen, sie in der Mühle zu Brettern zu machen, sie auszumessen und beim Möbelbauen zu helfen. Und das Beste überhaupt war es, den seit Generationen angeborenen Spürsinn einzusetzen, das Wissen, wie man sich den Wind zunutze machen konnte, um ein Boot durchs Wasser zu treiben, was ihm sein Vater beigebracht hatte. Er hatte schon einen Plan, wie er ein Segel für sein Brandungsboot bauen würde.

Ein Ruf von einem der Langboote brachte ihn wieder zurück in die Gegenwart. Die Sonne war aufgegangen, ihre Wärme legte einen leichten Dunstteppich auf das kalte Wasser des Hafens. Die Flut begann sich langsam zurückzuziehen, und John ruderte, um seine Position zu halten. Man wies ihm einen Platz am Ende des letzten Netzes zu. Vor ihm waren Mr. Knox und sein Enkel Timothy. Der alte Mann leinte sein Boot in etwa fünfzig Metern Entfernung an. Neben dem Boot von Mr. Knox war das letzte Langboot in Stellung gegangen, bereit, die Falle auf einer Sandbank hundert Meter weiter zu schließen.

John vollführte zwei kurze Stöße mit den Rudern, paddelte mit dem linken rückwärts, langte über die Reling und machte das Boot am Netz fest. Die ausströmende Flut drehte sein Boot. Als er über die Schulter schaute, sah er eine lange Reihe tanzender Korken und Boote. Der Druck der ausströmenden Flut und die zusammengebundenen Netze zogen die Falle um die Bunker zu. Er tauchte seine Ruder ein und setzte seinen ganzen Körper ein, um das Boot in Fahrt zu bringen. Er beobachtete, wie an einigen Stellen

im Netz das Wasser brodelte und Fische in die Luft sprangen.
Es beeindruckte ihn, wie man sich die Kraft der Flut und der Strömung zunutze machte, um die Netze in die richtige Position zu bringen. John war das erste Mal alleine beim Einkreisen der Fische dabei, weil sein Vater in New Bedford war, um Proviant für die bevorstehende Reise einzukaufen. Jetzt erst begriff er die Worte seines Vaters, der ihm einmal über das Zusammenwirken von Mensch und Natur und Mensch und Gott gesprochen hatte.
Er und das Boot schienen sich gar nicht zu bewegen, aber die Fische sprangen immer heftiger. Ein Blick über die Schulter bestätigte ihm, daß die Falle geschlossen war. Er hörte Timothy Knox mit seinem Großvater reden und vernahm das Klatschen der Ruder. Ihm fiel auf, daß die Möwen aufgehört hatten, schreiend in den Fischschwarm zu tauchen. Sie kreisten über ihm. Das Geräusch ihrer flatternden weißen Flügel, die sich vor dem unheimlichen, graublauen Himmel abzeichneten, prägte sich in sein Gehirn ein.
Ein Ruf vom Langboot wurde von Mr. Knox wiederholt. John ließ seine Ruder fallen, legte die Hände an den Mund und gab den Ruf weiter: »Achtung!«
Der Ruf pflanzte sich entlang des meilenlangen Netzes von Boot zu Boot fort. John sah Mr. Knox und die anderen in Richtung Fairhaven zeigen. Auch er zeigte dorthin, und dann sah er, wie die große, blaue Flagge am Stadtpier plötzlich von einem starken Wind erfaßt wurde und der lange Mast sich unter dem Druck bog. Mit einemmal bildeten sich Schaumkronen auf dem Wasser in der Nähe des Docks. Eine Barke riß sich los. Wie ein Spielzeug schleuderte eine heftige Böe sie gegen die Pfähle eines Kais, der über ihr zusammenbrach. Das Giebeldach eines Lager-

schuppens auf dem Hauptpier segelte in die Höhe und hinaus aufs Wasser.

»Leinen kappen!« brüllte Mr. Knox.

Noch ehe John den Ruf weitergeben konnte, verlor er den Halt und klatschte auf die Planken seines Bootes. Seine Schulter prallte gegen ein Ruder, das aus seiner Halterung riß und über Bord ging. Das Boot hüpfte und schaukelte im heulenden Wind. John ging in die Knie und lugte über die hohen Bordwände des Brandungsbootes. Aus allen Richtungen schossen Wellen auf ihn zu. Er riß an dem ihm noch gebliebenen Ruder, um es ins Boot zu holen. Einen Moment lang sah er Mr. Knox noch an der Leine zum Netz herumhacken, dann verschwamm alles in einer Wand von Regen. Die Küste war nicht mehr zu sehen.

Er klammerte sich an die Bootswand und kniff die Augen zusammen, um durch das Wasser hindurch, das über sein Gesicht lief, sehen zu können, dann holte er sein Messer aus dem Halfter und hackte einmal zu. Der Toledo-Stahl durchtrennte die Schnur wie Butter. Das Boot schoß davon, wobei es heftig seitwärts und vorwärts schlingerte. Er versuchte sich zum Schöpfeimer durchzukämpfen. Jetzt, wo das Boot vom Netz befreit war und die Wellen nicht mehr über die Reling schwappten, füllte es sich rasch mit Regenwasser. In der Finsternis der Sturzfluten wurde er umhergeschleudert und verlor jede Orientierung. Er kniete im Boot und klammerte sich, das Ruder zwischen die Beine geklemmt, an die Ruderbank, um das Gleichgewicht nicht zu verlieren.

So schnell, wie er gekommen war, hörte der Regen wieder auf. Der Wind blies scharf aus Nordosten in dieselbe Richtung wie die ausströmende Flut. Viele Boote waren gekentert. Andere trieben genauso hilflos wie er dahin, mit

gebrochenen Masten und ruderlos, vorbei an New Bedford. In kaum zwanzig Fuß Entfernung hielt Mr. Knox sein Boot mit einem Ruder ruhig, das er in die Sandbank gerammt hatte, welche jetzt zwei Fuß unter Wasser lag.
Als John auf gleicher Höhe mit dem alten Mann war, sprang er nach vorn und warf seinen Anker aus. Er traf auf Grund und hielt. Dann packte er den Schöpfeimer und schöpfte wie ein Besessener Wasser aus dem Boot. Er hörte, wie der alte Mann seinen Enkel beruhigte. John war erleichtert, daß der Wind aufgehört hatte und er das Gespräch verstehen konnte. Er schaute hoch zur Sonne, die von einem seltsamen Kreis umringt war. Das Geschrei der Leute in Seenot pflanzte sich über das Wasser fort. »Mr. Knox«, rief John, »alles in Ordnung?«
Der alte Mann versuchte unbeirrt, seinen Enkel auf dem Boot zu sich her zu locken.
John ging zum Bug, holte seine Ankerleine ein und zog sich näher an das Boot ran. »Mr. Knox, kann ich Ihnen helfen?«
Der Großvater, in kaum zehn Fuß Entfernung, hatte das Ruder mit beiden Händen gepackt und machte den Mund auf, um etwas zu sagen, aber seine Worte gingen im Getöse des Sturms unter. Die Macht des Windes und der neuerliche Wolkenbruch rissen ihm das Boot unter den Füßen weg. Er hing nur noch am Ruder auf der Sandbank und mußte mitansehen, wie Timothy mitsamt dem Boot fortgeschwemmt wurde. Das Wasser wirbelte hoch bis an die Knie des alten Mannes, dann bis zu seiner Brust. Er sah, wie sein Enkel im Boot umfiel, warf einen kurzen Blick auf John und stürzte sich ins Wasser, um dem Jungen nachzuschwimmen.
John hatte eine Hand nach dem alten Mann ausgestreckt, mit der anderen hielt er die Ankerschnur, sein Brustkorb

war gegen den Bug gepreßt. Eine Welle schlug ihm mitten ins Gesicht. Er ließ die Schnur fallen, die blitzschnell abrollte. Noch einmal zog er das Messer und durchschnitt die Ankerschnur, um nicht überflutet zu werden. Der Regen füllte das Boot. Er packte den Eimer, setzte sich auf den Boden und schöpfte mit aller Kraft. Das Wasser um ihn herum schwappte auf und nieder, hin und her.
Über eine Stunde lang schöpfte er unablässig und mußte immer wieder den Atem anhalten, damit kein Regen in seine Lungen eindrang. Er schloß die Augen. In der Finsternis des Wolkenbruchs konnte man ohnehin nicht die Hand vor Augen sehen. Plötzlich hörte der Regen wieder auf, und der Himmel klärte sich. Er schöpfte weiter, bis das Boot sich wieder normal bewegte. Der Wind und die Flut rissen ihn und alles, was der Sturm an Zerstörung hinterlassen hatte, durch den Hafen von New Bedford hinaus in die Buzzard Bay.

John aß einen Apfel, dann schöpfte er das restliche Wasser aus dem Boot. Er wickelte sich, so gut es ging, in sein Ölzeug, um seine Körpertemperatur konstant zu halten. Von der Küste New Bedfords sah er Boote ablegen. Bald würden freiwillige Suchtrupps und Rettungsteams das Gebiet durchkämmen. Er flocht den Rest Schnur, der ihm geblieben war, zusammen und vertäute sein einziges Ruder am hochgezogenen Heck. Die hohen Bordwände des Bootes erschwerten ihm das Rudern. Statt dessen konnte er nur ein wenig steuern.
Gegen 9 Uhr senkte sich eine Wolkenbank über die Küste von Massachusetts. Im Lauf des Tages hörte er ein paarmal Nebelhörner, die nach Überlebenden suchten. Er brüllte in den Dunst hinein und wünschte, er hätte die alte Messing-

trompete des Familienschiffes mitgenommen. Nachdem er den Käse und den letzten Apfel gegessen hatte, fühlte er sich etwas besser. Er sah den Mast eines Fischschoners und ließ das Steuerruder fallen. Soviel er auch brüllte und winkte – vergebens.

Ein leichter Nieselregen setzte ein. Noch einmal versuchte er zu rudern, als er glaubte, in der Nähe von Mishaven Point zu sein, aber das Ruder war zu kurz, um gegen die Geschwindigkeit und Strömung der raschen Flut anzukommen.

Ein Nebelhorn ertönte in unmittelbarer Nähe.

»Ahoi!« rief er. »Ahoi! Ahoi!«

Jemand brüllte eine Antwort, und er schöpfte Hoffnung, doch plötzlich verlor er sich wieder in der weißen Dunkelheit der Wolkenbank.

John spürte, wie See und die Wellen sich veränderten. Er war aus der Bucht herausgeschwemmt worden und trieb im Atlantik.

Immer wieder döste er ein, und als er sich die Salzkrusten von den Augenlidern rieb, war es schon dunkel. Der Nebel hatte sich aufgelöst, der Himmel war klar, und der Wind blies aus Nordosten und trieb ihn weiter weg von der amerikanischen Küste. Er holte das aufgeweichte Brot aus seiner Jackentasche, drückte das Wasser heraus und zwang sich, es zu kauen.

Er kniete sich in das schwankende Boot und betete: »Gott, gib mir die Kraft, die Prüfungen durchzustehen, die du mir aufgebürdet hast.« Der Junge wischte sich die Nase am Ärmel ab. »... und wenn ich überlebe, dann eröffne mir deine Geheimnisse, damit ich dir wirklich und wahrhaftig dienen kann.«

John Whittefield hielt die ganze Nacht Wache. Zweimal sah

er die Lichter von Schiffen, die in Richtung Hafen segelten, und einmal eines, das auf die hohe See hinausfuhr, aber sie waren alle außer Rufweite. Er wußte, daß er sich in der Nähe der befahrensten Handelslinie Nordamerikas befand und gute Chancen hatte, gesichtet zu werden.
Über den Wogen des Ozeans ging die Sonne auf, es versprach ein schöner Herbsttag zu werden. In den ersten drei Stunden Morgenlicht sah er fünf Postdampfer mit Kurs auf England und Frankreich. Er band ein Ruder los, schob es durch die Ärmel seines Ölzeugs und schwenkte es hoch über seinem Kopf, aber niemand bemerkte ihn, kein Boot drehte zu ihm ab. Der Großteil des Tages verging, ohne daß er ein anderes Schiff sichtete. Schon sechsunddreißig Stunden waren vergangen, seit das Horn die Männer der Stadt zusammengerufen hatte, um die Netze für die Bunker auszulegen.
Der Wind hatte sich fast gelegt, und die Sonne senkte sich allmählich zum Wasser. John erspähte eine Rauchfahne am Horizont, die auf ihn zukam, den roten Feuerball der Sonne im Hintergrund. Er ließ den Blick über die drei Kompaßpunkte des Horizonts schweifen, dann wieder nach Westen. Der Dampfer schien nähergekommen zu sein. Er zwang sich, in den dämmernden Himmel zu schauen und sang drei Kirchenlieder, jedes zweimal, bevor er wieder hinschaute. Tatsächlich fuhr ein großer Dampfer rasch auf ihn zu. Aber es war schwierig einzuschätzen, ob das Schiff ihn vor Einbruch der Dunkelheit sichten würde. John war klar, daß seine Rufe bei Nacht nicht durch das Getöse des Dampfschiffs gehört werden konnten. Wieder steckte er das Ruder in das Ölzeug und schwenkte es über dem Kopf. Er versuchte sich auf die Ruderbank zu stellen und wäre dabei fast über Bord gegangen. Je näher der Dampfer kam, desto länger

wurden die Schatten der Wellen. Seine Arme zitterten vor Anstrengung, und die kühle Abendluft ließ seinen schweißnassen Körper erzittern. Finsternis verschluckte das Schiff, als es noch über zwei Meilen entfernt war.

Er nahm sein Ölzeug vom Ruder und zog es fest um sich, dann kniete er zitternd nieder und begann zu beten: »Der Herr ist mein Hirte, mir wird nichts mangeln. Er weidet mich auf grünen Auen.« Vor Johns innerem Auge zogen die Hügel und Täler um Fairhaven vorbei – das Grün der Bäume und der weiße Sand am West Beach. »... mein Becher fließt über.« Er stellte sich seine Mutter am Sonntagstisch vor, wie sie den Kopf gebeugt hielt, während Vater das Tischgebet sprach. Er hätte seinen Vater, der insgeheim immer noch den Rang eines Commanders in der Marine hatte, auf seiner zweiten Mission begleiten sollen. Die erste war eine Walfangfahrt in den Fernen Osten gewesen, die über zwei Jahre gedauert hatte. Diesmal hatte er John mitnehmen wollen. Er hatte gehört, wie der Marineminister John Spaulding seinem Vater erzählt hatte, wie wichtig Kohledepots für die neuen Dampfer waren, die im Begriff waren, den Pazifik zu überqueren, und von der Notwendigkeit, mehr über das isolierte Kaiserreich Japan zu erfahren. »Und wandelte ich im finsteren Tal des Todes, fürchtete ich mich nicht vor dem Bösen, denn du bist bei mir, dein Stecken und Stab trösten mich.« Im November hätte das große Abenteuer beginnen sollen, er wäre mit seinem Vater auf Waljagd gegangen, bis nach Hawaii und die Küste Japans hoch. Zitternd lag er auf den Bootsplanken und erhob die Stimme: »O Herr, bitte hilf mir, sonst werde ich sterben!«

Iiiiiauiiiii!

Das schrille Geräusch erschreckte ihn so sehr, daß sein

ganzer Körper zuckte und bebte. Noch immer auf den Knien, zog er sich an der Bordwand hoch und schaute darüber hinweg. Die Sirene eines Dampfers gellte durch die Nacht.

Iiiiiauiiiii!

Wie ein grell beleuchteter Orchesterpavillon lag das Schiff im Licht der Öllampen da, deren Schein sich in den Wellen spiegelte.

Das stampfende Geräusch der Kolben und des entweichenden Dampfes erfüllte die Nacht. Der Rhythmus der Maschinen wurde langsamer und hielt schließlich seufzend an.

»Ahoi! Ahoi!« ertönte ein Ruf vom Dampfer. »Welche Position?« John zwang sich zu husten, räusperte sich und schluckte. Seine Stimme überschlug sich. »Vier Strich Backbord!«

Er hörte jemanden den Befehl geben: »Boot zu Wasser!« und sah die Silhouetten von Männern an Bord. Dann hörte man den Aufschlag des Bootes auf dem Wasser und das Klatschen der Ruder.

Als sich das Boot näherte, erhob sich eine Gestalt im Bug und rief: »Wo kommt ihr her?«

Er gab die Antwort, die seine Familie seit Generationen gegeben hatte: »Aus Fairhaven, wohin ich mit Gottes Hilfe auch zurückkehren werde!«

Der Lichtkegel der Buglaterne des nahenden Bootes traf den Jungen. »Und so soll es auch sein, Kleiner«, rief die Stimme zurück.

John wurde an Bord des Rettungsbootes gehoben, sein Boot in Schlepptau genommen, und die Ruderer brachten sie mit kräftigen Schlägen zurück zum Schiff. Sie kamen aus New England, und ihr Dampfer hieß *Barbara Chase*. Zwei von ihnen kannten jemanden aus seiner Familie, fast allen waren die Whittefields aus Fairhaven ein Begriff.

»Legen wir heute nacht noch an?« fragte John.
Der Erste Maat im Bug wandte sich ab und rief zum Dampfer hoch: »Macht euch bereit, zwei Boote hochzuhieven. Wir haben einen schiffbrüchigen Seemann aus Fairhaven an Bord.«

Die Frau des Kapitäns betrat die Kombüse im allgemeinen nur an Feiertagen und Geburtstagen, ansonsten aß sie mit den Offizieren des Schiffes. Sie nahm diese seltene Gelegenheit wahr, um einen Apfelkuchen zu backen, während John seine zweite Schüssel Eintopf aß und mit heißem Tee hinunterspülte.
»Mrs. Link, wie lange wird es noch dauern, bis wir anlegen?« fragte er.
Die kleine, dünne Frau strich sich eine Haarsträhne aus der Stirn. »Bist du satt?«
»Ja, vielen Dank. Es war wunderbar.«
Mrs. Link goß ihm Tee nach, fügte ein paar große Löffel Honig hinzu und reichte dem Jungen die Tasse. »Mein Mann hat befohlen, dich sofort ins Bett zu stecken.« Sie wandte sich wieder ihrem Kuchen zu und stäubte das Teigbrett mit Mehl ein. »Der Kapitän wird sich morgen früh mit dir unterhalten, jetzt trink deinen Tee aus.«
John kippte den Rest des süßen Gebräus hinunter und folgte ihr aus der Kombüse an Deck. Sie gingen an den beiden Schornsteinen mittschiffs vorbei zu den Kabinen.
Er wußte nur noch, daß Mrs. Link ihm geholfen hatte, seine Stiefel auszuziehen. Als er aufwachte, lag er im Nachthemd unter einer dicken Decke auf einer harten Kojenmatratze. Für einen kurzen Augenblick hatte er das Gefühl, mitten auf dem Amboß eines Schmieds zu sitzen. Scheppernde Glocken, stampfende Kolben und zischender Dampf vom Unterdeck erfüllten die kleine Kabine.

Ein bärtiger Mann saß auf der Koje gegenüber. Er hatte die Ellbogen auf die Knie gestützt und schnitzte, ohne hinzuschauen, an einem Stück Holz. Die Späne lagen zwischen seinen Seemannsstiefeln.

»Gut geschlafen, was, Kleiner?« brüllte er durch das Getöse.

»Ja, Sir. Sind Sie der Schiffszimmermann?«

»Nein. MacDougal heiß ich. Chefmaschinist.«

»Wie halten Sie den Lärm aus?«

»Man gewöhnt sich dran.« Er deutete mit dem Kopf. »Mrs. Link hat dein Zeug in Süßwasser gewaschen.«

John setzte sich auf und beugte sich vor, um seine Kleider vom Fuß der Koje zu holen. Der Wollpullover war knochentrocken. »Wie lange hab ich geschlafen?«

»Fast achtzehn Stunden.«

»Hätten wir nicht längst anlegen sollen?«

»Der Kapitän will mit dir reden. Schnell, zieh dich an.«

MacDougal beugte sich vor und wischte die Späne mit einer Hand zusammen. John zog sich an, dann folgte er dem Maschinisten durch einen kurzen Gang und die Stufen an Deck hoch. Das Boot pflügte mit circa acht Knoten und eingezogenen Segeln gegen den Wind an, zwei schwarze Rauchsäulen stiegen aus den Schornsteinen auf.

MacDougal zeigte zur Brücke. »Rauf mit dir, Kleiner, und benimm dich anständig. Der Kapitän war bei der Marine.« Er schob ihn mit einer großen Hand zu den Stufen, die zum Achterdeck führten.

Johns Kopf klärte sich allmählich, als er am oberen Treppenabsatz angelangt war und Mrs. Link sah, die an einem windgeschützten Platz saß und las. »Bitte um Erlaubnis, an Deck zu kommen«, rief er dem Mann zu, der nahe der Reling mit dem Rücken zu ihm stand und die See mit einem Teleskop absuchte.

»Erlaubnis erteilt«, erwiderte der Kapitän, ohne den Blick vom Ozean zu wenden.

Nach zwei oder drei Minuten schloß er das Teleskop und steckte es in das Futteral, das an der Reling hing. Ohne sich umzudrehen, bedeutete er dem Jungen, zu ihm zu kommen. John schaute hoch in das glatte, sonnengebräunte Gesicht von Kapitän Link. Er hatte schmale Lippen, rote Backen und aschblonde Koteletten. Der schwarze Bowler auf seinen dünnen blonden Haaren bog seine Ohren nach vorn. Sein schwarzer Anzug wirkte zwar sehr streng, aber sein breites Grinsen machte diesen Eindruck wieder zunichte.

Der Kommandant des Schiffes verschränkte seine Hände am Rücken und musterte den Jungen, der einen Hurrikan überlebt hatte. »Mein Sohn, ich nenne dich so, weil du als solcher in jeder Hinsicht auf der *Barbara Chase* behandelt werden sollst.« Er nickte seiner Frau und dem Steuermann zu, der gerade einige kleine Korrekturen mit dem großen Steuerrad vornahm. »Dein Vater und ich haben zusammen in der Marine der Vereinigten Staaten gedient.« Er hielt inne, dann fuhr er fort. »John, wir sind nicht auf dem Weg in Richtung Hafen, sondern auf Kurs nach China, um Afrika herum nach Kanton.«

Der Junge wich zurück, als hätte er einen Schlag ins Gesicht bekommen. »Die werden glauben, ich bin tot.« Er griff nach der Reling. »Meine Eltern ...«

Der Kapitän starrte auf die Hand an der Reling, bis John sie fallen ließ und sich kerzengerade aufbaute.

»Mein Sohn, ich denke, sie sind bereits davon überzeugt. Du bist schon fast drei Tage verschwunden.«

»Kann man Post schicken?«

»Wir werden wohl kaum ein anderes Schiff treffen, weil es

nur wenige hochseetüchtige Dampfer gibt. Und wir bewegen uns nicht auf den üblichen Schiffahrtsrouten. In Kapstadt werden wir Kohlen und Vorräte laden und schauen, ob irgendein Schiff dich mit zurücknehmen kann.«
»Sir!« Der Junge salutierte. »Ich kann die Arbeit eines erwachsenen Seemanns leisten, wenn ich auch noch nie auf so einem Stinkpott ... einem, äh, Dampfer gewesen bin.«
Der Kapitän räusperte sich. »Du mußt noch viel über Dampfer lernen, junger Mann.« Er beugte sich so nahe zu ihm, daß John die Adern in seinen rosa Ohren sehen konnte. »Das wird ein Teil deiner Erziehung hier an Bord sein. Meine Frau wird dir in den anderen Schulfächern Unterricht geben, sie hat langjährige Erfahrung, weil sie unsere drei Kinder hier an Bord aufgezogen hat. Sie sind jetzt alle erwachsen. Der Unterricht findet sechs Tage die Woche zu einer bestimmten Zeit statt, weil manchmal schlechtes Wetter dazwischenkommt. Ich werde dich im Gebrauch der Navigationsinstrumente unterrichten und dich in Matthew Fontaines Meisterwerk *Wind- und Strömungskarten* einweisen.«
Der Kapitän holte ein schmales, blau eingebundenes Buch mit Goldlettern aus der Tasche, dasselbe, das der Marineminister Johns Vater überreicht hatte. Er war sich sicher, daß auch Kapitän Link in geheimer Mission für die amerikanische Regierung unterwegs war.
John stand so stramm und aufrecht, wie es ging: »Aye, aye, Sir!«

Eleanor Link war der Meinung, der Unterricht sollte so praktisch wie möglich sein. Sie konnte von allen Kaps der Welt erzählen, von Meerengen, Inseln, Ozeanen und Meeren, und das alles aus eigener Erfahrung, weil die Links, wie so viele Leute aus New England, als Familie zur See gegangen waren. Ihre Unterrichtsstunden für John waren Lektionen in der Geographie der Welt.

Mit dem Kapitän zusammen errechnete John die tägliche Fahrt mit Hilfe der Koordinaten, die er ins Schiffslogbuch eintrug. Dieser Arbeit widmete er die meiste Zeit. Es war eine Herausforderung, die er genoß. Seine Berechnungen basierten auf den Messungen mit dem Sextanten und dem Kompaß, die er unter dem gestrengen Auge von Kapitän Link durchführte, der dann später die Eintragungen überprüfte.

Die *Barbara Chase* war ein straff organisiertes Schiff, auf dem eine gute Stimmung herrschte. Nach einiger Zeit bemerkte John den Lärm der Dampfmaschine kaum noch. Aber er fand es immer wieder spannend, wenn die Wache an Deck gerufen wurde, in die Wanten steigen mußte, und der Bootsmann rief: »Hauptsegel hissen.«

Während die Maschine dann mit Gezische und Gestampfe zum Halten kam, füllte sich die leere Weite des Ozeans mit dem Gesang der Männer, mit dem sie ihr rhythmisches Ziehen an den Seilen begleiteten.

Man hatte John als Ehrenmitglied aller Wachen akzeptiert. Er sprang mit den Matrosen hinauf in die Takelage – die Seile hoch und hinaus auf die Rahen, wie Spinnen in ihrem Netz. Er sang mit ihnen, während sie das weiße Segeltuch lösten, das sich im Wind aufbauschte und straffte.

Anfangs erkannte der Junge gar nicht, welche Ehre der Chefmaschinist ihm zuteil werden ließ, denn er gestattete ansonsten keinem, auch nur in die Nähe seiner Maschinen zu kommen. MacDougal, ein miesepetriger Schotte, der selten Sätze mit mehr als drei Worten von sich gab und auch das nur über Dampfmaschinen, erlaubte John, sein Allerheiligstes zu betreten. Das Wetter, Entfernungen oder die Höhe der Wellen interessierten MacDougal nur in bezug auf Boilerdruck und Kolben. Schon nach einem Monat gewöhnte sich John an, ein Wischtuch aus der Tasche hängen zu lassen, worin er, ohne es zu wissen, den Chefmaschinisten nachahmte. Damit tupfte er die vibrierende Kraftmaschine ab, um echte oder eingebildete Flecken von ihrer glänzenden Oberfläche zu entfernen.

Durch systematische Berechnungen und jahrelange Erfahrung in der Seefahrt führte Kapitän Link die *Barbara Chase* in den Hafen von Kapstadt. »Schau, John, das ist der Tafelberg.« Er zeigte auf die südafrikanische Küste. »Hat heute sein Tischtuch auf.«

Hinter den roten Ziegeldächern der weißverputzten Häuser Kapstadts erhob sich eine gigantische Mauer aus Stein. Duftige, weiße Wolken glitten vor dem Hintergrund des kristallblauen afrikanischen Sommerhimmels über die abgeflachte Spitze des Berges. Das ist ein Wandbild, das Gott gemalt hat, dachte John.

»Schau genau nach Steuerbord.« Der Kapitän deutete auf eine natürliche Felsformation. »Das ist der Löwenkopf. Wenn man in diesen Hafen einfährt, muß man den Bug genau in der Mitte von diesen beiden Bergen halten, damit man nicht auf die Riffe auffährt. Nur zwei Strich nach Steuerbord, und du sitzt in der Tinte. Dann müssen dich die Holländer aus der Bucht ziehen.«

Nachdem sich kein Schiff mit Kurs in die Vereinigten Staaten fand, beschlossen Kapitän Link und seine Frau, daß John mit ihnen nach Kanton weiterfahren und dann über Hawaii, San Francisco und New York mit der *Barbara Chase* nach Hause fahren sollte. Der Junge versuchte, nicht zu zeigen, wie sehr er sich freute, vor allem nicht in den Briefen, die er in der Seemannsmission hinterlegte. Er würde dabei sein, wenn der erste amerikanische Dampfer einmal um die Welt fuhr.

Die drei gingen zur Messe, dann besichtigten sie zwei Tage die Sehenswürdigkeiten der Stadt. Sie sahen Hottentotten, kleine afrikanische Buschmänner, Bantus und einen Stammestanz der kriegerischen Zulus. Am Stadtrand strichen Paviane umher wie Rudel streunender Hunde. Sie schauten sich ein Rennen an, bei dem Männer auf Straußen saßen, aßen Straußensteaks und nahmen einen Vorrat Biltong – getrocknetes Straußenfleisch – an Bord. John verkaufte mit Hilfe von Kapitän Link sein Boot zu einem guten Preis an einen Schiffsbauer. Nach langem, sorgfältigem Überlegen kaufte er Geschenke für zu Hause – ein Schild, einen Speer und einen Zulu-Kopfschmuck, mit dem er für die Mannschaft einen Tanz nach Zuluart aufführte. Er sammelte wunderschöne Muscheln am Strand und hielt ängstlich Ausschau, ob da nicht doch ein Schiff den Hafen anfuhr, das ihn mit nach Amerika nehmen würde.

Sie verließen Kapstadt an einem klaren Tag, bunkerten in Port Elizabeth Kohle und nahmen dann Kurs auf den Mozambique-Kanal. Als das Land außer Sicht war, wurden die Maschinen gestoppt, die Segel heruntergelassen und auf Befehl des Kapitäns ein Flaschenzug am Hauptmast installiert. John beobachtete, wie zwei mit Segeltuch bedeckte Kisten aus dem Laderaum gehievt wurden und dann in Bug und Heck an vormarkierten Stellen festgemacht wurden. Als das Segeltuch entfernt und die Kisten geöffnet waren, kamen zwei zwanzigpfündige Marinekanonen zum Vorschein.

Kapitän Link erklärte John: »Wir fahren jetzt in Piratengebiet. Die Meerenge vor Madagaskar und der größte Teil des Indischen Ozeans werden von arabischen Korsaren patrouilliert. Und auf Java, Malaysia und den anderen Inseln gibt's genug Mordgesellen, um jedes Piratenschiff auf See zu bemannen.«

John beobachtete, wie das Langboot mit vier leeren, beflaggten Fässern im Schlepptau ablegte. Die Fässer wurden in siebenhundert Yards Entfernung gesetzt, und die Männer der *Barbara Chase* stellten ihre Kanonen auf Zielübungen ein. Man sah sofort, daß alle schon einige Erfahrung im Umgang mit Geschützen hatten. Jeder nahm automatisch seinen Platz ein, Befehle waren praktisch überflüssig. Wahrscheinlich alles Marineleute, dachte John.

Zwei Tage lang trainierte die Mannschaft unter dem gestrengen Auge Kapitän Links und seiner Maate das Ausfahren der Geschütze und die Verteidigung gegen Enterer. Am dritten Tag wurden die Segel eingeholt und das Langboot mit den Fässern im Tau wieder zu Wasser gelassen. Unter Volldampf voraus feuerten die Kanoniere und Scharfschützen auf die Fässer, bis der Kapitän sich zufriedengab. Dann wurden die Kisten wieder über den Geschützen befestigt und mit Segeltuch verschnürt.

Die Segel wurden zusätzlich zur Dampfkraft gesetzt, um Brennstoff zu sparen, und die *Barbara Chase* rauschte durchs Wasser.

Kapitän Link zeigte John den Unterschied zwischen normalen Schiffen und den arabischen Daus, die sie immer häufiger nach der Einfahrt in den Kanal von Mozambique sichteten. »Die Saison hat gerade erst angefangen. Wir werden Hunderte solcher Dreieckssegel sehen, weil im November der Monsun einsetzt. Diese arabischen Handelsschiffe nutzen den Kaskazi, den Wind, der dem Monsun aus dem

Nordosten folgt.« Er reichte John sein Teleskop. »Schau dir das an Steuerbord genau an. Alle Daus sind so gebaut, daß sie den Wind von hinten ausnutzen können, im November aus Nordosten, im April den Kusi oder Südmonsun. Das riesige Dreieckssegel fängt den Rückenwind ein, und das hohe Heck verhindert das Überfluten durch die nachfolgende Welle. Der lange, spitze Bug ragt nach oben, damit das Dau seine Nase nicht in ein Wellental steckt. Einige dieser Schiffe kommen aus dem Roten und dem Arabischen Meer, manche sogar aus Persien oder Indien.«

Nach dem Unterricht verbrachte John viele Stunden im Schatten des Bugs, weg vom Stampfen der Maschinen und dem Klatschen der Paddel. Barfuß und mit nacktem Oberkörper und hochgerollten Hosen sah er den Daus nach und träumte von den fernen, exotischen Plätzen, die sie schon passiert hatten. Hier war sein Versteck, an dem er allein sein und ein wenig Abkühlung von der glühenden Januarsonne finden konnte.

Die Wache im Ausguck wurde verdoppelt, als sie sich der engsten Stelle des Kanals näherten. Die Küste Madagaskars kam in Sicht, im Osten lag Zomba gegenüber.

»Segel, drei Strich Steuerbord«, kam der Ruf von oben.

John lugte aus seinem Versteck und sah, wie der Kapitän auf dem Achterdeck das Fernglas hob und langsam den Horizont absuchte. Jeder Mann an Bord beobachtete den Kommandanten und zählte mit, wie oft das Fernrohr innehielt. Der Kapitän nickte, und der Erste Maat griff zur Dampfpfeife und gab das Signal »Alle Mann auf Gefechtsstation«. Die Kanoniere liefen zum Bug und packten die Geschütze aus. John scheuchten sie achtern. Schließlich befahl der Erste Maat ihm, sich auf das Achterdeck zu begeben. Er kletterte mit den Schuhen in der einen und mit dem Hemd in der anderen Hand hoch, ein Buch unterm Arm. Die Scharfschützen schwangen sich mit ihren neuen Henry-Gewehren in die Wanten. Die Kanoniere an Bug und Heck bereiteten das Pulver und die Munition vor. Mit Vorderladern und Säbeln gingen die Matrosen auf Deck in Stellung.

»John.«

Er drehte sich um und sah Mrs. Link an ihrem üblichen Platz sitzen und stricken.

»Du solltest dich wirklich ganz anziehen, bevor du aufs Achterdeck kommst.«

Er ließ das Buch fallen, wollte sich bücken, um es aufzuheben und verlor einen Schuh. »Ja, Ma'am.« Er packte seine Sachen, stellte sich hinter den Steuermann und zog sich an, wobei er ständig versuchte, nach vorn zu schauen, um zu sehen, welches Segel diese ganze Aufregung verursacht hatte.

»Komm zu mir, John«, sagte der Kapitän und legte den Arm um die Schulter des Jungen. Dann zeigte er nach vorn zum Horizont, sein Finger wanderte von links nach rechts. »Das sind Piraten, Junge.« Fünf Segel kamen in Halbkreisformation auf sie zu. Er reichte John sein Glas und sagte: »Schau, wie hoch sie im Wasser liegen. Das sind keine ehrlichen Handelsleute. Den in der Mitte mußt du dir genau anschauen. Es sind alles Daus, aber ein so großes wirst du so schnell nicht wieder sehen.«

John stellte das Fernglas auf das Schiff in der Mitte ein. Sein Bug ragte hoch über die Bugwelle hinaus, das Heck war so hoch und so reich verziert, daß es ihn an eine portugiesische Galeere aus alten Zeiten erinnerte.

»Das große ist mindestens hundertdreißig Fuß lang und hat über zweihundertdreißig Tonnen«, sagte Kapitän Link. »Man nennt es Baggala. Die anderen vier, zwei auf

jeder Seite, sind Booms, hundert Fuß Länge und hundertsiebzig Tonnen.«
Die Dreieckssegel sahen für John aus wie Sarazenensäbel, die sich vor dem Wind auf die *Barbara Chase* stürzten.
»Warum haben sie denn nicht alle Segel gesetzt?« fragte er.
»Das werden sie noch. Sie werden versuchen, uns mit ihren langen Schiffsschnäbeln zu rammen und sie dann als Brükken benützen, um ihre Schergen zu uns an Bord zu kriegen. Diese Daus haben normalerweise keine Geschütze. Sie werden die letzten Segel setzen, um noch einmal Fahrt zu gewinnen, um uns zu rammen oder auf die Küste zuzujagen.«
Johns Blick schwenkte zur Küste von Madagaskar. Sie war jetzt viel näher.
»Ich hoffe, diese Schweinehunde wissen nicht, was ein Dampfer kann«, sagte der Kapitän und hob das Megaphon. »Alle Mann in die Wanten. Fertigmachen zum Segeleinholen!«

Kapitän Link und seine Mannschaft wären sicherlich nicht ganz so unbekümmert gewesen, hätten sie gewußt, daß man sie schon seit Port Elizabeth verfolgte. Die Piraten verfügten über ein in Generationen ausgebautes Kommunikationsnetz, dem Beobachter von der Küste und vorbeiziehende Daus entlang der afrikanischen Küste und bis zur Insel Madagaskar hinüber Signale schickten.
Ibrahim Kahysin, Kapitän der Baggala und Kommandant der Piratenflotte, richtete sein Teleskop auf die *Barbara Chase*. Er hatte schon davon gehört, daß Schiffe Feuer statt Segel benutzten, um sich durchs Wasser zu bewegen, aber gesehen hatte er noch nie eins. Er sah, wie der Rauch aus den beiden Schornsteinen aufstieg, aber die großen Räder

standen still, und das Schiff stand unter vollen Segeln. Er schaute nach rechts und links. Seine Schiffe schlossen gerade in perfekter Formation die Falle.
»Zumindest zwei der Booms werden den Ungläubigen vor uns rammen«, knurrte er dem Steuermann zu, dann schüttelte er die Faust. »Rammt es nicht zu stark! Es könnte in zwei Teile brechen, dann verlieren wir alles!«
Die Muskeln des Steuermanns spannten sich unter seiner dunklen Haut, als er das Vierzig-Fuß-Ruder noch fester packte. Er diente zwar schon acht Jahre bei Ibrahim Kahysin, wußte aber, daß ein Fehler ihn sein Leben kosten konnte. Er hatte schon andere für weniger sterben sehen.
Ein breites Grinsen zog sich über das Gesicht des Piratenkapitäns und entblößte seine gelben Zähne, als er sah, wie die *Barbara Chase* seinen Kurs kreuzte. Er klatschte mit der Faust in die Handfläche. »Wir haben ihn! Er ist gefangen!«
Ibrahim brüllte einem Matrosen am Hauptmast zu: »Hiß das grüne Signal!«, und dann, zu seinem Maat auf dem unteren Deck: »Bist du bereit?«
Der Maat zeigte auf die hundertfünfzig gedungenen Mörder, die sie in den Häfen entlang der afrikanischen Küste angeheuert hatten und die mit Messern, Schwertern und Steinschloßgewehren bewaffnet waren. »Aye, Kapitän, wir sind bereit!«

»Paß auf die Segel und die kleineren Booms auf, John. Sie werden uns zuerst auf den Pelz rücken. Jetzt machen sie acht Knoten, aber bei diesem Wind können sie bis zu zwölf oder vierzehn fahren.«
Etwas auf der riesigen Baggala in der Mitte erregte die Aufmerksamkeit des Kapitäns. Er richtete sein Fernglas auf den großen Mast des Schiffes. Ein langer grüner Wimpel

wurde gerade hochgezogen und flatterte im Wind. Er ließ das Glas über den Halbkreis schweifen, den die Piratenschiffe bildeten.
»Das ist es!« Kapitän Link zeigte auf die beiden Booms steuerbord. »Sie haben alle Segel gesetzt.« Er zog das Sprachrohr hoch und brüllte dem Chefmaschinisten zu: »MacDougal, ich brauch Dampf, soviel das Ding hergibt. Heiz sie an!«
»Aye, Kapitän. Sie werden alles kriegen, was wir haben, und noch eine Portion dazu!«
Kapitän Link senkte das Fernglas. Die Daus waren jetzt deutlich zu sehen. Ihre Teakplanken, rot vom Einölen mit Haifett, glänzten in der brennenden Sonne. Er hielt seinen Kurs, als existierten die fünf auf ihn zusteuernden Piratenschiffe überhaupt nicht. Er legte seine Hand auf Johns Schulter.
Johns Augen waren weit aufgerissen, sein Herz voller Angst. Würde sein Leben so enden, nachdem er den Wirbelsturm überlebt hatte?

»Setzt das blaue Signal!« schrie Ibrahim Kahysin.
Ein blauer Wimpel wurde unter dem grünen am Mast der Baggala hochgezogen. Die anderen beiden Booms machten einen Satz vorwärts, als ihre übrigen Segel gesetzt wurden, um die Falle zu schließen.
Der Piratenkapitän brüllte den Männern auf dem unteren Deck zu: »Ich bring euch alle um, wenn ihr euch um die Frauen oder Knaben streitet, die wir gefangennehmen! Wenn es vorbei ist, werden Lose gezogen!« Er hob seine geballte Faust gen Himmel und brüllte: »Jetzt rammen wir den Unratkübel des Ungläubigen! *Allah il Allah!*« Die Piratenmannschaft nahm den Ruf auf.

»Immer schön auf Kurs«, wiederholte Kapitän Link wieder und wieder, ohne die Baggala eine Sekunde aus den Augen zu lassen. »Eleanor, bitte komm und stell dich zu mir.«
Seine Frau legte ihr Strickzeug beiseite und stellte sich neben ihren Mann. Der Kapitän beugte sich vor, hielt das Megaphon an die Lippen und brüllte: »Segel einholen!«
Genau zur selben Zeit setzte die riesige Dau in der Mitte noch mehr Segel. Mit dem Wind von hinten war sein Kurs jetzt festgelegt, wütende Schaumkronen bäumten sich unter seinem Bug.
Darauf hatte Kapitän Link gewartet. »Volldampf voraus!« brüllte er in die Sprechröhre. Dann, zum Steuermann: »Hart Steuerbord!«
Mit stampfenden Maschinen erwachten die Paddelräder zum Leben, und die *Barbara Chase* legte sich in die Kurve, während die Matrosen die Segel einholten. Das Schiff rauschte mit voller Kraft durchs Wasser.
»Können sie wirklich so dumm sein?« fragte Ibrahim. Er riß das Fernrohr aus seinem Halfter, hielt es hoch und bemerkte, wie die großen Holzräder anfingen, sich zu bewegen. Er ließ das Fernglas aus der Hand sinken und sah dicken schwarzen Rauch aus den zwei Schornsteinen aufsteigen. Seine Nackenhaare stellten sich auf. Gänsehaut ließ seinen ganzen Körper erschaudern. Einen Augenblick lang war er wie gelähmt. Hier mußte er mitansehen, wie das Gesetz der Natur mit Füßen getreten wurde. Das Schiff der Ungläubigen fuhr ohne Segel in den Wind. Ibrahim strich sich mit dem Handrücken über seinen ausgedörrten Mund und murmelte: »Wenn es Allahs Wille ist, mich mit diesen Teufelstricks zu prüfen, dann, o Mohammed, flehe ich dich an, laß mich dieser Aufgabe gewachsen sein.«
Dem Piratenkapitän war klar, daß das Manöver des Damp-

fers ihn zwischen die Baggala und die Booms zu seiner Rechten bringen würde. Dann war keine Chance, ihn zu rammen. Er brüllte seinem Steuermann zu: »Hart nach Steuerbord!« Dem Mann am Segel gab er einen Befehl, der auf keinem Schiff mit Dreieckssegel, das vor dem Wind lief, je gegeben werden durfte: »Wenden, wenden!«
Der Steuermann reagierte sofort auf das Kommando und warf sich mit aller Macht gegen das Ruder. Aber der Zweite Maat, der das Segel unter sich hatte, brüllte zurück: »Wir reißen den Mast aus dem Deck!«
Ibrahim zerrte eine Muskete aus einer nahegelegenen Halterung.
Bumm!
Der zweite Mann fiel mit einem Loch in der Stirn tot um, und einhundert Männer sprangen zu den Leinen. Die Baggala gehorchte dem Ruder, das Segel verlor an Wind und wurde durch den Druck der Seile ins Bootsinnere gedrückt. Die Matrosen ließen die Leinen fallen und warfen sich, verzweifelt nach Halt suchend, aufs Deck. Der Mast knarzte und stöhnte in seiner Halterung, als der Wind das riesige Segel erfaßte, es herumwirbelte und auf der anderen Seite wieder aufbauschte. Die fünfhunderttausend Pfund schwere Baggala wurde fast bis zum Kiel aus dem Wasser gerissen. Männer krallten sich an den Planken fest, Ausrüstungsgegenstände schlitterten über das schräge Deck, als sich das Schiff backbords zum Indischen Ozean neigte.
Auf dem hohen Heck klammerte sich Ibrahim mit einer Hand an die Reling, mit der anderen stützte er den Steuermann. Sie horchten auf den erwarteten, ohrenbetäubenden Knall des brechenden Hauptmastes, aber unverständlicherweise kämpfte das Schiff sich unter Tonnen von Seewasser wieder nach oben. Die Männer schauten sich an und fingen an zu lachen.

Auf dem Achterdeck der *Barbara Chase* wurde John bewußt, daß sie dank der Manövrierfähigkeit des Dampfers, der es ihm erlaubte, eine Neunzig-Grad-Wende zu machen, der Falle der Piratenschiffe entrinnen konnten. Die vier Booms waren außer Position und konnten den Kurs nicht mehr ändern. Aber das Gefühl der Erleichterung war nicht von langer Dauer. Sein Herz rutschte ihm in die Hose, als er das riesige Segel der Baggala übers Deck schwingen sah. Kapitän Link hatte gesagt, dieses Manöver könnte eine Dau nicht durchführen, aber der Piratenkapitän versuchte es trotzdem. Die Baggala wechselte ihren Kurs.

John konnte sich nicht mehr länger beherrschen. »Schaut! Schaut!« Er zeigte auf die riesige Dau, die so stark Schlagseite hatte, daß der Muschelbewuchs auf seiner Unterseite sichtbar wurde.

Kapitän Link nahm seine Frau an der Hand und sagte: »Wenn der Pirat seinen Mast nicht verliert und sich wieder aufrichten kann, dann hat er genau den richtigen Winkel, um uns zu rammen.« Er drückte Eleanor Link eine doppelläufige Pistole in die Hand.

Sie beugte sich zu ihm und flüsterte: »Gott ist mit dir, Theodore. Ich habe keine Angst.«

Alle Blicke auf der *Barbara Chase* waren auf das große arabische Schiff geheftet. Sie richtete sich langsam auf, wurde vom Wind erfaßt und kam beschleunigend direkt auf sie zu.

Kapitän Link richtete sein Megaphon auf den Ausguck. »Zeig unsere Fahne!« befahl er.

Eine amerikanische Flagge flatterte am Hauptmast hoch, während der Dampfer den Kurs des nahenden Piratenschiffes kreuzte. Kapitän Link befahl, mit der Bugkanone auf den Steuermann des Piraten zu feuern und mit der Heckkanone auf den Mast zu zielen.

Ibrahim Kahysin führte am Heck einen Freudentanz auf. Er war überzeugt, in der Gunst Allahs zu stehen, weil die Baggala nicht zerstört worden war. Es stand geschrieben, daß diese Ungläubigen abgeschlachtet würden!
Drei sorgfältig versteckte, alte portugiesische Zwölfpfünder wurden schnell abgedeckt und die Lunten gezündet.
Wrrrumm! Wrrrumm!
Die beiden Schiffe feuerten simultan.
John duckte sich, als die beiden Geschosse über seinen Kopf pfiffen.
»Es ist zu spät zum Ducken, wenn man sie hört«, sagte Mrs. Link.
Aber John sah sogar sie zusammenzucken, als die dritte Kugel des Feindes ein fünfzehn Fuß langes Stück der Backbordreling wegriß.
Die Heckkanone des Dampfers hatte ihr Ziel völlig verfehlt, die Kugel war ins Meer gefallen, aber die Bugkanone hatte einen Volltreffer am Heck der Baggala gelandet und den Steuermann getötet. John sah, wie der Piratenkapitän mit seinem weißen Turban das riesige Ruder packte und das Schiff auf Rammkurs hielt. Der Mann mit dem freien Oberkörper und den wehenden Pumphosen schien die Kugeln, die die Scharfschützen hoch über Johns Kopf auf ihn abfeuerten, gar nicht zu bemerken.
»Alle Mann auf Gefechtsstation!« brüllte Kapitän Link durchs Megaphon.
Halbnackte braun- und schwarzhäutige Männer rannten auf den langen, spitzen Rammbug hinaus, der direkt auf den Dampfer zuschoß. Schreie, blitzende Schwerter. Der Aufprall einer Musketenkugel in der Reling nahe seiner Hand machte John klar, daß auch in der Takelage der Baggala Scharfschützen saßen. War es möglich, daß jemand so wütend auf ihn war, daß er auf ihn schoß?

Kapitän Link beobachtete seine Kanoniere, die ihr Ziel genau anvisierten. Sie hatten zwar schon vor den Piraten ihre Kanonen wieder geladen, nahmen sich aber Zeit und paßten den genauen Augenblick ab. So erfahrene Männer ließen sich nicht hetzen.

Die arabischen Kanonen eröffneten das Feuer, und zwanzig Fuß Deck zersplitterten in der Nähe des Bugs der *Barbara Chase*. Fünf Männer wurden tödlich verwundet.

Die Heckkanone des Dampfers feuerte. Die Verankerung des Hauptmastes der Baggala explodierte, und das aufgebauschte Segel riß den ganzen Mast in die Luft. Zuerst schwebte er vor dem Bug, dann krachte er ins Meer.

Das Piratenschiff lief in seine eigene Takelage und blieb abrupt stehen. Die Männer auf dem Rammbock wurden ins Meer geschleudert. Wie reifes Obst in einem Wirbelsturm klatschten die Scharfschützen aufs Deck.

Beide Mannschaften waren auf einen Aufprall vorbereitet gewesen und standen jetzt mit offenem Mund da, als das Dampfboot in knapp zehn Fuß Entfernung an der schlingernden Dau vorbeirauschte, sein einziges Geräusch das monotone Paddeln der Räder.

John schaute direkt in das glatte, erstaunte Gesicht des arabischen Kapitäns, der noch immer das nutzlos gewordene Ruder festhielt.

Ibrahim Kahysin sah, wie der Dampfer an ihm vorbeifuhr. Er hob die Augen gen Himmel, aber da war nur die brennendheiße afrikanische Sonne. Er spuckte über die Reling und brüllte seinem Ersten Maat zu: »Holt die Takelage ein und justiert die Kanonen!«

Männer sprangen zu den Leinen und drehten das Schiff mit bloßer Körperkraft. Ibrahim war so erregt und wütend, daß er das Kommando zum Feuern zu früh gab. Die Kugeln fielen weit vor ihrem Ziel ins Kielwasser des Dampfers. Die Baggala trieb windabwärts, ihre Kanonen längst außer Reichweite des Dampfers, während ihre Mannschaft versuchte, das Segel an Bord zu hieven.

Kapitän Link rief durch das Sprechrohr: »Halbe Kraft, MacDougal. Gute Arbeit!«

»Aye, aye, Sir. Hat die schwarze Gang Erlaubnis, ein Schlückchen zu trinken?«

»Erlaubnis erteilt, aber erst für später. Wir haben noch Arbeit zu erledigen.« Der Kapitän wandte sich an seine Frau. »Liebes, geh bitte nach unten. Jetzt wird die Angelegenheit blutig.«

Eleanors jahrelange Erfahrung auf See hatte sie gelehrt, bedingungslos zu gehorchen. Sie verließ das Achterdeck.

Kapitän Link brachte sein Schiff hinter der Piraten-Baggala, außerhalb der Gefahrenzone ihrer Kanonen, in Deckung. Er gab Befehl, sein Zwanzigpfünder eröffnete das Feuer und schoß, bis die riesige Dau mit dem Heck voraus zu sinken begann.

Zwei Langboote, jedes mit dreißig Mann an Bord, dazu einige eilends zusammengezimmerte Flöße, legten vom sinkenden Schiff ab.

Die Mannschaft der *Barbara Chase* schaute zum Achterdeck. Kapitän Link ließ seinen erhobenen Arm sinken und deutete auf die Flöße. Seine Kanoniere zielten und feuerten. Bald war das Wasser übersät von Wrackteilen und wild paddelnden Leuten.

Im ersten Langboot saß Ibrahim und hielt das Ruder unter seinem Arm. Immer wieder warf er wütende Blicke zurück auf den Dampfer, verfluchte den ungläubigen Kapitän, seine eigene Mannschaft und Allah selbst für das Schicksal,

das ihn ereilt hatte. Er mußte mitansehen, wie seine wunderschöne Baggala sank. Die grünen und blauen Schlachtwimpel hingen noch immer an ihrem treibenden Mast.
»Rudert, ihr Bastarde!« brüllte er seine Männer an. »Hier sind überall Haie! Sie wittern das Blut!«
Aus allen Richtungen durchschnitten Flossen das Wasser. John sah, wie der erste Hai einen Mann in zwei Hälften riß. Er erschauderte von Kopf bis Fuß, als das Wasser sich rot zu färben begann. Der Hai hatte die obere Hälfte des Mannes im Maul und rollte sich im Wasser. Andere Haie fanden ihre Beute und zerrissen sie. Das Meer wurde blutrot.
John war dankbar dafür, daß das Geräusch der Paddelräder und der Maschinen die Schreie der Menschen übertönte. Er faßte Mut und drehte sich zum Kapitän um. Er mußte schlucken, um sich nicht übergeben zu müssen. »Sir« – er zeigte auf das blutrote Wasser – »ist das die Tat eines Christen?«
»John«, sagte Kapitän Link, »ich bin froh, daß du die moralischen Gesichtspunkte meiner Tat prüfst. Einen Augenblick bitte.«
Er brachte sein Boot auf eine Linie mit dem fliehenden Langboot Ibrahim Kahysins und befahl seinem Steuermann: »Zwei Strich Steuerbord!« Nachdem er sich überzeugt hatte, daß sie auf Kurs waren, schenkte er dem Jungen seine volle Aufmerksamkeit. »Piraten sind tollwütige Hunde. Sie vergewaltigen, brandschatzen, plündern und morden und suchen sich immer die schwächsten Mitglieder der Gesellschaft aus, um sie auszurauben. Moslems, Christen, Chinesen, Hindus – das macht keinen Unterschied. Nächstenliebe ist ihnen fremd.« Er zeigte auf das Langboot. »Dieser Kapitän mit dem Turban ist ein mutiger Kerl. Er ist viel zu abenteuerlustig. Man darf ihn nicht länger durch diese Gewässer streifen lassen.«

Als Ibrahim Kahysin den Dampfer auf sein Boot zuschießen sah, ließ er das Ruder fallen, packte ein altes Kamelgewehr und zielte auf den Bug des nahenden Schiffes. Fluchend feuerte er einen letzten vergeblichen Schuß in die Planken des Schiffes, dann überrollten die Paddelräder der *Barbara Chase* den Piratenkapitän.
Kapitän Link befahl über Megaphon: »Gefechtsstationen verlassen!« Zum Maat sagte er: »Schicken Sie zwei Männer zu Mrs. Link, damit sie ihr mit den Verwundeten helfen, und geben Sie der Mannschaft und der schwarzen Gang unter Deck eine doppelte Ration Rum!«
»Sir«, sagte John und deutete auf die Männer im zweiten Piratenlangboot, die schicksalsergeben über ihren Rudern hingen und auf den Todesschuß warteten, »warum verschonen Sie dieses Langboot doch?«
»Damit sie es anderen erzählen können«, sagte Theodore Link. Er zeigte auf die amerikanische Flagge über ihren Köpfen. »Sie haben unsere Fahne gesehen. Sie werden allen Piraten im Kanal von Mozambique mitteilen, daß sie den Yankees aus dem Weg gehen sollen.« Er klopfte John auf die Schulter. »Jetzt ist's aber Zeit, daß wir unseren Rum trinken. Wir sind auf Kurs nach China.«

4

An der nördlichen Spitze Madagaskars geriet die *Barbara Chase* zum ersten Mal in Monsunwinde. Sie legte in Comoro Island an, wo man das ganze Deck voll Feuerholz stapelte, um für die lange Fahrt über den Indischen Ozean und durch die Meerenge von Java gerüstet zu sein. Sie schwitzten einen Monat in Sumatra, während Scotty und seine schwarze Gang die Maschine zerlegten, eine eigene Schmiede aufbauten und den Antriebsschaft und die Lager reparierten. Von Sumatra aus segelte das Schiff nach Singapur, wo es nur kurz anlegte, um wieder Feuerholz an Bord zu nehmen, dann fuhren sie weiter ins Südchinesische Meer. Fast zwei Monate lang dampften sie die Küste des chinesischen Festlandes hoch. Schließlich, an einem warmen Märzabend, an dem ein voller Mond Schatten über die wogende See warf, wurde die Mannschaft zum Einholen der Segel in die Wanten geschickt. Die *Barbara Chase* drehte nach Steuerbord und dampfte den Perlfluß hoch, vorbei am Tiger Gate, einem Fort am Eingang des Hafens von Kanton, wo sie bei Sonnenaufgang anlegte.

Tausende von Booten waren am südlichen Ende des Hafens vertäut, der nach rechts schnurgerade verlief und links eine scharfe Biegung zur Flußmündung machte. Masten ragten in den weißen Morgendunst und schaukelten leicht im Kielwasser des Dampfers. Riesige Kriegsdschunken, große schwimmende Hotels, Restaurants und geräumige Hausboote überragten die Sampans, auf denen zweihunderttau-

send Menschen schliefen. Ihre feuchten, glitschigen Planken glänzten rot und schwarz lackiert im Licht der gerade aufgegangenen Sonne.
Das Pastellblau des Morgenhimmels verschwamm mit dem sanften Grün der Reisfelder und der Gebirge hinter Kanton. Über den Handelsfabriken am Ufer flatterten die bunten Flaggen dreizehn westlicher Nationen. Kanton war der einzige Hafen Chinas, zu dem ausländische Schiffe freie Zufahrt hatten.
Der Kapitän zeigte auf ein Schnellboot mit fünfzehn Mann Besatzung, das vom amerikanischen Handelsstützpunkt ablegte. »Wir sind gesichtet worden, John. Das wird der Agent sein, der alles für uns erledigt. Bestechung gehört hier zur offiziellen Geschäftsabwicklung. Aber im Handel mit China betrachtet man sie als legitime Ausgabe.«
John beobachtete, wie das schmale Boot direkt auf sie zusteuerte. Es überraschte ihn, daß die chinesischen Ruderer aufrecht stehend arbeiteten, und das mit dem Rücken zur Fahrtrichtung.
Der Kapitän klang ganz aufgeregt, als er auf den einzigen anderen Dampfer im Hafen zeigte. »Und das ist die *Nemesis* der Ostindischen Kompanie. Sie wurde in England gebaut. Ihre Maschine hat hundertzwanzig Pferdestärken, sie ist einhundertachtzig Fuß lang und verfügt über zwei Geschütze mit zweiunddreißig Pfund. Sie hat nur sechs Fuß Tiefgang. Sie kann fast jeden Fluß hochfahren und an allen Küsten zum Handeln anlegen.«
Der Hafen von Kanton erwachte zum Leben, als die Sonne den Dunst wegbrannte. Sampans glitten auf Hunderten von Kanälen dahin. Arbeitsdschunken fuhren durch den Hafen. Vom Peak aus, einem Gebirge hinter der Stadt, donnerte die Sechs-Uhr-Signalkanone. Zusätzlich zu den Leuten, die auf

Booten lebten, hatte Kanton eine Bevölkerung von über zwei Millionen, mehr als dreihundert Seelen pro Morgen, in schmalen, dreistöckigen Gebäuden. Die Stadt wurde durch ein System von künstlichen Seen, gespeist von einem komplizierten Netz von Kanälen, mit Süßwasser versorgt. Fast dreihundert Tonnen Reis und Lebensmittel wurden jeden Tag über das Kanalnetz auf sechstausend Regierungsbarken mit siebzigtausend Mann Besatzung aus dem Landesinneren geliefert.

Es existierte ein öffentliches Dienstleistungsgewerbe, das sich jedoch im Lauf des letzten halben Jahrhunderts wegen korrupter Beamter und einer opiumverseuchten Bevölkerung eklatant verschlechtert hatte. Nachdem sie jahrhundertelang mit Gold und Silber für chinesische Seide und Tee bezahlt hatten, waren die Briten auf eine raffinierte Methode gestoßen, um die Schatztruhen der Mandarine zu plündern. Sie kauften Opium auf den Auktionen in Kalkutta und verschifften es nach China, was sich zu einem sehr gewinnträchtigen Geschäft entwickelt hatte.

Das Schnellboot ging längsseits. Ein großer, vierschrötiger Amerikaner kletterte leichtfüßig die Leiter hoch und ging schnellen Schritts zum Achterdeck. Er trug einen weißen Panamahut, seine offene, dreiviertellange Jacke flatterte im Wind. Ihm folgte ein älterer Chinese, der ein Kleidungsstück trug, das für John wie ein schöner, schwarzer Seidenpyjama aussah.

Jake Tillim streckte dem Kapitän eine große, haarige Hand entgegen. Er nuschelte um eine dicke Zigarre herum, die er in den Mundwinkel geklemmt hatte. »Wie geht's Ihnen, Kapitän Link?« Dann fuhr er fort, ohne eine Antwort abzuwarten: »Theodore, Sie sollten Ihre Mannschaft alarmieren.« Er zeigte hinüber zu den Bootsbewohnern. »Drüben bei den schwimmenden Drachen.«

Kapitän Link griff nach der Pfeife und pfiff das Signal für die Gefechtsstationen. Einige große Boote näherten sich dem Dampfer mit hoher Geschwindigkeit. Sie waren ähnlich gebaut wie das Schnellboot, nur fünfmal so lang, in jedem standen achtzig Ruderer. Die Mannschaft der *Barbara Chase* nahm ihre Gefechtsstationen ein.

»Zwischen den Tongs in der Stadt und den Bootsbewohnern ist ein Opiumkrieg ausgebrochen«, sagte Jake. Die Zigarre wanderte von einem Mundwinkel zum anderen. »Kapitän Link, haben Sie Opium geladen?«

Die Augen des Kapitäns blitzten vor Wut, sein Mund wurde schmal. »Mr. Tillim, ich bin ein rechtschaffener Mann und Kommandant auf diesem Schiff. Alles an Bord ist legal!«

Jake beeindruckte der Wutausbruch überhaupt nicht. Er drehte sich um und sprach mit seinem Dolmetscher kurz auf Chinesisch. Dann fragte er den Kapitän: »Kann ich Ihr Megaphon haben?«

Der Dolmetscher übernahm den Lautsprecher von Jake und stellte sich gerade an den Bug, als die ersten schwimmenden Drachen das Schiff erreicht hatten. Er schrie den Männern in den Langbooten etwas zu.

»Er sagt den Anführern der Tongs, daß ihr den ersten Hundesohn, der über die Reling kommt, erschießen werdet«, sagte Jake. »Letzte Woche haben sie die *Nemesis* überrannt. Sie wollten einfach nicht glauben, daß ein britisches Schiff aus Indien kein Opium aus Kalkutta an Bord hat. Zwei Seeleute wurden verwundet, zehn Chinesen sind ums Leben gekommen.«

Der Kapitän nickte, jetzt etwas wohlwollender. »Ich stehe in ihrer Schuld, Jake, aber Sie sollten mich besser kennen.«

An die fünfzehn Minuten lang brüllten sich der Dolmetscher und die Opiumhändler von Schiff zu Schiff zu. Einige

Ruderer taten so, als wollten sie über die Reling klettern, doch versuchte es angesichts der disziplinierten Mannschaft keiner ernsthaft.
Jake deutete auf ein wunderschön geschmücktes Sampan, das sich ihnen näherte. »Ein neuer, bestechlicher Hafenbeamter mit dem Dienstnamen Hwiang-Si. Habe ich Ihre Erlaubnis, den Preis auszuhandeln?«
»Ja, ich stehe bereits in Ihrer Schuld«, erwiderte Kapitän Link.
Die Opiumhändler an Bord der schwimmenden Drachen ignorierten das Regierungsboot einfach. Ein Steuermann spuckte in die Richtung, aus der es sich näherte.
Jake schob die Zigarre wieder in den anderen Mundwinkel und sah Kapitän Link an: »Würde es Ihnen etwas ausmachen, Ihre Dampfpfeife heulen zu lassen und eine Salve über ihre Köpfe hinweg zu schießen? Ich möchte Hwiang-Sis Ehre Genüge tun. Dann wird er vielleicht nicht ganz so viel verlangen, und außerdem weckt es ein paar alte Freunde von Ihnen im Hafen, die noch mit einem Kater im Bett liegen. Haha.«
Der Kapitän erteilte den entsprechenden Befehl. Die Pfeife gellte, und die Kanone donnerte. Die Männer auf den schwimmenden Drachen schien das nicht zu beängstigen, sie ruderten nur ein Stück weg, um Platz für das Regierungs-Sampan zu machen.
Die Dolmetscher tauschten die offiziellen Begrüßungsformeln aus und begleiteten dann den Hafenmeister zum Achterdeck. Hwiang-Si führte seine Verhandlungen mit Jake in Chinesisch. Der Kapitän zeigte die Ladepapiere des Schiffes, und nach einstündiger Verhandlung gab Jake dem Kapitän zwei Zettel – die Beträge für die Hafengebühr und für die Bestechung.

Als Hwiang-Si gegangen war, wandte Kapitän Link sich an den amerikanischen Handelsagenten. »Jake, ich möchte, daß Sie die Ladung ganz übernehmen – Kauf, Verkauf. Erledigen Sie die Versicherung, zahlen Sie aus, treiben Sie Schulden ein, alles zu denselben Bedingungen wie immer. Mrs. Link und ich werden uns ein bißchen ins Gesellschaftsleben stürzen. Sind die Parties immer noch so gut, wie ich sie in Erinnerung habe?«
»Sogar noch besser. Organisierter. Jede Handelsniederlassung hat einen eigenen Jour fixe im Monat, und außer am Sonntag tut sich immer irgend etwas.«
»Jake, ich bin auch noch an allen zuverlässigen Informationen über Japan aus Ihren privaten Quellen interessiert und bereit dafür zu zahlen.« Der Kapitän winkte John zu sich. »Und das ist John Whittefield aus Fairhaven, Massachusetts. Mrs. Link wird, solange wir im Hafen sind, keinen regelmäßigen Unterricht abhalten. Ich hoffe, es macht Ihnen nichts aus, ihm etwas über China und Kanton beizubringen.«
Jake Tillim nahm John bei der Schulter und führte ihn die Leiter hinunter. »Mach ich doch gerne. Los, komm.« Er stieg auf die erste Sprosse, dann drehte er sich noch einmal um und sagte: »Theodore, wenn Sie Opium gehabt hätten, die schwimmenden Drachen haben 1000 spanische Silberstücke für hundertdreißig Pfund geboten. Hwiang-Si hat 1200 geboten. Haha.« Er lachte um seine Zigarre herum.
Dieses Lachen wurde für John Whittefield ein Bestandteil seiner Einführung in China. Er folgte dem Agenten von Bord und ging Seite an Seite mit ihm über das Dock. Barfüßige Arbeiter mit freiem Oberkörper und weiten Hosen wichen vor ihnen zurück, als sie zwischen den aufgetürmten Gütern, die vom Dampfer entladen wurden, hindurchgingen.

Jake nahm die erloschene Zigarre aus dem Mund, schaute sich das nasse Ende an und warf sie weg. »Auf geht's, mein Junge. Es wird Zeit, daß du lernst, was für eine minderwertige Seele du bist. Haha. Die Chinesen halten sich für das kultivierteste Volk der Welt. Du wirst den ehrenwerten Mr. Wu kennenlernen. Er ist ein ehrlicher Mann und ein genauso gewitzter Händler wie wir Yankees. Er macht auch etwas, wozu kein Westler bereit ist – Kotau. Wir haarigen Fremden aus dem Westen zahlen Tribut für das Handelsrecht – nur im Hafen Kanton – und müssen uns vor einem Abgesandten des Kaisers auf die Knie werfen. China hat es nicht nötig zu exportieren. Es hat eine riesige Bevölkerung als ständigen Markt und ist an den ungehobelten Angeboten von uns Ausländern nicht interessiert. Wir benutzen Männer wie Mr. Wu, den Leiter des Familienunternehmens Wu Hao-Kuan, die für uns den Tribut zahlen und den Kotau machen. So wahren wir unsere Würde und können trotzdem in China an- und verkaufen.«
Mr. Wu hatte sein Büro in seinem Wohnhaus, einem geräumigen Gebäude mit vielen Zimmern, Schiebetüren und einer Veranda, die sich um den ganzen zweiten Stock erstreckte. Das Haus stand inmitten eines Gartens mit zarten Farnen und sorgsam gesetzten exotischen Pflanzen, die von glatten Flußkieseln umgeben waren. Der älteste Sohn des chinesischen Händlers wich keinen Schritt von der Seite seines Vaters und sagte kein Wort, aber John war trotzdem von dem jungen Mann sehr beeindruckt. Nur seine intelligenten, schwarzen Augen bewegten sich in seinem undurchschaubaren Gesicht. Mr. Wu war das krasse Gegenteil, er lachte, gestikulierte und rutschte in seinem Stuhl hin und her, während er mit Jake in Chinesisch verhandelte.

Nachdem die Verhandlungen abgeschlossen waren, verließen sie das Büro, und man führte sie in den Garten. Tee und köstliche Plätzchen, die mit getrockneten und kandierten Wassermelonenstückchen dekoriert waren, wurden auf einem niedrigen Tisch angerichtet.

Mr. Wus Sohn servierte. John war fasziniert von den komplizierten Schnitzereien, die die Pfosten, Nischen und Schiebetüren schmückten. Er ließ den Blick durch den Hof schweifen. Auf der Veranda im zweiten Stock standen Mr. Wus neun Kinder, seine Frau, seine Konkubinen und die Diener, und beobachteten sie. Es waren an die zwanzig Leute, wenn man die Kinder im Krabbelalter dazuzählte, und bis jetzt hatte er keinen Mucks von ihnen gehört. Wie auf Kommando verbeugte sich Mr. Wus Familie. John verbeugte sich ebenfalls, um den Gruß zu erwidern.

Jake nahm John mit zu sich nach Hause, eine Wohnung über einem Lagerhaus an den Docks, und stellte ihm sein Personal vor. Es waren acht Leute, drei davon junge, schöne, chinesische Frauen. Der Agent schlief, arbeitete und aß in einem großen Zimmer, von dessen Fenster aus man den ganzen Hafen überschauen konnte. In der hinteren Ecke stand ein niedriges Bett mit seidenen Steppdecken. Vier große, weiche Ledersessel standen im Halbkreis mit Blick auf das Fenster. Der Stuhl neben dem Schreibtisch schien am meisten benützt, an der Seite war eine Tasche mit einem Fernglas angenäht. Neben dem Schreibtisch befand sich ein großer Teakschrank, der halb mit Büchern gefüllt war, die andere Hälfte stand voller Whisky- und Ginflaschen. Von diesem großen Zimmer aus führte ein Gang zur Toilette, zum Badezimmer und den Personalunterkünften.

Jake setzte sich mit einem Wasserglas halbvoll Whisky in seinen Sessel und erhob das Glas. »Auf deinen Kapitän, mein Sohn. Er ist ein guter Mann, und heute war ein guter Tag.« Er kippte den Whisky herunter, stellte das Glas ab, holte sein Fernglas aus der Tasche und ließ es über den Perlfluß und die Hafeneinfahrt schweifen. »Genauso hab ich euch heute früh entdeckt. Ich bin selbständiger Agent und muß mit den anderen um die Wette fahren, wenn private Schiffe anlegen. Die Kompanieschiffe der Handelsvertretungen müssen ihre eigenen Agenten nehmen.«

»Wie lange haben Sie gebraucht, um Chinesisch zu lernen?«

»Ungefähr fünfzehn Jahre, und ich lerne immer noch.«

»Brauchen Sie deshalb einen Dolmetscher?«

»Haha. Nein. Es gibt zwei chinesische Sprachen. Eine ist die offizielle. Das ist Mandarin, das hab ich gelernt. Die andere ist für die einfachen Leute, und die versuche ich gerade erst zu lernen. Eines Tages werden wir andere Häfen in diesem Land öffnen und Geschäfte mit den einfachen Leuten machen. Davon gibt es mindestens zweihundert Millionen. Haha. Kannst du dir vorstellen, was für ein Markt das sein wird, und bis auf ein paar Missionare werde ich der einzige Christ sein, der mit ihnen reden kann. Ich glaube, im Moment gibt es höchstens fünf Amerikaner, die Geschäftsverhandlungen in Chinesisch führen können.«

John ließ seinen Blick von dem Agenten mit der erloschenen Zigarre über die Sandelholzwände des Zimmers gleiten, die mit Karten und zarten, chinesischen Gemälden bedeckt waren. »Glauben Sie, ich könnte Chinesisch lernen?«

Jake schob die Zigarre in den anderen Mundwinkel. »Das muß ich mir durch den Kopf gehen lassen. Jetzt erst einmal ab in die Wanne. Mr. Wu hat ein paarmal die Nase gerümpft. Du riechst ein bißchen streng. Haha.«

John ging den Gang hinunter in ein Zimmer, in dem eine

riesige Wanne, gefüllt mit heißem, parfümiertem Wasser, stand. Über einem Stuhl waren weiche Handtücher drapiert, und an einem Kleiderständer hing ein seidener Morgenmantel. Als er in der Wanne saß, kam eine der jungen, chinesischen Frauen mit niedergeschlagenen Augen zur Tür herein, um seine schmutzigen Kleider zu holen. John tauchte bis zur Nase ins Wasser. Sein bewundernder Blick folgte ihr zum Stuhl und wieder zur Schiebetür hinaus. Er spürte ein vertrautes Zucken im Unterleib.

Nach dem Bad zog John den leichten Seidenmantel an und ging zurück in Jakes Zimmer. Während sich der Agent badete, ruhte sich John in einem der Sessel aus und schaute aus dem Fenster. Er beobachtete, wie ein Rennboot mit zwei Mann Besatzung auf den französischen Handelsposten zufuhr, vorbei an Sampans und Handelsdschunken. Es verschwand hinter einer großen Kriegsdschunke, die reichlich mit Kanonen bestückt war, deren antike Läufe Verschlüsse hatten und somit wie zugekorkte Weinflaschen aussahen. Weit draußen auf dem Perlfluß, vor dem Orange der untergehenden Sonne, glaubte er einen Flecken am Horizont zu sehen. Er tappte barfuß über den blanken Teakboden und zog das Fernglas aus der Tasche.

»Mr. Tillim!« schrie er. »Mr. Tillim!« Keine Antwort. Er lief den Gang hinunter zur geschlossenen Tür des Wannenzimmers. »Mr. Tillim, ein Schiff – ein Dampfer kommt den Fluß hoch!«

»Du lieber Himmel!« brüllte der Agent.

John hörte Geplansche und das Klatschen nasser Füße auf dem Fußboden.

»Komm hier rüber!« befahl Jake.

John, der dachte, der Ruf gelte ihm, schob die Tür auf. Jake stand nackt in der Mitte der großen Wanne, Dampf stieg um seinen Körper auf, und streckte seine Arme aus, um sich einen Morgenmantel von derselben schönen jungen Frau reichen zu lassen. Sie war nackt, wunderschön gebaut, ihr Elfenbeinkörper schimmerte feucht im sanften Licht einer Papierlaterne. Sie hielt Jakes Mantel in den ausgestreckten Armen, und John sah zum ersten Mal in seinem Leben die Brüste einer Frau. Sie waren schmal und spitz. Ihr glatter, flacher Bauch ging über in ein kleines schwarzes Haarbüschel. John packte den Mantel, und das Mädchen drehte sich weg. John mußte sich beim Anblick ihres runden Pos, ihrer glatten Schenkel und dem ebenholzschwarzen Haar, das auf ihrer Haut schimmerte, am Türpfosten festhalten. Eine Stimme rief seinen Namen, und John schaute hoch.

Jake hatte seinen Morgenmantel an und frottierte sich die Haare. »Mach die Tür zu.«

John griff nach der Tür, aber seine Hand stieß durch die Papierwand. Das Loch wurde noch größer, als er seine Hand herausriß. Endlich gelang es ihm, die Tür zuzuschieben, und er lief zur Veranda. Dort packte er das Geländer und konzentrierte sich auf die dünne Rauchsäule, die im letzten Licht der Sonne kaum noch sichtbar war.

Er hörte Jake abwechselnd in Chinesisch und Englisch brüllen. Die einzigen Worte, die er verstand, waren: »Verflixt und zugenäht, Lu Li!«, dann: »Laß das Langboot bringen!« Er hörte das Klirren von Flaschen hinter sich.

»Gute Arbeit, Kleiner«, sagte der Agent.

John drehte sich um und sah Jake mit zwei Flaschen Whisky in einer Hand und zwei Flaschen Gin in der anderen dastehen. Er hielt sie hoch und grinste. »Wenn's ein Yankee ist – Whisky, ein Limey – Gin. Sei ein guter Junge und gib mir eine Zigarre aus dem Humidor.«

John rannte zum Schreibtisch.

Jake beugte sich vor und machte den Mund auf. »Steck sie in den Mundwinkel, dann hau ich ab.« Er klemmte sich die Zigarre in den Mundwinkel und sagte: »Du hast mir einen guten Dienst erwiesen, Kleiner. Schlaf gut heute nacht. Haha.« Mit klirrenden Flaschen und einem Ruf nach »Lu Li!« verschwand er durch die Tür.

Ein Diener brachte John sein Abendessen – gekochte Kartoffeln, gedämpfter Fisch, Gemüse, Tee und Mandelplätzchen. Es schmeckte gut, aber er war enttäuscht, weil er von dem chinesischen Koch exotische Gerichte erwartet hatte. Er nahm sein einsames Mahl vor dem Panorama der vom Mond erleuchteten Bucht ein, in der die abertausend tanzenden Laternen der Bootsbewohner ihn an die Glühwürmchen in warmen Nächten in Massachusetts erinnerten. Ein anderer Diener kam herein, um die Bambusvorhänge zu schließen. John zog den Mantel enger um sich und machte es sich auf dem weichen Ledersessel bequem. Er schlief sehr schnell ein.

Er spürte einen sanften Druck auf dem Rücken, dann einen Hauch von Parfüm. Er fühlte, wie ihr weicher Bauch über seinen Hintern glitt und die Wärme ihrer Schenkel, als sie sich den Konturen seines Körpers anpaßte. Im schwachen Licht der Papierlaterne sah er eine zarte Hand mit silbernen Nägeln den Gürtel seines Mantels aufknoten. Er drehte sich zu ihr, der Mantel öffnete sich, und die harten Muskeln seines jungen Körpers fühlten ihr warmes, weiches Fleisch. Er schaute in das glatte Gesicht des schönen Mädchens aus dem Badezimmer. Sie lächelte und legte seine Hände sanft, aber bestimmt um ihre Taille.

Vorsichtig tastete er ihr Gesäß ab. Er zitterte vor Angst und Begierde, konnte aber nicht aufhören, ihren Körper zu streicheln. Gleichzeitig fürchtete er, sie würde mit den langsamen, exotischen Bewegungen ihrer Hüften aufhören. Ihre Fingerspitzen berührten seine Brustwarzen, er keuchte und umarmte sie so heftig, daß seine Erektion in ihren Bauch rammte. Langsam, behutsam umfaßte sie sein Glied und führte es ein. Er spürte seinen Penis in sie gleiten, und das Zittern in seinem Körper wurde zu einer brandenden, endlosen Serie von Wogen, die seine Hüften vor und zurück trieben, immer und immer wieder. Er warf den Kopf zurück, schrie laut auf und klammerte sich an sie, aus Angst, sie könnte sich losreißen. Aber ihr Körper vibrierte vor Lust – sie drängte sich an ihn, zog sich zurück, schlängelte sich unter ihm, über ihm, immer wieder mußte er sich in sie ergießen, immer wieder. Sie schien genau zu wissen, wo und wann sie ihn berühren mußte. Die Intervalle zwischen den Orgasmen wurden länger und lustvoller. John ahmte ihre Berührungen nach, und nach langer Zeit schliefen sie erschöpft und eng umschlungen ein.

Irgendwann verließ sie ihn. Er spürte, wie sie ging, verhielt sich aber ruhig. Dann stand er auf und öffnete den Bambusvorhang. Er blieb lange stehen und beobachtete die schwankenden Laternen der Bootsbewohner. Er wußte nicht, ob die Tränen in seinen Augen der Sünde galten, die er begangen hatte, oder der Freude, die ihm zuteil geworden war.

»Morgen«, flüsterte er, »werde ich in die Kirche gehen.«

»Los, Kleiner.« Jake schüttelte ihn an der Schulter. »Es gibt viel zu sehen. Mr. Wu hat eine Spezialtour für uns arrangiert. Fang!« Jake warf ihm ein Bündel Kleider zu. »Zieh das an, wasch dich, dann essen wir, und danach geht's los.«

Die Kleidung war neu, aus gutem Stoff, und paßte genau. Johns Toledo-Messer war genau am richtigen Platz, in einem neuen Ledergürtel, und alles aus seinen Taschen in den alten Kleidern war ebenfalls dort, wo es hingehörte.

Bei knusprig gebratenem Rindfleisch und Eiern fragte er: »Woher kommen meine neuen Anziehsachen?«
»Die sind gestern nacht gemacht worden. Eins mußt du nämlich von China wissen«, sagte Jake. »Es hat einen Überschuß an Arbeitskraft. Die Nähmaschinen, die ihr aus Amerika mitgebracht habt, werden die Arbeit schneller machen, aber auch viele Unglückliche um ihren Broterwerb bringen. Die Technologie des Westens ist hier kein Segen. Man könnte sie sogar einen Fluch nennen.«
»So schlimm wie Opium?«
»Nein.« Jake schüttelte langsam den Kopf. »Nichts ist so schlimm wie der himmlische Staub. Das Schiff, das du gestern nacht gesehen hast, war die *Lord Amhurst*, ein Schiff der Ostindischen Kompanie, das von einer Mission in den Norden zurückgekehrt ist, wo es sich einen Überblick über die Handelsaussichten verschaffen sollte. Der Kapitän hat mir erzählt, wo auch immer sie entlang der chinesischen Küste angelegt haben, bestand Nachfrage nach Opium. Von jeder Stadt und jedem Dorf legten Boote ab, sobald sie Anker warfen und wurden feindselig, sobald sie merkten, daß das Schiff kein Opium an Bord hatte. Die Droge ist in China illegal, aber der Opiumhandel unterliegt keinen Restriktionen. Laut Kapitän der *Lord Amhurst* gibt es in China mindestens neun Millionen Süchtige.«
Nachdem sie mit dem Frühstück fertig waren, gingen sie zur Veranda. Die *Nemesis* ankerte jetzt in der Mitte des Hafens, und an ihrem Platz an den Docks lag die *Lord Amhurst*.
Jake deutete stromabwärts auf Schiffe, die John für Hausboote hielt. »Das sind Ladestationen für Opium, schwimmende Lagerhäuser. Sie sind schwer bewacht. Wenn ein Geschäft abgeschlossen ist, kommen die schwimmenden

Drachen zum Zahlen heraus und nehmen das Opium an Bord, dabei haben die Leute auf den Lagerbooten die Waffen immer im Anschlag. Dann rudern sie wie besessen zur Küste, voller Angst, überfallen zu werden. Und die chinesische Regierung kann kaum etwas dagegen unternehmen, weil sie von Korruption völlig unterwandert und ihre Armee erbärmlich klein ist.«

Was Jake Tillim nicht wußte, war, daß man die Anzahl der Kriegsdschunken im Hafen von Kanton erhöht und die Befestigungen in Hu-Men am Tiger-Gate-Fort verstärkt hatte. Die gigantischen Kampfdschunken waren im Lauf der letzten zwei Monate in der Bucht bei den Bootsbewohnern vor Anker gegangen. Der Kaiser Tao-kuang hatte von seinem Hof in Peiping (Peking) aus Befehl gegeben, den illegalen Opiumhandel ein für allemal zu unterbinden. Er hatte Lin Tse-hsu auserwählt, seinen Befehl durchzuführen.

Lin, seit vierzig Jahren ein hervorragender Regierungsverwalter, begann damit, die Streitkräfte der Regierung zu verstärken. Ihm war klar, daß er zwei Feinde bekämpfen mußte: die Händler aus dem Westen und die chinesischen Tongs. Seine Agenten wurden ins ganze Land ausgesandt, um so viele Kanonen wie möglich zu kaufen, ohne Aufsehen zu erregen. Sie bewaffneten die königlichen Kriegsdschunken und brachten sie eine nach der anderen nach Kanton. Die Tatsache, daß weder Lin Tse-hsu noch seine Offiziere mit modernen Waffen oder Strategie vertraut waren, machte keinen Unterschied. Sie wollten den Feind mit zahlenmäßiger Überlegenheit überwältigen. Sie sammelten und montierten spanische und portugiesische Kanonen, die um 1700 gebaut worden waren. Holländische und venezianische Geschütze aus dem fünfzehnten Jahrhundert wurden auf provisorische Lafetten gesetzt. Über hundert Jahre alte Musketen wurden an die Mannschaften verteilt. Von den zweiundzwanzig Dschunken im Hafen hatten nur sechs Kapitäne mit Kampferfahrung gegen Leute aus dem Westen. Dabei handelte es sich um malaysische Piraten, die die Regierung angestellt hatte.

Auf dem Weg zu Mr. Wus Haus kamen Jake Tillim und sein junger Begleiter an der Seemannskapelle vorbei. John schaute zu dem Kreuz auf dem kleinen Giebeldach hoch und bekam ein schlechtes Gewissen. Er sollte Gott um Vergebung bitten, obwohl der bloße Gedanke an das chinesische Mädchen ihm eine neuerliche Erektion bescherte.
»Alles in Ordnung, John?«
»O ja, Mr. Tillim.«
»Dann halte auch Schritt mit mir. Wer in China hinter einem anderen Mann hergeht, ist entweder ein Kuli oder eine Frau. Beide sind hier nicht viel wert.«
John schloß rasch neben dem Händler auf und hoffte, der Wulst in seiner Hose wäre nicht zu sehen. Er fragte sich, wie man jemanden wie das chinesische Mädchen aus dem Badezimmer verachten konnte. Und er fragte sich, ob er sie bitten sollte, ihn zu heiraten. Aber er war zu jung, und sie würden ein paar Jahre lang warten müssen.

Im Haus des Geschäftsmannes wurden sie mit Tee und in Honig getauchten Kuchen empfangen. Mr. Wu führte sie in ein Zimmer, in dem sie sich chinesische Kleidung anzogen – lange, schwarze Seidengewänder, die bis zum Hals zugeknöpft waren, mit Ärmeln, die länger als ihre Arme waren und an den Manschetten reich bestickt. Dazu kamen noch weiße Seidenstrümpfe und schwarze Seidenslipper.

Jake führte den Jungen in einen kleinen Hof neben dem Garten. Sie bestiegen eine Sänfte mit Vorhängen und wurden sofort von sechs Trägern mit Stangen auf die Schulter genommen. Ein weiteres Team von sechs Leuten, die die anderen ablösen sollten, folgte ihnen, und ein Mann lief voraus, um den Weg freizumachen. Sie saßen auf Kissen und konnten durch die Bambusrollos hinausschauen, die jedoch keinen Einblick ins Innere gewährten.

Bald waren sie im Zentrum der Stadt mit ihren dichtbevölkerten Straßen angelangt, vorbei an eng gedrängten Häusern, Ständen und Gassen, die für die Sänfte viel zu schmal gewesen wären. John sah die verschiedensten Trachten, die, wie Jake ihm erklärte, den gesellschaftlichen Rang anzeigten. Der Geruch der Torffeuer, auf denen gekocht wurde, vermischte sich mit dem von Soja, Piment, Knoblauch, Ingwer, Wein, Essig und anderen namenlosen Dingen zu einem einzigartigen Aroma. Sie blieben am Restaurant »Wei – Das Große Messer« stehen, um gekochtes Schweinefleisch mit Weizenkuchen zu essen und Reiswein zu trinken. Es war nahe der Vogelbrücke, und sie konnten beobachten, wie die Barken den Kanal hinuntergezogen und -gestoßen wurden.

Dann ging die Fahrt weiter. Jake und John sahen Fabriken, in denen Hunderte von Menschen arbeiteten, und Männer, die ihr ganzes Geschäft auf dem Rücken trugen. Ein paar Karren wurden von Tieren gezogen, aber meistens waren es Menschen, Menschen mit Bündeln oder Körben, die von Tragestangen herabhingen, die die Straßen füllten. Überall fuhren Schubkarren, manche sogar mit Besegelung, um sie zu beschleunigen. John fand die Chinesen Kantons sehr fleißig, immer unterwegs, sehr sauber und vor allem zahlreich.

Die beiden aßen in »Wah-Lings Violetter Drache« zu Abend. Der erste Gang war eine Reissuppe. Dünne Rindfleischstreifen waren über den Rand der Schüssel drapiert. In der Mitte schwammen gebratene Nudeln, die wie ein Nest aussahen, auf dem ein eingelegtes Ei lag. Filetierter Fisch, weißer Reis, viele seltsame Gemüse, süße und saure, scharfe und milde Soßen waren um das Essen arrangiert. Dazu trank man verschiedene Teemischungen.
Die Sonne war kurz vor dem Untergehen, und schon verströmten Papierlaternen ihr farbiges Licht aus Häusern und Läden. Die Sänfte bewegte sich durch die Menschenmengen. Dann wurde sie vor einem Haus abgesetzt, das wie ein langes, hölzernes Fabrikgebäude aussah. John konnte darin keine Türen und auch nur ein paar Fenster erkennen. Es schien dreistöckig zu sein. Mr. Wus ältester Sohn kam hinter ihrer Sänfte hervor. Flankiert von den zwei kräftigsten Trägern, ging er auf das Haus zu. Jake und John folgten ihm. Im Inneren standen einige Männer herum, offensichtlich Wachen, nach dem Sammelsurium von Messern und Pistolen, das sie im Gürtel trugen, zu schließen. Man hatte die Gruppe erwartet, sie wurde von einem jungen Mann in einem langen, bestickten Seidenmantel begrüßt. Er verbeugte sich tief, wechselte einige Worte mit Wus Sohn und führte sie dann einen langen Gang hinunter und durch zwei Türen mit Perlvorhängen. Ein dicker, schwerer, süßlicher Geruch nahm John den Atem. Er spürte ihn im Hals und kämpfte gegen Übelkeit an.
»Das ganze Haus stinkt nach Opium«, erklärte ihm Jake.
Mr. Wus Sohn zog einen Vorhang über einer Tür rechts von ihnen zur Seite. In dem kleinen Alkoven lag ein älterer Mann auf einer dicken Steppdecke. Er hatte seinen Ellbogen auf Kissen gestützt und zog an einer kurzen, geraden Pfeife.

Neben ihm saß ein junges Mädchen im Schneidersitz. Sie war barfuß und stopfte ihm eine weitere Pfeife mit einer Mischung aus Opium und Tabak. Der Sohn des Händlers ging den Gang hinunter und zog einen Vorhang nach dem anderen auf beiden Seiten weg. Am letzten Alkoven vor der Treppe riß er den Bambusvorhang so heftig zur Seite, daß er ihn fast von seiner Bambusstange gerissen hätte. Die bemitleidenswerten Süchtigen in den Alkoven beachteten sie kaum. Ihre glasigen Augen nahmen fast nichts wahr, kraftlos bewegten sich die Köpfe auf den Kissen.

Mr. Wus Sohn sprach Chinesisch mit Jake Tillim. John beobachtete das junge, chinesische Gesicht genau, sah aber keinerlei Anzeichen für irgendeine Gemütsbewegung. Jake nickte zustimmend.

Als sie sich anschickten, die Treppe hochzugehen, wandte sich Jake an John. »Hier in Parterre sind siebzehn Reihen mit je fünfundsechzig Alkoven. Die zwei nächsten Stockwerke sind für die ärmeren Kunden.«

John folgte ihnen über die abgetretenen Holzstufen nach oben. Ein seltsames flüsterndes Geräusch wurde immer lauter, je höher sie kamen. Rauch hing wie dicker Nebel an der niedrigen Decke. Papierlaternen an Stangen gaben ein unheimliches Licht, das Reihen über Reihen von Holzpritschen bestrahlte, die sich über die ganze Länge und Breite des Gebäudes hinzogen. Auf diesen Opiumbetten lagen blaßgesichtige, ausgemergelte Männer mit schwarzen Zähnen und Gesichtern wie Totenschädel, die mit starren Augen in das seltsame Licht blickten. Niemand redete. Das fremdartige, zischende Geräusch kam von den Hunderten von Männern, die an Pfeifen zogen. In den schmalen Gängen zwischen den Reihen füllten kleine, schmutzige Kinder die Opiumpfeifen und zündeten sie an. Einige Grup-

pen von jeweils zwei Männern bewegten sich auf Zeichen der Kinder hin und trugen Menschen zum hinteren Ende des Raumes, wo sie im glühenden Nebel verschwanden.
Der dicke, schwere Rauch würgte John im Hals. Der junge Mr. Wu drehte sich um und John sah, wie ihm die Tränen über sein glattes, unbewegliches Gesicht liefen. Der junge Chinese nahm John wortlos beim Arm und führte ihn nach unten, gefolgt von den anderen. Sie verließen das Haus auf der entgegengesetzten Seite. John hustete und versuchte, seine Lungen von dem Rauch zu befreien, indem er möglichst viel frische Luft einatmete. Jake klopfte ihm den Rücken. Mr. Wus Sohn sagte etwas auf Chinesisch und deutete auf ein Fenster im zweiten Stock mit Bambusrollos. Eine hölzerne Rutsche führte vom Fenster zu einem Eselskarren. Der Vorhang wurde zur Seite geschoben. Der Körper eines Mannes wurde auf die Rutsche gehievt und glitt in den Karren. Der Vorhang wurde geschlossen. Auf der anderen Seite des Gebäudes konnte John eine Menschenmenge zu beiden Seiten der Tür sehen.
Jake legte seine Hand auf Johns Schulter. »Die, die aus dem Fenster kommen, haben diese Welt verlassen, und die, die draußen warten, hoffen sich eine bessere zu erkaufen, wenn auch nur für kurze Zeit.«
Sie gingen zur Sänfte. Auf dem Rückweg sahen die Laternen gar nicht mehr so fröhlich aus, und auch die Leute wirkten nicht mehr so glücklich.
»Darum war Kapitän Link so wütend, als ich ihn gefragt habe, ob er Opium an Bord hat«, sagte Jake. »Er hat solche Häuser auch schon gesehen. Das hier ist eines der größten, aber es gibt solche Häuser in jedem Winkel dieser Stadt.« Er schüttelte den Kopf. »Mehr als neun Millionen Süchtige. Das sind genauso viele, wie die Vereinigten Staaten Einwohner haben.«

»Das muß unterbunden werden!« John sagte das mit solcher Vehemenz, daß Jake Tillim völlig überrascht war.
»Naja«, sagte Jake, »so sehr ich auch gegen den Handel mit Opium bin, ich hab mich wahrscheinlich daran gewöhnt.« Er seufzte. »Einige Chinesen und einige aus dem Westen haben schon versucht, es zu unterbinden. Sie verloren irgendwann den Mut oder wurden von ihren eigenen Leuten umgebracht. Du mußt bedenken, daß ein Großteil der englischen und europäischen Wirtschaft vom Opium abhängig ist.«
»Aber warum machen denn die Chinesen nichts dagegen? Es ist ihr Land. Sie werden kaputtgemacht!«
»Eines Tages wird jemand wie Mr. Wus Sohn einen Weg finden. Aber hier und heute verdienen hochgestellte chinesische Beamte viel Geld mit Opium. Und die meisten Chinesen wissen das nicht einmal.«
»Bei neun Millionen Süchtigen muß es jeder wissen.«
»John, mein Junge, es gibt über zweihundertfünfzig Millionen Chinesen, verteilt auf vier Millionen Quadratmeilen. Sie sprechen zwar dieselbe Sprache, aber die Dialekte sind so verschieden, daß sie sich kaum untereinander verständigen können. Nur die reichen Händler und die Beamten lernen Mandarin.«
John ließ sich in die Kissen der Sänfte fallen. Er hörte, wie einer der Träger stöhnte, als sich sein Gewicht verlagerte. Er ärgerte sich über sich selbst, weil er diesem Mann Schmerzen bereitet hatte, weil er das chinesische Mädchen begehrte, weil ihn Männer trugen, und am allermeisten, weil er überhaupt nichts tun konnte. »Wenn die Chinesen je einen Anführer finden und eine Armee aufbauen ... «
Jakes sarkastisches Lachen unterbrach ihn. Der Agent zeigte mit dem Finger auf John. »Du bist reif für dein Alter. Du

hast gerade den Alptraum ausgesprochen, der jeden weißen Geschäftsmann in der Kolonie verfolgt. Der sicherste Weg, sich im Hafen von Kanton unbeliebt zu machen, ist, dieses Thema anzuschneiden. Jeder weiß, daß ein Funke genügen würde, um die chinesischen Horden auf uns loszulassen. Sie sind so zahlreich, daß sie uns wie Müll ins Meer kippen würden – wenn sie einen Anführer hätten. Jede Handelsniederlassung verfügt über einen genauen Plan für den Ernstfall.«

Als sie in Jakes Wohnung zurückkamen, zog dieser sich für eine Party in der schwedischen Handelsniederlassung um. Er wünschte John eine gute Nacht und empfahl ihm ein paar Bücher aus seiner Sammlung. John ging sofort, nachdem er das Haus verlassen hatte, ins Badezimmer. Wieder kam dasselbe Mädchen herein, als er in der Wanne saß. Mit gesenktem Kopf nahm sie die Kleider vom Stuhl. Diesmal duckte John sich nicht ins Wasser. Er schaute sie direkt an. Bevor sie die Tür zuschob, trafen sich ihre Blicke, dann verschwand sie. Er stieg aus der Wanne, rieb sich schnell trocken und streifte sich einen leichten Seidenmantel über. Er kehrte nicht in das große Zimmer zurück, sondern schaute den Gang entlang. Licht schien aus einer offenen Tür und erleuchtete die gegenüberliegende Wand. Er ging auf das Licht zu und trat durch die Tür. Sie lag auf Steppdecken und war mit einem hellblauen Seidenlaken zugedeckt, unter dem sich die Konturen ihres Körpers abzeichneten. Ihre Schultern waren nackt, sie hatte etwas Rouge aufgelegt, und ihre dunklen Augen blickten einladend. John schob die Tür hinter sich zu, ließ seinen Mantel fallen und stieg ins Bett.

Das rege Gesellschaftsleben in Kanton sorgte dafür, daß Jake jeden Abend unterwegs war, und John blieb gerne zu Hause. Aber ein paar Nächte später war das Mädchen nicht in ihrem Zimmer. Nachdem sie nie miteinander gesprochen hatten, wußte er nicht einmal ihren Namen. Er wanderte den Gang leise hustend auf und ab und hoffte auf ein Zeichen. Als jemand sein Husten wiederholte, öffnete er eine Tür, lief puterrot an und verbeugte sich schnell vor dem überraschten Koch. Er hörte das Husten noch einmal, verbeugte sich schnell noch einmal, schob die Tür zu und öffnete die nächste. Es war ein anderes schönes Mädchen. Er blieb an der Tür stehen und wünschte, er könnte Chinesisch. Als sie ihm zuwinkte, trat er ein.

Am nächsten Abend war Jake zum Abendessen zu Hause. John war froh, sich mit jemandem unterhalten zu können. »Lu Li hat merkwürdige Vorstellungen von Westlern«, sagte er.

»Naja«, erwiderte der Agent, »nach chinesischen Gesichtspunkten sind wir auch nicht ganz normal.« Er hob seine Porzellantasse. »Wir nehmen ihren Tee, tun soviel Zucker hinein, daß das Aroma verlorengeht und drücken dann Zitrone hinein, bis kein Quentchen Teegeruch mehr da ist.« Jake lehnte sich zurück, streckte seinen Arm aus und deutete auf John. »Sie halten dich und mich für Barbaren. Minderwertig. Aber du mußt es von ihrer Seite aus betrachten. Wir zahlen tatsächlich Tribut für das Privileg, Handel mit ihnen zu treiben. Sie werfen uns westliche Länder mit den Nationen in einen Topf, die ihnen seit fünftausend Jahren Tribut zahlen. Die einzigen Importe, die sie interessieren, sind Opium und Baumwolle. Dabei kommen sie ohne diese beiden Dinge auch sehr gut zurecht.« Er ließ die

Arme fallen, stand auf und holte ein chinesisches Buch aus dem Regal. »Das«, er klopfte auf das Buch, »ist Pflichtlektüre für alle Beamten, die mit Ausländern in Kontakt kommen. Es heißt: *Ein Bericht über alle gehörten und gesehenen Dinge, die mit Überseeländern zu tun haben*, geschrieben 1730.« Jake ging zu einer Wandkarte. »Fällt dir etwas Seltsames auf? Ich habe sie nach den Beschreibungen in diesem Buch gezeichnet.«

John schaute sich die Karte genauer an. England befand sich dort, wo eigentlich Holland lag, Spanien und Portugal an Stelle der Türkei, Schweden, Dänemark und Norwegen waren in Österreich-Ungarn und Deutschland zusammengeballt.

Jake klopfte mit dem Buch auf die Karte. »Sie glauben, die Franzosen wären ursprünglich Buddhisten gewesen, und aus dieser Quelle hätte sich das Christentum entwickelt.« Er stellte das Buch ins Regal zurück. »Es gibt eine neuere Version, die fast genauso schlimm ist.« Er setzte sich, lehnte sich im Sessel zurück und ließ den Blick über den Hafen schweifen. »Sie beschreiben England als Land mit fähigen Verwaltern, die drei Brücken gebaut und Süßwasser mit Rohren in die Hauptstadt gebracht haben, und die ihren Schiffen erlauben, den Seemännern aller Nationen in Seenot zu helfen. Amerika ist eine Insel. Im ersten Buch existiert Amerika überhaupt nicht. Jetzt ist es eine Insel, die zu England gehört. Die Amerikaner sind spezialisiert auf Boote, die mit Feuer im Bauch die Ruder bewegen. Haha.«

John genoß das Gespräch mit Jake Tillim, aber es wurde schon dunkel, und Jake hatte noch nichts von seinen Plänen für den heutigen Abend gesagt. »Keine Party heute nacht, Mr. Tillim?«

»O ja, doch. Ich wollte dich eigentlich mitnehmen.«

Johns Kopf schob sich mit offener Kinnlade nach vorne.
»Du fängst Fliegen, Sohn.«
John machte energisch den Mund zu. »Ich dachte, Parties wären nur für Erwachsene.«
»Das stimmt auch, aber du bist doch jetzt schon ein großer, tatkräftiger Kerl. Möchtest du lieber hierbleiben?«
»Ja, ich glaube, das wäre besser. Ich möchte lieber lesen und mich ausruhen.«
»Was immer du für das Beste hältst.« Jake lächelte. Er stand vom Tisch auf und zog sich zum Ausgehen an. Sobald er fort war, badete John und lief den Korridor hinunter. Er fragte sich, welches Mädchen wohl heute wartete.

5. April 1842: Jake Tillim schickte Kapitän und Mrs. Link eine Nachricht, sie sollten so schnell wie möglich an Bord ihres Schiffes gehen. John durfte die Wohnung nicht verlassen. Betrunkene Seeleute hatten unabsichtlich den Tod eines chinesischen Mädchens im Zentrum von Kanton verursacht, einem Stadtteil, den Matrosen laut Gesetz nicht betreten durften.
Dieser Todesfall löste eine Serie von Ereignissen aus, die später als die Opiumkriege bezeichnet wurden. Sie sollten den Bestechungen ein Ende bereiten, neue Häfen nördlich und südlich von Kanton eröffnen und die gesetzliche Verwaltung dieser neuen Häfen und ihrer Bevölkerung in die Hände westlicher Nationen spielen. Darüber hinaus sollten die Chinesen gezwungen werden, die Kosten für den Aufbau all dieser neuen Dienstleistungen zu tragen.
Nach einem freundschaftlichen Geplänkel zwischen der Besatzung der *Lord Amhurst* und ihres Schwesterschiffes *Nemesis* waren die Mannschaften ihrer Wege gegangen, um weiter zu trinken und mit ihren Taten bei der Schlägerei

zu prahlen. Big Bill Hooker, ein Matrose aus London, langte über den Tresen eines Lebensmittelstandes auf der Straße und griff sich eine Handvoll geräucherter Aale. Als der Eigentümer protestierte und ihn am Arm packte, schlug ihn der große Matrose ins Gesicht. Der kleine Mann fiel zu Boden, und seine junge Tochter lief zu ihm.

Hooker sprang auf den Tresen. Er schwenkte die Aale über dem Kopf und sang ein Shanty. Bevor er noch mit der ersten Strophe fertig war, krachte der Tresen unter ihm zusammen, er stürzte auf das Mädchen und brach ihr dabei das Rückgrat. Sie schrie zehn Minuten lang wie am Spieß, bis sie starb. Nachbarn, ihre Familie und Passanten, die von den Schreien alarmiert wurden, drängten den Seemann in eine Ecke. Wenn die chinesischen Wachen nicht dazwischengekommen wären, hätten ihn der wütende Mob sicherlich getötet.

Lin Tse-hsu, der Abgesandte des Kaisers, wurde über den Vorfall unterrichtet. Er erteilte sofort Befehl, die Ausländer einzusperren und nach chinesischem Gesetz kollektiv zu verurteilen.

Einer der chinesischen Gefangenenwärter probierte seine Foltermethoden an einem Engländer aus und erhielt dabei die Information, daß die ersten Gerüchte über die *Lord Amhurst* angeblich wahr seien. »Sie ist bis zum Rand mit Opium beladen«, brüllte der Matrose. Das war zwar eine Lüge, aber der Matrose hätte alles gesagt, nur damit die Schmerzen aufhörten.

Als die Matrosen der *Nemesis* von der Gefangennahme erfuhren, stürmten sie das Gefängnis. Sie verwundeten ein paar Wärter, dann befreiten sie die Matrosen und alle anderen aus den Bambuskäfigen. In ihrem Rausch und ihrer Wut steckten sie dann das Gefängnis an. Chinesisches Militär, dem sich die Leute in den Straßen anschlossen,

hatte die Matrosen bis in die englische Handelsniederlassung gejagt.
Jetzt stand John auf Jakes Veranda und versuchte, herauszufinden, woher das beängstigende Geräusch kam – es war wie das Brüllen eines gigantischen, prähistorischen Tieres.
Abertausende schreiende Leute versammelten sich um die dreihundert Yards entfernte britische Handelsniederlassung. Die *Lord Amhurst* legte unter Volldampf vom Steg ab, beladen mit Matrosen und britischen Staatsangehörigen. Jake stand auf der Straße und bedeutete John, ihm zum Schnellboot zu folgen. Kaum waren sie an Bord gegangen, schoß das Boot in die Bucht hinaus in Richtung *Barbara Chase.*
Inzwischen hatte der Gefängniswärter die Information über das Opium an Bord der *Lord Amhurst* an den mächtigsten Tong-Anführer in Kanton verkauft. Achthundert gedungene Mörder stachen mit zehn schwimmenden Drachen in See, um das Schiff am Verlassen des Hafens zu hindern – durch Verhandeln oder durch Entern, was auch immer sich ergeben würde. Die Nachricht von einer großen Opiumladung breitete sich unter den Bootsbewohnern wie ein Lauffeuer aus, und so erfuhren auch andere Tong-Anführer davon und trommelten ihre Leute zusammen, um den Dampfer aufzuhalten. Die Kapitäne der Kriegsdschunken versetzten ihre Mannschaften in Bereitschaft, weil sie glaubten, die Zeit zu handeln wäre endlich gekommen.

John sprang über die Reling der *Barbara Chase,* rannte übers Deck und die Leiter hoch aufs Achterdeck, wo er seinen Platz neben Kapitän Link einnahm.
Mrs. Link, die auf der anderen Seite ihres Mannes stand, schaute zu ihm herüber. »John, kein Grund zur Aufregung, solche Geschichten verlaufen meistens im Sand.«

Aber der Junge sah, daß Kapitän Link kein Risiko einging. Seine Männer waren auf Gefechtsstation gegangen, und zwei neue, drehbare Geschütze waren mittschiffs montiert worden. Der Kapitän zog sich seinen schwarzen Bowler so tief ins Gesicht, daß sich seine Ohren verbogen, und beobachtete besorgt, wie noch weitere fünfundzwanzig schwimmende Drachen zwischen den Schiffen der Bootsbewohner hervorschossen. Sie versuchten, der *Lord Amhurst* den Weg abzuschneiden, bevor sie den Perl-Fluß erreichen konnte. John hörte das Singen der Ruderer, obwohl sie fast eine Meile entfernt waren, und trotz des Lärms der Dampfmaschinen. Die Menschenmassen am Ufer feuerten die schwimmenden Drachen mit lautem Geschrei an.
Jake Tillim nahm Kapitän Links Arm und führte ihn beiseite. »Ich muß zurück, Theodore.«
»Besteht da keine Gefahr für Sie?«
»Ich könnte nirgendwo anders leben.«
Der Kapitän nickte und schüttelte Jake die Hand.
»Ich hab Ihre Bitte nicht vergessen«, sagte Jake. »Nach meinen Informationen importiert China etwas Kupfer aus Japan, selbstverständlich von der Regierung geregelt. Es wird von beiden Seiten ein bißchen geschmuggelt, aber vor kurzem haben sie Japaner mit Karten und Bildern westlicher Schiffe und Menschen gefangengenommen.« Jake schob seine Zigarre in den anderen Mundwinkel. Er rief Mrs. Link zu: »Auf Wiedersehen.«
Sie nickte.
Jake klopfte John auf die Schulter und sagte: »Es war schön, mitanzusehen, wie du in China erwachsen geworden bist. Jetzt, wo du wieder an Bord bist, kannst du ja auch ein bißchen Schlaf nachholen. Haha.«
Er ging die Stufen hinunter und war schon über der Reling,

bis John begriff, was er meinte. Kurz bevor er ins Schnellboot stieg, schaute er noch einmal hoch, zwinkerte ihm zu und verschwand.

Wie konnte ich nur so dumm sein zu glauben, er wüßte nicht, was da vorgeht, dachte John. Keiner bemerkte sein rotes Gesicht, als er sich wieder umdrehte, denn alle schauten zu, wie die Drachenschiffe allmählich die *Lord Amhurst* einholten.

Die *Nemesis* stand bereits unter Dampf und hatte die Anker gelichtet. Ihr Kapitän ließ eine Signalkanone feuern und per Signalflagge anfragen, ob die *Lord Amhurst* Hilfe brauche. Beim Knall der Signalkanone verlor der Kommandant des Tiger-Gate-Forts die Nerven. Als er sah, wie das nahende Dampfschiff von Drachenbooten verfolgt wurde, befahl er seinen Kanonieren, auf die *Lord Amhurst* zu feuern. Einige der antiken Kanonen explodierten, töteten die Kanoniere und setzten ein paar in der Nähe gelagerte Pulverfässer in Brand.

Dies sah für die Kapitäne der chinesischen Kriegsdschunken wiederum so aus, als würde das Fort von den Briten bombardiert. Der Kommandant der Flotte gab Befehl zum Angriff, und drei rote Raketen zischten mit einem Rauchschweif hoch über die Bucht, wo sie explodierten. Dreißig chinesische Kriegsschiffe kappten ihre Ankerleinen und pflügten langsam durch die Sampans der Bootsbewohner und über sie hinweg, um sich den Engländern zur Schlacht zu stellen.

Die erste Salve vom Fort klatschte harmlos vor den Bug der *Lord Amhurst*. Aber dem britischen Kapitän war klar, daß sein Schiff auf dem jetzigen Kurs genau in der Schußlinie des Forts lag.

Er schnappte sich das Megaphon und befahl: »Die Frauen

nach unten! Gentlemen, wir werden Handfeuerwaffen verteilen. Bitte unterstützen Sie die Mannschaft, falls sich das Schiff gegen Enterer verteidigen muß.« Durch das Sprechrohr schrie er: »Maschinen stop!«
Die Kolben wurden langsamer, und die Paddelräder hielten an. Dann war nur noch das Geräusch entweichenden Dampfes und der Gesang von den nahenden Drachenbooten zu hören.
»Und ihr«, brüllte er durch das Megaphon seine Mannschaft an, »ihr besoffener Haufen Idioten! Wenn ihr einen Chinesen mein Deck besudeln laßt, dann zieh ich euch allen die Haut ab!« Dann befahl er durch das Sprechrohr: »Maschinen rückwärts!« Zum Signalmann: »Verständigen Sie die *Nemesis*, daß wir Hilfe brauchen!« Und zu den Kanonieren am Bug und denen an den beiden Geschützen auf dem Achterdeck: »Zielt genau und feuert ins Schwarze!«
Die riesigen Paddelräder der *Lord Amhurst* drehten sich langsam durchs Wasser. Mit einem zischenden Geräusch stoppte sie und gewann langsam an Fahrt nach rückwärts. Die Paddel klapperten wie eine Lokomotive, während sich das große Schiff mit dem Heck voraus durchs Wasser bewegte. Wieder kam eine Salve vom Fort, aber man hatte den Vorwärtskurs des Dampfers anvisiert, und die Kugeln und Geschosse klatschten unverrichteterdinge weit vor dem zurückweichenden Schiff ins Wasser.
Die Steuermänner auf den nahegelegensten Drachenbooten wurden völlig überrumpelt, als der Dampfer mit einemmal auf sie zukam. Eins wurde gerammt, ein anderes überschlug sich. Beide wurden von den Paddelrädern zermalmt, Männer und Boote wie aus dem Schlund eines Ungeheuers wieder in die Bucht gespien. Zwei andere Schiffe kenterten bei dem Versuch, längsseits zu gehen, im Kielwasser der

Paddelräder. Die drei Kanonen des Bootes wurden abgefeuert, die Salven zerschmetterten die schlanken Drachenboote wie Feuerholz. Ein weiteres fiel dem Geschütz der *Nemesis* zum Opfer.

Drei Drachenboote ruderten in rasendem Tempo über das Kielwasser der Paddelräder, um die *Lord Amhurst* zu rammen. Die Ruderer ließen ihre Riemen fallen und sprangen zur Reling des niederen Decks hoch. Bewaffnet mit Säbeln, Pistolen und Schwertern, stürmten zweihundertvierzig von ihnen auf das Schiff.

Der Kapitän, der alles vom Achterdeck aus beobachtete, zog die Schnur der Dampfpfeife. Seine Matrosen, die sich hinter Luken und Abdeckungen verborgen hatten und mit großkalibrigen, schrotgeladenen Musketen bewaffnet waren, sprangen aus ihren Verstecken hoch. Das mörderische Sperrfeuer fegte alle Eindringlinge vom Deck. Man warf die Körper der Toten und Verwundeten einfach über Bord, und das Kielwasser der *Lord Amhurst* färbte sich rosa vom Blut. Die beiden englischen Schiffe feuerten weiter auf die schwimmenden Drachen, bis sie beidrehten und die Flucht ergriffen. Danach gingen die *Lord Amhurst* und die *Nemesis* in Position und bombardierten das Tiger-Gate-Fort.

John hielt gerade danach Ausschau, ob Jakes Boot die Küste erreicht hatte, als etwas seine Aufmerksamkeit erregte. Wie riesengroße, schwankende Tiere kamen sie mit ihren rotschwarz lackierten Bäuchen aus den Sampans gefahren, ihre stumpfweißen Segel überragten alle anderen Boote. Dreißig Kriegsdschunken brachen mit hochgezogenen Segeln und ausgefahrenen Kanonen ins offene Wasser hinaus, das nahegelegenste war kaum eine Meile entfernt.

»Kapitän Link, Sir!« John deutete nach Backbord.
Bis zu diesem Zeitpunkt hatte Kapitän Link die Schlacht als privaten Opiumkrieg zwischen den Briten und den Tongs betrachtet.
Jetzt aber hob er das Megaphon. »Signalisiert den britischen Schiffen, daß wir ihnen zu Hilfe kommen! Verständigt die europäischen Segelschiffe am Ufer, daß wir ihre Unterstützung brauchen!« Seine Befehle waren scharf und deutlich. »Hißt unsere Fahne auf dem Hauptmast! Kanoniere, feuert auf die nächstgelegenen Ziele!« Er drehte sich zu John um. »Zieh an der Pfeife, bis die Engländer die Gefahr erkannt haben!«
John fand es sehr aufregend, an der Schlacht teilnehmen zu können, er packte die Schnur und zog fest daran. Die Geschütze der *Barbara Chase* eröffneten das Feuer auf die chinesischen Kampfschiffe, richteten aber nur wenig Schaden an. Ein Feuer in der Takelage der führenden Dschunke verlangsamte lediglich ihre Fahrt. Dann hatten die britischen Schiffe endlich die Pfeife gehört und visierten die Kriegsdschunken mit ihren großen Kanonen an. Der Bug der ersten löste sich in Rauch auf. Sie sank wie ein Stein. Bevor das Wasser noch über ihrem Bug zusammenschlug, wurden zwei weitere Dschunken schwer getroffen, doch andere rückten bedrohlich näher.
Als Kapitän Link sah, daß die beiden britischen Schiffe ihre Maschinen stoppten und scheinbar den Rückzug antraten, prüfte er die Signalflaggen, die zwischen den zwei englischen Kapitänen ausgetauscht wurden. Er rief in sein Sprachrohr: »Maschinen rückwärts!« Die drei Dampfer wichen vor den chinesischen Kriegsschiffen zurück.
Wieder jubelte die Menge am Kai.
John kam die führende Dschunke wie ein Monstrum aus der

Urzeit vor, dessen Segel den Horizont verdüsterte. Zwei Raketen wurden von ihrem Deck in den Himmel geschossen und explodierten in einer grünen Wolke über der Bucht. Die chinesischen Kampfschiffe drehten nach Steuerbord, in dem Versuch, eine Angriffslinie zu bilden und die drei Dampfer auf das Tiger-Gate-Fort zuzutreiben, wo man sie dann ins Kreuzfeuer nehmen konnte.

Kapitän Link gab John das Fernglas, das auf die beiden britischen Dampfer ausgerichtet war. »Schau dir ihr Hauptdeck im Mittschiff an.«

John sah mit Erstaunen, wie sich die englischen Seeleute um eine Reihe Röhren scharten, die in die Luft zeigten. Dann liefen sie auseinander und gingen in Deckung. Ein Blitz schoß durch die Luft. Und noch einer und noch einer. Er ließ das Glas sinken und beobachtete die Feuerspuren am Himmel.

»Congreve-Raketen«, sagte der Kapitän.

Sie explodierten überall entlang der Angriffslinie der Dschunken. Zwei fingen Feuer, eine brannte so lichterloh, daß John die Augen schmerzten, wenn er nur in die Richtung schaute. Als auch noch das Pulvermagazin in die Luft flog, zerfiel die Dschunke in ihre Einzelteile. Schrecken breitete sich im Hafen von Kanton aus. Es regnete flammende Wrackteile, die wiederum die anderen Dschunken in Brand setzten und sogar bis ans Ufer flogen.

Dann erzitterte der Hafen noch einmal. Ein schwedisches Segelschiff am Kai hatte eine Breitseite in die chinesischen Kampfschiffe gefeuert, dann eröffnete ein deutsches Segelschiff das Feuer, und die Holländer schlossen sich an. In diesem Kreuzfeuer strichen die meisten chinesischen Dschunken die Segel zum Zeichen ihrer Kapitulation. Als sie das sah, heulte die Meute am Kai wie ein verwundetes Tier.

Die malaysischen Piratenkapitäne, die sich während des Angriffs im Hintergrund gehalten hatten, versuchten, mit ihren Schiffen den Perl- Fluß hinunter zu fliehen. Ein Teil von ihnen wurde durch die Geschütze am Tiger-Gate-Fort, wo man ihre Absicht zu desertieren durchschaute, versenkt, die anderen entkamen. Jetzt ließ die Meute am Ufer ihre Wut an der englischen Handelsniederlassung aus, wurden aber von den britischen Dampfern, die auf ihre eigenen Gebäude feuerten, vertrieben. Die Meute löste sich auf. Seeleute wurden an Land geschickt, um mit Säbeln und Pistolen gegen Plünderer vorzugehen.

Einige Stunden später kehrte Kapitän Link von einem Treffen mit den anderen britischen Kapitänen zurück. Er gab Befehl, die Anker zu lichten. Die *Barbara Chase* hatte schon zwei Tage lang ungeheure Mengen Kohle an Bord genommen. Jetzt machte sie sich auf die lange Reise nach Norden, die chinesische Küste hoch in die Sasebo-See, ins Japanische Meer und durch die Meerenge von Shimoneski in den Pazifik. Kapitän Link verbrachte seine Tage am Kartentisch des Achterdecks und zeichnete eine Karte der chinesischen Küste. Wenn das Wetter es erlaubte, fuhren sie dicht an die Küste und loteten die Tiefen aus. Nach dem Verlassen der Meerenge von Shimoneski nahmen sie Kurs auf Hawaii. Unterwegs begegneten ihnen einige Walfänger, drei aus Amerika, von denen sie Post für zu Hause übernahmen.

Dann, eines Morgens, sichtete die *Barbara Chase* die *Charles W. Morgan* aus New Bedford, die auf Jungfernfahrt war. Sie war seit eineinhalb Jahren auf See und hatte zweiundvierzig Wale gefangen und daraus 1800 Fässer Öl und siebentausend Pfund Walknochen gewonnen. Die Besatzung der *Morgan* hatte durch ein Treffen mit der *J. How-*

land vom Tod des Sohnes von Kapitän Whittefield erfahren. Die Freude, ihn lebendig anzutreffen, war groß. Der Kapitän der *Morgan* ließ unter der heißen Augustsonne eine Dankesmesse lesen, die Seeleute beider Schiffe sangen vereint Lobeshymnen an einen gnädigen Gott, dann setzten beide Schiffe ihre Reise wieder fort.

5

Die Siedekessel standen ständig auf dem Feuer, seit Mung an Bord der *J. Howland* erwacht war. Der Flensenmeister des Schiffes hatte ihm gezeigt, wie das Fett von der Karkasse des Wals getrennt, mit Winden hochgehievt und in die glühenden Töpfe geworfen wurde. Ein Teil der Mannschaft war der festen Überzeugung, ihr Jagdglück sei der Tatsache zu verdanken, daß sie Mungs Leben gerettet hatten. Jedes Boot wollte ihn zum Rudern haben. Alle strichen ihm über den Kopf, wenn sie auf Fang gingen, weil sie glaubten, es würde ihnen Glück bringen. Aber es war der riesenhafte Pistchiani, der ihm beibrachte, rückwärts zu rudern, zu segeln und zu steuern, so daß Mung auf der Jagd bald selbst seinen Mann stehen konnte.

Dennoch gab es einige Schwierigkeiten, die ihre Ursache in den verschiedenen Eßgewohnheiten hatten. Die Mannschaft fand es ekelerregend, wenn er rohes Walfleisch und Seetang aß; Mung begriff nicht, wie man getrocknetes Rindfleisch und Zwieback verzehren konnte. Außerdem hatte seine empfindliche Nase mit dem Gestank der Seeleute zu kämpfen, von denen sich keiner wusch, während er sich täglich mit kaltem Meerwasser abduschte. Schließlich zog er aus dem Mannschaftsquartier auf Deck, bis Pistchiani ihm während eines Sturms erlaubte, in seiner Kabine zu schlafen. Als Pistchiani dann am nächsten Morgen erwachte, war die Kabine von oben bis unten geputzt. Von diesem Tag an wurde dieses Arrangement zur Dauereinrichtung.

In seiner Freizeit half Mung dem Schiffszimmermann oder saß in irgendeiner Ecke und malte.
Zwei Monate, nachdem sie Mung an Bord genommen hatten, ging Pistchiani zum Kapitän. »Sir«, sagte er, »es ist eine Schande, wenn ein so gescheiter Junge unsere Sprache von fluchenden Seemännern lernt.« Dann überreichte er dem Kapitän einige Zeichnungen.
Es waren Bilder von der Beerdigung Shin-hos und der Jagd nach dem Walbullen und seinem Harem. Das dritte war dem Kapitän ein Rätsel. »Es sieht aus wie ein langes Insekt, das tot auf dem Rücken liegt.«
»Das ist es auch – das erste einer Serie von vier. Im nächsten Bild ist der Körper des Insekts dünner und die Beine gerade. Im dritten sind die Beine auf eine Seite gezogen und der Körper noch dünner. Und jetzt schauen Sie sich das vierte an. Das ist ein perfektes Abbild des Rumpfes der *J. Howland.*«
Der Kapitän blätterte noch einmal die Bilder durch, dann schaute er hoch zu Pistchiani. »Was bedeutet das Ihrer Meinung nach?«
»Sir, das bedeutet, daß dieser Junge, der aus einem Land kommt, in dem sie keine Ahnung von modernem Bootsbau haben, das Konzept unserer Schiffskonstruktionen ganz genau begriffen hat.«
»Wie lange, schätzen Sie, hat er für diese Zeichnungen gebraucht?«
»Knapp eine Woche. Ich hab jede Spante auf dieser Zeichnung gezählt, und jede ist an ihrem richtigen Platz. Auch das Segel. An der Takelage stimmt jede Leine.«
Kapitän Whittefield gab ihm die Bücher zurück. »Und was stellen Sie sich vor, sollten wir tun, Mr. Pistchiani?«
»Der Junge sollte gutes Englisch lernen.«

»Dann unterrichten Sie ihn.«
»Sir, ich kann zwar ein bißchen Rechnen und Listen von Dingen aufsetzen, die mit der Walfängerei zu tun haben, aber viel mehr auch nicht.«
»Finden Sie, man sollte Mung Lesen und Schreiben beibringen?«
»Ja, Sir.«
»Ich werde darüber nachdenken. Danke, daß Sie mich informiert haben.«
Wie konnte ich nur so blind sein, dachte William Whittefield. Immer habe ich versucht, Informationen über Japan zu bekommen, und nun sitzt eine direkte Quelle hier an Bord. Er ließ Hockmeyer in seiner Kabine antreten.
»Ich möchte, aus Gründen, die mir persönlich wichtig sind, dem japanischen Jungen Englisch beibringen lassen. Wie ich mich entsinne, haben Sie in Fairhaven in der Sonntagsschule unterrichtet.«
»Ja, Sir, das hab ich. Leihen Sie mir Federn, Papier und Tinte?«
»Ja, und es steht Ihnen jedes beliebige Buch aus meiner Privatbibliothek zur Verfügung.«

Schon nach zwei Monaten konnte Mung soviel Englisch, daß Deacon Gilhooley mit einer Bitte zum Kapitän kam.
»Sir, darf ich mit dem Jungen über das Christentum sprechen?«
»Wollen Sie ihn bekehren?«
»Ja, Sir. Wenn ich seine Seele retten könnte und ihm etwas von unserem Herrn und Retter Jesus Christus beibringen könnte, dann könnte ich damit ein paar Sünden, die ich in meinem Leben begangen habe, abbüßen.«
»Ein löbliches Unterfangen. Meinen Segen haben Sie.«

Der Kapitän verfolgte die Fortschritte des Jungen mit großem Interesse. Mungs Lernfähigkeit war erstaunlich, aber er wußte leider sehr wenig über Japan außerhalb der Welt seines Dorfes. Wenn Mungo über Geschichte redete, klang es wie homerische Heldensagen.
Der Junge begriff alles erstaunlich schnell und hatte ein phänomenales Gedächtnis, aber andererseits machten ihm scheinbar einfache Dinge, wie auf einem Stuhl zu sitzen, die größten Schwierigkeiten. »Ich bin's gewöhnt, im Lotussitz zu sitzen«, erklärte er. »Das machen in Japan alle. Ich habe nie zuvor einen Menschen auf einem Stuhl gesehen. Es gibt nicht mal ein japanisches Wort dafür.«
Mung hatte aber keine Schwierigkeiten, Jesus Christus als Gott zu akzeptieren. Er war es gewöhnt, die verschiedensten Götter anzubeten.
Was er nicht verstand, war der mangelnde Respekt gegenüber älteren Personen. Old Peter bekam oft sein Essen als letzter und wurde selten befragt, wenn Entscheidungen getroffen wurden. Die Amerikaner folgten immer dem besten Mann, sein Alter spielte keine Rolle.
Der Erste Maat Hockmeyer machte den Kapitän auf ein weiteres Problem aufmerksam. »Sir, der Junge ist ein Genie. Er kann auf dem Papier rechnen, sogar mit arabischen Ziffern, genau wie wir. Aber ...«
»Wo liegt das Problem?«
»Da bin ich mir nicht ganz sicher.« Hockmeyer winkte Mung zu sich. »Sir, der Junge kann nicht einmal das einfachste mathematische Problem im Kopf lösen. Wenn ich ihm sage, er soll acht und zwölf zusammenzählen, weiß er nicht, was er tun soll. Schauen Sie sich das doch einmal an.«
Der Maat nahm ein Instrument vom Gürtel des Jungen. Es

hatte Holzkugeln, die auf Drähten hin und her rutschten.
»Das hat er sich gebastelt, Kapitän. Mung, was ist die einfache Wurzel aus vierundsechzig und die Quadratwurzel aus siebenundzwanzig?«
Der Junge stellte sich das Instrument auf die Knie und beugte den Kopf. Die Kugeln flogen unter seinen Händen in Windeseile hin und her. Dann schaute er hoch. »Die einfache Wurzel von vierundsechzig ist acht.« Dann flogen wieder die Kugeln. »Die Quadratwurzel von siebenundzwanzig ist acht.«
»Das Ergebnis ist immer richtig, wenn er schreibt oder dieses Instrument benützt«, sagte Hockmeyer.
Der Kapitän beugte sich über den Jungen. »Sohn ...« Er räusperte sich. »Mung, zähle, wie viele Finger ich jetzt an meiner linken Hand hochhalte.«
»Eins, zwei, drei, vier.«
»Und jetzt an der rechten.«
»Eins, zwei, drei.«
Jetzt hielt der Kapitän beide Hände hoch und fragte: »Wieviel macht vier und drei?«
Mung griff automatisch zum Abakus.
»Nein!« befahl Kapitän Whittefield. »Ohne das.«
Mung schien verwirrt. Der Kapitän streckte ihm seine Hände entgegen.
Er begann mit der linken Hand. Als er bei vier angelangt war, hielt der Kapitän seine rechte Hand daneben und sagte: »Mach weiter.«
Zuerst zögerte er, dann zählte er weiter: »Fünf, sechs, sieben.« Er musterte die Hände mit seinen schwarzen Mandelaugen, zählte jede für sich, hielt sie wieder aneinander und zählte noch einmal. Plötzlich riß er die Augen ganz

weit auf und pfiff durch die Zähne. »Hai!« rief er. »Hai! Sieben! Sieben!«
Der Kapitän klopfte Mung auf die Schulter und drehte sich zu Hockmeyer. »Der Junge kann einfach alles lernen. Die Japaner haben einen anderen Begriff von Zeit, und es ist wahrscheinlich üblich, mit dem Abakus oder auf Papier zu rechnen. Sie haben vielleicht das Kopfrechnen vergessen.«
»Das könnte sein, Kapitän. Aber gilt das nun für Mungs Dorf oder für das ganze Land?«
»Das muß man natürlich klären. Vielleicht kann Mung mit den Japanern im Asiatenviertel in Hawaii sprechen.«
»Sir, glauben Sie, daß alle Japaner ein so phänomenales Gedächtnis haben wie er?«
»Das bezweifle ich sehr.«
Von diesem Tag an begann Kapitän Whittefield Mung im Gebrauch des Kompasses, der Karten und des Sextanten zu unterweisen. Dabei verglich er oft seine Fähigkeiten mit denen seines Sohnes. Eines Tages, kurz nach Beendigung seines Unterrichts, enthüllte Mung plötzlich eine andere Seite seines Charakters. Der Tag war sonnig, es wehte eine leichte Brise, und die See war ruhig. Plötzlich stutzte der Junge, etwas im Wasser hatte seine Aufmerksamkeit erregt. Dann riß Mung sein Messer aus dem Gürtel, rannte übers Achterdeck und sprang kopfüber von der Reling ins Meer. Der Walfänger hatte gerade eine Geschwindigkeit von circa vier Knoten. Der Kapitän und der Steuermann waren vor Schreck wie gelähmt. Die Mannschaft hatte gar nicht bemerkt, was passiert war, und wurde erst vom Ruf aus dem Ausguck »Mann über Bord!« aufgeschreckt.
»Ruder hart nach Backbord!« befahl der Kapitän. Er schnappte sich das Megaphon und brüllte: »Steuerbord, Boot zu Wasser lassen!«

Pistchiani entdeckte Mung, wie er unter Wasser mit dem Messer in der Hand schwamm.

»Er ist hinter der Schildkröte her!« Pistchiani deutete auf die Kreatur, die langsam an ihnen vorbeischwamm.

Mung hatte rein instinktiv gehandelt. In Nakanohama konnte das Fleisch einer siebenhundertpfündigen Seeschildkröte eine dreiköpfige Familie ein Jahr lang ernähren. Der Panzer würde doppelt soviel einbringen.

Der Junge hatte vorgehabt, unter die Kreatur zu tauchen und ihr von da aus den Hals aufzuschlitzen, aber als er die mächtigen Klauen sah, wurde ihm klar, daß es so nicht ging. Er tauchte auf und packte sie am Panzer. Er rutschte ab. Jetzt versuchte er, mit dem Messer durch den Panzer zu stoßen, aber der Panzer war zu hart. Die Schildkröte zog ihren Kopf zurück, und Mung versuchte vergeblich, sich irgendwie an ihr festzuhalten, denn die harte Schale bot ihm keinen Halt. Pistchianis Langboot war schon im Wasser, während die übrige Mannschaft an der Reling stand und gespannt das Schauspiel verfolgte.

»Mung, was in aller Welt machst du denn da?« fragte Kapitän Whittefield übers Megaphon.

Mung brüllte zurück: »Schildkrötensteaks!« Eine Welle schlug ihm über dem Kopf zusammen. Er tauchte wieder auf. »Schildkrötensuppe!« Wieder tauchte er unter. »Verdammt bestes Essen in Welt!«

Die Mannschaft, die seit Monaten nichts Frisches mehr gegessen hatte, jubelte und schaute hoffnungsvoll zum Kapitän.

William Whittefield hob das Megaphon. »Mr. Pistchiani, bringen Sie das Abendessen an Bord, aber wir sollten uns überlegen, ob wir den jungen Herrn vielleicht noch ein bißchen schwimmen lassen.«

Pistchiani packte Mung am Kragen und zog ihn aus dem Wasser. »Du bist der verrückteste Japaner, den ich je kennengelernt habe!«

Mung kicherte. »Bin doch der einzige, den du kennst.«

An diesem Abend aß die Mannschaft Mung zu Ehren an Deck, weil er den Gestank im Mannschaftsquartier nicht ertragen konnte.

Je mehr sich die *J. Howland* Hawaii näherte, desto wärmer und seidiger wurde die Luft und desto aufgeregter die Mannschaft. Der Wind blies stark und regelmäßig, und der Pazifik zeigte, wie gerechtfertigt sein Name »Stiller Ozean« war. Sie näherten sich dem siebzig Meilen langen Kanal zwischen den Inseln Kauai und Oahu auf dem Weg zur großen Insel Hawaii, wo sie ausruhen wollten und das Schiff überholt werden sollte.

»Segel ahoi!« kam der Ruf aus dem Ausguck. »Zwei Strich Steuerbord!« Ein paar Seeleute gingen zur Reling.

Dann wieder, von oben: »Segel drei Strich Steuerbord!«

Noch mehr Seeleute gingen zur Reling.

Der nächste Ruf aber elektrisierte die ganze Mannschaft wie ein Blitz aus heiterem Himmel: »Wal ahoi an Steuerbord! Wal ahoi an Backbord! Er bläst! Er bläst! Der ganze Kanal ist voller Wale. Und überall sind Schiffe, die sie jagen!«

»Erster Maat aufs Achterdeck«, befahl Kapitän Whittefield.

Hockmeyer war mit zwei Sätzen die Leiter hoch. Er ließ sich das Fernglas geben und suchte den Horizont ab.

Nach einiger Zeit sagte er: »Kapitän, ich habe vor zwölf Jahren so etwas Ähnliches in Südamerika erlebt. Es ist eine Riesenherde, in der sich kleinere Rudel zusammengeschlossen haben. Wale tun das manchmal, obwohl ich keine Ahnung habe, warum.«

Der Kapitän nahm das Fernglas wieder an sich. »Das müssen an die zwanzig Schiffe sein.«
»Mindestens, die meisten Walfänger treffen sich im Herbst in Honolulu.«
»Hockmeyer, nehmen Sie Gilhooley und Pistchiani mit hoch in den Ausguck. Anschließend treffen wir uns in meiner Kabine. Ich erwarte von Ihnen Vorschläge, wie eine Herde Wale anzugreifen ist.«

Nach zwei Stunden kamen die drei Bootskapitäne in die Kapitänskajüte. Sie schwiegen, bis Mung ihnen Kaffee eingegossen hatte und dann verschwand.
Hockmeyer ergriff als erster das Wort. »Sie sind immer noch da, Sir. Überall blasen Wale. Sie hatten recht. Es sind zwanzig Schiffe da draußen, einige Ausländer, aber die meisten sind Amerikaner. Der reinste Zirkus. Einige der Kapitäne und viele in den Walfangbooten haben anscheinend nicht die geringste Erfahrung.«
Gilhooley sagte: »Da müssen so an die hundert Harpuniere im Wasser sein und zehnmal so viele Wale. Die Wale scheinen zum Spielen in den Kauai-Kanal gekommen zu sein, so sieht's jedenfalls aus.«
Pistchiani setzte seine Kaffeetasse ab. »Das Problem ist, daß sie ganz leicht zu harpunieren sind, diese Greenhorns aber nicht wissen, wie man sie tötet. Überall sind verhedderte Leinen, die Boote rammen sich gegenseitig, Mutterschiffe treiben aufeinander zu. Ein russisches Schiff wird jeden Moment kentern, wenn es ihnen nicht gelingt, einen toten Wal loszuschneiden, der am Sinken ist.«
Hockmeyer sagte: »Sir, in dem Chaos da draußen kann man keinen geplanten Angriff durchführen.«
Der Kapitän überlegte kurz und sagte dann: »Zwei Dinge sind von allergrößter Wichtigkeit. Erstens, die *J. Howland*

schützen. Zweitens, eine scharfe Wache im Ausguck, die die Langboote dirigiert. Lassen Sie Ihre Männer Ausschau nach unseren Signalen halten. Wir werden in etwa einer Stunde in der Nähe der Wale sein. Hockmeyer, Sie sorgen dafür, daß jeder Mann eine doppelte Ration bekommt. Gilhooley, Sie laden extra Proviant und Wasser auf die Langboote. Pistchiani, Sie kümmern sich darum, daß die Langboote seetüchtig und voll ausgerüstet sind.« Ein Blick auf seine Taschenuhr: »Uns bleiben fünf Stunden Tageslicht. Gentlemen, wir treffen uns bei zwei Glas auf dem Achterdeck.«

Der Steuermann schlug gerade die Glocke, als sich die vier Männer auf dem Achterdeck einfanden.
Kapitän Whittefield sagte: »Wir sind auf See, um Wale zu fangen, die Gott, unser Herr, auf diese Erde gebracht hat, damit sie dem Menschen Nutzen bringen. Und wir wollen alle gesund nach Fairhaven zurückkehren, um uns die Beute zu teilen.« Er hob die Stimme: »Und vergeßt nicht: Ein Wal an der Leine heißt, er gehört jemanden. Ein freier Wal gehört jedem. Achtet auf die Signale. Und Gott sei mit euch.«
Er nickte Hockmeyer zu. Der drehte sich um und brüllte: »Alle Mann in die Boote! Fertigmachen zum Wassern.«
Pistchiani zog ein funkelndes, spanisches Goldstück aus der Tasche und hielt es Hockmeyer und Gilhooley unter die Nase. »Ich setze eine Dublone auf den ersten Wal, der zum Schiff gebracht wird.«
Die beiden holten ihrerseits ein Goldstück heraus und hinterlegten es bei Cooky mit dem Vorsatz, das Geld dann gemeinsam im »Haus der Sonne« zu verfeiern.
Mung saß am Steuer von Pistchianis Boot und steuerte es mitten in das Gewühl von Schiffen, Walen und Langbooten.

Ein schwedischer Bootsführer, dessen Boot schon seit einigen Minuten eine Walkuh jagte, winkte energisch ab, als ihr Boot mit ihnen gleichzog.
Pistchiani machte eine obszöne Geste und brüllte: »Ein freier Wal kann von jedermann geschossen werden.« Dann stimmte er den ›Yankee Doodle‹ an. Die Männer sangen im Chor mit und paßten den Rhythmus der Ruderschläge dem Lied an.
Auch die Schweden sangen schneller, und so schossen die Boote Seite an Seite durchs Wasser.
Die riesenhafte Kuh hatte nicht genug Luft, um zu tauchen und ermüdete schnell. Die Boote holten immer mehr auf und fuhren bald im Kielwasser ihrer riesigen Schwanzflosse, das sie etwas ins Schlingern brachte. Jetzt überholten die Schweden das amerikanische Boot. Der schwedische Kapitän brüllte seinem Vordermann einen Befehl zu, der zog sein Ruder ein und stand auf. Er packte die Harpune und machte sich bereit zu werfen. Mung sah, wie die Harpune in der Hand des Mannes zitterte, weil seine Arme vom Rudern überanstrengt waren. Das schwedische Boot verlangsamte seine Fahrt, der fehlende Ruderer machte sich bemerkbar. Mung hielt das Steuer gerade und überholte in dem Moment, als der Harpunier seine Waffe warf. Sie traf den Wal an der Seite. Die Schwanzflosse bäumte sich auf und klatschte mit einem Donnerschlag wieder aufs Wasser. Die verwundete Kuh schoß los und zog das Boot der Schweden hinter sich her, aber nur kurz, dann riß die gezackte Spitze der Harpune aus dem Fleisch. Das Boot rutschte rückwärts eine Welle hinab und schlingerte im Kielwasser des Wals.
»Sie gehört uns!« rief Pistchiani. »Rudert, Männer! Rudert! Und dann kaufen wir uns ein Puff in Honolulu!«
Das verwundete Tier raste hundert Meter davon, dann drehte es nach Backbord direkt auf Pistchiani zu. Er hob die

Harpune. »Rudert! Rudert!« flüsterte er. Mung hielt das Ruder gerade. Der Wal kreuzte mit rauschender Bugwelle direkt vor ihnen. Pistchiani konnte direkt in das Auge des Tieres sehen.

»Jaaaaa!« Er schleuderte die Harpune, und sie grub sich bis zum hölzernen Heft in den riesigen Körper. Der Wal wälzte sich auf sie zu. Pistchiani ließ die Leine abrollen und befahl: »Steuerbordruder rückwärts!« Mung warf das Steuer herum, und das Boot drehte vom Wal ab.

Jetzt hatte das Tier das schlingernde schwedische Boot gesichtet und griff an. Das amerikanische Boot zerrte es einfach durch die Wellen hinter sich her. Die Walkuh senkte den Kopf, um die Schweden zu rammen, dann hob sie ihn und ließ Männer und Boote in ihr riesiges Maul gleiten. Sie stieg fast bis zur Schwanzflosse aus dem Wasser, dann ließ sie sich auf Männer und Wrackteil herabfallen. Nach kurzer Pause spannte sich die Leine zum amerikanischen Boot wieder, und der Wal raste los. Das Boot flog übers Wasser und knallte direkt auf die Wrackteile des Schweden, wobei die dünnen Zedernplanken des amerikanischen Langbootes zersplitterten. Pistchianis Mannschaft wurde ins Wasser geschleudert, während er alleine auf den Resten seines Buges hinter dem sterbenden Wal herschlitterte.

Old Peter hatte alles beobachtet und setzte Signale für die beiden anderen Langboote, die Überlebenden zu bergen.

Kapitän Whittefield ließ den Wal und sein Anhängsel Pistchiani nicht aus den Augen. Allmählich wurde die Kuh langsamer, und Pistchiani holte die Leine ein, bis er Seite an Seite mit ihr war. Er zog seine Lanze von ihrem Platz im Bug, ließ die Leine los, zerrte sich am Schaft der Harpune hoch auf den Wal und stieß zu. Als die Kuh mit letzter Kraft noch einmal fünfzig Meter schwamm, um sich dann treiben

zu lassen, klammerte er sich fest, stützte sich dann auf die Harpune, zerrte die Lanze aus der Wunde und stieß noch einmal zu. Der riesige Körper erschauderte.
Mung sah eine rosa Wolke aus Blut und Dampf aus dem Spundloch des Wals aufsteigen und auf Pistchiani herabregnen. Der Koloß keuchte noch einmal und starb.
In der Zwischenzeit hatte man die Mannschaft Pistchianis geborgen. Alle waren noch am Leben, nur einer hatte einen gebrochenen Ellenbogen, ein anderer Muskelrisse in der Brust. Drei Schweden wurden vermißt. Die übrigen hatte man an Bord der *J. Howland* gebracht. Kapitän Whittefield schickte beide Langboote aus, um Pistchiani und seinen Wal zu holen und erlaubte Mung und Black Ben mitzufahren.
Nach kurzem, freundschaftlichem Geplänkel wegen der Wette einigten sich die drei Bootskapitäne darauf, die Goldstücke gemeinsam zu verprassen, nahmen Pistchiani an Bord, schlugen ihre Haken in den Wal und zogen ihn zum Schiff zurück. Der Wal wurde längsseits vertäut, und man begann sofort mit dem Zerschneiden. Die Schweden hatte man inzwischen schon auf ihr Schiff zurückgebracht. Ein Flaschenzug wurde am Kopf des Wals befestigt und damit aufs Deck gehievt. Dann begannen die Männer das Fischbein, die biegsamen Knochen des Wals, die man zu Korsetts und Regenschirmen verarbeitete, herauszutrennen.
Mung, der letzte auf dem Körper des Wals, gab das Zeichen, ihn an Bord zurückzuholen. Als er gerade die letzten Leinen von der Karkasse losschneiden lassen wollte, sah er, wie etwas sich in den blutigen Resten bewegte. Der Mann an der Winch ließ ihn hinunter, und die Mannschaft, die an der Reling zusammengelaufen war, beobachtete, wie er die Leine einige Male um eine lange wurstförmige Membrane wickelte und dann das Zeichen gab, ihn und das Ding hochzuhieven.

An Deck trennte der Flenser mit seinem fünf Fuß langen, rasiermesserscharfen Dolch die Membrane auf. Im flakkernden Licht der großen Schmelztöpfe lag der Körper eines Mannes mit dem Gesicht nach untem im Dreck.
Vom Achterdeck erschallte Kapitän Whittefields Kommando. »Untersucht ihn!«
Der Flenser berührte vorsichtig den Pullover und die Hosen. Alles war naß von den schleimigen Verdauungssäften des Wals. Er drehte den Seemann auf den Rücken.
»Kapitän, Sir, es ist einer von den Schweden. Seine Kleider sind zum Teil zerfressen. Seine Haut und seine Haare sind glänzend weiß. Ahhhh!«
Der Flenser spürte, wie ihn etwas packte. Er sprang zur Seite, aber die Hand klammerte sich an sein Hosenbein. Der schwedische Seemann setzte sich auf, blinzelte und dann strahlten plötzlich zwei dunkelblaue Augen aus diesem gespenstisch weißen Gesicht. Der Flenser riß sich los und sprang über Bord.
»Mann über Bord!« brüllte der Kapitän.
Deacon Gilhooley lief zu dem Schweden, kniete sich neben ihn und rief: »Du warst im Bauch des Wals! Du warst auf dem Meeresgrund wie Jonas! Gesegnet sei Christus, unser Herr! Ihr müßt an ihn glauben!« Er blickte in die Runde der Seeleute, dann direkt zu Mung. »Alle müßt ihr an ihn glauben!«
Der Seemann wimmerte wie eine kleine Katze, dann heulte er immer lauter und lauter und plapperte schließlich auf schwedisch los.
»Laßt ihn in Ruhe!« Pistchiani zerrte Deacon weg. »Der versteht kein Wort Englisch und ist wahrscheinlich ohnehin hinüber.«
Er tippte sich an die Stirn.

Am nächsten Morgen holte die schwedische Mannschaft ihren Seemann ab. Bis dahin tat niemand an Bord der *J. Howland* ein Auge zu. Der Flenser wurde zwar aus dem Meer gezogen, wollte aber nicht an Bord und blieb so lange in einem Rettungsboot sitzen, bis Jonas von Bord geschafft worden war. Deacon Gilhooley erzählte Mung mit dem Feuer des Missionars in den Augen die Geschichte von Jonas und dem Wal.

6

Zehn Tage und fünf Wale später navigierte Kapitän Whittefield sein Schiff in den Hafen von Honolulu. Hier drängten sich Walfänger aus aller Welt. Ungewöhnlich viele Kriegsschiffe lagen vor Anker, deren Namen er alle in sein Logbuch und persönliches Tagebuch eintrug: »30. August 1842: Britische Kriegsschiffe: *Sulphur*, *Action* und *Ambuscade*; Französische: *La Place*, *La Bonite*, *Venus* und *Armetise*; Amerikanische: *Potomac* und *Constellation*.«
Der hawaiianische Hafenmeister kam mit einem Kanu angerudert und dirigierte den Walfänger an einen sicheren Ankerplatz inmitten der achtzig Schiffe im Hafen.
Mung schaute über die Reling in das kristallklare Wasser. Es war, als würde das Schiff in der Luft schweben. Exotische Fische schwammen gemächlich um die farbigen Korallen in einigen Faden Tiefe. Er hob den Kopf, und ein Traum aus der vorigen Nacht fiel ihm wieder ein. Er war noch einmal auf Fudenojos Boot, seine Hand hatte sich in einer Angelschnur verfangen. Er konnte nicht loslassen und wurde über die Seite gezerrt, immer tiefer und tiefer ins Wasser. Seine Lungen begannen zu schmerzen. Dann sah er die verzerrten Gesichter seines Bruders Jakato und Shin-hos unter sich. Sie lächelten sich zu und hörten auf, an der Angelschnur zu zerren. Dann verbeugten sie sich. Er schwebte über ihnen, erwiderte ihre Verbeugung, und man reichte ihm eine Schale mit der mysteriösen Kappa-Flüssigkeit.

Jakato sagte: »Mung, mein kleiner Bruder, denk immer dran, wie du ein Kappa fangen kannst.«
Shin-ho kappte die Leine, Mung schoß halb ohnmächtig an die Oberfläche und wunderte sich, wieso sein Bruder den Namen Mung gebraucht hatte.
Eine große Hand packte ihn an der Schulter und drehte ihn weg von der Reling. Pistchiani sagte: »Komm, kleiner Mung, es wird Zeit, daß du in die Welt hinausgehst und ein bißchen was vom richtigen Leben lernst.«
Dann kam Deacon Gilhooley von hinten, packte Mung am Gürtel und trug ihn wie einen Sack Kartoffeln zur Reling, Pistchiani griff sich den Gürtel von der anderen Seite, die beiden hoben den Jungen hoch und hielten ihn über die Reling.
»Was meinst du, Deacon, sollen wir ihn fallen lassen?«
Die beiden Männer ließen Mung los. Er fiel wie ein Stein ins Wasser.
Als er wieder auftauchte und sich das Wasser aus den Augen rieb, rief Pistchiani ihm zu: »Das wird dich lehren, öfter zu baden.«
Einen Moment lang war Mung sprachlos. Dann schrie er zurück: »Ich bin der einzige hier an Bord, der sich jeden Tag wäscht. Ihr habt alle miteinander monatelang nicht gebadet.«
Gilhooley machte einem hawaiianischen Auslegerboot ein Zeichen, den Jungen aufzufischen. Dann rief er ihm zu: »Heiden müssen sich eben öfter waschen.«
Die Hawaiianer zogen Mung ins Boot, der brüllte: »Aber Sie haben mir beigebracht, daß die Sauberkeit der Seele nichts mit der Sauberkeit des Körpers zu tun hat.«
Pistchiani warf Gilhooley einen vorwurfsvollen Blick zu und sagte: »Was zum Teufel hast du dem Jungen beige-

bracht? Alle wissen doch, daß ein amerikanischer Christ besser ist als alle anderen.«
Gilhooley seufzte. »Begreifst du jetzt endlich, wie schwer es ist, einen Heiden in die Schäfchenherde einzubringen? Man darf das nicht zu leicht nehmen.«
»Na gut, wenn wir einen echten, christlichen, amerikanischen Seemann aus ihm machen wollen, dann muß er mit uns ins ›Haus der Sonne‹ gehen.«
Gilhooley nickte, und beide kletterten hinunter in das hawaiianische Boot.
Mung setzte sich in die Mitte des Bootes, Gilhooley und Pistchiani vor und hinter ihn. Im Bug und im Heck saß jeweils ein großer, gutaussehender Hawaiianer. Es legten noch einige andere Boote von der *J. Howland* ab, und so entwickelte sich ein Rennen zum Strand. Ein paar Boote ließen sich von den Wellen zum Strand tragen, und Mung sah Hawaiianer bäuchlings auf zehn Fuß langen Brettern und zwei Fuß breiten Wellen liegen. Sie paddelten mit den Händen, bis es ihnen gelang, eine Welle zu erwischen und darauf an den Strand zu reiten. Einige Kanus und Bretter überschlugen sich in der Brandung, aber das schien den Hawaiianern genausoviel Spaß zu machen wie das Wellenreiten selbst.
Ihr Kanu wurde schneller. Die zwei Paddler ruderten direkt auf den Strand zu. Mung sah aus dem Augenwinkel eine Welle, die sich hinter ihnen aufbäumte. Pistchiani sagte: »Beweg dich nicht, sonst fallen wir alle ins Wasser.«
Mung setzte sich auf. Dann schaute er an sich hinab auf seine nassen Kleider. Er ließ seinen Arm ins Wasser fallen. Das Kanu wurde langsamer, drehte sich, die riesige Welle klatschte auf sie herab, und alle purzelten in die Brandung. Sie rollten und schlugen Saltos in der Brandung und stolperten schließlich lachend an den Strand.

Hockmeyer, Gilhooley und Pistchiani führten die Männer weg vom Strand zu einem einstöckigen, weißen Lehmhaus mit rotem Ziegeldach.
»Wo sind die Weiber?« brüllte ein Seemann.
Pistchiani blieb stehen und drehte sich zur Mannschaft um. »Vergeßt ihr Ärsche denn eigentlich alles? Ich hab euch doch gesagt, daß die Hawaiianer hier religiös sind. Sehr religiös. Bis sechs Uhr abends. Dann wird die Fickkanone abgefeuert, und die Puffs machen auf.«
Alle schrien und klatschten Beifall, dann rannten sie weiter bis zum »Seemanns Mama« und blieben vor der Treppe stehen. Die große hölzerne Doppeltür ging auf. Gilhooley und Pistchiani packten Mung und warfen ihn hoch auf die Veranda. Er blieb zu Füßen einer kleinen, untersetzten Frau liegen. Sie trug einen langärmeligen Seemannspullover über einem geblümten Kleid, das ihr bis auf die bloßen Füße hing. Graumeliertes Haar umrahmte ein Mondgesicht, eine Nase voller Warzen und lustige dunkle Augen.
»Was bringst du mir denn da?« Sie zeigte auf Mung. »Einen chinesischen Trankocher?«
»Der ist kein Chinese, Mama«, sagte Hockmeyer, »sondern ein reinrassiger Japs, und er kann Englisch genausogut wie Sie.«
Sie half Mung beim Aufstehen.
»Dann wird er ja keine Schwierigkeiten haben, die Hausregeln zu verstehen, Pistchiani. Dein Vater hat dich einst hierher gebracht und dir die Regeln beigebracht. Keine Ausnahmen. Wollte ich nur noch mal gesagt haben.« Dann bedeutete sie ihnen, ihr in die große Halle zu folgen.
Gilhooley packte Mama, tanzte mit ihr hinein und stellte sie auf einen Holztisch.
»Ein Jahr ohne Frau, und die erste, die ich sehe, ist potthäß-

lich!« brüllte Black Ben. »Und hat auch noch eigene Regeln!«
»Ben, glaubst du, Mama trägt den Pullover, weil sie friert? O nein«, sagte Gilhooley und schob ihr den Pullover hoch. Sie trug einen Geldgürtel, und im Gürtel steckte eine Pistole. Der rothaarige Seemann zeigte auf die Waffe und sagte: »Findest du sie jetzt nicht schön? Etwa nicht?«
Ben kratzte sich seinen kahlen Schädel. »Ja, Sir, schön, wunderwunderschön!«
»O.k., ihr Trankocher«, schrie Mama. »In diesem Haus seid ihr sicher. Kein Shanghai, keiner, der euch das Geld aus der Tasche zieht, und keine Schlägereien. Keine Frauen im Haus, fünfzig Cents am Tag mit Essen und Bad, und es gibt nichts zu futtern, bis ihr gebadet habt. Ihr stinkt wie Ziegen!«
Die Männer brachen in Jubelgeheul aus und drängten sich zur Hintertür zu den Duschen.
Pistchiani packte Mama um die Taille und hob sie vom Tisch. Er hielt sie hoch und sagte: »Mama, fünf von uns wollen heute abend ins ›Haus der Sonne‹. Kannst du das arrangieren?«
»Okay, aber zahlt nicht bei den Paddlern. Zahlt bei Lord und Lady Boomer, wenn ihr dort seid.«
»Gut. Und kannst du mir jetzt dasselbe Essen geben wie meinem Vater?«
»Erst, wenn du sauber bist.«
Sie duschten und tranken. Mung erkannte sie fast nicht wieder, als sie in die Halle zurückkamen. Jeder trug eine lange weiße Baumwollrobe mit kurzen Ärmeln.
Die meisten Männer bestellten Steaks, Koteletts oder gekochtes Schweinefleisch. Pistchiani saß an einem Tisch für drei, ließ aber keinen bei sich sitzen. Als Mama das Essen

brachte, war auch klar, warum. Das Tablett war fast so groß wie der Tisch. Auf einer Platte lagen sechs ganze Heringe, ein dunkles, schwarzes Brot, noch warm aus dem Ofen, das mit ganzen Tomaten und rohen, weißen Zwiebeln dekoriert war. Zu seiner Rechten stellte man ihm einen Liter Whisky, und eine große Zigarre lag daneben. Mung hatte sich bei dem chinesischen Koch zwei große Schüsseln Reis und gekochtes Gemüse bestellt. Er genoß das Essen und erinnerte sich mit Schrecken daran, wie lange sein Verdauungssystem gebraucht hatte, um sich an das Essen an Bord zu gewöhnen.
Pistchiani lehnte sich in seinem Stuhl zurück, paffte an seiner Zigarre und grinste. Auf der Platte vor ihm lagen nur noch ein paar Fischgräten, sein Teller war sauber und die Flasche leer. Er hob die Arme, ließ seine Muskeln spielen und brüllte: »Das ganze Jahr auf einem Walfänger arbeiten, Muskeln wie ein Ochse kriegen und dann nach Hawaii kommen, essen, trinken, und jetzt sind die Weiber an der Reihe.«
Bumm! Das lange, rollende Echo einer Kanone ließ das Haus erzittern.
Alle erstarrten, dann schrie jemand: »Die Fickkanone!«
»Die Puffs sind offen!« schrie ein anderer.
Alle sprangen auf und rannten zur Tür, purzelten übereinander und untereinander, bis sie sich hoffnungslos im Eingang verkeilt hatten. Zwei Schüsse brachten die Meute zum Schweigen.
Mama stand mit rauchender Pistole in der Mitte der Halle. »Wenn ihr von Mama aus ins Puff geht, dann gefälligst wie Gentlemen. Zieht euch wenigstens Stiefel an und holt euer Geld. In Hawaii müßt ihr fürs Bumsen bezahlen.«

Gilhooley, Hockmeyer, Mung und Black Ben wateten, angeführt von Pistchiani, zu einem dreißig Fuß langen, hawaiianischen Kanu mit zwei Masten. Sie kletterten auf die Plattform zwischen den beiden Rümpfen. Zu beiden Seiten der ausgehöhlten Bootskörper saß die sechsköpfige hawaiianische Besatzung. Schon kurz darauf hatten das leichte Schaukeln und die warme Luft die Walfänger in den Schlaf gewiegt.

Gegen Mitternacht erwachten sie vom Gesang der hawaiianischen Besatzung. Das Kanu befand sich in einer kleinen Bucht und fuhr auf den weißen Sandstrand zu. Über dem Strand ragten majestätische Palmen hinter Grashütten gen Himmel. Palmenreihen erstreckten sich in ein Tal zwischen zwei vulkanischen Gebirgen, deren Gipfel silbern im Mondlicht glänzten.

Pistchiani deutete auf das unsichtbare Tal hinter den Palmen. »Das ›Haus der Sonne‹. In Hawaii gibt es eine Legende. Seit dem Tag der Schöpfung kommt die Sonne jede Nacht hierher, um sich vor ihrer Reise über den Himmel auszuruhen.«

Einer der Paddler reichte ihm ein dickes Bambusrohr. Hockmeyer zog den Stöpsel heraus und nahm einen Schluck Rum. Er gab die Flasche Mung, der einen tiefen Zug nahm und sie dann weiterreichte. Gerade machte er den Mund auf, um etwas zu fragen, da explodierte der Rum in seiner Brust. Die Flammen versengten seinen Hals, sein Gesicht wurde puterrot, und es trieb ihm die Augen aus den Höhlen.

Hockmeyer gab ihm einen Klaps auf den Rücken und sagte: »Mung, wie man sieht, bist du ein Mann, der guten Schnaps zu schätzen weiß.«

Die Matrosen brüllten vor Lachen, die Hawaiianer auch. Sie

reichten noch zwei Bambusflaschen hoch. Mungs Gaumen fühlte sich taub an. Ein warmes, wohliges Gefühl breitete sich in seinem Körper aus.
Pistchiani sagte: »Los, Mung, du mußt noch einen trinken, sonst sind die Hawaiianer beleidigt.«
Diesmal setzte der Junge die Flasche vorsichtig an und trank sehr langsam. Das war schon wesentlich angenehmer.
Pistchiani sagte: »Gentlemen, ich werde euch Lord und Lady Boomer vorstellen. Danach könnt ihr lernen, was es heißt, wahre Sünder zu sein.«
Sie wateten an Land und folgten einem der Paddler zu einem Halbkreis von Grashütten. Eine einsame Trommel hallte in einem gemächlichen Rhythmus durch die Nacht. Im flackernden Licht der Kukunuß-Fackeln sah Mung überall die nackten Leiber von Männern und Frauen, meist Hawaiianer, auf dem Boden. Hier und da zeichnete sich der helle Körper eines Westlers vom braunen Leib einer Frau ab. Sie liebten sich zum langsamen Takt der Trommel.
In der Mitte der Lichtung saß der Trommler und schlug auf einen hohlen Stamm, der mit Haifischhaut überzogen war. Ein riesiger Hawaiianer mit grauen Haaren lümmelte sich in einem Korbstuhl. Auf einem großen Karren, der mit bunten Bambusmatten ausgelegt war, lag, mit einer Rumflasche in der Hand, nackt, dreihundert Pfund schwer, die fast zwei Meter große Königin Kekaualohi. Ihr Kissen waren zwei nackte junge Männer.
Pistchiani breitete theatralisch die Arme aus: »Gentlemen, darf ich euch Lord und Lady Boomer vorstellen.«
Die riesige Frau bewegte sich und furzte mit lautem Getöse. Lord Boomer erschrak bei dem Geräusch, setzte sich auf und rülpste.
Auch Lady Boomer setzte sich auf und wischte sich den Schweiß unter den Brüsten ab.

Sie sagte: »Wer zum Teufel kommt hier mitten in der Nacht daher?«
»Pistchiani und seine Freunde«, kam die Antwort.
»Der Vater oder der Sohn?«
»Der Sohn.«
Sie lehnte sich zurück. »Dein Vater war ein guter Ficker, aber ich mußte ihn immer erst total besoffen machen, bevor er zu mir in den Karren gestiegen ist.«
»Lady Boomer.« Pitchiani verbeugte sich. »Freut mich, daß Sie immer noch keine Christin geworden sind, wie diese Bibelschwenker auf der großen Insel. Die verderben einem den ganzen Spaß.«
»Die alten Götter sind die besten.« Sie holte tief Luft und ließ wieder einen fahren.
Lord Boomer ließ sich eine Rumflasche reichen, nahm einen tiefen Zug, rülpste und stand auf. »Wir haben von den Christen gelernt. Wenn ihr beten kommt, dann bezahlt.«
Pistchiani ging zu Lady Boomer und ließ die drei Dublonen zwischen ihre Brüste fallen. Ihr ganzer Körper zitterte vor Vergnügen. Sie winkte Lord Boomer zu: »Sorg du für die Mädchen und die Hütten.«
Die Männer folgten ihm.
»Ist sie wirklich eine Königin?«
»Klar«, antwortete Hockmeyer, »und er ist ein Prinz, aber nicht ihr Mann.«
»Lady Boomer ist eine Königin, eine jüngere Schwester des Königs, den sie geheiratet hat«, sagte Pistchiani. »Als der König zum Protestanten bekehrt wurde, hat er sich scheiden lassen. Er war froh, sie loszuwerden. Sie hat sich vor ausländischen Würdenträgern immer mit ihren jungen Liebhabern vergnügt und gefurzt.«
Ein anmutiges hawaiianisches Mädchen näherte sich, die

Arme voller Rumflaschen aus Bambus. Ihr einziges Kleidungsstück war ein Bastrock. Mung, der am Ende der Reihe stand, beobachtete, wie sie allmählich ihre wunderbaren Brüste entblößte, indem sie jedem der Männer eine Flasche reichte. Als sie endlich vor ihm stand, nahm er die letzte Flasche. Seine Augen verschlangen ihren sanft gerundeten Körper, er hob die Flasche an den Mund. Die Wärme strömte in seinen Unterleib. Das Mädchen berührte sich mit den Händen in der kleinen Kuhle zwischen ihren Brüsten, dann legte sie die Fingerspitzen auf Mungs Brust. Er zitterte von Kopf bis Fuß, als sie ihn unter dem lauten Gelächter der Männer an der Hand nahm.

»Aloha«, sagte sie, führte ihn in eine nahe Hütte und zog ihn zu sich hinunter auf eine Bastmatte.

Sie lagen Gesicht an Gesicht. »Aloha«, sagte er. »Was für ein wunderschöner Name.« Ihm fiel das Tagebuch einer Kurtisane aus dem achtzehnten Jahrhundert ein, das er gelesen hatte, aber zum ersten Mal in seinem Leben ließ ihn sein gutes Gedächtnis im Stich. Das Mädchen knöpfte sein Hemd auf. Sie kuschelte sich näher zu ihm und rieb ihre Brüste gegen seinen nackten Oberkörper. Mung strampelte sich eilends aus seiner Kleidung, und sie streifte ihren Bastrock ab. Er streckte den Arm aus und strich mit seiner rauhen Hand über ihren Schenkel. Sie drängten sich aneinander, und ihr Mund suchte den seinen. Die Berührung ihrer Lippen beim ersten Kuß seines Lebens jagte zuerst Schauder durch seinen ganzen Körper, dann plötzlich schienen sich alle Empfindungen in seinem Unterleib zu sammeln. Sie drehte ihn auf den Rücken, schwang sich auf ihn, nahm seine Erektion zwischen ihre Schenkel. Ihr glatter, goldbrauner Körper bewegte sich über ihm, rauf und runter, hin und her. Er streichelte mit beiden Händen ihre erigierten Brustwarzen. Sie warf den Kopf zurück, ihr langes, schwarzes Haar fiel über die Schultern, und sie lächelte, während ihr Körper den Takt der einsamen Trommel draußen hielt. Plötzlich hatte Mung das unwiderstehliche Bedürfnis, tiefer in sie einzudringen. Er stieß mit den Hüften nach oben, sein ganzer Körper bäumte sich auf. Ihr Mund öffnete sich, und sie stöhnte laut. Voller Begierde, sich noch tiefer in sie zu graben, packte er sie mit beiden Händen, drehte sie auf den Rücken und rammte seine Hüften zwischen ihre Schenkel. Sie keuchte bei jedem Stoß, dann klammerte sie sich an seinen Hals und zog seine Lippen zu den ihren. Er sog an ihrer Zunge, jeder Stoß seines Körpers erhöhte die Spannung, bis sie sich schließlich so heftig entlud, daß beide ermattet liegenblieben. Mung war sehr zufrieden mit sich, und mit einem Mal konnte er sich an alle Einzelheiten des Tagebuchs erinnern. Das Mädchen war begierig, alles auszuprobieren.

Mung schlug die Augen auf. Die Morgensonne brannte ihm in die Augen, und er wußte überhaupt nicht, was mit ihm los war. Über ihm schwebte verschwommen Pistchianis Gesicht. »Schau dir das an, kann kaum aus seinen Schlitzaugen schauen, aber die Flasche läßt er nicht los. Wie findest du das, Hockmeyer. He, die Flasche ist leer, laß los.«
Mung wollte etwas sagen, aber seine Zunge war angeschwollen, seine Kehle völlig ausgedörrt. Pistchiani half ihm sich aufzusetzen, und Hockmeyer reichte ihm eine rauhe, pelzige Schale, innen weiß und mit einer dünnen, milchartigen Flüssigkeit gefüllt. Sie nannten es Kokosnuß. Er trank die Schale aus, und dann zeigten sie ihm, wie man das leckere, weiße Fleisch aus der Schale kratzen konnte. Allmählich kehrten Mungs Lebensgeister wieder zurück.

Lady Boomer kam aus ihrer Villa und torkelte hinunter an den Strand, um zu baden. Als sie aus dem Wasser stieg, stand ihr Karren schon bereit, und sie kletterte hinein. Zwei junge Männer mit kleinen Handtrommeln nahmen neben ihr Platz und setzten sich in Richtung Tal der Sonne in Bewegung, ihr Gefolge und die Mannschaft der *J. Howland* schlossen sich der königlichen Prozession an.

Die Trommeln wurden lauter, und das Heulen der Kalabassen hallte durchs Gebirge, während von allen Seiten Leute herbeiströmten und der Prozession folgten. Irgendwann blieb der Karren der Königin stehen, und sie legte einen scharlachroten, seidenen Lendenschurz an, den man *Malo* nannte, dazu ein riesiges Cape und einen Helm aus gelben und scharlachroten Federn. Andere Mitglieder der königlichen Familie legten ebenfalls *Malos*, Capes und Helme an. Die Prozession setzte ihren Weg fort, die Trommeln wurden schneller, und die Leute begannen zu singen. Immer mehr Leute kamen von den Hügeln. Rumflaschen kreisten und Schüsseln mit einer bläulichen Paste, die *poi* hieß, dazu Palmblatteller mit getrocknetem Fisch und gebackenem Hund.

Im Tal erwarteten an die tausend Menschen die königliche Gesellschaft. Inmitten der Menge stand Lord Boomer, ebenfalls mit einem prächtigen Federcape bekleidet, vor einem hundertfünfzig Fuß langen Pavillon aus Schilf und Palmblättern. Links neben dem Pavillon standen ein Mann und eine Frau, beide nur mir *Malos* bekleidet, vor einem Scheiterhaufen aus ölgetränktem Holz. Sie hielten mit beiden Händen brennende Fackeln über ihre Köpfe. Die Prozession blieb vor dem Scheiterhaufen stehen.

Lady Boomer gab ein Signal, und die beiden Fackelträger warfen ihre Fackeln in den Scheiterhaufen. Als die Flammen hoch aufschlugen, jubelte die Menge kurz und verstummte dann. Lady Boomer nahm das schöne Federcape, seit Generationen ein Rangabzeichen, ab und warf es ins Feuer. Die Trommeln wurden lauter, und die Leute fingen an zu summen und sich im Takt zu wiegen. Lord Boomer trat vor und warf sein Cape ebenfalls ins Feuer. Die Menschenmenge stimmte ein Dankeslied an. Mit diesem *Luau* dankte die Königin den alten Göttern für die Gesundheit, die sie ihr und dem Prinzen geschenkt hatten. Andere Mitglieder der königlichen Familie folgten dem Beispiel der Königin.

Lady Boomer nahm den Prinzen an der Hand und führte ihn in die Mitte des Pavillons. Er half ihr auf das königliche Podest, sie legten sich hin und begannen sich zu lieben. Das Geheul der Kalabassen verstummte, nur noch die Trommeln hielten den Takt.

Die Menschenmenge versammelte sich um die Plattform, und der Rhythmus der Trommel veränderte sich. Sie begannen den Hula. Der Tanz war leicht zu interpretieren für Mung, er mußte dazu nur das königliche Paar anschauen. Die Tänzer stilisierten den Liebesakt.

Jemand drückte Mung einen Behälter mit Rum in die Hand. Er wanderte durch die Menschenmenge und schaute zu, wie man Kochgruben aushub und mit glühenden Kohlen vom großen Feuer füllte.

Plötzlich schlangen sich von hinten zarte Arme um Mungs Körper. Er drehte sich um und spürte das weichte, nackte Fleisch einer Frau. Er kannte das Mädchen nicht, aber sie war wunderschön, ihr Körper wiegte sich im Takt der Trommeln. Er trank und spürte, wie der Rum sein Blut in Wallung brachte. Das Mädchen knöpfte ihm das Hemd auf und löste die Schnalle seines Gürtels. Er stieg aus seiner

Hose. Dann fiel sie zwischen den Tänzern vor ihm auf die Knie und nahm seine Erektion in den Mund. Er packte sie an ihren glänzenden Haaren, um sie wegzuschieben, aber die Bewegungen ihrer Zunge und ihrer Lippen raubten ihm die Kraft. Sie verschränkte die Arme hinter seinen Knien und machte weiter, bis er beide Hände gen Himmel hob, hoch zur Sonne. Die Muskeln seines flachen Bauches verkrampften sich, seine Säfte schossen heraus, und sie sanken zusammen auf die weiche Erde.

Mung spürte, wie die warme Sonne seinen Körper entspannte. Er griff nach der Frau, aber sie war verschwunden. Jemand warf ihm seine Kleider auf den Bauch. Er setzte sich auf.

»Du verrückter Japaner!« Pistchiani packte Mung und schleifte ihn näher an den Pavillon. »Willst du umgebracht werden?« Er zeigte auf eine Horde Hawaiianer, die ohne Sattel auf Pferden angaloppiert kamen. »Zieh dich an, sonst halten sie dich noch für einen Eingeborenen.« Er lachte.

Die Reiter hielten in einer Staubwolke vor dem Pavillon an und stiegen auf Befehl von Lord Boomer ab. Königin Kekaualohi erhob sich, in einer Hand einen Speer, in der anderen eine Rumflasche. Sie dankte den Göttern für die reiche Ernte, dann zeigte sie mit dem Speer auf den mit Muscheln markierten Wendepunkt für das Rennen, beugte sich vornüber und furzte mit Getöse.

Die Menge jubelte.

Jetzt rammte die dreihundert Pfund schwere Königin den Speer vor den Pferden in den Boden. Zwanzig Reiter sprangen auf ihre Tiere; drei von ihnen waren so betrunken, daß sie auf der anderen Seite wieder herunterfielen, zwei weitere rutschten hinten vom Pferd, als sie losgaloppierten. Bis zum Wendepunkt waren fünf weitere abgestürzt. Die Men-

schenmenge schrie, Kalabassen heulten und die Trommeln dröhnten frenetisch durchs Tal, als die Reiter auf die Zielgerade zu preschten.
Die Königin und ihr Hofstaat entfernten sich vom Pavillon, als die Pferde näher kamen. Pistchiani zog Mung mit sich. Ein Apfelschimmel, ein braunes Pferd und in der Mitte ein schwarzer Hengst rasten Kopf an Kopf auf den Speer zu. Der Reiter des Hengstes beugte sich vor, um den Speer aus dem Boden zu reißen, aber der Mann auf dem braunen Pferd rammte ihn mit der Schulter seines Tieres. Der Mann fiel zwischen die Pferde. Der Apfelschimmel wurde abgedrängt, und der Reiter des braunen Rosses sprang auf den reiterlosen Hengst und zerrte den Speer aus dem Boden, dann stürmten die drei Pferde und zwei Reiter mit Wucht in den Pavillon, der über ihnen zusammenbrach. Die lachende Menge zerrte die unverletzten Helden aus den Trümmern.
Das *Luau* dauerte zwei Tage und zwei Nächte.
Am späten Morgen des dritten Tages sammelte Hockmeyer seine Crew zusammen. Sie stolperten mit Hunderten überfressener und betrunkener Hawaiianer hinunter zum Strand, wo sie sich in einer leeren Hütte schlafen legten.
Vierundzwanzig Stunden später erwachten sie. Hockmeyer steckte den Kopf aus der Hütte und sagte: »Die räumen auf.« Dann schaute er sich in der Hütte um. »Wo zum Teufel ist Mung?«
Er ging los, um ihn zu suchen.
Mung war dabei, Gilhooleys Hütte aufzuräumen. Der Boden war übersät mit Hühner- und Hundeknochen, Obstschalen und leeren Rumflaschen. Inmitten des Unrats schliefen drei nackte Frauen. Der rothaarige Zweite Maat saß vor der Hütte und versuchte zu singen, obwohl er so betrunken war, daß er kaum den Kopf hochhalten konnte. Dann kippte er ohnmächtig um.

Pistchiani hatte inzwischen Hawaiianer aufgetrieben, die sie zur Insel zurückrudern sollten. Sie weigerten sich aber, Gilhooley zum Boot zu tragen, weil er allzu sehr nach Kotze und Urin stank.
Die Truppe von der *J. Howland* machte kurzen Prozeß mit ihm. Sie trugen ihn zum Strand, zogen ihn aus und warfen ihn in die Brandung, wo er schlagartig wieder zu sich kam. Dann hoben sie ihn ins Kanu und nahmen Kurs auf die große Insel.

7

Honolulu, September 1842

Bei seiner Rückkehr nach Honolulu war Kapitän Whittefield sehr beeindruckt vom wachsenden Einfluß der protestantischen Missionare, deren Unternehmungen er unterstützt hatte. Die ganze königliche Familie und der Hofstaat auf der großen Insel waren König Kamehameas Beispiel gefolgt und hatten sich bekehren lassen. Der Sonntag als Ruhetag wurde hier strikter eingehalten als in Fairhaven. Alle Läden, Geschäfte und Bordelle blieben an diesem Feiertag geschlossen. An den Schulen unterrichteten kompetente Lehrer aus New England. Reiche Familien aus Kalifornien schickten sogar ihre Kinder zum Studieren hierher. Zwei Krankenhäuser waren gebaut worden und wurden von Missionaren betrieben.

Am dritten Tag saßen die beiden Männer nach einem Mittagessen im Haus von Reverend Damon in dessen Arbeitszimmer und rauchten Zigarren.

»William«, sagte der Priester, »die Eingeborenen hier brauchen unsere moralische Führung und politische Erfahrung. Die Schulen, die wir gegründet haben, sind eine feste Grundlage für die Zukunft. Wir haben Kirchen und Krankenhäuser gebaut, eine Druckmaschine hergebracht, um eine Wochenzeitung zu gründen, und eine Bibliothek, ein Stadtforum und christliche Lesevereine organisiert.«

»Das klingt, als wärt ihr hier im Begriff, einen Staat zu gründen.«

»Genau. Einen modernen Staat. Hawaii hat eine größere Landmasse und Bevölkerung und ist strategisch wichtiger für Amerika als, zum Beispiel, Rhode Island.«

Bumm! Die Kanone des Hafenmeisters signalisierte die Einfahrt eines wichtigen Schiffes im Hafen.

Der Pfarrer ging zur Veranda, dann rief er aufgeregt: »William, kommen Sie schnell, schauen Sie sich das an! Der erste amerikanische Dampfer in Honolulu!«

Die Kriegsschiffe und die amerikanischen Walfänger schossen Salut.

Reverend Damon schüttelte dem Kapitän die Hand. »Wir haben's geschafft, William! Mir kommt es vor, als hätte ich die Reise selbst gemacht!«

»Ich hätte nie gedacht, daß ich mich derart über einen Stinkpott freuen würde! Einige Sachen ändern sich eben doch!«

»Ja, wirklich. Sie können sich zwar von der Seefahrt zurückziehen, aber nicht vom Dienst an Ihrem Land.« Der Pater wandte sich zum Kapitän. »Ja, William. Marineminister Spaulding hat mir geschrieben, daß man Ihnen wahrscheinlich einen Posten in Washington anbieten wird. Los, gehen wir an den Hafen und begrüßen die *Barbara Chase.*«

Eine Stunde später standen sie in einer Menschenmenge an Hawaiis einzigem Pier. Eine Gangway wurde gerade heruntergelassen. Kapitän Whittefield schaute zum Achterdeck. Der Kapitän des Schiffes kam ihm bekannt vor, aber er hatte seinen Bowler so tief ins Gesicht gezogen, daß man ihn nicht erkennen konnte. Zur Linken des Kapitäns stand eine schlanke, kleine Frau, und zu seiner Rechten strich sich gerade ein großer Junge mit breiten Schultern das Haar aus dem Gesicht. Kapitän Whittefield wurde es schwarz vor Augen, er fiel auf die Knie.

Der Pater rief: »William, was ist los?«
Der Kapitän schluchzte. Die Mütze fiel von seinem gebeugten Kopf. Er rief: »Mein Sohn! Mein Sohn! Martha! O mein Gott, er lebt!«

Honolulu, 7. September 1842

Meine über alles geliebte Martha,
unser Sohn John lebt und ist wohlauf hier bei mir in Hawaii. Er wurde von Kapitän Link mit seinem Dampfer Barbara Chase *gerettet. Der Kapitän und seine Frau Eleanor haben sich liebenswürdigerweise bereit erklärt, einen Bericht über Johns Rettung zu schreiben, den ich hier, zusammen mit einem Brief von John, beilege.*
Die beiden haben unseren Sohn bei sich aufgenommen, als wäre er ihr eigenes Kind. Mrs. Link hat drei Kinder auf See großgezogen und so auch unseren Sohn unterrichtet. Kapitän Link brachte ihm die Kunst des Segelns und den Umgang mit Dampfschiffen auf hoher See bei. Aus Kapstadt, Südafrika, haben sie an uns geschrieben, und ich hoffe, die glückliche Nachricht hat dich inzwischen erreicht. Ich werde diese Briefe heute abend Kapitän Link übergeben. Er sticht morgen in See und wird sie mit dem neuen Transportsystem über den Isthmus von Panama schicken.
Nach der Wiedervereinigung mit meinem Sohn (worüber ich dir persönlich berichten werde, weil ich es nicht zu Papier bringen kann) nahmen die Links, John, Reverend Damon und ich uns an der Hand und zogen vom Pier in die Bethal-Seemannskapelle und sangen dem Herrn Lobeshymnen. Hunderte von Menschen, die gekommen waren, um die Landung des Dampfers zu sehen, schlossen sich uns an. Ich habe im Namen unserer Familie der Wohlfahrts-

stiftung für Seemänner von Reverend Damon tausend Dollar gestiftet. Außerdem habe ich nach reiflicher Überlegung und langen Gesprächen mit unserem Sohn John und dem Reverend Damon einen japanischen Jungen adoptiert, den wir aus Seenot gerettet haben. Wir nennen ihn Mung, weil sein Name kaum auszusprechen ist. Er ist sehr aufgeweckt und ungewöhnlich intelligent, genauso alt wie John und wird ein guter Kamerad für ihn sein. Reverend Damon hat festgestellt, daß er ausreichend zur Taufe vorbereitet ist, denn er wurde von Deacon Gilhooley an Bord der Barbara Chase *in Religion unterrichtet. Mung ist hocherfreut, in unsere Familie aufgenommen zu werden, und sagt, die Konvertierung würde ihn nicht in religiöse Konflikte bringen.*

In zwei Wochen segeln wir zu den Walfanggründen an der Pazifikseite von Südamerika, dann um Kap Hoorn auf die atlantische Seite, und dann, schließlich und endlich nach Hause nach Fairhaven. Bitte gib die Briefe an die Eigentümer der J. Howland *weiter. Unsere Reise war erfolgreich, und sie werden mit Freude hören, daß ich dreihundert Faß bestes Öl zum Höchstpreis an den Europäischen Transportverein verkauft habe. Unsere Rückreise wird hoffentlich genauso erfolgreich sein. Mit Gottes Hilfe hoffen wir, im Sommer 1843 zu Hause zu sein.*

Martha, ich liebe Dich. Das Leben ist zu kurz, um immer von Dir und John getrennt zu sein. Das hier wird meine letzte Reise sein. Ich hoffe, Du verstehst, daß ich Mung adoptieren mußte. Es war, als hätte es Gott so bestimmt. Der Vater des Jungen ist tot, nur seine Mutter lebt, aber die barbarischen Gesetze seines Landes verbieten ihm die Rückkehr nach Japan. Nachdem unser Sohn auf so wunderbare Weise gerettet wurde, hielt ich es für unsere Pflicht, für

Mung zu sorgen, bis er wieder mit seiner Mutter vereint werden kann, wenn das überhaupt je der Fall sein wird.
Das dritte Paket Briefe von Kapitän Link, dem Reverend und mir, das an den Marineminister Spaulding adressiert ist, muß mit Spezialkurier nach Washington geschickt werden, nicht mit der normalen Post.
Geliebte Martha, mit Gottes Gnade wirst Du unseren Sohn, Deinen Adoptivsohn Mung und Deinen liebenden, Dir ergebenen Mann in diesem Sommer wiedersehen.

Mit den besten Wünschen, in Liebe,
William

Am Abend vor der Abreise der *Barbara Chase* waren die Links und die Whittefields bei Reverend Damon zum Abendessen eingeladen. Gerade als der hawaiianische Hausboy das Teeservice abräumen wollte, ertönte die Sechs-Uhr-Signalkanone.
Der Reverend zog seine Taschenuhr heraus und sagte: »Pünktlich auf die Minute!«
Mung hatte während des ganzen Essens kein Wort geredet und meinte, längeres Schweigen wäre vielleicht unhöflich, also sagte er: »Das ist die Fickkanone. Die Mannschaft bei Mama wird jetzt wahrsch ...« Die drei Männer waren zu Salzsäulen erstarrt.
Mrs. Link lächelte Mung zu und sagte: »Ich glaube, dein Bruder John möchte mit dir im Garten spazierengehen.« Sie wandte sich an John. »Und da kannst du Mung vielleicht erklären, daß es Englischlektionen gibt, die zu lehren ich nicht qualifiziert bin.«
Als die Jungen gegangen waren, lachten alle erleichtert.

Mrs. Link sagte: »Ich habe eine Kiste Bücher gepackt, die die beiden auf der Reise nach Hause lesen können. John hat mir erzählt, daß Mung ihm Japanischunterricht gibt.«
Kapitän Whittefield sagte: »Ja, und John versucht Mungs Englisch zu verbessern.«
Wieder lachten alle.
Kapitän Link trommelte mit den Fingern auf den Tisch. »Hört, hört, das ist eine gute Idee. Ich kenne keinen Weißen, der Japanisch spricht.«
»Wenn Japan seine Tore der Welt öffnet, dann wird Ihr Sohn mit seinen Sprachkenntnissen Amerika eine große Hilfe sein«, sagte Reverend Damon.
»Die Jungs haben fast ein Jahr Zeit an Bord, um miteinander zu lernen«, sagte Kapitän Whittefield. »Wenn John sich die Sprache aneignen kann, dann wird das von erheblichem Vorteil für ihn sein, wenn er sich in ein paar Jahren der Prüfungskommission in Annapolis stellt.«
Kapitän Link schob seinen Stuhl zurück und erhob sich. »Gentlemen, Sie müssen mich jetzt entschuldigen. Ich habe noch viel zu tun vor der Abreise, vor allem muß ich mich vergewissern, daß die Mannschaft noch am Leben ist. Es wird ohnehin Monate dauern, bis sie sich den Alkohol wieder aus dem Blut geschwitzt haben.«
Kapitän Whittefield erhob sich ebenfalls und ging mit ausgebreiteten Armen um den Tisch. »Ich kann meine Dankbarkeit nicht in Worte fassen. Sie haben meinem Sohn das Leben gerettet und mich dazu gebracht, den Sohn einer Witwe aus einem fremden Land zu adoptieren. Danke.« Er beugte sich vor und küßte Mrs. Link auf die Stirn. »Gott segne Sie.«

Trotz ihrer verschiedenen Herkunft vertrugen sich die Jungen blendend miteinander. Sie studierten und angelten zusammen und verbrachten viele fröhliche Stunden am Strand, wo sie lernten, mit den langen Brettern auf den Wellen zu reiten und wie die Insulaner zu schwimmen.
Kapitän Whittefield wies die Jungen an, regelmäßige Stunden festzusetzen, in denen sie sich gegenseitig in ihren Muttersprachen unterrichteten. Mung und John suchten sich einen ruhigen, kühlen Platz, wo sie die Hitze nicht gleich einschläferte. An einem kleinen moosbewachsenen Strand nahe einem schattigen Süßwasserteich entdeckten sie zwei hawaiianische Mädchen, die Gemüse wuschen. Die Mädchen trugen nur Baströcke, ihre festen, spitzen Brüste waren entblößt. Sie standen auf und flüsterten sich kichernd etwas zu. Dann machten sie beide mit dem Daumen und dem Zeigefinger der linken Hand einen Kreis und schoben den ausgestreckten Zeigefinger der rechten Hand in diesem Kreis hin und her.
John schaute Mung an. »Ich glaube, die wollen Geschlechtsverkehr.«
Die Mädchen kamen näher.
»Du meinst, sie wollen ficken?« fragte Mung.
»Ich hab dir gesagt, du sollst das Wort Geschlechtsverkehr gebrauchen«, sagte John.
Eines der Mädchen berührte Mungs Brust, ihre Finger spielten mit den Knöpfen seines Hemds. Er wiegte verlegen den Kopf hin und her.
»Hast du's je gemacht, John?« fragte er.
Das andere Mädchen legte Johns Hände auf ihre Brüste.
»Ja«, sagte er. »In China hab ich's gemacht. Und du?«
Mungs Mandelaugen wurden ganz groß. Das Mädchen ließ ihre Hände über seine Brust gleiten. Er zitterte. »Ich hab's am Strand und beim *Luau* gemacht.«

Die beiden Jungs schielten auf ihre Erektionen, die aus ihren Segeltuchhosen lugten, dann packten sie die Mädchen und ließen sich auf die kühle, grüne Moosdecke fallen.

Sie trafen sich oft mit den Mädchen am Teich. Die verlorene Zeit zum Lernen holten sie nachts nach.

»Mung, was ist das für ein Gefühl, wenn du morgen Christ wirst?«

Er zuckte mit der Schulter. »So wie Reverend Damon mir das erklärt hat, kann ich weiterhin den Jahrestag des Todes meines Vaters feiern.«

»Ist das alles, was wichtig für dich ist?«

»Nein, aber der Unterschied in den Regeln beider Religionen ist nicht sehr groß. Außerdem bin ich nicht mehr in meinem Land. Mein Vater hat mir beigebracht, daß es zwei Religionen gibt. Wenn man nicht buddhistischer Mönch oder Shinto-Priester wird, muß man von keiner etwas lernen. Wenn in Japan ein Kind geboren wird, segnet es ein Shinto-Priester. Wenn es stirbt, begräbt es ein buddhistischer Mönch. Jetzt, wo ich nicht mehr in Japan bin, ist es nur logisch, einem Gott zu gehorchen.«

»Ich würde lieber sterben, als was anderes als Christ zu werden.«

»Wie kannst du deinem Gott dienen, wenn du tot bist?«

»Ich würde ihm im Himmel dienen.«

»Aber wenn die andere Religion sich nicht von deiner unterscheidet und es nur einen Gott gibt, warum nicht?«

»Ich könnte es einfach nicht. Und jetzt sollten wir besser schlafen, du mußt morgen früh aufstehen wegen deiner Taufe.«

»John?«

»Ja?«

»Ist Geschlechtsverkehr mit chinesischen Mädchen anders als mit hawaiianischen Mädchen?«
»Weißt du, Mung, nach deiner Taufe morgen solltest du mit dem Geschlechtsverkehr aufhören.«
»Warum denn? Du bist getauft und Deacon und die anderen auch, und die tun's auch.«
»Das ist weil ... so war's immer schon für amerikanische Seeleute auf dieser Seite von Kap Hoorn.«
»Ja, also, wenn ich morgen getauft werde, dann werde ich doch auch Amerikaner, stimmt's?«
»Ja, ich glaube schon.«
»Dann kann ich wie ein amerikanischer Seemann Geschlechtsverkehr haben.«
»Das habe ich eigentlich nicht damit gemeint, Mung.«
»Wir reden morgen darüber, John. Gute Nacht, Bruder.«
»Gute Nacht, Bruder.«

Am Sonntag, dem 26. September 1842, stand Mung um sechs Uhr früh auf und zog sich für seine Taufe an: ein weißes Hemd mit langen Ärmeln und Manschetten, einen schwarzen Wollanzug und steife, neue Lederschuhe.
Am Strand erwarteten ihn zwei Hawaiianer mit einem Auslegerboot. Reverend Damon und Mung stiegen in das Kanu, die Hawaiianer schoben das Boot vom Strand und sprangen hinein. Sie ruderten über das glatte Wasser weg vom Strand in Richtung Hafen.
Am Ufer des Hafens erwartete sie ein Spalier hawaiianischer Männer und Frauen, die von der Bethel-Kirche bis zum Wasser reichte. Als sich das Auslegerboot dem Strand näherte, sprangen einige Männer ins Wasser, hoben das Boot auf die Schultern und trugen die beiden zur Kirche. Dort erwarteten sie John und Kapitän Whittefield, die mit der Kutsche gekommen waren.

Ein Mitglied des Hofstaates von Hawaii näherte sich dem Reverend. »König Kamehamea entschuldigt sich, daß er nicht hier sein kann, aber er schickt ein *Huau* zu Ehren des Festes.« Er zeigte auf einen Berg von Lebensmitteln, der sich neben der Kirche auf Matten auftürmte: gebratene Schweine, Tauben und Fisch, Kürbisse, Ananas, Bananen, Papaya, Mango, Kokosnüsse und große Schüsseln mit Reis und *Poi*.

Reverend Damon sagte: »Bitte, sagen Sie dem König, wir sind überwältigt von seinen Geschenken. Wir bedauern seine Abwesenheit zutiefst und werden ihm einen Besuch abstatten, wenn er wieder zurück ist.«

Sie betraten die Kirche, deren Seitenwände aus Schilf und Pandanußblättern man entfernt hatte, damit die Menschenmenge darin Platz hatte.

Daniel Opunui und Berita Kaikalu, selbst Konvertierte, assistierten Reverend Damon bei der Taufe Mungs. Der Reverend streckte die Arme aus und legte seine Hände auf Mungs gebeugten Kopf.

Seine tiefe, sonore Stimme dröhnte bis hinaus zu der wartenden Menschenmenge. »Wir haben uns heute hier versammelt, um eine Frucht hervorzubringen, die des Seelenheils würdig ist. Wir alle sind Bäume im Garten des Herrn, und unsere Wurzeln breiten sich in seiner fruchtbaren Erde auf der Suche nach Nahrung aus. Blind strecken wir unsere Wurzeln in die Dunkelheit der Erde, aber Gott hat uns die Bibel als Führerin und Lenkerin gegeben. Sie bringt Licht ins Dunkel und zeigt uns den Weg durch Verwirrung. Wie kann ein Mensch eine Frucht hervorbringen, die seiner würdig ist? Nur wenn die Wurzeln die Nährstoffe Glaube, Liebe, Hoffnung finden, die Gott hier auf Erden gebracht hat. Indem wir dem Herrn treu dienen, wird die Verwandlung an den Wurzeln beginnen, sich durch den Stamm hocharbeiten in die Äste, von da in die Zweige, um die Knospen zu öffnen, die zur Frucht heranreifen werden, welche in sich ein Opfer an Gott ist. Ist diese Frucht vollkommen? Im Auge des Herrn wird sie es sein. Er ist ein verständnisvoller Gott, denn er ist ein liebender Gott, und wir sind seine Kinder. Lasset uns den Herrn an diesem Tag preisen. Lasset uns dem Herrn danken, daß John Mung heute einer von uns geworden ist!«

Mung hob den Kopf. Die Menge stimmte die hawaiianische Version eines Kirchenliedes aus New England an.

Danach legte Reverend Damon die Arme um Mungs Schultern und schaute ihm direkt in die Augen. »Du bist jetzt ein Christ. Preise den Herrn dafür, daß er dich zu uns gebracht hat. Gott segne dich, mein Sohn.«

Kapitän Whittefield und John gingen Seite an Seite mit Mung aus der Kirche. Die Menge teilte sich vor ihnen. Eine alte Frau, die vor dem *Huau* stand, hielt ein vier Fuß langes Zopfbrot im Arm. Der Reverend segnete das Brot, die Frau und die Gemeinde, dann lud er alle, auch die Seeleute am Rande der Menge, ein, am Essen teilzunehmen.

Kapitän Whittefield führte Mung beiseite. »Mung, sollte es je eine Zeit geben, in der du zu deiner Familie nach Hause zurückkehren kannst, dann werde ich dir dabei helfen. Bis dieser Tag kommt, fühle dich als Mitglied unserer Familie.«

Mung schaute hoch zum Kapitän: »Sir, mein Vater hat mir die Gesetze des Bushido beigebracht, als ich jung war. Sie gelten für ehrenhafte Männer. Von Deacon Gilhooley habe ich die Lehren Jesu Christi gelernt. Mit Ihren Taten, Sir, erfüllen Sie das Bushido und folgen den Lehren Christi.« Er verbeugte sich tief. Kaum hörbar, flüsterte er dann: »Jeden Tag meines Lebens werde ich an Sie denken, wie ich an

meinen Vater denke. Ich werde mich an die Gesetze halten und an die Lehren.«
Kapitän Whittefield klopfte Mung auf die Schulter. »Möge dein Leben lang und glücklich sein!«
John gesellte sich zu ihnen, langte in die Tasche und holte ein Kreuz heraus, das er aus Walzahn geschnitzt hatte. Es hing an einem Lederband.
Er hängte es Mung um. »Halte es in Ehren, Bruder.«
»Hast du das selbst gemacht?« fragte Mung.
»Ja.«
»Wann denn bloß?«
»Ich mußte immer warten, bis du eingeschlafen warst.«
Jetzt kam die Mannschaft der *J. Howland* zum Gratulieren. Die Männer klopften Mung auf die Schulter, schüttelten ihm die Hand, dann packten sie ihn und warfen ihn in eine Decke, die einige Männer wie ein Sprungtuch ausgebreitet hatten und schleuderten ihn in die Luft. Dann schubsten sie John zu Mung, wickelten beide in die Decke ein, schleppten sie zum Strand und ließen sie ins Wasser fallen. Schließlich rissen sich die Seeleute selbst die Kleider vom Leib und stürzten sich auch ins Wasser, wo sich bald eine fröhliche Rauferei entwickelte.
Die Menschenmenge um den *Luau* war inzwischen auf über Tausend Leute angewachsen, die meisten von ihnen Nicht-Hawaiianer.
Daniel Opunui und Berita Kaikalu lenkten Reverend Damons Aufmerksamkeit auf eine lange Schlange hawaiianischer Männer, die sich mit Essen und Brandykrügen näherten.
»Es ist Häuptling Kaneka«, sagte Daniel. »Er bringt am Sonntag Schnaps vor die Kirche.« Das war in Hawaii strenstens untersagt.

Der Häuptling schritt mit hundertfünfzig Mann auf die Kirche zu. In der Morgensonne glänzte sein dunkler, junger Körper von Kokosöl. Sein breiter Brustkorb war über und über mit komplizierten Mustern tätowiert, ebenso seine muskulösen Schultern und Arme. Er trug Muschelketten um die Arme und um den Hals. Kaneka blieb vor Kapitän Whittefield und Reverend Damon stehen, die Beine weit gespreizt, die Hände in die Hüften gestemmt.
Er schrie dem Reverend ins Gesicht: »Ich will mit euch feiern«, schaute sich um und lachte.
Der Reverend senkte bewußt seine Stimme. »Du bist hier nicht willkommen, Kaneka. Heute nicht.«
Obwohl er dem Reverend fast auf die Zehen stieg, brüllte der Häuptling wieder: »Das ist eine gemeine Beleidigung! Du wagst es, einem Hawaiianer zu sagen, er wäre bei einem *Luau* auf seiner eigenen Insel nicht willkommen?«
»Du brichst das Gesetz des Ruhetags und das Gesetz König Kamehameas, wenn du am Tage des Herrn Schnaps hierherbringst.«
Kaneka wandte sich an die Seeleute. »Das ist eine Beleidigung ersten Ranges. In der Missionarsschule hat man mir beigebracht, daß Jesus Christus zum letzten Abendmahl Wein getrunken hat. Das war genau wie ein *Luau!*«
Die Seeleute brüllten ihre Zustimmung.
Kaneka hob beschwichtigend die Hände. »Ich bin nur gekommen, um zu helfen, hier ein erstklassiges Fest zu veranstalten, als ich gehört habe, daß der König nicht genug Essen geschickt hat.« Das Lächeln auf seinem Gesicht verschwand. Seine Stimme überschlug sich, als er dem Reverend direkt ins Gesicht brüllte: »Du kannst einem hawaiianischen Häuptling nicht befehlen, was er wann auf seiner eigenen Insel trinken kann oder nicht!«

Die Menge jubelte und klatschte Beifall.
Reverend Damon wandte sich an Daniel Opunui. »Holt Iron Mike und seine Polizei. Schnell!«
Die Menschenmenge war jetzt kaum mehr zu halten.
Kaneka schaute hoch zum Himmel und schrie: »Die Sonne ist ungehalten!« Er trommelte sich auf die tätowierte Brust. »Mich langweilt das. Die Zeit ist gekommen, sich zu setzen, zu trinken und zu essen und Frauen an unsere Seite zu nehmen und mit den Göttern der alten Zeiten zu reden.«
Der letzte Satz war ein abgesprochenes Signal. Sein Gefolge öffnete die Brandyfässer, und das Chaos war perfekt. Über sechshundert Seeleute stürmten die Fässer, tranken aus allen verfügbaren Gefäßen oder sogar aus den Händen.
Daniel Opunui kam mit Iron Mike und einer kleinen Gruppe Polizisten zurück. Die Truppe versuchte, sich zu Kaneka durchzukämpfen, wurde aber einfach von den Seeleuten niedergetrampelt. Nach einiger Zeit gelang es Reverend Damon, mit Hilfe einiger Gemeindemitglieder die Polizisten aus ihrer mißlichen Lage zu befreien.
Jetzt ließ Häuptling Kaneka von seinen Männern einen Boxring aufstellen, um die Ordnung wiederherzustellen und seine Autorität zu beweisen. Sobald in der Menge eine Schlägerei ausbrach, stürzten sich Kanekas Krieger unter die Männer und warfen sie in den Ring. Die Hawaiianer scharten sich um den Boxring und schlossen Wetten ab.

Die Mannschaft der *J. Howland* lag weiter weg am Strand und hatte von alldem nichts bemerkt.
»Hat einer von euch Geld?« fragte Gilhooley Pistchiani und Black Ben.
»Was willst du denn an einem Sonntag mit Geld?« fragte Pistchiani.

»Ich glaub, ich weiß, wo ich Schnaps kriegen kann.«
Gerade als Pistchiani ihm seine Börse reichen wollte, bemerkte Gilhooley drei Matrosen, die total betrunken den Strand entlangtorkelten. »He, Kumpel«, rief er, »wo habt ihr denn den Schnaps gekauft?«
Die drei überschlugen sich fast vor Lachen. »Kaufen? Warum denn kaufen? Beim *Luau* gibt's Schnaps, soviel du willst, und das umsonst.«
Splitterfasernackt, wie sie waren, rannten Pistchiani, Ben und Gilhooley los. Mung und John stiegen aus dem Wasser und schauten verwundert hinterher, dann zogen sich die Jungen schnell an, sammelten alle Kleider ein und liefen hinterher, bis sie die drei an einem Brandyfaß einholten, wo sie Schnaps aus Kokosschalen in sich hineinschütteten. Sie ließen sich ihre Kleidung geben und ermahnten die Jungen, in der Nähe zu bleiben.
Mung und John hockten sich in die grölende Menge und aßen Ananas und gebratenes Schweinefleisch.
Plötzlich versperrte jemand Mungs Sicht. Muskulöse Oberschenkel in engen Bundhosen und darüber das unrasierte, boshafte Gesicht eines Matrosen von einem der französischen Kriegsschiffe. Mung wollte aufstehen, aber der Mann schlug ihm aufs rechte Ohr, daß sein ganzer Kopf dröhnte, dann packte er ihn am Hemd und zog ihn hoch. Er war nicht viel größer als Mung, aber sein Brustkorb war wesentlich breiter.
Er schüttelte den Jungen und sagte auf Französisch: »Wie kommt so ein schlitzäugiger Heide dazu, ein Kreuz zu tragen?« Er nahm es in die Hand.
John versuchte, den Arm des Mannes wegzustoßen, wurde aber von einem anderen Franzosen von hinten in die Zange genommen. Der kleine Franzose riß Mung das Kreuz vom Hals und trat zurück.

Mung war schockiert, erkannte aber, daß der Mann gefährlich war. Instinktiv verbeugte er sich tief. Ein Schlag mitten ins Gesicht hob ihn ein Stück vom Boden und schleuderte ihn auf den Rücken. Ein stechender Schmerz schoß durch seinen Kopf. Sternchen tanzten vor seinen Augen, er kämpfte mit einer Ohnmacht.
Sein Blick klärte sich allmählich wieder, aber etwas behinderte seine Sicht. Er berührte seine gebrochene Nase und sah wieder Sterne. Er spuckte das Blut aus seinem Mund, um wieder atmen zu können.
Pistchiani hatte sich gerade zu ihnen umgedreht, als der Franzose Mung voll ins Gesicht schlug. Er brüllte wie ein Stier und stürmte durch die Menge auf sie zu. Auch Kanekas Krieger hatten den Kampf beobachtet, und zwei von ihnen packten Pistchiani an den Beinen und zwei weitere an den Armen. Ein Krieger packte den Franzosen von hinten.
John beugte sich zu Mung. »Was ist passiert? Warum hast du dich verbeugt?«
Mung versuchte zu antworten, bekam aber nicht genug Luft. Mit Johns Hilfe humpelte er hinter Pistchiani und dem kleinen Franzosen her, die von den Wachen Kanekas zum Ring gezerrt wurden.
»Willst du kämpfen?« fragte einer der Wachen den großen Amerikaner.
Pistchiani schaute verächtlich auf den Franzosen hinunter: »Wenn ich dem kleinen Scheißer eine schmiere, krieg ich 'ne Strafe, weil ich Abfall durch die Gegend fliegen lasse. Und wenn ich ihn anpinkle, ersäuft er.«
Der Wachmann nickte, und Pistchiani konnte gehen. Kaum hatte die Wache jedoch den Franzosen losgelassen, lief er hinter Pistchiani her und spuckte ihm auf den Hinterkopf.

Pistchiani wischte sich die Spucke ab und wirbelte herum. Der kleine Franzose sprang über die Schnur am Boxring, zog sein Hemd aus und warf es auf den Boden, dann stolzierte er in die Mitte des Rings und stellte sich in klassischer Kämpferpose auf. Pistchiani schritt zum Ring und riß sich ebenfalls das Hemd vom Leib. Die Menge folgte, alle drängten sich, um einen guten Platz zu erhaschen.

Als der Walfänger sich unter der Schnur duckte, zog der Franzose eine Börse aus dem Gürtel und ließ sie vor Pistchianis Nase hin und her pendeln. Dieser packte die Börse und warf sie Ben zu.

»Halt die Wette«, brüllte Pistchiani.

Mit lautem Geschrei und Gebrüll wurden Wetten abgeschlossen.

»Hast du schon mal einen Faustkampf gesehen?« fragte John Mung.

Mung leckte sich die Lippen und brachte gerade noch ein »Nein« heraus.

»Es gibt nur eine Regel: Nach einer bestimmten Zeit müssen die Kämpfer noch bis zu einer Linie in der Mitte des Rings kommen können. Waffen sind nicht erlaubt.«

Die beiden Kämpfer näherten sich einander vorsichtig. Pistchiani duckte sich, um nicht nach unten schlagen zu müssen, da der andere kleiner war. Nach einigen Treffern ließ der Franzose beide Arme sinken, sein Kopf sackte auf die linke Schulter, die Zunge hing aus seinem schlaffen Mund. Pistchiani ließ die Fäuste sinken und richtete sich auf. Er schien verwirrt. Wie der Blitz riß da der Franzose ein Bein hoch und kickte ihn in den Unterleib, gefolgt von einem weiteren Tritt in den Magen.

Die Franzosen jubelten und feuerten ihren Mann an: »Savat! Sa-vat! Sa-vat!«

Black Ben stöhnte. »Verdammt! Der Froschfresser kämpft mit den Füßen. Schaut euch die Beine von dem kleinen Scheißer an. Der hat Muskeln in den Zehen!«
Pistchiani krümmte sich vor Schmerz. Er versuchte, sich mit Händen und Armen zu schützen, so gut es ging. Der Franzose trat ihn in die Nieren und die Rippen. Pistchiani grunzte bei jedem Schlag vor Schmerz, ging aber nicht zu Boden.
Der kleine Mann ließ sich eine Schale Brandy bringen, die er mit einem Zug leerte. Dann trat er Pistchiani zweimal in die Seite, stellte sich hinter ihn und trat ihm in die Knie. Der große Mann ging zu Boden, kniete wie im Gebet, die Hände vorm Gesicht. Die Menge war verstummt. Nur Pistchianis schweres Atmen war zu hören. Dann trat der Franzose dem gefallenen Mann in den Rücken und sprang ihm mit beiden Füßen auf die Schultern.
Pistchiani brüllte vor Schmerz und fiel mit dem Gesicht in den Dreck.
Der Franzose stolzierte zu Ben und den Jungen und sagte: »Gebt mir das Geld!«
Ben wollte gerade widerwillig die Börse aus dem Gürtel ziehen, als ihn das Geheul der Menge unterbrach. Der Franzose drehte sich um. Da stand Pistchiani mit einem Fuß auf der Linie in der Mitte des Rings, die Hände zu Fäusten geballt.
Der Franzose nahm Anlauf und wollte mit einem Scherenschlag Pistchiani am Kopf treffen. Dabei sprang er hoch in die Luft und grätschte die Beine. Pistchiani machte einen Schritt vorwärts und schlug dem kleinen Mann die Faust direkt in die Genitalien. Noch im Sprung krümmte sich der Franzose zusammen. Als er zu Boden krachte, traf ihn der riesige Stiefel des Walfängers in die Rippen und schleuderte ihn noch einmal hoch.

Einige Sekunden lang hörte man nur das Klatschen von Pistchianis Stiefeln gegen den bewußtlosen Körper des Franzosen. Dann brachen die Amerikaner in Hurrageschrei aus. Ben sprang in den Ring, riß Mungs Kreuz aus der Tasche des besinnungslosen, blutüberströmten Franzosen und hielt es hoch über den Kopf. Die Amerikaner jubelten noch lauter, und die französischen Matrosen stahlen sich betreten davon.

Im Inselhospital versorgte Dr. Judd die Verwundeten. Kapitän Whittefield hielt Mungs Kopf, während der Arzt ihm kleine Stäbchen einführte, um die Atemwege freizuhalten, und die kleinen, gebrochenen Knochenstückchen wieder aneinanderfügte.

Dr. Judd trat einen Schritt zurück. »Junger Mann, ich fürchte, diese lange, gerade Nase wird in Zukunft mehr wie ein krummer Schleichpfad ausschauen.« Er klopfte Mung die Schulter. »Du bist ein sehr tapferer, junger Bursche.« Er wandte sich an Kapitän Whittefield. »Ihr Sohn ist wirklich tapfer. Er hat kein einziges Mal geschrien. Kannst du alleine aufstehen, Mung?« Der Doktor machte John ein Zeichen. »Ich glaube, dein Vorschlag, mit Mung und Pistchiani und den anderen heute nacht bei Mama zu übernachten, ist die beste Lösung. Bei den vielen eingeschlagenen Köpfen wird das Krankenhaus überfüllt und zu laut sein.«

Reverend Damon kam zur Tür herein und sagte: »Iron Mike hat gerade eine Nachricht geschickt. Er muß die Bars öffnen, sonst wird der Mob ganz Honolulu zusammenschlagen. Über zweitausend Seeleute und an die fünfhundert Hawaiianer toben durch die Stadt und suchen Frauen, Schnaps und Unterhaltung.«

Obwohl Iron Mike eine der Bars öffnete, war die Menge

nicht mehr zu bremsen. Der Mob raste durch die Häuser und riß Wände und Dächer ein, um an Gin oder Rum zu kommen. Überall brachen Schlägereien aus. Iron Mike und seine Männer waren machtlos. Er stellte sie um das Hospital auf, um wenigstens die Verwundeten zu schützen.
Der Mob war jetzt völlig außer Rand und Band. Vor den Überresten der Hütten ließen sie das Königliche Gericht der Seeleute der Sieben Meere tagen. Sein erster Beschluß war, die Stadtschreier mit einem Ultimatum durch Honolulus Straßen zu schicken: Wenn man nicht sofort Frauen zu ihnen an den Strand schickte, würden sie Honolulu dem Erdboden gleichmachen.
Beim Schein eines riesigen Lagerfeuers erwartete das Königliche Gericht die Antwort auf das Ultimatum. Halbnackte Tänzer schwankten um das Feuer und heulten dabei wie Tiere. Häuptling Kaneka stolperte in die kreischende Menge.
Er hielt eine Ginflasche über den Kopf. »Ich bin der Häuptling von Honolulu! Morgen bin ich König!«
Die Seemänner jubelten ihm zu und brüllten: »Wo sind die Weiber?«
Der Häuptling schrie zurück: »Ihr wollt Weiber? Wenn ihr Weiber wollt, dann hindern uns nur die Missionarsgesetze.«
Die Menge applaudierte.
Kaneka hob beide Arme gen Himmel: »Bevor der König die neuen Gesetze gemacht hat, gab's nie Probleme mit Weibern! Wir müssen die neuen Gesetze und den neuen Gott begraben, dann kriegt ihr Weiber.«
Tosender Beifall von der Menge.
Kaneka brüllte, so laut er konnte: »Baut einen Sarg für das Begräbnis!«

Ein paar Männer rannten los, um Holz zu suchen.
Kaneka heulte laut in den Nachthimmel. Er drehte sich zur Bethel-Kirche, streckte den Arm aus und brüllte: »Eine Bibel zum Begraben! Bringt eine Bibel!«
Der Mob torkelte auf die Kirche zu und riß Wände und Türen nieder. Dann warf jemand eine Fackel auf das Dach. In wenigen Sekunden brannten die trockenen Palmblätter lichterloh. Das Gebäude explodierte. Kaneka führte den Mob in Richtung Honolulu, unterwegs plünderten sie alle Häuser und steckten sie in Brand.
Als sie vor Mamas Haus anlangten, stand die kleine Frau mit verschränkten Armen auf der Veranda. Pistchiani, Ben, Mung und John standen in einer Reihe hinter ihr. Kaneka blieb an der untersten Stufe stehen und starrte sie mit wilden Augen an. Mama schrie ihm etwas auf Hawaiianisch zu. Kaneka hob den Arm, und die Menge verstummte. Er und die alte Frau musterten sich mit blitzenden Augen.
Eine Gruppe von Seeleuten drängte sich durch die Menge. Sie hatten einen grobgezimmerten, offenen Sarg auf den Schultern, in dem ein toter Affe mit einer Bibel im Arm lag.
Der Häuptling fing an zu grinsen. Er zeigte auf den toten Affen und sagte: »Seht her! Der junge Gott der Christenheit und seine Gesetze!«
Die Menge grölte vor Vergnügen.
Kaneka befahl zehn seiner Gefolgsleute, vor dem Sarg herzugehen und zu proklamieren: »Die Zehn Gebote und alle christlichen Gesetze sind tot! Auf Befehl von König Kaneka I.!«
Wieder johlte die Menge.
Kaneka deutete auf den Sarg. »Das ist eine erstklassige Möglichkeit, eine Religion zu begraben!«
Er führte die Meute in die Stadt.

Mama blieb mit verschränkten Armen auf der Veranda stehen, bis der Mob außer Sicht war. Den Weg, den sie einschlugen, konnte man an den Flammen erkennen, die auf der Straße nach Honolulu aufloderten.
»Mama, was hast du zu ihm gesagt?« fragte Pistchiani mit geschwollenen Lippen.
Die kleine Frau lächelte. »Ich hab ihm gesagt, wenn er König werden und die neuen Gesetze begraben will, dann ist das seine Angelegenheit. Wenn er mein Haus anzünden will, dann ist das meine Angelegenheit, und dann begrabe ich ihn mit dem Haus.« Sie hob ihren linken Arm. Die Pistole, die normalerweise in dem Geldgürtel unter ihrem Pullover steckte, lag in der Beuge ihres Ellbogens.
Ben hob die Arme wie Kaneka. »Mama, das ist eine erstklassige Methode, einen Mann davon zu überzeugen, weiterzuziehen.«

Groß, rund und orange kletterte die Sonne gemächlich aus dem Meer empor. Rauch schwebte träge über den Trümmern von Honolulu und stieg in den klaren, blauen Himmel. Überall lagen Betrunkene, die ihren Rausch ausschliefen.
Wie geplant trat Dr. Judd Punkt acht Uhr aus dem Hospital. Er band ein gelbes Tuch um den Flaggenmast und zog es hoch. Unten am Dock zog Iron Mike ebenfalls eine gelbe Flagge auf, dann schloß er sich seiner angeschlagenen Polizeitruppe an.
Mit grimmigen Gesichtern und Keulen in der Hand gingen sie den Strand hoch nach Honolulu, zeigten auf die gelben Flaggen und riefen: »Pocken! Pocken!«
Bald war der ganze Strand von Waikiki voller übernächtiger, verkaterter Seeleute, die befürchteten, auf der infizier-

ten Insel in Quarantäne gesteckt zu werden. Sie schacherten mit den Hawaiianern auf ihren Auslegebooten um den Preis für die Rückfahrt auf ihr Schiff.
Die Kapitäne auf den Walfängern hißten das Rückrufsignal und ließen Nebelhörner blasen, um die Mannschaften zusammenzurufen. Eine Quarantäne konnte den Verlust einer ganzen Fangsaison bedeuten.
Kapitän Whittefield verabschiedete sich von Reverend Damon und Dr. Judd, die beide sehr bleich und mitgenommen aussahen. »Ich muß jetzt aufbrechen. Wir müssen noch einige Vorräte laden. Hoffentlich sind nicht alle Lagerhäuser kaputt. Ihnen beiden steht jetzt eine schwere Aufgabe bevor – die Kirche wieder aufbauen, den Hafen und die Stadt. Möge die Asche ein Grundstein sein, der bis zum Jüngsten Tag hält. Gott segne Sie beide.«
Reverend Damon sagte: »William, möge Gottes Segen Ihnen und Ihrer Familie weiterhin zuteil werden. Die Rückkehr Ihres Sohnes hat Ihnen vielleicht bestätigt, daß Gott im Himmel auch sein Wirken auf Erden nicht vernachlässigt.«
Der Doktor nahm Williams Hand in die seine. »Im Namen des Königs und der Einwohner von Hawaii wünsche ich Ihnen eine gute Heimreise und Jagdglück auf dem Weg.«

8

Die zwei Brüder saßen an dem Hügel unterhalb von Reverend Damons Haus. Der Strand von Waikiki war wie leergefegt. Die gelbe Flagge wehte einsam in dem Wind, der die letzten Schiffe aus dem Hafen blies. Nur noch die *J. Howland* lag vor Anker. Der Kapitän hatte die Mannschaft beruhigt. Die Nachricht von einer Gelbfieberepidemie war nur eine List gewesen, um Honolulu zu retten. Die beiden Jungen schauten der Brandung zu, die gegen den weißen Sand donnerte.

»Unser Vater wird frühestens in zwei Stunden zurück sein«, sagte John. »Wahrscheinlich tut dir deine Nase zu weh zum Spazierengehen.«

»Nein. Das Atmen fällt mir ein bißchen schwer, und sie pulsiert wie mein Schwanz, bevor ich Geschlechtsverkehr habe.«

John riß ein Büschel Gras aus und warf es in den Wind. »Ich hab dir gesagt, du sollst Penis sagen. Und außerdem ist es unfein, über Geschlechtsverkehr zu reden.«

»Die Mannschaft redet dauernd davon.«

»Deswegen hat uns Vater eine eigene Kabine zugeteilt. Du mußt dir ein paar Ausdrücke abgewöhnen, die du von ihnen gelernt hast. Du kannst bei den Seminarlehrern in Harvard nicht von deinem Schwanz reden.«

Beide lachten, Mung aber war im Zwiespalt. Er hatte William und John Whittefield ungeheuer viel zu verdanken. Sie hatten ihn als Sohn und Bruder aufgenommen.

Aber er war sich trotzdem bewußt, daß er anders war – er war Japaner und nicht so gut wie ein weißer Mann. Jetzt würde er den Pazifik verlassen und in die Welt der weißen Haut und der runden Augen segeln.
»Wie lange werden wir bis Fairhaven brauchen?« fragte er.
»Sechs Monate bis ein Jahr. Kommt aufs Wetter und den Walfang an.«
Mung stand auf. »Gehen wir spazieren.«
In einem Palmenhain kamen sie an eine Wegkreuzung. Ein Pfad führte zum Strand, der andere zu dem Teich, an dem sie sich mit den hawaiianischen Mädchen getroffen hatten. Mit einem Jubelschrei stürmten sie den Pfad zum Teich hinunter. Die beiden Mädchen knieten am Wasser und wuschen gerade ihre *Malos.* Sie standen beide auf, ihre Nacktheit schien sie überhaupt nicht zu genieren. Das weiche Sonnenlicht schimmerte durch die Blätter und spielte auf ihrer goldenen Haut.
John deutete mit einer Hand in Richtung Meer, mit der anderen auf Mung und sich selbst. Die Mädchen verstanden, daß er damit ausdrücken wollte, sie würden bald abreisen. Sie sprachen kurz auf Hawaiianisch miteinander, dann griffen sie nach ihren *Malos* und liefen davon.
Mung seufzte. »Sechs Monate bis ein Jahr ist eine lange Zeit.«
»Ja«, sagte John. »Und in Fairhaven gibt's für uns keinen Geschlechtsverkehr.« Er bohrte einen Fuß ins smaragdgrüne Moos. »Nehmen wir eben unser letztes Süßwasserbad.«
Sie zogen sich aus, aalten sich in dem kristallklaren Wasser und lauschten dem Gezwitscher exotischer Vögel und dem Rascheln der Palmwedel über ihren Köpfen. Mung versuchte, sich Fairhaven vorzustellen. Für ihn war es eine Mischung aus Nakanohama und etwas Honolulu, mit hohen Kirchtürmen, die laut Deacon an den Wolken kratzten.

John lag auf dem Rücken und ließ sich treiben. Er dachte an seine Mutter und an das Wiedersehen mit ihr. An Bord würde er Mung für die Aufnahmeprüfung in der Harvard High-School vorbereiten. Sein Vater hatte ihm erklärt, daß ausländische Studenten asiatischer Herkunft besonders bevorzugt wurden, weil man erwartete, sie würden das Divinity College besuchen und dann als Missionare außer Landes gehen.

Platsch! Platsch! Die beiden nackten Mädchen sprangen kopfüber in den Teich, die eine tauchte zwischen Johns Beinen auf. Ein wohliges Gefühl von Ausgeliefertheit überkam ihn, als sie auf ihn zuglitt, seine Beine über die Schulter nahm und seine Genitalien an ihren Brüsten rieb. Er paddelte mit den Händen, um sich über Wasser zu halten und beobachtete, wie sein Penis sich aufrichtete. Er klammerte sich fester mit den Beinen um sie. Sie legte eine Hand an jede Brust, klemmte seine Erektion dazwischen und massierte sie langsam hin und her.

Mung stand bis zur Taille im Wasser, als ihn das zweite Mädchen zuerst an den Fußgelenken packte und sich dann an ihm hochschlängelte. Ihr dunkles, glattes Haar tauchte aus dem Wasser, und ihre Lippen trafen sich. Sie streichelten sich, er stieß mit seiner Erektion gegen ihren Bauch. Sie legte die Hände auf seine Schultern und zog sich hoch, dann schlang sie ihre Beine um seine Hüften, bis er mit einem heftigen Stoß in sie eindringen konnte. Sie keuchte und verschränkte die Beine.

Am Strand begann jemand zu trommeln, leise, dann immer heftiger.

Mung stolperte mitsamt dem auf seiner Erektion aufgespießten Mädchen vorwärts. Er fiel auf sie, rammte sie mit immer heftigeren Stößen im flachen Wasser in den Sand.

Sie kämpfte gegen ihn, drehte ihn um und setzte sich auf ihn, um ihn so weit wie möglich in sich zu spüren.
John hatte sich zwischen die Brüste seines Mädchens ergossen. Als er Mung und das Mädchen durchs Wasser toben sah, wurde er jedoch gleich wieder hart und schob das Mädchen aus dem Wasser aufs Moos. Sie liebten sich ganz langsam, er hatte sich das erste Mal völlig unter Kontrolle. Er hörte, wie seine Lustschreie sich mit den ihren mischten, dann schüttelte ihn ein ungeheurer Orgasmus, immer und immer wieder, bis er erschöpft auf dem Rücken liegenblieb.
Kurze Zeit später saßen die vier jungen Leute im Kreis. Die Mädchen fütterten ihre Liebhaber mit Melonenstücken und Kokosnuß.
»Ist es in Fairhaven besser als hier?« fragte Mung John.
Es dauerte eine Weile, bis John antwortete. »Dort ist es schöner. Aber anders als hier.«
Mit einemmal sprang John auf. »Mein Vater wird schon warten.«
Die Jungs rannten los und zogen sich im Laufen die Hosen an, den Mädchen riefen sie noch schnell Aloha zu. John lief voran. Plötzlich hörte er seinen Bruder etwas auf japanisch rufen. Als er sich umdrehte, sah er, wie sein Adoptivbruder auf allen vieren von Baum zu Baum durchs Gras krabbelte.
John stand der Angstschweiß im Gesicht. »O Gott«, stöhnte er. »Mung ist von zu viel Sex wahnsinnig geworden!« Er klammerte sich an einen Baum und wartete darauf, daß der Wahnsinn auch ihn überfiel.
»Town-hooo!« schrie Mung. »Schneid ihm den Weg ab.«
Direkt vor Mung hüpfte ein gelbbraun geflecktes Kätzchen durchs Gras. John bekam ganz weiche Knie vor Erleichterung.
»Fang es!« rief Mung.

John erwischte das verängstigte Kätzchen am Kragen. »Warum jagst du sie denn?«
Mung kam völlig außer Atem zu ihm. »Wenn's eine Sie ist, macht's auch nichts. Können wir nachschaun?«
John hielt das Kätzchen hoch.
»Es ist ein Er«, rief Mung. »Der bringt Glück, wenn wir ihn an Bord nehmen.«
»Bringen nur Kater Glück?«
»Nur Kater mit gelber und brauner Farbe wie eine Schildkröte. In jedem japanischen Dorf würden sich Bootsbesitzer gegenseitig mit viel Reis überbieten für den kleinen Kerl.« Mung nahm das Kätzchen in den Arm, und es fing an zu schnurren.

An Bord des Walfängers wurde das Kätzchen mit Genehmigung von Kapitän Whittefield in einer Ritterschlagszeremonie von John auf den Namen Lucky getauft. Es bekam dann den entsprechenden japanischen Namen und wurde nach Bushido-Protokoll in den Rang eines Samurai erhoben. Lucky wurde seinem Namen gerecht. Der Wind blies stetig, das Wetter war schön, und es wurden auch einige Wale geschossen. Die Katze folgte den Jungen auf Schritt und Tritt und verstand Befehle in Japanisch und Englisch. Mung nähte sich eine Schlinge, in der er Lucky unter dem Arm oder auf dem Rücken mit hinauf in die Takelage nehmen konnte.
Bis die *J. Howland* Kap Hoorn umrundet hatte, war Mung dank Mrs. Links' Büchern und Johns Hilfe mit seiner englischen Grammatik und Geschichte ein gutes Stück vorangekommen. Er brachte John dieselben Sachen in Japanisch bei. Sie lernten Spiele und sangen Lieder in beiden Sprachen. John brachte Mung das Boxen bei, und Mung zeigte

ihm dafür, wie man sich fallen läßt, und die Kunst des Jiu-Jitsu.
Eines Tages rief Kapitän Whittefield Mung in seine Kabine. »Morgen ist der vierte März«, sagte er. »Morgen sind es sechzehn Jahre seit Johns Geburt. Es ist in den Familien Tradition, sich an diesem Jahrestag Geschenke zu machen.«
Mung nickte. »Danke, daß Sie mir das gesagt haben. In Japan ist es auch so. Aber dort feiert jeder am ersten Tag des neuen Jahres, daß er ein Jahr älter geworden ist. Ich bin auch sechzehn.«
William Whittefield musterte seinen Stiefsohn. Er war nicht so groß und breitschultrig wie John, aber sein Körper war geschmeidig wie der einer Katze, und seine Nackenmuskeln beeindruckend. So groß der physische Unterschied zwischen den beiden Jungen auch war, so ähnlich waren sie sich in Charakter und Intellekt. Ich muß die Schöpfungsgeschichte noch einmal lesen, dachte Whittefield, und mich mehr mit dem Gedanken beschäftigen, daß wir alle demselben Samen entsprungen sind. Er ließ Mung gehen und dankte Gott, der ihm gestattet hatte, seinen Sohn wiederzufinden und einen anderen zu adoptieren.
Am nächsten Morgen versammelte sich die Mannschaft vor dem Achterdeck. William Whittefield rief John zu sich. »Heute ist der Geburtstag meines Sohnes John. Ich habe jetzt zwei Söhne.« Die Männer wandten sich alle zu Mung hin, der bei ihnen stand, dann schauten sie wieder zum Kapitän. »Die Japaner feiern den Geburtstag anders, jeder am ersten Tag des Jahres. Nachdem wir jetzt Kap Hoorn umrundet haben und auf der christlichen Seite der Welt sind, schlage ich vor, wir feiern den Geburtstag meiner beiden Söhne heute am vierten März, im Jahr des Herrn. Möge er sie für alle Zeit segnen. Amen.«

Die Mannschaft wiederholte im Chor: »Amen«, und dann schrie sie: »Hipp, hipp, hurra!«
Die Männer schoben Mung hinauf aufs Achterdeck neben den Kapitän, der beiden jungen Männern identische Taschenkompasse aus Messing überreichte.
Nachdem sich Mung von der Überraschung erholt hatte, entschuldigte er sich, trat hinter den Steuermann und holte einen Drachen hervor, den er gebastelt und mit einem Bild der *J. Howland* auf Walfang bemalt hatte. Er überreichte ihn John und freute sich unbändig, als er an seinem Gesicht sah, wie begeistert er war. John wiederum überreichte ihm seinerseits einen großen, selbstgeschnitzten, hölzernen Kreisel. Dann gab der Kapitän den Jungen für den Rest des Tages frei.
Sie liefen sofort zum Bug, um den Drachen auszuprobieren und sich Tricks mit dem Kreisel auszudenken. Später jagten sie in der Kombüse Kakerlaken. In ihrer Kabine klebten sie den Käfern mit Teer Fäden auf die Panzer, banden je fünf an Papierkutschen und veranstalteten Rennen mit ihnen.

Nachdem das Schiff Kap Hoorn passiert hatte, änderte sich die Stimmung an Bord. Die Mannschaft fluchte weniger, es wurde kaum noch Karten gespielt, und mehr Männer nahmen an den Sonntagsgottesdiensten teil. Mung fühlte sich von diesen Veränderungen bedroht. Er wurde melancholisch.
Oft setzte er sich mit Lucky alleine in irgendeine Ecke und klagte ihr sein Leid. »Ich vermisse Jakato und Mutter, und auch an Fudenojo und Shin-ho denke ich in letzter Zeit viel. Oft träume ich von meinem Dorf und weiß gar nicht, wie es in Fairhaven sein wird.« Das Kätzchen schaute ihn an, als verstünde es jedes Wort. »Ich könnte meinen neuen Vater

und Bruder blamieren, wenn ich die Prüfung in die High-School nicht bestehe.« Er hob Lucky hoch. »Du bist vielleicht eine Glückskatze, aber sehr akademisch bist du nicht.« Er wiederholte das Wort einige Male, er hatte es erst gestern von John gelernt. »Ich muß lernen!« Er steckte Lucky in die Schlinge unter seinen Arm.

Mung verbrachte viel Zeit über seinen Büchern, aber unbewußt verdrängte er seine Verwestlichung. Zuerst baute er für John einen Abakus und brachte ihm bei, damit umzugehen. Er schnitzte zwei Buddhas, die er und sein Bruder als Glücksbringer am Gürtel tragen konnten. Er baute ein *Tokonama* – ein kleines Regal in der Kabine, auf das er ein Bild von einem Pflaumenbaum stellte, das er gemalt hatte.

John erklärte er: »Das steht traditionsgemäß in jedem japanischen Haus, zu Ehren des Kaisers. Wenn er uns besuchen würde, wüßte er, daß wir ihn erwartet haben und an ihn denken. Es ist sein Platz in unserem Haus.«

»Wie könnte er uns denn besuchen? Wir sind vor der Küste Südamerikas.«

»Es ist symbolisch gemeint«, antwortete Mung.

Es gab noch andere Symbole, mit denen er unbewußt versuchte, den japanischen Teil seiner Seele zu bewahren. Er malte Lotosblumen, weil sie unter der Wasseroberfläche emporwuchsen, ähnlich dem, wie er auf dieses Schiff gekommen war. Ihre Blütenblätter waren kreisförmig, und so konnte er sich mit Freuden an die Lehren seines Vaters über den unendlichen Kreislauf von Leben und Tod erinnern, den der Mensch bis in alle Ewigkeit durchlaufen muß.

In praktischer Hinsicht verbrachte Mung viel Zeit in der Kombüse. Er hatte Cooky überredet, in Hawaii mehrere Säcke Reis und Sojasoße einzukaufen und zeigte ihm einige Gerichte, die man damit zubereiten konnte. Die Mannschaft war begeistert. Er wunderte sich immer wieder über die Mengen, die die Männer bei einer Mahlzeit verschlangen. Ganz Nakanohama hätte eine Woche davon leben können.

Cooky hatte schnell erkannt, wie billig und vielseitig verwendbar Reis war, außerdem ließ er sich auch gut lagern. Er war fest entschlossen, auf die nächste Reise einen großen Vorrat mitzunehmen. Kaum fünf Jahre später hatten die meisten amerikanischen Handelsschiffe auf langen Fahrten große Mengen Reis dabei.

In einer klaren Augustnacht sichteten sie den Leuchtturm von Montauk. Neun Stunden später segelten sie an Martha's Vineyard, Gay Head und dem Leuchtturm von Rhode Island vorbei in die Buzzards Bay und den Kanal, dann vorbei an New Bedford zur Werft von Fairhaven.

Die Kirchenglocken von Fairhaven läuteten, lange bevor die Leinen an Land geworfen wurden. Die ganze Stadt strömte am Dock zusammen.

Der Stadtbüttel rief: »Die *J. Howland!* Kommandant William Whittefield! Drei Jahre unterwegs und mit Gottes Gnaden wieder heimgekehrt!«

John deutete mit dem Finger: »Das ist das Dock von Fairhaven. Und gegenüber, bei der Sandbank, da war ich, als der Sturm mich weggeschwemmt hat.«

Mung war überwältigt vom Reichtum dieser Stadt. Gut gebaute Docks, solide Holz- und Ziegelhäuser, Pferde und Kutschen. Am Dock drängten sich Leute, die aus allen Richtungen zusammenströmten. Ihre Kleidung gab keinen Hinweis auf Rang oder Bedeutung. Die Männer trugen meist dunkle Hosen und weiße Hemden mit aufgerollten Ärmeln wegen der sommerlichen Hitze. Einige trugen Hüte, aber wie bei den Frauen war es offensichtlich kein

Statussymbol. Die Kleider der Frauen waren ein Farbenkaleidoskop, aber ohne Stammessymbole. Er erinnerte sich, gelernt zu haben, daß es in der amerikanischen Gesellschaft keine Klassenunterschiede gab. Es gibt viel, an das ich mich gewöhnen muß, dachte er.

Unter dem lautem Geschrei von Mannschaft und Stadtbewohnern wurden die Leinen des Walfängers vertäut. Dann verstummten alle. Singende Frauen näherten sich dem Dock. Die Kirchenfrauen von Fairhaven kamen Arm in Arm auf das Schiff zu.

»Da ist Mutter«, rief John.

Aus der Mitte der Gruppe trat Martha Whittefield, tränenüberströmt. Die Gangway wurde heruntergelassen, und Kapitän Whittefield machte John ein Zeichen, als erster zu gehen. Fünfzehn Zentimeter größer, sonnengebräunt und muskulös, stürmte John in die Arme seiner liebenden Mutter. William Whittefield umarmte sie beide.

Mung beobachtete alles vom Schiff aus. Er mußte immer wieder schlucken, um seine Gefühle zu verbergen. Wo war seine Mutter? Würde er sie je wiedersehen?

Kapitän Whittefield winkte Mung zu sich, und Martha umarmte ihn genauso herzlich wie ihren eigenen Sohn. In ihrer Aufregung bemerkte die Familie gar nicht, daß viele Leute entsetzt wegschauten, weil eine weiße Frau einen asiatischen Jungen umarmte.

Jetzt strömten alle Stadtbewohner mit den Whittefields und der Mannschaft der *J. Howland* zur Methodistenkirche mit ihrem hohen Turm, wo ein Dankgottesdienst stattfinden sollte.

Als sie die Kirche betraten, sagte Kapitän Whittefield zu Mung: »Marthas und mein Urgroßvater haben beim Bau dieser Kirche geholfen. Damals waren sie noch britische

Untertanen. Unsere beiden Familien waren dieser Kirche immer verbunden und haben sie stets unterstützt. Ich hoffe, du wirst hier dem Herrn näherkommen.«

Mung kniete neben den anderen nieder und stimmte in die Dankgebete ein. Dann sprach er noch ein Gebet an Buddha für seine Mutter, denn er war sich sicher, daß Jesus in Nakanohama keine Macht hatte.

Im Haus der Whittefields wurde ein üppiges Mahl aus Muschelsuppe, Fisch, Brot, warm aus dem Ofen, Steaks und gebackenen Kartoffeln aufgetragen. Zum Nachtisch gab es Obstkuchen und kühle Milch aus dem Keller.

Die vier saßen fast den ganzen Tag in der Küche und erzählten sich die Erlebnisse der letzten drei Jahre. Am Abend zogen sie auf die Veranda, um die kühle Abendbrise zu genießen. Als die Standuhr acht schlug, bat William Whittefield die Jungen, ihm ein Bündel aus seiner Kabine im Schiff zu holen. Mung hob Lucky auf, der mit dem Bauch voller Milch und Fischresten zu seinen Füßen lag, und steckte ihn in die Schlinge unter den Arm.

Die Jungen gingen durch die Straßen, und John erzählte Mung von der Stadt, ihren Läden und an was für Gebäuden sie vorbeikamen. Als sie sich dem Hafen näherten, hörten sie laute Musik und Gelächter aus den Bars, die der *J. Howland* am nächsten lagen.

Mung blieb an der Gangway stehen. »John, wir haben versprochen, mit der Mannschaft noch einen Abschiedstrunk einzunehmen. Hol doch du das Bündel, und ich such sie. Wir treffen uns dann dort.«

»Einverstanden«, sagte John. Er lief die Gangway hoch.

Mung ging zur nächsten Bar, trat ein und suchte nach einem bekannten Gesicht. Die meisten Leute hatten Drinks in der Hand, auch die Frauen, die er nach seinen Erfahrun-

gen in Hawaii als Prostituierte erkannte. Sie trugen tiefausgeschnittene Kleider, und er roch trotz des Gestanks von Tabak und abgestandenem Schnaps ihr Parfüm. Nach neun Monaten auf See bekam er jetzt eine Erektion.
Plötzlich verstummte alles.
»He!« brüllte jemand. »Hier dürfen keine Chinesen rein!«
Nachdem er niemanden von der *J. Howland* sah, wandte sich Mung zum Gehen. Als er die Tür öffnete, drängten sich zwei Prostituierte herein. Eine der Frauen packte seinen Kopf und steckte ihn zwischen ihre ausladenden Brüste.
»Gehst du schon, Schätzchen?« lachte sie. »Wie wär's denn mit 'ner Nummer, bevor du gehst?«
Mung war wie von Sinnen von ihrem überwältigenden weiblichen Geruch.
Sie trat einen Schritt zurück, sah Mung ins Gesicht und schrie entsetzt: »Ein Scheiß-Chinese! Du lieber Himmel! Mein Ruf ist ruiniert!«
Mung verbeugte sich und sagte: »Möchten Sie Geschlechtsverkehr?«
»Was!« schrie die Frau. Die Männer in der Bar wurden jetzt aufmerksam.
»Ich möchte meinen Schwanz ... Entschuldigen Sie. Ich meine, meinen Penis in Ihr ...« Mung deutete zwischen ihre Beine.
»Du schlitzäugiger Bastard!« brüllte sie.
In Sekundenschnelle war Mung von finster aussehenden Typen umringt. Sie drängten ihn zur Tür, und der Größte aus dem Haufen fragte: »Was hast du zu der Lady gesagt?«
»Ich hab sie gefragt, ob sie Geschlechtsverkehr haben will.«
Der große Mann grinste Mung an und sagte: »Du willst eine weiße Frau ficken?«
»Ich hab Geld, ich kann bezahlen.«

»Du wirst bestimmt bezahlen. Schau da drüben.«
Mungs Blick folgte dem Zeigefinger des Mannes. Bevor er etwas dagegen tun konnte, hatte der Mann Lucky aus der Schlinge gerissen, sie am Schwanz gepackt und mit dem Kopf an die Hauswand geklatscht. Er schleuderte den kleinen Körper in die Gosse und rieb sich die Hände.
Mung bewegte sich wie im Traum. Er schob die Leute beiseite und kniete sich mit Tränen in den Augen neben die tote Katze. Gerade als der Mörder ihn mit dem Fuß an den Kopf treten wollte, blickte er auf, wehrte den Fuß mit den linken Unterarm ab und schlug dann mit aller Kraft, wie John es ihm gezeigt hatte, in den Unterleib des Mannes.
Der Schläger schrie auf und fiel nach hinten. Jemand sprang Mung von hinten an, wurde von ihm über die Schulter geworfen und landete auf dem Rücken. Dann sah er, daß der Weg zu dem großen Mann, der sich stöhnend auf dem Boden wälzte, wieder frei war. Mit einem Satz war Mung auf ihm und schlug ihm mit der Handkante auf den Adamsapfel. Eine Sekunde später war Mung unter dem Mob stampfender und schlagender Männer begraben, die ihn schließlich ohnmächtig in den Fluß warfen.
Als John vom Schiff kam, sah er eine fluchende, wütende Männerschar in Richtung Bar gehen. Drei wälzten sich stöhnend am Boden.
»O mein Gott! Wo ist Mung denn da hineingeraten?« John lief zu der Gruppe. »Was ist passiert?«
Einer der Männer zeigte zum Fluß. »Wir haben's dem hochnäsigen Schlitzauge gegeben.«
In diesem Augenblick sah John Luckys zerschmetterten Körper im Rinnstein. Er ließ sein Bündel fallen und lief zum Ufer. Mung lag mit dem Gesicht nach unten im Fluß. John sprang hinein, packte ihn an den Haaren und hob sein

Gesicht aus dem Wasser. Dann schwamm er zum nächsten Ruderboot und dankte Gott, als er seinen Bruder husten und spucken hörte.
John rollte Mung ins Boot. Er murmelte durch seine geschwollenen, geplatzten Lippen: »Warum haben sie Lucky umgebracht? Warum mögen sie keine Asiaten?«
John schüttelte den Kopf. »Ich weiß es nicht.« Tränen standen ihm in den Augen. »Es geht nicht nur um Asiaten. Leute wie die hassen jeden, der anders ist.«

Zwei Wochen später hatte sich Mung so weit erholt, daß er am Sonntagsgottesdienst teilnehmen konnte, jedoch nicht in der Kirche, die von den Whittefields erbaut und seit Generationen von ihnen gepflegt worden war. Die Kirchenväter hatten der Familie mitgeteilt, daß Nicht-Weiße nicht willkommen waren. Die Whittefields wandten sich an eine andere Kirche in Fairhaven, die Mung als Teil ihrer Gemeinde akzeptierte.
Kurz darauf bestanden Mung und John ihre Aufnahmeprüfung in die Harvard High-School und wurden von der Fakultät und vielen Studenten ohne Vorbehalte aufgenommen.
William Whittefield reiste nach Washington D.C., wo er in aller Stille sein Marinepatent zurückgab. Mit Unterstützung des Marineministers Spaulding bekam er seine Berufung in die Fernostabteilung des Außenministeriums. Seine Frau Martha blieb noch drei Jahre in Fairhaven, bis die Jungen ihr Studium vollendet hatten. Beide machten ihren Abschluß mit allen Ehren. John wurde in Annapolis angenommen und Mung in der Divinity School in Harvard, dem einzigen College, das bereit war, ihn aufzunehmen. Kurz nach ihrer Promotion im Juni 1846 wurde William Whitte-

field zum Leiter der neuen japanischen Sektion des Außenministeriums berufen. Die Zeremonie fand im engsten Kreis statt. Mung wußte, daß es seinetwegen war, behielt aber seine Gedanken für sich.
Mung traf eine Entscheidung für seinen weiteren Lebensweg. »Ich bin nicht für das Priesteramt geschaffen«, erklärte er den Whittefields. »Ich habe mit die glücklichsten Tage meines Lebens auf einem Walfänger verbracht. Ich möchte wieder zur See gehen.«
»Das ist ein edler Beruf«, sagte William Whittefield. »Sowohl Marthas Vater als auch meiner haben den großen Fisch gejagt.«
»Du wirst die Tradition aufrechterhalten«, sagte John. »So wird es wenigstens einen Walfänger in der Familie geben.«
Mung war froh, daß sie seiner Entscheidung zustimmten. Mit William Whittefields Hilfe heuerte er auf einem Walfänger in New Bedford an.

Für John Whittefield war das Studium in Annapolis genau das richtige. Er genoß die harte, geistige Arbeit und den Sport. Er war mittlerweile ein Meter neunzig groß, achtzig Kilo schwer und ein Athlet, wie er im Buche steht. Seine Erfahrungen auf dem Hochseedampfer und dem Walfänger machten ihn zu etwas Besonderem. Man ermutigte ihn, seine Kenntnise in Japanisch mit speziellen Lehrern zu vertiefen.
John nahm nur selten Urlaub von der Akademie, obwohl seine Eltern in Washington D.C. nur ein paar Stunden entfernt waren. Aber im Juni seines zweiten Studienjahres bestanden seine Eltern auf seiner Anwesenheit bei einem Ball in Minister Spauldings geräumigem Haus. Er fühlte sich völlig fehl am Platze zwischen all den Leuten mit

Teetassen in der Hand, die belanglose Konversation machten, und beschloß, sich bei der ersten Gelegenheit aus dem Staub zu machen.
»John, das ist Beth Spaulding.« Seine Mutter hatte ihn aufgespürt. »Ihr zwei habt vor acht Jahren hier in diesem Haus miteinander gespielt.«
Er drehte sich resigniert nach dem Mädchen um, mit dem er sich jetzt ja wohl abgeben mußte, und ihm stockte der Atem. Sie hatte goldblondes Haar und tiefblaue Augen. Er sah, wie ihre roten Lippen sich öffneten, und dachte, sie würde etwas sagen, aber sie lächelte nur, und sein Herz drohte seine Brust zu sprengen. Seine Augen wanderten über ihre runde Figur und die zarte Taille. Als sie lachte, wurde ihm ganz schwach.
Beth hatte seine unbeholfene Reaktion bemerkt und war entzückt. Sie ahnte, wie muskulös er unter seiner steifen, weißen Ausgehuniform war. Als er lächelte, blitzten weiße Zähne inmitten sonnengebräunter Haut.
»Erinnern Sie sich noch an unser erstes Treffen?« fragte sie.
»Ja«, sagte er und strich sich wie früher eine sonnengebleichte Haarsträhne aus den blauen Augen. »Wir sind geritten, und Sie haben mich zum Rennen herausgefordert und mich über zwei Zäune springen lassen. Sie haben gewonnen und mich zu Tode erschreckt.«
Beide lachten. »Erinnern Sie sich noch an ihr Versprechen? Sie haben gesagt, Sie würden mit mir segeln gehn und mich als Revanche auch zu Tode erschrecken.«
»Damals waren wir noch Kinder. Das hab ich nicht so gemeint.«
»Soll das heißen, die Einladung gilt nicht mehr?«
»Nein. Ich meine, doch«, sagte er. »Wäre Sonntag recht?«
So begann ihre Beziehung. Von diesem Tag an waren sie

unzertrennlich, wenn John Urlaub hatte. Sie war wie sein Spiegelbild – ehrlich, gläubig, intelligent und verliebt.

Mung war einundzwanzig, als er zu Martha und William Whittefield in ihr neues Heim in Washington D.C. zurückkehrte. Sie empfingen ihn mit offenen Armen.
Er erzählte von seiner Reise, auf der er zeitweise den Kapitän hatte vertreten müssen, weil dieser den Verstand verlor. Als William Whittefield sich nach seinen Plänen erkundigte, sagte er: »Ich habe mich noch nicht entschieden.«
Martha Whittefield umarmte ihn. »Das ist dein Zuhause.«
Er schaute ihr in die Augen und dachte an seine Mutter in Nakanohama.
Aber er fand keine Ruhe hier. Immer wieder wurde er wegen seiner Hautfarbe gedemütigt.
John kam aus Annapolis zu Besuch und stellte ihm eine bildschöne, junge Frau vor, in die er offensichtlich sehr verliebt war. Das erschütterte Mung mehr als jedes andere Ereignis seit der Schlägerei in jener Nacht in Fairhaven. Ihm wurde bewußt, daß er in Nakanohama jetzt bereits längst verheiratet wäre. Hier in Amerika ließ sich nicht einmal die mieseste Hure von ihm anfassen.
Als die Nachricht von Goldfunden in Kalifornien die Hauptstadt erreichte, beschloß er, dorthin zu gehen.
Nach einiger Zeit erhielten die Whittefields einen Brief, in dem er ihnen erklärte, er müsse – egal, welche Gefahren ihm dort drohten – zurück in seine Heimat. Er mußte erfahren, ob seine Mutter noch lebte, und sich eine Braut suchen, damit der Namen seiner Familie weiterleben konnte. Er drückte sein Bedauern aus und bedankte sich überschwenglich für alles, was die Whittefields für ihn getan hatten.

Nach einiger Zeit bekamen die Whittefields einen Brief von Reverend Damon in Hawaii, bei dem Mung gewesen war. Der Kapitän des Walfängers *Brentwood* hatte ihm berichtet, daß man Mung am 9. Januar 1851 vor der Küste der Insel Ryuku (Okinawa) in einem Boot ausgesetzt hatte. Das letzte, was man von ihm gesehen hatte, war, wie er über eine ruhige See zur Küste ruderte.

9

Januar 1851

Das Schiff lag vor der Insel Ryuku in einer ruhigen See, und das Glühen der Sonne begann allmählich den dunklen Horizont zu färben. Er schaute über die Reling des Walfängers *Brentwood,* der kalte Angstschweiß stand ihm im Gesicht trotz der warmen, dämpfigen Luft. Obwohl er gegessen hatte, fühlte sich sein Magen leer an, seine Knie waren weich. Das freundliche Gesicht des Vierundzwanzigjährigen mit der gebrochenen Nase sah eingefallen und ernst aus.

»Haben Sie sich's anders überlegt, Mung?« fragte Kapitän Abrahams.

»Ich denke an das, was mich erwartet«, sagte er.

Der Kapitän lehnte sich neben Mung an die Reling. »Ich hab's Ihnen schon mal gesagt, Sie müssen das Schiff hier nicht verlassen. Ich gebe Ihnen Ihr Geld zurück. Wenn wir in Hawaii anlegen, können Sie an Land gehen oder mit uns ums Hoorn segeln, zurück nach New England.«

»Danke, Kapitän, aber ich muß das durchstehen.«

»Selbst wenn es Ihr Leben kostet?«

»Ja, selbst dann.«

»Mein Sohn, menschliches Leben ist das Wertvollste und Einzigartigste, was Gott auf dieser Welt geschaffen hat. Ich bitte Sie, setzen Sie es nicht aufs Spiel.«

Mung schaute den älteren Mann an. »Als mein Vater sich das Leben genommen hat, geschah es in allen Ehren. Er

hätte es nicht getan, wenn er kinderlos gewesen wäre, aus Verpflichtung seinen Ahnen gegenüber. Mein Bruder, Jakato, ist in einem Sturm ums Leben gekommen, und ich bin gezwungen, durch fremde Lande zu ziehen, in denen ich weder meinem Vater noch meinen Ahnen dienen kann. Ich habe weder in Kalifornien noch in Hawaii eine japanische Frau gefunden. Wenn mein Leben und meine Familie enden soll, dann durch die Hand eines Japaners, in Japan.«
Kapitän Abrahams trat von der Reling zurück und reichte ihm die Hand. »Es kommt Wind auf. Ich hab Ihnen Proviant aufs Boot bringen lassen.«
»Danke«, sagte Mung, »ich weiß Ihre Hilfe zu schätzen.«
»Sobald unser Ausguck Land sichtet, lassen wir das Boot zu Wasser. Wenn wir eine 180-Grad-Wende machen, segeln Sie geradeaus weg von uns, bis wir außer Sicht sind. So können Sie Kurs nehmen, und die Insel müßte dann bereits in Sicht sein.«
Nachdem die Mannschaft ihn mit vielen guten Wünschen und einem Walzahn verabschiedet hatte und er endlich in dem kleinen Boot saß, zog er sich einfache Fischerkleidung an, die er von einem Schiffbrüchigen in Hawaii gekauft hatte. Dann segelte er zwei Stunden stetig dahin, bis der Walfänger außer Sicht war.
Bald tauchten die Gebirge im Norden Ryukus am Horizont auf. Vom Studium der Karten mit Kapitän Abrahams wußte er, daß im Süden flaches Land war. Vier Segelboote kreuzten steuerbord weit vor ihm seinen Kurs. Es waren genau solche Boote wie das, mit dem er, sein Bruder Jakato, Fudenojo und Shin-ho vor zehn Jahren aus Nakanohama weggesegelt waren. Er und Jakato hatten sich nicht einmal von ihrer Mutter verabschiedet, aus Angst, sie würde ihnen verbieten zu fahren. Er erinnerte sich an die Worte seines Vaters: »Der Mensch plant, die Götter lachen.«

Mung holte sein Segel ein, weil er so nahe wie möglich ungesehen an die Küste kommen wollte. Seine größte Angst war es, von einem Samurai erschlagen zu werden, ohne eine Chance zu reden. Er übte immer und immer wieder Begrüßungsformeln für verschiedene Situationen. Seit er vor drei Monaten Hawaii verlassen hatte, hatte er nicht mehr Japanisch gesprochen.

Um zehn Uhr morgens aß Mung das Sauerteigbrot und den harten Käse, den der Koch ihm mitgegeben hatte. Die Pistole, die ihm Kapitän Whittefield geschenkt hatte, lag neben den Navigationsinstrumenten in einer hölzernen Kiste im Boden des Bootes. Er nahm die Ruder, holte tief Luft und ruderte in die Mitte der Nakagusuku-Bucht, bewußt auffällig, damit niemand behaupten konnte, er hätte sich an Land geschlichen.

Der Hafen war leer, und niemand hielt ihn auf. Nur ein paar alte Männer und Kinder waren zu sehen. Die Kinder entdeckten ihn zuerst und kamen angelaufen, um den Mann zu sehen, der da rückwärts ruderte. Das Boot glitt auf den Sand. Er erhob sich mit zittrigen Beinen, stieg an Land und rief den Kindern zu: »Bringt den Dorfobmann.«

Sie wußten zwar, daß er Japanisch sprach, verstanden ihn aber nicht. Die Inselbewohner von Ryuku zahlten Tribut an den Kaiser, aber die japanische Sprache wurde bei ihnen nicht gelehrt. Die Kinder liefen weg, weil sie vor allem, was aus Japan kam, Angst hatten. Zuerst wollte sich Mung selbst auf die Suche nach einer Autoritätsperson begeben, hielt es dann aber doch für besser, beim Boot zu bleiben und zu warten.

Ryochi Okuda, der japanische Präfekt in Nakagusuku, saß mit verschränkten Beinen in seiner offenen Hütte und gab sich dem einzigen Zeitvertreib hin, der ihm Vergnügen machte: Pläne auszuhecken, mittels derer er nach Japan zurückversetzt würde. Erst vor drei Monaten war sein erster sechsmonatiger Urlaub im Haus des Feudalherrn von Satsuma, Nariakira, auf der Insel Kyushu zu Ende gegangen, aber es kam ihm vor wie eine Ewigkeit. Viele *Ronins* hatten ihm gesagt, wie glücklich er sich schätzen sollte. Sie hätten sich sofort auf fünf Jahre nach Ryuku verpflichtet, nur um irgendeinem Feudalherrn dienen zu können. Zweihundert Jahre Isolation hatten Japan eine lange Periode des Friedens beschert, aber Frieden bedeutete, daß Soldaten keine Arbeit hatten. Für Ryochi, der gerade seine zweiten fünf Jahre Dienst auf Ryuku angetreten hatte, war Japan das Paradies. Hier war es immer heiß und feucht, es sei denn, ein Taifun zog vorüber. Die Leute von Ryuku bauten ihre Häuser aus schlechtem Material, obwohl sie wußten, daß der nächste Sturm sie zerstören würde.

Ryochi war so in Gedanken versunken, daß er die drei Ältesten aus Ryuku gar nicht wahrnahm, die voller Ehrfurcht und mit gesenkten Häuptern vor seiner Hütte warteten. Es verging einige Zeit, bis er sie endlich bemerkte.

Ihr Anführer sagte: »Es ist ein Fremder am Strand.«

Ryochi keifte: »Aus welchem Dorf ist er?«

»Das ist nicht bekannt. Er ist Japaner, hat aber ein ausländisches Boot.«

Ryochi sprang wie von der Tarantel gestochen auf, packte sein zweihändiges Schwert und lief, so schnell ihn seine krummen Beine trugen, zum Strand.

Dorfbewohner hatten den fremden Japaner und sein ausländisches Boot eingekreist. Zwei von Ryochis japanischen Untergebenen hatten die Menge zurückgedrängt. Einer mit dem Namen Tsunajiro wollte gerade sein Schwert ziehen und den Fremden töten. Ryochi brüllte: »Halt!«

Tsunajiro sagte: »Er muß sterben. Seht das ausländische Boot. Wir haben schon mal angefangen, seine Bücher und die Holzschachtel zu verbrennen.« Er zeigte auf ein Feuer. Zwei Explosionen zerschmetterten die Holzschachtel im Feuer. Ryochi ging hin und schob mit seiner Schwertscheide die Schachtelreste und Bücher aus dem Feuer.
Er keifte Tsunajiro an: »Mach das Feuer aus! Wischt die Sachen ab und bringt sie sofort in meine Hütte! Die Leute da drüben sollen das ausländische Boot zu meiner Hütte bringen! Und wenn sie auch nur einen Nagel stehlen, kostet es euch den Kopf!«
Ryochi packte Mung und schleifte ihn zu seiner Hütte. Dort verhörte er Mung so lange, bis er sicher war, daß er ein relativ gebildeter Mann war und nicht der einfache Fischer, für den er sich ausgab.
Ryochi untersuchte die vierläufige Pistole genau; so etwas hatte er überhaupt noch nie gesehen. Er schaute sich die Goldnuggets an, die Navigationsinstrumente und die Bücher. Dann schritt er vor Mung auf und ab, der mit gesenktem Kopf vor ihm kniete.
Mit einem Ruck riß er ihm das Kreuz vom Hals und steckte es in seinen Kimono. Dann zog er sein Schwert aus der Scheide. Mung schaute hoch und sah das Schwert drohend über sich.
»Tut mir leid, Vater«, sagte Mung laut. Er klatschte einmal nach Buddhistenart in die Hände, um das Gebet auf seinen Weg zu schicken, beugte seinen Kopf und wartete.
Das Schwert pfiff durch die Luft und blieb genau mit der Schneide kalt auf seinem Nacken liegen. Mung fing an zu zittern. Ryochi gab ihm einen Tritt, der ihn auf die Matte schleuderte. Er stellte sich über ihn und schrie: »Du wirst mit niemandem ein Wort sprechen!« Er trat Mung in den

Magen. »Halt den Mund, oder du bist ein toter Mann!« Ryochi rief Tsunajiro und befahl ihm, Mung wegzuschaffen. Er ließ ihn von zwei Eingeborenen ausziehen und in die offene Bambuszelle schaffen, wo er mit gesenktem Haupt die Verhöhnungen der Menge über sich ergehen ließ.

Ryochi lief in seiner Hütte auf und ab. Es stand außer Zweifel, daß er Mung hätte hinrichten müssen, schon allein wegen des Kreuzes. Aber er war sicher, keiner außer ihm hatte es gesehen. Wenn er Mung jetzt tötete und seine Habseligkeiten zu seinen Vorgesetzten in die Hauptstadt Naha schicken würde, dann würden die seinen Namen verschweigen und die Ehre für sich selbst in Anspruch nehmen. Sie wollten genauso gern weg von dieser Insel wie er. Dasselbe würde passieren, wenn er ihnen Mung lebendig schickte.

Er rief nach seinem Diener. »Bring mir meinen Schreibtisch, und ein Läufer soll sich vorbereiten, nach Naha zu laufen!« Ryochi kniete sich vor den niedrigen Tisch und schrieb einen Brief an Sakuma Shozan, den ältesten Gelehrten am Hof von Satsuma.

Herr!

Ich habe meine Pflicht nach dem bekannten und geschriebenen Gesetz nicht getan, in der Hoffnung, damit meinem Herrn Nariakira zu Diensten zu sein. Ein junger Mann, Mangiro, aus dem Fischerdorf Nakanohama von der Insel Shikuku, erlitt im Alter von vierzehn vor zehn Jahren Schiffbruch. Drei andere Fischer sind verschollen. Er wurde von Abendländern aus einem Land mit dem Namen Amerika gerettet, die ihn Mung nannten. Er behauptet, ihre Sprache lesen, schreiben und sprechen zu können. Er sagt, er hätte drei Jahre auf ihren Schulen studiert, fast sechs Jahre auf zwei verschiedenen Schiffen als Walfänger gearbeitet und ein Jahr nach Gold gesucht. Er ist hierher zurückgekehrt, weil er es für Japan hielt und wieder unter seinem Volk leben wollte. Das ist seine Behauptung. Er ist hier in meinem Bezirk im Fischerdorf Nakagusuku auf der Insel Ryuku angekommen. Er war als armer Fischer verkleidet, aber seine Sprache ist kultiviert. Er ist in einem kleinen, im westlichen Stil gebauten Segelboot angekommen, welches intakt ist. Seine Habseligkeiten sind zwar wenig, aber bemerkenswert. Es handelt sich um einen kleinen Beutel mit Goldbarren, ausländische Bücher, Instrumente, die nach seiner Aussage zum Navigieren dienen, ein Handgewehr mit rotierenden Läufen, einen Walzahn und Stücke aus durchsichtigem Glas, die bei seiner Landung zerbrochen sind. Ich schicke Ihnen diese Gegenstände zur Untersuchung. Die Brand- und Schmutzflecken sind entstanden, als meine Untergebenen nach seiner Landung die vom Gesetz vorgegebenen Schritte unternommen haben. Ich und nicht sie bin dafür verantwortlich, daß diese Gegenstände nicht zerstört und der Mann nicht hingerichtet wurde. Ich habe ihn nur kurz verhört, weil das wöchentliche Schiff zur Hauptinsel mit der Abendflut ausläuft. Es gibt keine Kopie dieses Briefes. Sollte ich falsch gehandelt haben durch Nichtanwendung des Gesetzes, oder weil ich meine Vorgesetzten in Naha nicht informiert habe, werde ich meine Pflicht gegenüber dem höchst ehrenwerten Fürsten Nariakira erfüllen.

Die Redewendung »meine Pflicht erfüllen« bedeutete, daß Ryochi *Seppuku* begehen würde, sobald er Mung hingerichtet hatte. Ryochi schnürte ein Bündel mit Mungs Hab-

seligkeiten, versiegelte den Brief und schickte einen Läufer zum Schiff. Er hatte strikten Befehl, mit niemandem zu reden, sich in Naha nicht auszuruhen und nach Ablieferung des Pakets sofort zurückzukehren.
In den 34 Tagen, die verstrichen, bis endlich die Antwort von der Hauptinsel kam, freundeten Mung und Ryochi sich an. Mung zeigte ihm, wie man in Hawaii schwimmt und erzählte ihm viele Geschichten aus Amerika.
Am vierunddreißigsten Tag kam der Bote vom Hof in Satsuma nach Nakagusuku. Er händigte Ryochi sein Beglaubigungsschreiben aus, überreichte ihm ein Päckchen und zog sich aus der Hütte zurück. Der Umschlag war aus dickem Reispapier und trug das rote Siegel mit dem schwarzen Emblem Fürst Nariakiras. Ryochi holte tief Luft und riß das Kuvert auf. Es enthielt zwei Briefe.
Der erste war kurz, und Ryochi pfiff durch die Zähne, als er ihn las:

An Ryochi Okuda, Präfekt von Nakagusuku,
Insel Ryuku

Sie werden Ihre Pflicht erfüllen, wie es hätte geschehen müssen. Die Hinrichtung Mungs wird ohne Zuschauer erfolgen. Ihnen wird der ehrenwerte Weg nur gestattet, wenn es unmittelbar nach Mungs Hinrichtung stattfindet; nur dieser Kurier wird Zeuge sein. Sie werden seinen Befehlen uneingeschränkt Folge leisten.

Gezeichnet: Sakuma Shozan, Satsuma.

Der zweite Brief war die offizielle Ernennung Tsunajiros zum Präfekten.
Ryochi ließ den Kurier rufen und fragte: »Wie lauten Ihre Befehle aus Satsuma?«

»Bereiten Sie sich und den Gefangenen vor.« Der Kurier deutete auf das Boot neben der Hütte: »Lassen Sie es zum Wasser bringen. Sie werden die Tat auf See ausführen.«
Ryochi nickte wie in Trance. Er schickte seinen Hausboy los, der Tsunajiro rufen und Mung vom Arbeitskommando in den Feldern holen sollte. Tsunajiro informierte er von seiner Ernennung und übertrug ihm offiziell die Pflichten des Präfekten. Dann befahl er, das Boot an den Strand zu bringen und seine Hütte für eine letzte Teezeremonie zu säubern. Er nahm ein Bad.
Nach dem Bad zog er sein bestes Gewand an und ging zu Tsunajiro, der auf ihn wartete, um die Teezeremonie zu beginnen. Dem Ritual gemäß stand eine einfache Vase auf dem niedrigen Lacktisch in der Mitte des Raums. Sie enthielt drei Blütenzweige, die in drei verschiedenen Längen abgeschnitten waren, der längste symbolisierte den Himmel, der kürzeste die Erde und der dritte den Menschen, der zwischen beiden steht.
Ryochi setzte sich an den Tisch, nickte, und Tsunajiro kniete sich hin. Er läutete eine kleine Glocke, das Signal für den Beginn der Zeremonie. Er streute Tee in eine Tasse, goß heißes Wasser darauf, lehnte sich zurück und beobachtete, wie er zog.
Ryochi schaute sich im Zimmer um. Es war abgestaubt worden, aber nicht sonderlich sorgfältig. Wenn ich zurückkommen würde, dachte er, hätte Tsunajiro anständig saubergemacht. Vielleicht komme ich einfach zurück und spuke als Geist um den blöden Kerl herum. Er betrachtete sein geliebtes Teegeschirr, seinen Räucherstäbchenbrenner und das Rollbild des Fudschijama und seufzte. Ich muß ihm sowieso alles überlassen.
Er ließ sich die Tasse reichen und schlürfte die heiße

Flüssigkeit ganz langsam, genau nach den traditionell vorgeschriebenen Regeln.
Tsunajiro läutete die Glocke, um das Ende der Teezeremonie anzuzeigen, dann begleitete er Ryochi aus dem Haus. Draußen überreichte er ihm seine beiden Schwerter. Ryochi steckte sie in seinen *Obi.* »Was immer mir gehört, gehört jetzt für alle Zeiten dir«, sagte Ryochi.
»Hai, edler Samurai«, erwiderte Tsunajiro.
Um vier Uhr nachmittags wurde das Boot mit den drei Männern ins Wasser geschoben. Mung, der noch keine Ahnung von dem Befehl aus Satsuma hatte, ruderte aufs Meer hinaus.
Einige Zeit verstrich, dann wandte sich der Kurier an Ryochi. »In ihrem Bericht haben Sie behauptet, dieses Boot könnte segeln. Haben Sie das schon gesehen?«
Ryochi schüttelte den Kopf. »Nein, ich habe nur wiederholt, was der Gefangene gesagt hat.«
»Dann sagen Sie ihm, er soll segeln.«
Ryochi gab den Befehl, und Mung stellte den Mast auf. Er holte das Segel aus seiner Kiste und zog es auf. Der Wind fing sich schnell im Tuch, und das Boot glitt schneller vorwärts. Mung zog das Segel fester an, das Boot neigte sich etwas zur Seite und beschleunigte.
Der Bote saß dicht neben Mung, der am Ruder saß, und fragte: »Sind alle westlichen Boote so schnell?«
»Nein«, erwiderte Mung. »Einige sind langsamer. Andere sind auf Grund der Segelfläche und der Rumpfkonstruktion schneller.«
»Wie hart kann man dieses Boot am Wind segeln?«
»Etwa zwei Strich. Näher kann ein Boot nicht am Wind segeln, außer ein Dampfer, der sich ohne Segel bewegt.«
»Wissen Sie etwas über Dampfboote?«

»Ich weiß, was sie alles können, aber wie die Maschinen funktionieren, weiß ich nicht.«

Ryochi hörte kaum, was die beiden redeten. Er dachte über seine Pflicht nach. Wenn ich ihn an die Reling knien lasse und er den Kopf über die Seite beugt, dann genügt ein Schlag mit dem Schwert, sein Kopf fällt ins Meer, und alles geht ohne Schmerzen ab. Wenn ich mich dann auf die Bank da vorne knie, und mein Messer hier ansetze – er berührte einen Punkt genau unter der Taille – und schnell schneide, dann kann ich ins Meer fallen, und der Bote braucht nicht zu berichten, daß ich wie ein Weib geschrien habe. Er mußte lachen. Ich habe keine Erfahrung im Selbstmord, und wenn ich es gut kann, wem kann ich's denn erzählen?

Der Kurier befragte Mung jetzt über Walfang, Ryochi horchte auf, denn das interessierte ihn. Die Fragen waren sehr intelligent, aber der Kurier war trotzdem dumm. Die Berge im Norden Ryukus waren nicht mehr zu sehen. Wenn er und Mung tot waren, mußte der Bote das Boot allein zurücksegeln, und er sah nicht gerade aus wie ein Seemann, der mit einem ausländischen Boot umgehen kann. Naja, das ist sein Problem, meine sind vorüber. Ryochi stand auf und sagte: »Jetzt ist es der Reden genug! Mung, du hast die Gesetze gekannt, als du nach Japan zurückgekommen bist. Jetzt ist deine Zeit zu sterben gekommen!«

Mung starrte das glänzende Schwert an, als Ryochi es aus der Scheide zog. Die letzten Strahlen der untergehenden Sonne spiegelten sich auf seiner polierten Oberfläche. »Was ist passiert? Warum jetzt plötzlich?«

Ryochi sagte: »Das ist unwichtig. So muß es eben sein. Knie dich da drüben hin. Du wirst nichts spüren, und es wird sehr schnell gehen. Wenn es dich tröstet, ich werde dir

folgen. Der hier«, er deutete auf den Kurier, »wird allein zurücksegeln.«
Der Kurier stand auf, verlor das Gleichgewicht und wäre fast ins Wasser gefallen. Er sagte in formellem Japanisch: »Steckt Euer Schwert in die Scheide und setzt Euch!«
Der frühere Präfekt von Nakagusuku schob das Kinn vor: »Wie können Sie es wagen, so mit mir zu reden! Wer gibt Ihnen die Autorität, einen Befehl Sakuma Shozans aufzuheben?«
Der Bote zog sich den Lumpenturban vom Kopf. Er beugte seinen Kopf und zeigte seinen Haarknoten, den er über den rasierten Teil seines Schädels gezogen hatte. Diese Frisur war Aristokraten vorbehalten. »In seinem Brief weist Sakuma Shozan Sie an, meinen Befehlen uneingeschränkt zu gehorchen, und ich sage Ihnen, es wird hier und heute keinen Toten geben! Stecken Sie Ihr Schwert in die Scheide!«
Ryochi blieb stehen. »Was sagen Sie da?« knurrte er.
Mung schrie: »Wir sind gerettet! Sie müssen mich nicht töten! Sie müssen sich nicht umbringen!«
Ryochi schaute voller Verachtung auf Mung hinab. »Schweig! Du nimmst dir zuviel heraus!«
Der Kurier schrie: »Schaut mich doch an! Man sagt, Sie hätten vor kurzem einige Zeit am Hof von Satsuma verbracht. Haben Sie mich nicht bei Sakuma Shozan gesehen? Ich bin sein ältester Student, Yoshida Torajiro.«
Ryochi bückte sich, um ihn besser zu sehen, und verlor dabei das Gleichgewicht. Er griff nach dem inzwischen schlaff herunterhängenden Segel, verfehlte es und fiel mit dem nackten Schwert zwischen den Beinen auf den Boden. »Ich sollte entscheiden, ob diese Hammernase Mung wirklich so ist, wie Sie in Ihrem Bericht geschrieben haben«,

sagte Yoshida. »Wenn nicht, dann sollte ich für seine Hinrichtung sorgen und für Ihr *Seppuku.* Und jetzt«, er wandte sich zu Mung, »segeln wir zu einem Punkt fünfzehn Meilen vor Naha, wo wir uns mit einem größeren Schiff treffen, das uns nach Kagoshima bringt.«

Ryochi beugte sich über die Seite und übergab sich, bis nichts mehr außer Galle kam. Mung steuerte nach Yoshidas Anweisungen, dabei zitterten seine Knie und Hände, und er murmelte Dankgebete zu allen ihm bekannten Göttern.

Zwei Wochen später wurden sie im Schutz der Dunkelheit in den Hafen von Kagoshima geschleppt. Während der Reise war Mung gründlich von Yoshida verhört worden. Nach der Landung wurden Mung und Ryochi in eine Hütte auf eine einsame Landzunge an der südlichen Spitze des Hafens geschickt. Das Boot wurde in einer Düne vergraben. Yoshida Torajiro schickte einen Bericht an Sakuma Shozan, in dem er lange und ausführlich alles berichtete, was er von Mung erfahren hatte, angefangen von amerikanischen Sitten und Gebräuchen, Essens- und Lebensgewohnheiten, Religion, Geld, Körperhygiene. Dann schilderte er Mungs außergewöhnliche Fähigkeiten und legte einige Karten bei, die er gemalt hatte, und nannte seine Gründe, nach Japan zurückzukehren. Er schloß mit einem Bericht über Mungs Zeit auf Walfängern und betonte seine Eignung für das Projekt Sakuma Shozans.

10

Drei Wochen später kamen zwei Schiffsbaumeister und zwanzig Zimmermänner mit sechs ledergebundenen Büchern und Befehlen Sakuma Shozans zu Yoshida Torajiro. »Baut ein Walfangschiff nach westlichen Konstruktionsplänen.«

Tag für Tag trafen neue Handwerker in Kagoshima ein: Schmiede, Seiler und Faßmacher, mitsamt ihren Lehrlingen und Werkzeugen. Yoshida war so beschäftigt mit der Unterbringung und Verwaltung von Menschen und Material, daß er Ryochi als Verbindungsmann für Mung einsetzte, der ihm bei Verhandlungen mit Höhergestellten half.

Mung kniete auf dem Boden der abseits stehenden Hütte und starrte die Bücher auf dem niedrigen Schreibtisch vor sich an. Eines war ein uraltes portugiesisches Schiffsbauhandbuch in Latein, einer Sprache, die er in der High-School gelernt hatte. Vier weitere waren detaillierte Anweisungen zum Bau verschiedener Schiffsarten, alle in Holländisch. Das letzte war ein Schiffsbauhandbuch in Englisch mit einer kurzen Anweisung, wie man einen Walfänger baut.

Ryochi saß auf der anderen Seite des Raums. Er hatte Mung genau beobachtet. »Wenn du das Schiff nicht baust, machen sie uns beide um einen Kopf kürzer.«

Mung schaute ihn völlig verständnislos mit offenstehendem Mund an.

Ryochi sprang auf, stampfte auf den Boden und schrie: »Schau mich nicht so blöd an! Du hast die Bücher! Lies sie!«

Mungs Mund war ausgedörrt, seine Zunge geschwollen. »Aber ich kann kein Holländisch. Ich weiß nicht mal, wo ich anfangen soll.«
»Wenn sie dir holländische Bücher gegeben haben, dann kriegst du auch einen Dolmetscher. Wir haben zwei Schiffsbaumeister hier, die dir sagen werden, wo du anfangen mußt. Sie verstehen nur nicht, wie groß das Schiff sein muß, den Zweck, für den es gebaut wird, und das Prinzip, wie es mit diesen besonderen Segeln durchs Wasser bewegt wird.«
Mung stand auf. Seine Augen blickten mit einemmal nicht mehr leer und dumpf drein. »Ich kriege einen Dolmetscher?«
Ryochi lächelte und nickte eifrig. Er wußte zwar nicht, ob das möglich war, aber er mußte Mung daran hindern, sich so leicht entmutigen zu lassen.
Mung begann, in der Hütte auf und ab zu laufen. »Ich werde Holländisch lernen«, sagte er. »Das ist die einzige Möglichkeit.«
Blitzschnell schossen ihm mehrere Ideen durch den Kopf, Bilder zogen vor seinem geistigen Auge vorbei. Er räumte seinen Schreibtisch ab, setzte sich im Schneidersitz, mit geradem Rücken, davor und legte sich Papier und Kohlestifte zurecht. Dann schloß er die Augen und fing an, zu meditieren, wie sein Vater es ihn gelehrt hatte. Mung konzentrierte sich auf den Mittelpunkt seiner Stirn. Unbewußt umschlossen seine Finger den Kohlestift, während Erinnerungen an seine fünf Jahre auf den zwei Walfängern und an die Sommer, die er mit John Whittefield in der Werft von Fairhaven verbracht hatte, wie eine Flut über ihn hereinbrachen. Er sah das Trockendock deutlich vor sich. Und einen Kiel mit gebogenen Spanten, die von Holzbalken

gestützt wurden. Er sah sogar verschiedene Arten von Holz und Eimer mit Lack, Öl und Teer. Er runzelte die Stirn. Ryochi hatte recht. Diese Details waren unwichtig. All das wußten die Schiffsbaumeister selbst.

Nachdem er sich von diesem unnötigen Ballast befreit hatte, flossen seine Gedanken ungehindert dahin und konzentrierten sich auf das Schiff an sich. Er ließ sich vom Bug zum Heck treiben, innen und außen, und sah schließlich alles kristallklar vor sich.

Um drei Uhr morgens ging ihm das Papier aus. Der Lehmboden war übersät mit Zeichnungen. Jetzt sah er sie zum ersten Mal bewußt. Sie waren ihm irgendwie seltsam vertraut, ihm wurde klar, daß er sie gezeichnet hatte. Er erhob sich mit steifen Beinen, sammelte die Zeichnungen ein und stapelte sie auf dem Schreibtisch. Er würde jede von ihnen genau überprüfen und versuchen, eine Ordnung hineinzubringen.

Mit Genehmigung des Wachmanns ging er alleine den Strand entlang. Er bückte sich, nahm eine Handvoll Sand auf und ließ ihn durch die Finger rieseln. Er lauschte dem leisen Plätschern der Brandung.

Ich bin nach Hause gekommen und lebe noch. Wenn ich dieses Schiff bauen kann und es befehligen, dann kann ich vielleicht einen Teil der Ehre meiner Familie wiederherstellen. Er versuchte, die Gedanken an seine Mutter zu verdrängen. Sie war nicht mehr jung. Vielleicht war sie in den zehn Jahren seiner Abwesenheit gestorben. Aber er hatte keine Möglichkeit, es zu erfahren, ohne sich den Autoritäten des Shogun zu stellen. Er fing an zu zittern, Schweiß lief ihm übers Gesicht und Tränen.

Er schaute hoch zum blassen Mond und sagte: »Gott, wenn ich dieses Schiff gebaut habe und dann sterbe, werde ich mich nicht beklagen, denn es ist mir gestattet gewesen, nach Hause zurückzukehren. Wie viele Tage mir auch bleiben, mein Leben gehört dem Kaiser und Japan.«

Mung und Ryochi zogen zusammen mit Yoshida in ein Haus neben der Werft. Sie durften sich nur innerhalb der Stadt bewegen, das aber ohne Wachen. Bei Tageslicht arbeiteten sie im Freien, nachts bei Kerzenlicht im Haus. In der Stunde nach der Abendmahlzeit gab Yoshida Mung Unterricht in Holländisch. Schon bald merkte er, daß Yoshida nicht über grundlegende Grammatikbegriffe verfügte, die ihm selbst durch sein Studium von Englisch und Latein geläufig waren. In den folgenden Monaten lehrte ihn Yoshida die gesprochene Sprache, und Mung wurde der Lehrer für die geschriebene.

Mung leitete das Schiffsbauprojekt ein, indem er den Schiffsbaumeistern und Zimmerleuten die Maße des zu bauenden Schiffes schilderte. Er markierte am Strand drei Längen – sechzig Fuß für den Heckmast, achtzig Fuß für den Vordermast und einhundertzwanzig Fuß für den Hauptmast. Die Handwerker waren überwältigt vom riesigen Ausmaß ihres Unterfangens. Mung zeichnete mit Tusche und Pinsel ein Bild des Walfängers. Als sie sahen, wo die Masten angebracht werden sollten, war die Verwirrung noch größer.

Einige Minuten lang starrten alle nur das Bild und die Markierungen im Sand an. Der älteste Schiffsbaumeister namens Yokumbora sagte: »Seit dem Ausschlußedikt ist es verboten, ein Schiff mit einem geschlossenen Heck oder mit mehr als einem Mast zu bauen. Wir haben zwar noch nie ein Schiff mit mehreren Masten gebaut, aber das Wissen ist in unseren Familien überliefert worden.« Er zeigte auf Mungs

Skizze. »Das wird nie funktionieren. Nicht einmal mit einem einzelnen Mast und dieser neuen Art Segel. Dieses Schiff wird sich wie ein Kreisel auf dem Wasser drehen.«

»Das glauben Sie, weil Sie von der traditionellen Dschunke mit flachem Boden ausgehen. Wir werden uns eine westliche Erfindung zunutze machen, die Kiel heißt. Die Seiten des Schiffes werden abgerundet sein, mit überlappenden Brettern.«

Die Schiffsbauer beugten die Köpfe und schwiegen.

»Geben Sie uns die Befehle, und wir werden sie ausführen«, sagte Yokumbora.

»Das genügt nicht«, erwiderte Mung. »Ich habe noch nie ein Boot gebaut. Sie sind die Experten. Ich habe gesehen, wie diese Art Schiff gebaut wird. Ich bin jahrelang damit zur See gefahren, ich kann darüber lesen. Aber ich brauche Ihre Erfahrung und Ihren Rat.«

Die Stimmung der Handwerker wurde merklich entspannter. Dieser junge Mann war wirklich ernsthaft, voller Respekt und auch willens, zuzugeben, daß er sich auf unbekanntem Boden bewegte.

Noch einmal brachte Yokumbora das Problem, das alle am meisten beschäftigte, zum Ausdruck: »Selbst mit diesem Kiel, den Sie erwähnt haben, wird ein Boot mit abgerundeten Seiten und einem einhundertzwanzig Fuß hohen Mast beim geringsten Wellengang umkippen.«

Mung packte seinen Pinsel und zeichnete mehrere Minuten lang wie ein Besessener. Er wiederholte die Zeichnungen, die er vor Jahren angefertigt hatte, den Käfer, der sich entfaltet und zum Rahmen eines Walfängers wird. Die Schiffsbauer hatten das Konzept eines Rahmens, der vom Kiel gestützt wird und an dem dann die Seiten angebracht werden, sehr schnell begriffen, waren aber immer noch

nicht überzeugt, daß ein Rumpf mit so hohen Masten, mit so viel Segelfläche sich nicht überschlagen würde.
»Folgen Sie mir bitte«, sagte Mung. Er führte sie hinüber zu den Dünen, in denen das Boot begraben lag. Unter den erstaunten Blicken der Leute schaufelte er Sand zur Seite, bis die Umrisse des Bootes erkennbar waren. Dann halfen alle mit.
Zuerst segelte Mung mit Yokumbora hinaus. Zum Erstaunen aller Zuschauer stürzte das Boot nicht um. Nach Mungs Anweisungen brachte der Senior der Schiffsbauer das Boot fast direkt in den Wind. Die Handwerker applaudierten, verbeugten sich gemeinsam und hätten dann fast das Boot überrannt, weil jeder es einmal ausprobieren wollte. Danach behandelten alle Mung mit neuem Respekt.
In der darauffolgenden Woche reisten Mung und Yokumbora in einen uralten Wald, der einige Meilen im Landesinneren lag. Sie verbrachten dort fünf Tage und suchten für die Masten und den Kiel riesige Eichenbäume aus, von denen einige so alt wie Kagoshima waren. Nach ihrer Rückkehr fertigte Mung einige Zeichnungen des aufgeschnittenen Rumpfes an, so wie er nach seiner Fertigstellung innen aussehen sollte. Darauf wurden die drei Decks, verschiedene Kabinen, Stauräume, Luken und Unterteilungen sichtbar. Diese wurden von anderen Künstlern kopiert und an die Schiffsbauer verteilt.
Besonders viele Witze wurden über die Toiletten gerissen. Mung hörte, wie einer der Schiffsbauer sagte: »Wofür denn bloß, man kann doch den Hintern über die Reling hängen und ablassen, oder?«
Aber Mung machte das nichts aus. Er fühlte sich jetzt wieder sicherer und konnte mitlachen. Für das Seilwerk flocht er eigenhändig einige Musterbeispiele, von der Füh-

rungsleine für die Harpune bis zur Ankertrosse, damit sie kopiert werden konnten. Die Hämmer der Schwertmacher und Schmiede dröhnten unablässig; sie fertigten Hunderte von Eisen- und Messingteilen, das scharfe Flensenmesser und Harpunen. Köhler weichten Balken und Planken ein, bis sie elastisch genug waren, um in die richtige Form gebogen zu werden.

In kürzester Zeit hatten die japanischen Schiffsbauer die westlichen Prinzipien des Schiffsbaus begriffen und wandten sie mit Geschick und Phantasie an. Sie bauten ein Trockendock aus Bambus ohne einen einzigen Nagel, indem sie den Bambus mit Reisstengeln zusammenflochten. Die fertigen Produkte entsprachen Mungs Vorgaben genau, das Gerüst war genauso stabil wie die entsprechenden westlichen Vorbilder.

Da der durchschnittliche Japaner kleiner als ein Amerikaner war, veränderte Mung die Maße der Schlafquartiere. Er baute ein Wannenzimmer für heiße Bäder auf See ein. Bald war der Kiel gelegt und die ersten Spanten angesetzt. Jedermann in Kagoshima war am Bau des Schiffes beteiligt; sie bildeten schon nach kurzer Zeit ein sehr tüchtiges Team, das von Sonnenaufgang bis zum Einbruch der Dunkelheit ohne Unterbrechung arbeitete.

Auf Befehl Fürst Nariakiras war die Stadt am Tag von Mungs Ankunft von der Außenwelt abgeschnitten worden. Nachrichten und Ausrüstung wurden in einer Station Meilen vor den Stadttoren gesammelt und von Spezialträgern nach Kagoshima gebracht. Deshalb dauerte es fast drei Monate, bis die Nachricht von mysteriösen Vorgängen den Palast des Shoguns erreichte, und einen weiteren Monat, bis zwei Spione des Shoguns in den umliegenden Bergen von einheimischen Samurais gefaßt wurden. Für Nariakira war dies

nur ein weiteres Zeichen für die Schwäche und Unentschlossenheit des Shogunats. In früheren Zeiten hätte der Shogun einen Kurier mit dem königlichen Banner in der Hand und dazu eine Eskorte Samurai ausgesandt, die jeden getötet hätten, der sich nicht vor ihnen zu Boden warf. Jetzt schickte er nur noch Spione.
Der Rumpf des Walfängers näherte sich seiner Vollendung. Man fing noch mehr Spione in den Bergen. Wenn bekannt wurde, daß der Fürst von Satsuma den Bau eines Schiffes ausländischer Bauart finanzierte, das vielleicht noch nicht einmal funktionieren würde, dann hätte er sich dem Shogun widersetzt und das Gesicht verloren. Dafür konnte man ihn zum *Seppuku* zwingen. So beschloß der Fürst, Kagoshima einen Besuch abzustatten. Er hoffte, durch seine Anwesenheit die Vollendung des Unternehmens zu beschleunigen.
Mung war mit einem Buch in der Hand eingeschlafen. Er merkte, wie er hin und her geschaukelt wurde, und glaubte sich zuerst in einer Hängematte an Bord des Schiffes. Jemand schüttelte ihn. Er richtete sich stöhnend auf.
»Ryochi«, sagte er, »jeden Morgen fällt es mir schwerer aufzustehen. Es kommt mir vor, als würde mein Körper stehen, mein Hintern aber noch auf dem Boden liegen.«
Jemand lachte. Er sagte: »Hör mit der blöden Lacherei auf und gib mir das Wasser.« Er spürte, wie die Lackschüssel seinen Arm berührte und spritzte sich mit beiden Händen Wasser ins Gesicht. Er rieb sich den Schlaf aus den Augen, schaute hoch zu Yoshida, der mit der Wasserschüssel in der Hand dastand. Mung fragte: »Wo ist Ryochi?«
Yoshida packte ihn mit einer Hand, drehte ihn um und sagte: »Verbeuge dich vor Fürst Nariakira von Satsuma und vor Sakuma Shozan, dem ältesten Gelehrten.«

Mung fiel auf die Knie, dann warf er sich der Länge nach auf den Boden.
»Steh auf!« befahl Yoshida.
Mung kniete mit gebeugtem Haupt und gesenkten Augen nieder.
Die tiefe, sonore Stimme Fürst Nariakiras befahl: »Heb deinen Kopf!«
Der Fürst von Satsuma trug ein hellbraunes Gewand mit messerscharfen Bügelfalten. In seinem *Obi* steckten zwei Samuraischwerter. Auf jedem Revers war das Symbol der Familie Satsuma eingestickt, ein weißer Kreis, durchschnitten von einem weißen Kreuz auf schwarzem Hintergrund. Unter der braunen Robe trug er ein weiteres schwarzes Gewand, und noch eins lugte weiß nur einen Zentimeter unter seinem klar geschnittenen Kinn hervor. Das Haar des Fürsten war zu einem strengen Knoten gebunden. Seine Augenlider bewegten sich nicht, als er Mung musterte.
Wassertropfen hingen im Gesicht des jungen Mannes und betonten seine Kiefermuskeln und die tiefen Falten zu beiden Seiten seiner gebrochenen Nase. Er war für einen Japaner groß, dünn und drahtig. Mung hatte seit seiner Landung in Ryuku zwanzig Pfund abgenommen.
Fürst Nariakira fragte: »Wird dieses Schiff schwimmen?«
Mung war so überrascht von dieser Frage, daß er einfach sagte: »Selbstverständlich.«
Yoshida pfiff vor Entsetzen durch die Zähne.
Mung wollte sich entschuldigen, wurde aber von der nächsten Frage unterbrochen. »Wann?«
»Wir werden sie in zwei Monaten zu Wasser lassen, und sie wird im Oktober zu Probefahrten bereit sein – also noch drei Monate.«
Mit derselben tiefen, gelassenen Stimme sagte Fürst Naria-

kira: »Laß diese Männer arbeiten, bis ihnen der Schweiß aus den Ärmeln läuft, aber ihr müßt einen Monat früher fertig sein. Könnt ihr das schaffen?«

Mung sagte: »Das Problem sind nicht die Arbeiter, denn wir sind hier inzwischen ein sehr fähiges Team. Wir brauchen Tausende von Fackeln, um den Arbeitstag drei Stunden zu verlängern, und Helfer, die Besorgungen erledigen und das Haus saubermachen. Wir brauchen mehr Prostituierte. Die Männer vergeuden ihre Zeit mit der Suche nach Frauen, anstatt zu schlafen. Wenn man die Mannschaft für das Schiff schon jetzt hierher bringen würde, könnten wir gleich mit dem Training anfangen.«

Fürst Nariakira nickte Yoshida zu, der sagte: »Ich werde mich darum kümmern.«

Sakuma Shozan stand dicht hinter seinem Fürsten. Seine Kleider hingen ihm lose am Körper und sahen aus, als wären sie zu schwer für den zerbrechlichen Mann. Seine Haut kräuselte sich wie zartes Reispapier um seine sanften, braunen Augen, die Stimme aber war erstaunlich kräftig für einen so alten Mann. »Mung, ich habe in den Berichten Yoshidas und der Schiffsbaumeister gelesen, daß Sie die Mathematik ohne Abakus beherrschen. Ist das, weil Sie ein so gutes Gedächtnis haben?«

»Nein, Herr. Der Schiffskapitän, der mir das Leben gerettet hat, hat es mir beigebracht.«

Sakuma Shozan winkte Mung zu sich. »Bitte erklären Sie mir das.«

Nachdem Mung es ihm gezeigt hatte, genau wie William Whittefield ihm, lächelte der alte Gelehrte.

»Wenn man sich die Werte immer mal zehn merkt, kann man riesige Summen vorausberechnen«, sagte Mung. »Im Westen müssen schon kleine Kinder Multiplikationstabellen auswendig lernen. Man benutzt Mathematik, um den Kindern Disziplin beizubringen. Höhere Formen der Rechenkunst werden an Schulen gelehrt, aber nur in einigen sehr spezialisierten Berufen eingesetzt. Auf einer Gedenktafel am Eingang von Harvard steht, daß keiner eintreten darf, der Geometrie nicht beherrscht, aber nur eine Handvoll Studenten wird sie je benützen.«

Fürst Nariakira sagte: »Wir werden es arrangieren, daß du eine Gruppe Lehrer aus Kagoshima in dieser neuen Methode unterrichtest. Sie werden ihrerseits eine Gruppe Studenten versuchsweise darin unterrichten.« Dann drehte er sich auf dem Absatz um und verließ das Haus, gefolgt von Sakuma Shozan und Yoshida.

Nach einiger Zeit kam Yoshida grinsend zurück. »Hammernase, wir haben's geschafft. Man hat uns für gut befunden. Du hast an einem Tag den Fürsten und den Gelehrten des Hauses Satsuma zufriedengestellt. Was willst du noch mehr vom Leben?« Er holte eine Porzellanflasche Sake aus einem gelackten Schrank und setzte sich an den Schreibtisch. »Komm, Mung, laß uns einen trinken.«

Nach einigen Bechern sagte Yoshida: »Wir müssen deinen Arbeitsplan ändern. Du mußt mit der Unterweisung der Mannschaften beginnen und auch noch Zeit haben, Mathematik zu lehren.«

»Ich würde lieber zuerst eine Studentengruppe unterrichten. Um auftauchende Probleme auszuschalten, bevor ich mit den Lehrern anfange.«

»Gut. Es wird veranlaßt.«

Ein anderer Schüler Sakuma Shozans, der mehr Holländisch konnte als Yoshida, kam und unterrichtete Mung. Zwei komplette Mannschaften und zwei Kapitäne wurden

zum Training gebracht. Ihre Unterweisung fand nach Mungs morgendlicher Sprachstunde und noch einmal nach seiner mittäglichen Inspektion der Werft statt.
Am Ufer wurde ein Trainingslager gebaut. Die Mannschaften lernten Schmelztöpfe zu bauen und anzuzünden, das Zusammensetzen eines Langboots aus vorgefertigten Teilen, und sie übten Harpune werfen. Sie kletterten auf fest installierte Masten, setzten Segel, gaben Signale und lernten den Umgang mit einem Flaschenzug. Sie ruderten in Langbooten auf die Bucht hinaus, lernten segeln, rudern und harpunieren. Wenn gelegentliche Stürme das Auslaufen der Langboote verhinderten, ließ Mung die Männer, solange der Sturm dauerte, in der festmontierten Takelage herumturnen.
Eines Morgens benachrichtigte man Mung, daß ein Fischbeobachter eine Herde von fünf Walen eine Meile südlich vom Hafen Kagoshimas gesichtet hatte. Drei Boote waren draußen in der Bucht beim Trainieren. Mung ließ zwei weitere Boote zu Wasser bringen und machte sich mit zwei Mannschaften auf den Weg. Aus der ganzen Stadt liefen die Leute zusammen, um Zeuge dieses Ereignisses zu werden. Mung, der im ersten Boot saß, ließ mit dem Muschelhorn das Signal für die drei Boote in der Bucht blasen. Sie nahmen die Nachricht entgegen, setzten Segel, und die Jagd konnte beginnen.
Als die Boote die Landzunge steuerbords passierten, blies einer der Wale eine Dampfwolke. »Town-hooo! Er bläst! Mein Gott, wie er bläst!« brüllte Mung, aber keiner verstand ihn. Wenn nur Pistchiani und Black Ben bei mir wären, dachte er.
Sie holten die Wale schnell ein und bildeten nach Mungs Anweisungen einen Halbkreis. Als sie der Herde schon sehr

nahe waren, peitschte der alte Bulle mit der Schwanzflosse, und die Herde tauchte unter. Mung befahl den Booten, unabhängig voneinander anzugreifen. Die Boote verteilten sich. Zwanzig Minuten verstrichen. Plötzlich tauchten die Wale hinter den drei Booten, die dem Hafen am nächsten waren, auf. Die Herde ging gleich wieder auf Tauchstation, aber nach fünf Minuten – die drei Boote hatten ihn fast eingeholt – tauchte der alte Bulle wieder auf. Das erste Boot wurde vom Kielwasser seiner Schwanzflosse überflutet, die anderen beiden nahmen den Wal von beiden Seiten in die Zange. Der Harpunier des einen Bootes ließ sein Eisen fliegen, das sich bis zum Heft in den Wal grub. Der alte Wal raste los, und das Boot, dessen Steuermann vor Schreck das Ruder losgelassen hatte, rauschte führerlos im Zickzack hinterher. Plötzlich kenterte es, und die Mannschaft wurde ins Wasser geschleudert.

Der Wal schwamm noch fünfhundert Meter, dann wurde er, in der Nähe des dritten Bootes, langsamer. Der Harpunier stieß ihm sein Eisen in den Leib. Der alte Bulle erschauderte. Der Harpunier zog sein Boot längsseits, stieß die Lanze in den Wal und bohrte mit der Stahlspitze weiter, bis er die Arterie zur Lunge gefunden hatte und eine blutrote Fontäne aus dem Spundloch schoß.

Hunderte von Leuten am Strand jubelten. Sie waren Zeugen eines Ereignisses geworden, das bald zu einem der größten Erwerbszweige Japans werden sollte. Nachdem Mung darauf bestanden hatte, alle Mitglieder der Mannschaft einer Schwimmprüfung zu unterziehen, kam niemand ums Leben. Der Wal wurde im Triumphzug an den Strand geschleppt.

Ganz Kagoshima kam an den Strand, um zu sehen, wie der Wal zerteilt wurde. Mung hatte Gelegenheit, zu lernen, wie man auch das Fleisch verwerten konnte. Am Abend feierten alle Stadtbewohner und die Arbeiter an offenen Lagerfeuern und aßen soviel Walsteak, wie sie verdrücken konnten. Später brachte man hundertachtzig Fässer Tran und zwei Tonnen Walknochen in Fürst Nariakiras Lagerhaus zur Weiterbeförderung an den Hof von Satsuma. Es war eine gute Übung für Kapitäne und Mannschaften, und alle betrachteten sie als gutes Omen.

Mung hatte schon seit einem Monat Schüler in Mathematik unterrichtet und war jetzt bereit für die Lehrer. Der Erziehungsüberwacher arrangierte ein Treffen mit sieben Lehrern in der Schule, die Mungs Quartier am nächsten lag. Als die Lehrer der Reihe nach ins Zimmer kamen, gab es plötzlich an der Tür Aufruhr. Mung schaute hoch. Die Männer standen in einer Gruppe an der Wand, und eine junge Frau betrat gerade den Raum. Sie trug einen schimmernden, blauen Kimono und einen Goldbrokat-*Obi* mit einer rosa Schleife auf dem Rücken. Sie war größer als die meisten Männer und gertenschlank. Ihr Kopf und ihr Körper bildeten eine geschwungene Kontur, als hätte ein Künstler mit dem Pinsel eine Schlangenlinie gemalt. Sie hatte ein feinknochiges Gesicht, und ihre zart geröteten Wangen wurden von rabenschwarzem Haar umschmeichelt, das zu einem strengen Knoten gebunden war. Mung konnte seine Augen nicht von ihr wenden. Die Männer pfiffen durch die Zähne, als die junge Frau auf weißbestrumpften Füßen über den Mattenboden zu Mung tippelte.

Sie verbeugte sich höflich und schaute ihm in die Augen. »Mein Name ist Saiyo Ishikawa, Herr.«

In Mungs Ohren war ihre Stimme wie das Plätschern von Wasser in einem Steingarten. Er starrte sie an.

Sie wurde nicht rot und schlug auch nicht die Augen nieder, sondern erwiderte seinen Blick, und Mung hatte das Gefühl, verschlungen zu werden. »Ich bin auch Lehrerin und habe eine Schule für Mädchen.« Sie drehte sich um und nickte: »Das sind meine Lehrerinnen.«
Jetzt erst sah Mung, daß hinter ihr noch zwei andere junge Frauen standen.
Sie wandte sich wieder ihm zu und sagte: »Auch wir möchten die neue Methode, Mathematik zu unterrichten, erlernen und bitten darum, an Ihren Stunden teilhaben zu dürfen.«
Yoshida, der hinter Mung stand, sah, zuerst mit Entsetzen, wie sein Freund eifrig nickte, und sagte: »Ja. Ja. Ja.«
Die männlichen Lehrer protestierten lautstark.
»Mung«, flüsterte Yoshida. Dann, etwas lauter: »Mung!« Dann brüllte er: »Mung!!«
Endlich wandte Mung den Blick von dem Mädchen ab.
»Hast du mir nicht erzählt, Fürst Nariakira habe dir befohlen, Mathematik zu lehren, wie sie in Amerika unterrichtet wird?« fragte Yoshida.
»Ja«, murmelte Mung.
»Und ist es nicht wahr, daß in Amerika Männer und Frauen gemeinsam studieren und die Mehrheit der Lehrer Frauen sind?« Yoshida wartete nicht auf die Antwort, sondern wandte sich strengen Blicks an die männlichen Lehrer: »Fürst Nariakira wünscht, daß Frauen und Männer gemeinsam studieren!«
Die Männer scharrten verlegen mit den Füßen und nahmen dann ihre Plätze an den Schreibtischen ein.
Mung konnte sich, obwohl er es immer wieder versuchte, an kein einziges Detail aus dieser ersten Stunde erinnern. Anschließend arrangierte er noch eine extra Stunde pro

Woche, zusätzlich den beiden vorgesehenen, so begierig war er, Fräulein Ishikawa zu sehen. Jeden Abend ging er, angeblich wegen seiner Gesundheit, in der Stadt spazieren. Weder seine Gesundheit noch seine Laune besserten sich jedoch, weil er ihr nie begegnete. Er verlor das Interesse am Essen, lief ständig durch die Stadt, aber außerhalb des Unterrichts traf er sie nie.

In Gedanken verglich er sie mit den Amerikanerinnen. Sie war viel graziöser als abendländische Frauen. Japanische Frauen erhoben nie die Stimme, benahmen sich immer vornehm und unaufdringlich. Er malte sich oft aus, wie es wohl wäre, sie zu streicheln und mit ihr zu schlafen. Das eregte ihn dann so, daß er den Damen des Bordells an der Baustelle immer öfter Besuche abstatten mußte. Das erleichterte zwar seinen Körper, nicht aber sein Herz.

Bei der Arbeit wurde er zum Tyrannen und trieb seine Männer immer gnadenloser an, je näher der Tag kam, an dem er in See gehen und Kagoshima verlassen mußte.

Am Ende der letzten Unterrichtsstunde verließ Fräulein Ishikawa, die sich als gescheite und lernfähige Schülerin erwiesen hatte, als letzte den Unterrichtsraum. Yoshida saß an seinem üblichen Platz hinter Mung und beobachtete, wie Mungs Blicke ihrer gertenschlanken Gestalt folgten, als sie auf winzigen Füßen aus dem Zimmer schwebte. Mung sah, daß ihre Lackschreibschachtel noch auf ihrem Pult stand, verkniff es sich aber gerade noch, ihr nachzurufen. Statt dessen öffnete er die Schachtel, strich über die Pinsel und hielt sie sich unter die Nase.

»Was schnüffelst du denn da?« fragte Yoshida.

Mung erschrak. Dann stotterte er: »Sie hat das vergessen. Fräulein Ishikawa hat ... «

Yoshida unterbrach ihn. »Gut, ich werd's ihr bringen.«

Mung legte die Hand auf die Schachtel. »Nein, nein. Ich bring sie ihr. Weißt du, wo sie wohnt?«
»Ich kann es herausfinden.«
»Würdest du das gleich machen? Ich möchte nicht, daß sie den weiten Weg hierher noch mal machen muß.«
»Sie ist wirklich recht intelligent, aber häßlich ist sie auch«, sagte Yoshida. »Zu dünn und zu häßlich.«
Mung war fassungslos. »Was? Was?! Wie kannst du sagen, sie ist häßlich?«
Yoshida begann zu lachen und lachte, bis ihm die Tränen übers Gesicht liefen. »Schau dich bloß an. Die Hälfte der Frauen von Kagoshima haben für dich ihre Kimonos so weit vom Hals gezogen, daß man fast ihren Hintern sieht, und du verliebst dich in eine große, magere Intellektuelle, die den Kimono so festgezurrt hat, daß sie sich wahrscheinlich erwürgen wird.«
Mung bat Yoshida, sich lieber zu beruhigen und herauszufinden, wo sie wohnte. In der Tat kam er nach ein paar Minuten mit der Adresse zurück, und Mung machte sich sofort auf den Weg zum Haus der Ishikawas. Yoshida hatte ihn vor ihrem Vater gewarnt, der ein intellektueller Samurai der alten Schule war.
Er blieb vor dem Haus stehen und beobachtete die Schatten, die sich hinter den Wänden hin und her bewegten. Jemand kam aus dem Haus nebenan.
Er öffnete rasch die Gartenpforte, ging zur Haustür und rief: »Herr Ishikawa.« Die Tür glitt auf, und ein großer, gebeugter, älterer Mann sagte: »Ja, was ist Ihr Anliegen?«
»Ihre Tochter hat ihre Pinsel in der Schule vergessen«, sagte Mung.
Herr Ishikawa schaute sich Mung genauer an. »Von welcher meiner drei Töchter sprechen Sie denn?«

»Fräulein Saiyo.«
»Oh, die älteste. Studieren Sie mit ihr?«
»Nein, ich unterrichte sie abends.«
Mung bemerkte nicht das Lächeln in den Augen des alten Mannes, als er sagte: »Was bringen Sie denn meiner Tochter abends bei?«
»Mathematik. Die westliche Methode, mit Auswendiglernen.«
Saiyos Vater sagte: »Treten Sie ein und trinken Sie Tee mit mir. Sie müssen müde von dem langen Weg sein.«
Mung hörte das Trippeln von Füßen und ein Kichern hinter dem *Shoji*-Paravent. Er setzte sich zu Herrn Ishikawa und wußte nicht, was er sagen sollte. Statt dessen schaute er sich verlegen einen wunderschön geformten Bonsai an, der höchstens dreißig Zentimeter hoch war. Es war ein Ahorn, exquisit gewachsen mit zarten, roten Blättern.
Herr Ishikawa sagte: »Er ist seit hundertzwanzig Jahren in unserer Familie.«
»Es ist gut, den Familiennamen zu erhalten, indem man Dinge von Generation zu Generation weitergibt.«
»Ja, aber ich habe nur drei Töchter, der Name wird mit mir aussterben.«
Eine ältere Frau brachte Tee.
Herr Ishikawa sagte: »Meine Tochter hat mir von dieser neuen Mathematikmethode erzählt. Halten Sie sie für besser?«
Immer wieder wanderten Mungs Augen zur Tür, in der Hoffnung, Saiyo würde hereinkommen. »Beide Systeme haben ihre Vorteile.« Er erklärte dem alten Mann, wie es funktionierte, und dann unterhielten sie sich einige Zeit über amerikanische Erziehung, bis Mung klar wurde, daß er länger geblieben war, als es die Höflichkeit gestattete, und

daß er Saiyo nicht sehen würde. Er verabschiedete sich widerwillig.
An den folgenden Tagen war er ungenießbar. Er ließ seine Männer fünfzehn Stunden am Tag arbeiten, sieben Tage die Woche. Oft schlief er auf dem Walfänger, und keiner durfte ihm in die Quere kommen. Manchmal stand er stundenlang an Deck und hoffte, Saiyo zu sehen.
Endlich, Ende September 1851, wurde der erste kommerzielle Walfänger der Geschichte Japans zum Stapellauf vorbereitet. Shinto-Priester und buddhistische Mönche sprachen Segenswünsche und Beschwörungsformeln, und die *Shinto Maru* glitt ins Wasser. Die gesamte Stadt und alle Arbeiter brachen in Jubelgeschrei aus, dann verstummten sie ängstlich und beobachteten, wie sie hin und her schaukelte.
Sazuma Shozan, der offizielle Vertreter Fürst Nariakiras bei der Zeremonie, fragte: »Wird es kentern?«
»Nein«, erwiderte Mung. »Unsere Arbeiter können sich mit den besten der Welt messen, und das Schiff wird wesentlich stürmischere Seen meistern als das, was Sie gerade gesehen haben.«
»Dann ist es vollbracht.«
Die Menge jubelte, als der Walfänger sich eingependelt hatte und das Zeichen von Satsuma auf zwanzig Metern Seide gehißt wurde.
Mung sagte: »Wir müssen Probefahrten auf hoher See machen, um zu sehen, wie sie reagiert. Jedes Schiff hat seine Eigenheiten. Dann werden wir eine richtige Jungfernfahrt mit ihr machen.«
Mung war der einzige Mensch in ganz Kagoshima, der unglücklich war. Jetzt mußte er an Bord der *Shinto Maru* bleiben, denn er alleine trug die Verantwortung für das Schiff, bis die Mannschaften voll ausgebildet waren.

Er wandte sich an Sakuma Shozan: »Wenn ich zurückkehre, wird es mir dann möglich sein, mein Dorf zu besuchen, um zu sehen, ob meine Mutter noch lebt und um das Grab meines Vaters zu ehren?«
Der alte Gelehrte kniff die Lippen zusammen. »Ich habe Yoshidas Bericht nach deiner Landung hier in Kagoshima gelesen und einen Vertrauensmann in Ihr Dorf geschickt, aber noch keine Nachricht erhalten. Vielleicht ist er von Gesetzlosen getötet worden. Sie dürfen jetzt nicht dahin. Es würde Ihren Tod bedeuten. Sie sind nur in Satsuma sicher.«
Mung nickte niedergeschlagen, und der Gelehrte verließ die Plattform.
Die ersten Übungen auf dem Walfänger wurden im Hafen abgehalten, aber die Mannschaften lernten so schnell, daß Mung schließlich eine Fahrt aufs offene Meer ansetzen mußte. Sobald das Schiff auf hoher See war, mit Befehl sofort davonzusegeln, wenn ein anderes Schiff in Sicht kam, zog sich Mung in seine Kabine zurück und gab sich seiner Niedergeschlagenheit hin. Er weigerte sich zu essen, lag nur noch in seiner Koje und dachte an die unerreichbare Saiyo.
Einer der Kapitäne schickte besorgt ein Langboot an die Küste. Es kehrte mit Yoshida Torajiro zurück. An Bord des Schiffes ging der junge Samurai sofort in die Kombüse und klopfte mit einer Schüssel dampfender Fischsuppe in der Hand an Mungs Kabine. Mung lag in der Koje und starrte an die Decke. Er versuchte, seinen Freund zu ignorieren und sich zur Wand zu drehen, aber Yoshida legte ihm die Hand auf die Schulter. Er merkte, wie Mung von Kopf bis Fuß von Schluchzern durchbebt wurde.
Yoshida sagte leise: »Mung, du mußt doch wissen, daß du mir am Herzen liegst. Sakuma Shozan ist sehr beeindruckt von dem, was du getan hast. Er versucht, etwas über deine

Familie herauszufinden. Der Rangunterschied zwischen Saiyo und dir ist zwar größer als die Entfernung zwischen hier und Kagoshima, aber ich glaube, Fürst Nariakira wird dir helfen, sogar diese Kluft zu schließen.« Er drehte Mung zu sich. Dann sagte er streng: »Denk dran! Dein Vater war Samurai. Man hat ihm zwar seinen Rang genommen, aber sein Blut fließt in deinen Adern. Wenn du ein Samurai dem Blut nach bist, dann benimm dich auch so, wie die Regeln des Bushido es verlangen. Und jetzt steh auf!«

Mung legte den Kopf auf seine aufgestützten Hände. »Ich wollte doch nur zu meiner Mutter zurückkehren, das Grab meines Vaters ehren und in aller Stille in Nakanohama mein Leben fristen.«

Yoshida wiegte den Kopf. »Nein, nein, mein Freund. Du kannst nie in die einfache Welt der Fischer zurückkehren. Du hast zuviel gesehen und gelernt. Sie würden dich ablehnen. Denk an das Sprichwort: ›Der Nagel, der vorsteht, wird eingeschlagen.‹ Das ist einer der Gründe, warum wir die holländische Lehre lernen wollen. Wir wollen Demokratie verstehen, so kann vielleicht ein armer Fischerjunge wie du einer der Führer des neuen Japan werden. So, und jetzt iß deine Suppe!«

Mung setzte die Schale an den Mund und schluckte. Er spürte, wie die Wärme sich in seinem Magen ausbreitete. Er setzte sich auf.

Yoshida hielt ihm den Zeigefinger unter die Nase. »Glaubst du, wir sind das Risiko eingegangen, dein Leben zu retten, weil wir Reichtum oder Prestige erstreben? O nein!« Er schüttelte den Kopf. »Macht ist es, was wir wollen! Und Wissen ist Macht! Du lebst nur auf Grund dessen, was du weißt!«

Mung schaute völlig verwundert diesen ihm gänzlich unbekannten Yoshida an. »Was willst du denn verändern?«

Yoshida warf den Kopf in den Nacken und stolzierte in der Kabine auf und ab. »Die erste und wichtigste Veränderung ist, den Kaiser wieder an die Macht zu bringen!«

»Aber der Kaiser ist doch allmächtig.«

»Das glaubst du und die einfachen Leute. Die Leute verehren den Kaiser, aber sie gehorchen dem Shogun, und das schon seit zweihundertfünfzig Jahren.«

»Wird der Shogun nicht vom Kaiser gelenkt?«

»Theoretisch ja, aber die Kaiser von Japan haben ihre Macht an den Shogun delegiert, um nicht mit den alltäglichen Problemen ihres Landes konfrontiert zu werden, damit sie sich ihren Phantasien und Launen hingeben konnten. Jetzt haben wir die genau entgegengesetzte Situation: einen inkompetenten und desinteressierten Shogun und den jungen, lebenstüchtigen Meji-Kaiser, der seine Rückkehr an die Macht über die Feudalherren Japans anstrebt. Diese Konfrontation ist nicht neu. Dein Vater war das Opfer eines Machtkampfes zwischen Shogun und Kaiser. Unser Geschichtsgelehrter hat nachgeforscht. Der Feudalherr deines Vaters starb außerhalb seiner Domäne. Der Shogun berief sich auf ein uraltes Gesetz, übernahm das Land, degradierte all seine Samurai zu *Ronin* und gab die Ländereien an andere weiter, die ihn unterstützen würden.«

»Willst du damit sagen, mein Vater war ein Opfer der Politik?«

»Natürlich. Ich halte Politik für die höchste Form der Macht.«

»Was würdest du ändern, wenn du diese Macht bekämst?«

»Intern würde ich das Land unter der Führung des Kaisers zu einer Nation zu machen, und die exklusive Gruppe von Kleinkönigen, die auf ihren Feudalsitzen hocken, abschaffen. Damit würde man auf allen Inseln, von Norden bis Süden, dem Stillstand und der Korruption ein Ende bereiten, die sich in zwei Jahrhunderten der Abschottung und der Selbstzufriedenheit eingenistet haben. Während du deine Schiffe gebaut hast, hat es Reisunruhen gegeben, etwas, das in diesem Reich noch nie vorgekommen war. Wir müssen unser Land öffnen. Nur so können wir die Wirtschaft stabilisieren. Bei guter Ernte können wir unseren Überschuß an andere Nationen verkaufen und in Hungerzeiten Nahrung von ihnen einkaufen. Die Einführung moderner Erwerbszweige, wie dem des Walfangs, können den Lebensstandard der ganzen Bevölkerung verbessern!« Yoshida baute sich vor Mung auf. »Wir brauchen das Wissen des Abendlandes, um die Barbaren aufzuhalten, wenn sie kommen!«

»Welche Barbaren?«

»Die Nationen des Westens.«

»Woher weißt du, daß sie kommen werden?«

Yoshida gestikulierte wild. »Hast du uns denn nicht von den Engländern, Franzosen, Portugiesen, Deutschen und so weiter in China erzählt? Die Holländer, die Spanier und die Franzosen sind auf den Inseln im Südpazifik. Die Amerikaner haben sich nach dem Krieg mit Mexiko Zugang zum Nordpazifik verschafft und streiten mit England und Frankreich um Hawaii. Wir wissen auch, daß Indien, Afrika, Ägypten und einige kleinere Nationen im Mittleren Osten von einer europäischen Oligarchie regiert werden, die von England, Frankreich und Spanien angeführt wird.« Yoshida hockte sich vor Mung auf den Boden. »Wenn ich sage, wir wissen, dann meine ich damit eine kleine Gruppe, die sich dem Kaiser und der holländischen Lehre verschrieben hat. Selbst in unserem Kreis haben die wenigsten eine Vorstellung von westlicher Macht und gesellschaftlichen Reformen. Du hast uns erzählt, in Amerika sei es eine Ehre, Geschäftsmann zu sein. In Japan ist das die niedrigste Kaste. Aber hast du gewußt, daß auf Grund der Unfähigkeit der Regierung, zu exportieren oder japanische Geschäfte zu besteuern, die Aristokraten Japans bei den Händlern verschuldet sind?« Er schlug mit der Faust gegen die Wand. »Innenpolitisch bricht alles zusammen, weil die Titel einiger der ehrenwertesten Familien verkauft werden, um diese Schulden zu tilgen. Mit der Moral unseres Landes geht es rapide bergab. Das Vergnügungsviertel von Edo ist größer als die Regierungsverwaltung. Die Russen haben im Norden versucht, an unsere Küsten vorzustoßen. Und die Engländer und Franzosen haben sogar schon versucht, in den Hafen von Edo zu segeln. Vor zwei Jahren haben sie sich die Einfahrt in den Hafen von Nagasaki erzwungen, und der Shogun tut nichts!« Yoshida schlug sich mit der Faust auf die Brust. »Wir wollen die Macht durch die holländische Lehre nicht erlangen, um nur interne Veränderungen durchzuführen, sondern wir wollen vorbereitet den Ausländern entgegentreten, wenn sie kommen! Wirst du dich uns anschließen?«

Mung stand auf und mußte sich an der Koje festhalten. »Ich wollte Japan helfen. Das war einer der Gründe für meine Rückkehr. Ich habe die Amerikaner gesehen. Sie sind ein gutes, fleißiges Volk. Es gibt so viel zu besprechen, aber zuerst muß ich noch etwas essen. Diese Suppe hat meinen Appetit geweckt.«

11

17. Oktober 1851
Zum Tag des Erntedankfestes, an dem man die ersten Früchte in Kagoshima in die Shinto-Tempel und Schreine brachte, waren die Straßen mit Bögen aus Immergrün geschmückt. Vor jedem Haus hatte man Lauben aus Pinienzweigen aufgestellt, an den Ecken standen Bambusstangen, die mit kurzen Schnüren aus geflochtenem Bast verbunden waren und die bösen Geister fernhalten sollten. Vor den Häusern hatten die Leute so viele Zwergbäume und Farne aufgestellt, daß die Straßen wie ein Märchenland in Miniatur aussahen.
Die Ältesten, die bestimmt hatten, daß dieses Jahr die Opfer in den Gebirgsschreinen dargebracht werden sollten und nicht in denen am Meer, führten die Prozession von Eltern, Lehrern und Kindern an. Es war warm, und alle konnten auf dem gemächlichen Gang über die verschlungenen Gebirgspfade die Wälder, die wilden Blumen und die Aussicht genießen.
Fünfhundert Meilen östlich der Stadt, im Pazifischen Ozean, gleich hinter den Bonin-Inseln, lag einer der tiefsten Unterwassergräben der Welt. In diesem Gebiet erschütterte um 10 Uhr 30 am selben Morgen ein heftiges Erdbeben die Erdkruste in vierunddreißigtausend Fuß Tiefe. Die Leute auf den Anhöhen Kagoshimas spürten einige der Erdstöße. Manche kehrten aus Angst vor Erdrutschen zurück in ihre

Häuser, aber die meisten Stadtbewohner ließen sich die Laune nicht verderben, gingen weiter, sangen und pflückten Blumen.

Der Erdstoß löste einen gigantischen Erdrutsch im Unterwassergraben aus und schuf eine neue Einkerbung von entscheidender geographischer Bedeutung in der Erdoberfläche. In diese Vertiefung stürzte der Ozean hinein, wodurch drei zwei Fuß hohe Flutwellen entstanden. Die Wellen breiteten sich aus und stürmten in einer Geschwindigkeit von sechshundert Meilen in der Stunde auf die japanische Küste zu.

Saiyo Ishikawa schritt den Berg hoch wie ein Mann, nicht mit den für wohlerzogene Damen vorgeschriebenen Tippelschritten, bis sie ihren Vater eingeholt hatte. »Glaubst du, es wäre sicherer, mit den Kindern wieder in die Stadt zurückzukehren?«

»Erdbeben gehören in Japan zum täglichen Leben«, sagte ihr Vater. »Nachdem man nicht voraussagen kann, wie stark es wird, muß das Leben weitergehen, und wir auch.«

Mung und Yoshida standen auf dem Achterdeck der *Shinto Maru* und unterhielten sich über mögliche Reformen. Das Wetter und die Sicht waren gut, der Himmel sanftblau und die Sonne wärmte die Oberfläche der ruhigen See zwei Meilen vor dem Hafen von Kagoshima. Mit einemmal wurde das Schiff sanft, aber bestimmt sieben Fuß hochgehoben, dann lag es wieder ruhig da.

Mung sagte zu Yoshida: »Das ist aber merkwürdig.«

Die beiden Kapitäne des Walfängers liefen zur Reling und schauten der Welle nach, die auf Kagoshima zurollte.

Der ältere der beiden legte die Hände an den Mund und rief zum Ausguck hoch: »*Tsunami!!!! Tsunami!!!!* Alle Boote zurück zum Schiff.«

Die Signalkanone ertönte, als die erste mörderische Woge auf die Küste zu rollte. Sie raste die Unterwasseranhöhen der Insel Kyushu hoch und wuchs und wuchs. Bei hundert Meilen pro Stunde war sie acht Fuß hoch, bei achtzig Meilen elf Fuß, bei siebzig fünfzehn Fuß. Gnadenlos arbeitete sich die Woge über den V-förmigen Grund zum Hafen vor, verlangsamte sich bis auf dreißig Meilen die Stunde und war auf fünfzig Fuß Höhe angewachsen. Im Hafen bildete sich ein Vakuum. Mit ungeheurem Zischen wurden die Wassermassen von der *Tsunami* angezogen, Teile des Meeresgrundes, die nie ein menschliches Auge erblickt hatte, wurden freigelegt. Diejenigen, die sich auf dem Rückweg aus dem Gebirge befanden, sahen als erste die Wasserwand auf ihre Stadt herunterstürzen.

Mung klammerte sich an die Reling und beobachtete fassungslos, wie die Woge wuchs und wuchs. Die Stadt verschwand unter Millionen Tonnen Wasser. Mung mußte sich mit Gewalt von der Reling losreißen. Das Segel war schon gesetzt.

Mung rief den beiden Kapitänen gerade Befehle zu, da fiel ihm Saiyo ein. Er kletterte gerade in die Takelage hoch, als die Schallwelle vom Aufprall der *Tsunami* sie erreichte. Mung sah, wie Häuser, Tempel, Pferde, Bäume und Felsbrocken ins Landesinnere geschleudert wurden. Er schaute nach unten und sah seine Kapitäne regungslos dastehen. Sie hatten seine Befehle nicht ausgeführt.

Mung ließ sich aus zehn Fuß Höhe auf Deck fallen. Sein Gesicht war wutverzerrt. »Warum bewegt ihr euch nicht?« brüllte er.

Der ältere Kapitän trat vor und verbeugte sich. Yoshida näherte sich. Der Kapitän sagte: »*Tsunami* kommen nie alleine. Sind immer mehrere.«

Mung riß das Fernglas aus seinem Etui und suchte die offene See ab. »Ich sehe nichts!«
Yoshida stellte sich zwischen die beiden Männer und sagte: »Segle nicht in den Hafen. Der Kapitän hat recht. Die Mörderwellen kommen nie allein. Wenn dieses Schiff zerstört wird, kannst du weder Saiyo noch sonst irgend jemandem helfen.«
Aber Mung war nicht zu bremsen und gab Befehl, den Hafen anzusteuern.
Saiyo Ishikawa war mit ihren Lehrern und Studenten schon hoch oben im Gebirge, als sie die Signalkanone des Walfängers hörte. Sie und die anderen drehten sich um und sahen mit Entsetzen, wie die Woge die Stadt zerschmetterte. Der ganze Berg erzitterte unter der Wucht des Wassers, und sie mußten ohnmächtig mitansehen, wie ihre Häuser und ihre Familien aufs Meer hinausgespült wurden.
Saiyos Vater, der ein Stück weiter unten war, stellte sich mit einigen kräftigen, jungen Männern an einer Kreuzung auf und hinderte die Leute daran, sich kopflos hinunter in die Ruinen der Stadt zu stürzen.
Die *Shinto Maru* bewegte sich zuerst langsam vorwärts, dann erfaßte sie der Wind. Mung versuchte den besten Platz für eine sichere Einfahrt in den Hafen auszumachen.
Die Welle wirbelte noch um die Ruinen von Kagoshima, als der Schrei vom Ausguck kam: »*Tsu ... naaa ... miiii!*«
Die zweite Welle rollte heran, wurde langsamer und wuchs. Mung befahl Kurs hart Steuerbord und ließ die *Shinto Maru* genau auf die Welle ausrichten.
»Die Götter des Meeres sind verrückt geworden!« brüllte Yoshida. Die inzwischen zwanzig Fuß hohe Woge rollte auf sie zu.
Mung wandte sich an die Kapitäne, verbeugte sich und

sagte: »Alle Mann in die Wanten, außer dem Steuermann und mir!«
Mung schob Yoshida hoch in die Takelage, dann band er den Steuermann und sich mit Leinen an der Reling fest. Gerade, als er den letzten Knoten fertig hatte, bäumte sich die Welle wie eine massive grüne Wand vor ihnen auf. Die *Shinto Maru*, die mehr als zehn Knoten machte, begann die Mauer hochzuklettern. Wie Spielzeug wurden die Männer in der Takelage hin und her geschleudert. Mung und der Steuermann packten das Steuerrad. Der Walfänger schwankte auf dem Kamm der Welle, glitt ein Stück rückwärts und durchbrach ihn. Tonnen von Wasser spülten über das Deck, der Walfänger raste die Rückseite der Welle hinab und grub seinen Bug in den Ozean. Noch einmal wurden die Decks bis zu den untersten Segeln überflutet, aber das Schiff kämpfte sich aus dem Wasser hoch und richtete sich, im Kielwasser der Woge schlingernd, wieder auf. Dann wurde es vom Wind erfaßt und gewann an Fahrt, hinaus aufs offene Meer.
Der älteste Kapitän sprang aus der Takelage und packte das Steuer. Yoshida half Mung und dem Steuermann auf, die beide gegen die Reling geschleudert worden waren.
Der Rücksog der ersten Woge vereinte sich mit der zweiten und ließ sie auf ihrem Zerstörungsweg ins Landesinnere, der fast eine halbe Meile lang war, bis auf achtzig Fuß Höhe anwachsen.
Mung wandte sich von dem unfaßbaren Bild an der Küste ab und hielt Ausschau nach der nächsten Welle. Er betete zu Buddha, Christus und den Naturgöttern des Shinto-Glaubens um Saiyos Rettung.
»*Tsu ... naaaa ... miiiii!*« schallte es aus dem Ausguck.
Die dritte und die größte Welle seit Beginn japanischer

Geschichtsschreibung bewegte sich auf die Insel Kyushu zu. Der Walfänger war weit genug auf dem offenen Meer draußen und konnte die hier schon fünfundzwanzig Fuß hohe Welle leicht bewältigen. Sie rauschte mit fünfundzwanzig Meilen Geschwindigkeit pro Stunde und einhundertzehn Fuß Höhe in den Hafen ein. Bevor sie brach, rollte sie noch eine Dreiviertelmeile landeinwärts und spülte sogar Teile der Gebirgsausläufer mit sich weg, entwurzelte jahrhundertealte Bäume. Riesige Felsblöcke rollten wie Kiesel in die Bucht.
Die *Shinto Maru* blieb auf offener See, bis der älteste Kapitän sagte, es wäre jetzt sicher zurückzukehren. Mung gab Befehl zur Wende, und der Walfänger rauschte mit voller Besegelung auf den Hafen zu. An diesem Tag starben innerhalb von zwölf Minuten siebenundzwanzigtausend Menschen auf der Insel Kyushu.
Mung ankerte im Hafen und teilte die Mannschaften in Gruppen ein, die nach Überlebenden suchen sollten. In der Stadt stand kein Stein mehr auf dem anderen, und Überlebende gab es keine. Bis zum Fuß des Gebirges sahen die Mannschaften nichts Lebendiges, weder Mensch noch Tier. Sogar die Vögel hatten Kagoshima verlassen.
Mung rannte durch das Schlammtrümmmerfeld, das einmal eine Stadt gewesen war, und hörte plötzlich weiter vorne Männer schreien und gestikulieren. Eine Menschenschlange bewegte sich den Berg herunter. Er rannte mit den anderen Männern auf sie zu. Die Männer vom Walfänger packten die Kinder aus Kagoshima, umarmten und streichelten sie, und keiner schämte sich seiner Tränen. Fischer, die in ihr Dorf zurückgekehrt waren, liefen die Menschenschlange entlang und schrien die Namen ihrer Angehörigen.

Dann hörten Mung und die anderen ein rhythmisches Geräusch wie Glockengeläute. Es wurde lauter – die Stimmen von Kindern, die das Lied von der Trauerweide sangen, angeführt von Saiyo Ishikawa. Mung wollte auf sie zulaufen, aber jemand packte ihn am Arm. Es war Herr Ishikawa.

Der alte Mann riß ihn herum und sagte: »Sie und ich, wir haben wichtigere Pflichten zu erledigen.«

Mung sagte: »Ich muß mit ihr sprechen.«

»Das können Sie, wenn das hier vorbei ist. Sie sind der Kommandant der größten disziplinierten Gruppe Männer in diesem Gebiet. Sie müssen dafür sorgen, daß die Überlebenden ein Dach über den Kopf bekommen und zu essen. Die Stadt muß wiederaufgebaut werden. Meine Tochter ist aus der sechzehnten Generation, die hier in Kagoshima geboren wurde. Ich lege hier und jetzt ein Gelübde ab, daß Kagoshima die Geburt einer siebzehnten erleben wird. Schließen Sie sich diesem Gelübde an?«

Saiyo lief zu ihrem Vater und umarmte ihn. Sie berührte Mung kurz mit der Hand, dann zog sie ihren Arm zurück.

Herr Ishikawa sagte: »Tochter, deine Kinder brauchen dich.«

Sie warf Mung einen sehnsüchtigen Blick zu, dann verbeugte sie sich vor ihrem Vater und ging zu ihren Schülern.

Mung schaute ihr nach. Hatten ihre Augen ihn tatsächlich liebevoll angeschaut?

»Werden Sie Ihre Pflicht tun?« fragte der Samurai.

Mung strich sich über seine gebrochene Nase und sagte: »Ich werde die *Shinto Maru* hereinschleppen lassen und am Ufer vertäuen. Die Ältesten, die Priester und die Führer der Stadtgilden sollen sich mit mir an Bord treffen. Wir werden sie zum Hauptquartier der Stadt machen.«

Er ließ seine Männer zusammentrommeln. Yoshida ließ Boten nach Satsuma schicken.
Danach wurden die verschiedenen Verantwortungsgebiete aufgeteilt. Yoshida und die beiden Schiffsbaumeister sollten den Wiederaufbau der Stadt überwachen. Mung und seine Kapitäne sollten für Nahrungsmittel sorgen und den Hafen reparieren.
Am nächsten Tag nahmen alle an der dringendsten und tragischsten Aufgabe teil: dem Begräbnis der dreiundsechzig Toten, die man im Schlamm und in den Trümmern gefunden hatte. Über dem Massengrab wurde eine Steinrose aufgestellt, im Andenken an die, deren Leichen man nicht gefunden hatte.
Mung mußte seine Männer nicht anfeuern. Sie arbeiteten, bis sie zusammenbrachen. Die Mannschaften wurden abwechselnd beim Bau eingesetzt und dann wieder beim Fischen, um die Stadt mit Nahrung zu versorgen. Am Ufer errichteten Yoshida und die Schiffsbaumeister ihr Hauptquartier für den Wiederaufbau.
Die Ältesten versuchten, Pläne der Stadt zu zeichnen, wie sie gewesen war, aber ohne Grenzsteine waren sie verloren. Als Mung davon hörte, ließ er sich eine Staffelei, Reispapier und Kohlestifte aufs Achterdeck bringen und zeichnete ein genaues Bild von Kagoshima, wie es vor der *Tsunami* gewesen war.
Am dreißigsten Oktober traf eine lange Prozession aus Satsuma ein. Jeder Träger hatte sich doppelte Last aufgeladen. Die Nahrungsmittel und die Kleidung wurden im Haus des Wiederaufbaus eingelagert. An der Spitze der Prozession trug ein Samurai in voller Rüstung einen Zwergahorn in einem kleinen Topf. Der Bonsai war von ungewöhnlicher Schönheit und seit dreihundert Jahren in Fürst Nariakiras Familie.

Sakuma Shozan, der den Zug begleitete, befahl der Stadtbevölkerung, sich am ehemaligen Hauptplatz zu versammeln und hielt eine Rede: »Fürst Nariakira wünscht, daß Sie in diesen Tagen der Trauer daran erinnert werden, daß in dieser tragischen Welt auch noch Schönheit und Liebe existieren. Er befiehlt Ihnen, in diesem Sinne Ihre Stadt und sich selbst wiederaufzubauen. Deshalb schickt er Ihnen diesen Familienschatz, den er und seine Väter mit ihren eigenen Händen gepflegt haben. Möge Kagoshima wieder erblühen.«

Danach ließ Sakuma Shozan trotz seines hohen Alters und der beschwerlichen Reise in der Sänfte ein Treffen des Wiederaufbaukomitees an Bord der *Shinto Maru* einberufen. Nachdem er sich über den Stand der Dinge informiert hatte, schickte er alle außer Mung und Yoshida weg.

»Sie haben beide gute Arbeit geleistet«, sagte er. »Sehen Sie sich das an.« Er breitete eine Karte von Kyushu aus und zeichnete mit dem Finger ein Gebiet um Kagoshima an. Er schaute Yoshida an. »Sie ernenne ich hiermit zum Gouverneur von Kagoshima. Sie sind verantwortlich für den Aufbau der Stadt und der umliegenden Dörfer.« Der alte Gelehrte zog eine Rolle aus dem Ärmel. Er reichte sie Yoshida lächelnd und sagte: »Dieses Dokument erhebt Sie in den Stand eines vollwertigen Samurais, mit allen Rechten, Einkünften und Privilegien.« Dann wandte er sein müdes, faltenzerfurchtes Gesicht Mung zu. »Es gibt so vieles, was ich mit Ihnen besprechen möchte, aber es bleibt keine Zeit. Ich habe mit Fürst Nariakira über Ihre Zukunft gesprochen. Momentan ist eine Rückkehr in Ihre Heimat nach Nakanohama unmöglich. Es ist auch unmöglich, den Namen Ihres Vaters wieder in seinen alten Stand zu erheben, weil sein Feudalherr tot ist. Seine Familie und seine

Ländereien existieren nicht mehr, sie gehören dem Shogun. Deshalb haben wir eine rechtliche Fiktion geschaffen, um Ihren Rang zu heben. Wir haben Ihnen eine neue Identität gegeben.« Er zog eine weitere Rolle aus dem Ärmel und überreichte sie Mung. »Hiermit sind Sie von der Familie Einosuke adoptiert und erhalten den Rang eines Jung-Samurai. In offiziellen Briefen wird man Sie mit Moryiama Einosuke anreden.«

Mung nahm die Rolle in beide Hände und verbeugte sich. »Was bedeutet das?«

»Das bedeutet, Sie können sich ungehindert mit den Samurai von unterschiedlichem Rang in der Dolmetscherschule von Nagasaki unterhalten, die sie besuchen werden. Sie werden Englisch lehren, ihr Holländisch aufbessern und einige Bücher aus dem Lateinischen übersetzen. Sie müssen dieser Berufung schleunigst nachkommen, weil dort ein Ausländer zum Verhör eingetroffen ist. Er ist in Amerika geboren. Er behauptet, sein Vater wäre aus England und seine Mutter, glaubt er, käme ursprünglich aus Japan. Er kann ein bißchen Japanisch, aber es gibt keinen, der sein Englisch übersetzen kann. Sein Name ist Harold MacDonald. Bevor Sie nach Nagasaki gehen, wird Sie ein alter Freund an den Hof von Satsuma begleiten.«

Dann ließ sich Sakuma Shozan eine Kabine anweisen, zu der ihn Yoshida begleitete.

Als er in die Kabine zurückkam, packte er Mung und tanzte mit ihm durch die Kabine. »Weißt du, was das heißt?« brüllte er, fiel gegen die Kabinenwand und rutschte lachend zu Boden. »Du kannst deine Bohnenstange heiraten, Fräulein Saiyo Ishikawa.«

Mung starrte ihn fassungslos an.

Yoshida zeigte auf die Rolle in Mungs Hand: »Du bist jetzt Moryiama Einosuke, Samurai von Satsuma.«

Mung sprang in die Luft, schlug sich den Kopf an der Kabinendecke an, krachte neben Yoshida auf den Boden und schrie in Englisch: »Town-ho! Verdammt! Town-ho!« Dann sprang er auf und tanzte durch die Kabine. »Ich kann sie heiraten.«
Yoshida packte ihn an den Knöcheln und riß ihn zu Boden. »So schnell geht das auch wieder nicht. Du warst zu lange im Ausland. Du brauchst einen Mittelsmann, das kann ich machen, denn ich bin jetzt vollwertiger Samurai.«
Mung sagte: »Dann geh, worauf wartest du noch?«
»Das dauert. Solche Sachen brauchen Zeit. Und außerdem hat man dich an den Hof von Satsuma befohlen und dann abschließend auf die Dolmetscherschule in Nagasaki.«
Mung drehte sich wie ein Tier im Käfig und murmelte vor sich hin.
»Was murmelst du denn?«
»Man gibt mir den Rang, daß ich sie heiraten kann, dann schickt man mich von ihr weg.«
Yoshida stand auf. Seine Stimme wurde hart. »Hör mit dem Gejammer auf, denk daran, was dein Vater dir von Bushido gelehrt hat! Du lebst, um deinem Kaiser und deinem Fürsten zu dienen! Du bist kindisch! Pack deine Sachen! Deine Eskorte erwartet dich am Ufer!« Mung stolzierte aus der Kabine. Yoshida rief ihm nach: »Ich werde für dich bei Saiyos Vater vorsprechen.«
In seiner Kabine packte Mung zwei kleine Seesäcke mit Büchern und Kleidung. An Deck überreichte ihm der älteste Kapitän ein Stück reich geschnitzten Walzahn mit einem Bild der *Shinto Maru* auf einer Seite und einem harpunierten Wal auf der anderen. Er sagte: »Das ist von unserem ersten erlegten Wal. Für das Schwert, das Sie jetzt berechtigt sind zu tragen.«

Mung schaute sich noch einmal um, verbeugte sich und verließ das Schiff.
Am Ufer stand Ryochi Okuda mit zwei Pferden. Er lachte und rief: »He, Samurai, kannst du reiten?«
Mung seufzte laut. »Du mußt wohl schon wieder Wachhund für mich spielen. Ich hoffe, es langweilt dich nicht zu sehr.«
Ryochi lachte und saß auf. »In deiner Nähe ist es immer alles andere als langweilig.«
Mung sagte: »Ich freu mich, dich zu sehen.«
»Für mich war's höchste Zeit, mal wieder aus den Geisha-Häusern rauszukommen. Ich hatte einen Haufen Schulden bei den verfluchten Kaufleuten«, sagte Ryochi. Er machte einem Läufer, der vor ihnen herlief, ein Zeichen. »Ich muß dich auf Befehl Yoshidas an einen bestimmten Ort bringen.«
Mung trabte neben Ryochi her. »War Yoshida sehr wütend?«
»Nein, warum fragst du?«
Mung sagte nichts. Er schaute sich um. Einige Häuser waren schon wieder aufgebaut worden. Die Hauptstraßen waren vom Schlamm und Geröll gesäubert. In der Mitte des Stadtplatzes stand der Zwergahorn auf einem geschnitzten Podest. Am Rand des Platzes sah Mung Saiyo in einer Gruppe Frauen stehen und Anweisungen geben. Die Frauen gingen, Saiyo blieb alleine stehen.
»Geh zu ihr«, sagte Ryochi. »Yoshida hat mir befohlen, dich hierher zu bringen.«
Mung sprang vom Pferd, Saiyo drehte sich um und sah ihn. Sie verbeugte sich. Er verbeugte sich. Dann standen sie da und starrten sich an.
Mung sagte nach einiger Zeit: »Fräulein Ishikawa, man hat

mich in den Stand eines Jung-Samurai erhoben. Yoshida wird bei Ihrem Vater in meinem Namen um Ihre Hand anhalten. Ich hoffe, das mißfällt Ihnen nicht.«
Da ihr der Fächer fehlte, legte Saiyo die Fingerspitzen an den Mund. »Ich hoffe, Yoshida wird sich beeilen.«
Mung platzte heraus: »Was?«
Saiyo lächelte. »Es ziemt sich, daß eine Tochter die Entscheidung ihrer Eltern befürwortet.«
Mung grinste übers ganze Gesicht. Saiyo errötete. Sie neigte den Kopf.
Er sagte: »Ich habe Befehl, nach Satsuma zu gehen und dann nach Nagasaki, aber ...«
Ryochi brüllte ihm zu: »Wir müssen los!«
Mung und Saiyo verbeugten sich. Mung ging rückwärts zu seinem Pferd, verbeugte sich wieder und schaute sehnsuchtsvoll seine zukünftige Braut an. »Ich werde wiederkommen!« schrie er, sprang in den Sattel und galoppierte den Weg hoch, wobei er aus vollem Hals brüllte: »Town-ho! Town-hoooo!«

12

Auf der Kaiserlichen Straße nach Satsuma schliefen und aßen Mung und Ryochi an den offiziellen Stationen. Gegen Vorlage ihrer Beglaubigungsschreiben bekamen sie alles Nötige. Die Pferde wurden versorgt und ihre Strohhufeisen routinemäßig gewechselt.

Am letzten Posten schickte man einen Läufer voraus, der ihre Ankunft ankündigte. Am Tor des Schlosses legte Ryochi seine Pässe und Befehle bei einem Samurai der Wache vor. Die Pferde wurden weggebracht, und Mung und Ryochi bekamen einen Führer zugeteilt, der sie in ihr Schlafquartier brachte. Auf dem Weg dorthin passierten sie Häuser, Läden und Regierungsbüros, die in die Befestigungsmauern der eineinhalb Quadratmeilen großen Anlage eingelassen waren. Scharen von Menschen spazierten über die Fisch- und Gemüsemärkte.

Die Dachziegel des siebenstöckigen Pagodenschlosses Fürst Nariakiras schimmerten weißgolden im Licht der letzten Sonnenstrahlen. Es überragte alle Gebäude, Tempel und Schreine der Provinz Satsuma. Der Führer brachte Ryochi zur rechten Mauer der Festung, weg von den Menschenmassen. Er stieg die Verandas eines Hauses, das in die Mauer gebaut war, hoch und schob die *Shoji*-Wände zwischen zwei getrennten Zimmern auseinander. Auf den Schlafmatten jedes Zimmers lagen die ihrem Rang als Jung-Samurai entsprechenden Roben mit den Insignien des Hauses Satsuma. Sie legten ihre Satteltaschen ab und wurden zu einem Bad geführt.

Bei der Rückkehr in ihre Zimmer erwarteten sie zwei schöne, junge Frauen, die *Hibachis* angerichtet hatten und darauf warteten, ihnen das Abendessen zu servieren. Ryochi gab ihnen Anweisung, die Wände zwischen den beiden Zimmern zu entfernen, damit sie zusammen essen konnten. Mung bemerkte, daß ihre Satteltaschen verschoben und anders zusammengeknotet waren, sagte aber nichts und setzte sich. Er und sein Freund fielen gierig über das Essen her. Danach räumten die Frauen alles ab, stellten die Wand wieder auf, zogen sich aus und legten sich unter die Daunensteppdecken.

Ryochi rief aus seinem Zimmer: »Das werde ich nie verstehen, daß Amerikaner Prostituierte so verachten.«

Mung rief zurück: »Ich hab das auch nie verstanden.«

»Naja, wenn jemand die Toilette als Lesezimmer benutzt, braucht man sich nicht zu wundern«, sagte Ryochi.

Mung spürte den weichen Körper des Mädchens neben sich. Er ließ seine Hände über sie gleiten. Sie kamen schnell zur Sache; die Ausbildung des Mädchens war ausgezeichnet, und sie bereitete ihm viel Freude, aber sie war eben nicht Saiyo.

Der warme Körper neben ihm rutschte hin und her. Er versuchte die Augen zu öffnen und griff nach ihr, aber seine Hand wurde sanft weggeschoben.

»Zeit zum Aufstehen«, flüsterte sie.

Mung rieb sich den Schlaf aus den Augen. »Aber es ist noch nicht hell.«

Das Mädchen erhob sich und zündete eine Lampe an. Das Licht spielte auf ihren Hüften und ihrem weichen Bauch. Er stand auf und griff wieder nach ihr, aber sie sagte: »Es ist Zeit für dich zu gehen.«

Mung schlüpfte in die Robe, die sie ihm entgegenhielt, und schaute ihr in die Augen. »Du bist schön.«

Sie schob die Außentür auf, verbeugte sich und sagte: »Danke.«

Draußen zogen er und Ryochi die Schuhe an. Ein buddhistischer Priester mit kahlgeschorenem Kopf machte ihnen ein Zeichen, ihm zu folgen. Es war so dunkel, daß sie nur dem Rascheln der Robe des Priesters folgten. Sie gingen eine Steintreppe hoch, und man wies sie an, die Schuhe auszuziehen. Ihre bestrumpften Füße glitten über große Platten. Kleine Öllampen in Wandnischen ließen sie darauf schließen, daß sie einen Tempel betreten hatten. Der Führer trennte die beiden und führte Mung in einen Raum, in dem er meditieren sollte.

Er ließ sich langsam zu Boden sinken und verschränkte seine Beine zur Lotosstellung. Den Anweisungen seines Vaters gemäß entspannte er seinen Körper: Wirbelsäule gerade, Kopf erhoben, die Arme nach vorne, Daumen und Zeigefinger bildeten einen Kreis und ruhten auf seinen Knien. Er verdrängte alle Gedanken aus seinem Kopf, bis nur noch eine dunkle Leere vorhanden war. Langsam bildete sich ein Licht in seinem Inneren, wie ein drittes, nach innen gerichtetes Auge, das beobachtete, wie seine Gedanken vorbeiflogen. Das Auge weitete sich, bis es der Schlund eines erloschenen Vulkans war, aus dessen Tiefen Mung emporschwebte, dem Licht entgegen, hinein in einen wundervollen, blauen Himmel, in die Welt. Unter ihm waren Scharen von Menschen und Heere von Samurai. Er flog hinab, um besser zu sehen, aber als er näherkam, zerstreuten sie sich. Saiyo war nicht unter ihnen. Er schwebte wieder nach oben, zur Sonne, aber ihr Licht schmerzte seine Augen. Er fürchtete, geblendet zu sein.

Seine Augenlider öffneten sich zitternd. Die ersten Strahlen der Morgensonne trafen auf seine Netzhaut. Er saß in einem großen, geschlossenen Hof mit gekacheltem Dach. Sein Alkoven war einer von vielen. Jedes der kleinen Zimmer war besetzt und ging auf einen Sandgarten von außergewöhnlicher Schönheit hinaus. Sieben große Steine waren raffiniert auf dem gewellten Sand verteilt, so daß man den Eindruck hatte, man schaute auf ein bewegtes Meer. Auf der gegenüberliegenden Seite saß Fürst Nariakira mit seinen beiden Söhnen.

Eine Glocke wurde kurz geläutet. Fürst Nariakira erhob sich, und alle beugten die Stirn bis zum Boden, bis er gegangen war. Mung spürte eine Hand auf seiner Schulter und folgte dem Priester, den er schon kannte, durch die Stadt. Das Dröhnen eines Hammers wurde immer lauter, als sie sich einer Gruppe Samurai näherten, die sich um eine Schwertmacherschmiede geschart hatten.

Der Priester flüsterte ihm zu: »Verbeugen Sie sich nicht, solange der Fürst arbeitet«, und ging. Die Gruppe stand um eine offene Grube mit einer Feuerstelle. Fürst Nariakira und seine beiden Söhne waren in der Grube. Sie trugen grobe, weiße Arbeitskleidung. Der Fürst von Satsuma zog ein Schwert aus dem Feuer. Die Klinge war halb fertig, ein Tropfen geschmolzener Stahl glühte an ihrer Spitze. Er legte das Schwert auf den Amboß, packte den Griff mit feuchten Lappen und schlug mit einem kurzen Vorschlaghammer darauf ein. Abwechselnd fielen seine beiden Söhne mit ihren Hämmern in seinen Rhythmus ein. Sie arbeiteten, bis der feurige Klumpen am Ende des Schwertes zu glühen aufhörte. Dann rammte Fürst Nariakira die Klinge wieder ins Feuer, und seine Söhne pumpten die ledernen Blasebälge.

Der Fürst fragte: »Moryiama Einosuke, wird sich Kagoshima von der *Tsunami* erholen?«
Mung beugte den Kopf und erwiderte: »Ja, mein Fürst. Die Leute trauern, aber sie arbeiten am Wiederaufbau der Stadt. Es gibt genug zu essen, keiner hungert. Ihr Zwergbaum steht in der Mitte des Stadtplatzes und schenkt allen Inspiration, die ihn anschauen.«
Fürst Nariakira zog die Klinge aus dem Feuer. Er warf einen prüfenden Blick darauf, dann steckte er sie wieder zurück und sagte: »Das Schwertmachen ist eine hohe Kunst. Das Schwert ist eine edle Waffe. Wie würde der Amerikaner es in einer Schlacht einschätzen?«
Mung erwiderte: »Die Amerikaner würden seine Schönheit und die handwerkliche Ausführung bewundern. Sie würden es als Rangabzeichen zu ihren Uniformen tragen, aber sie würden ein Gewehr benützen. Es ist wirksamer im Kampf.«
Die ächzenden Blasebalge verstummten. Alles schwieg betreten, bis der Schrei eines Babys die Stille durchbrach.
Fürst Nariakira zog die Klinge aus der Glut und sagte: »Der Schrei eines Kindes ist der Klang neuen Lebens, ich werde seine Einmaligkeit in dieser Klinge einfangen.« Er schwang den Hammer.
Mung wurde von dem buddhistischen Priester gepackt und eilig weggeführt. Sie durchquerten einige Häuser, bis sie an einem Bambusparavent angelangt waren. Er und Mung lugten durch die Öffnungen im Paravent. Draußen liefen Leute vorbei und duckten sich in den Türbögen. Drei Samurai kamen die Straße entlang; diejenigen, die sie nicht rechtzeitig gesehen hatten, verbeugten sich tief. Die Krieger stolzierten Schulter an Schulter, die Gesichter zu grimmigen Masken verzerrt, die Hände am Schwertgriff.

Ein Händler, der eine teure Brokatrobe trug, trat aus seinem Laden. Als die Samurais sich näherten, verbeugte er sich, jedoch nicht besonders tief, auch richtete er sich zu schnell wieder auf. Einer der Samurai wirbelte herum, seine lange Klinge blitzte, und der Kopf des Händlers rollte auf die Straße. Ein Blutstrom ergoß sich aus dem abgeschnittenen Rumpf, der Körper erschauderte und sank zu Boden.
Mung drehte sich zu dem Priester um, der ihm den Mund zuhielt und flüsterte: »Sie sind auf der Suche nach Ihnen.«
Mung wartete, bis die Samurai außer Sicht waren, dann zog er die Hand weg und sagte: »Warum?«
»Weil Sie gesagt haben, Amerikaner würden lieber Gewehre statt Schwertern benutzen. Wenn Fürst Nariakira nicht die Geschichte vom Schrei des Kindes und dem Schwert erzählt hätte, wäre auch Ihr Kopf gerollt.«
»Warum haben Sie ihn getötet?«
»Erstens ist er aus der niedrigsten Klasse und unwichtig. Zweitens war seine Verbeugung nicht vollkommen. Drittens hat der Samurai wahrscheinlich Schulden bei ihm, und das ist die schnellste Art, sie zu tilgen. Haben Sie vergessen, daß ein Samurai die Macht über Leben und Tod hat? Sie haben diese Macht jetzt auch. Aber halten Sie sich an die Spielregeln.«
Nach kurzer Zeit erschien Ryochi mit fünf anderen Samurai in dem Haus, in dem Mung und der Priester warteten. Er sagte zu Mung: »Diese Wachen werden dich während deines Aufenthalts hier ständig begleiten.«
»Soll das heißen, man jagt mich immer noch?«
»Nein, das ist vorbei, aber es sind immer Spione des Shoguns unterwegs, selbst in diesem Schloß der Satsuma. Der Shogun weiß bereits, daß du den Walfänger gebaut hast, und daß man dich in den Stand eines Jung-Samurai erhoben

hat. Du trägst die Insignien Satsumas auf deiner Kleidung, und Fürst Nariakira unterstützt den Meiji-Kaiser. Deshalb bist du dem Shogun ein Dorn im Auge. Er weiß auch, daß du auf die Dolmetscherschule gehen wirst.«

Für Mung folgten drei harte Tage. Die verschiedensten Lehrmeister unterrichteten ihn, und man erlaubte ihm in der ganzen Zeit nur acht Stunden Schlaf. Am Morgen des vierten Tages brachten ihn Ryochi und die fünf Samurai in das siebenstöckige Schloß. Dort wurde er alleine in einen kleinen Raum geführt. Nach einiger Zeit wurde eine Schiebetür geöffnet, und vor ihm saß Fürst Nariakira. Mung warf sich, das Gesicht nach unten, vor ihm zu Boden.

»Setz dich!« befahl Fürst Nariakira. »Deine Berichte an Yoshida zeigen, daß du sehr intelligent bist. Die meisten Leute erzählen mir das, von dem sie glauben, daß ich es hören will. Du mußt mir immer die Wahrheit sagen.«

Mung verbeugte sich.

»Werden Abendländer nach Japan kommen?«

»Ja.«

»Warum?«

»Um ihre Seeleute zu schützen, die manchmal auf der Überfahrt nach China in Seenot geraten, um Walfänger mit neuem Proviant zu versorgen, um Kohlelager für ihre Dampfer zu errichten, und um zu versuchen, Handel zu treiben.«

»Werden sie kommen, um uns zu erobern?«

»Nein.«

Der Fürst hatte noch viele andere Fragen an Mung; alles interessierte ihn, von Amerikas Herrschaftsabsichten bis zum hohen Ansehen der Händler im Abendland.

Am Schluß des Gesprächs warnte ihn der Fürst vor den anderen Dolmetschern auf der Schule, die alle Männer des

Shogun waren. Er gab ihm Anweisung, den Englischunterricht so langsam wie möglich voranzutreiben, weil das seine Überlebensgarantie war.
Fürst Nariakira machte ein Zeichen, und eine Schiebetür ging auf. Ein Samurai stand da, verbeugte sich und kam auf sie zu. Er balancierte ein Schwert auf den Handrücken seiner ausgestreckten Hände.
Fürst Nariakira winkte Mung zu sich. »Du gibst vielleicht einer Pistole den Vorzug, aber ein Schwert ist ein Zeichen deines neuen Ranges. Nimm das und bringe deinen Fischbeingriff daran an.«
Mung fragte sich, woher der Fürst von dem Griff wußte. Er nahm die Klinge, verbeugte sich tief, dann ging er rückwärts aus dem Zimmer, und die Schiebetür wurde geschlossen. Ryochi und die fünf Samurai brachten ihn zurück ins Haus, wo man ihm erst einmal erlaubte, richtig auszuschlafen.
Es war dunkel, als Ryochi ihn weckte und ihm zuflüsterte, er möge sich anziehen. Dann schlichen sich die beiden in die Stallungen, wo ein Knecht mit zwei Pferden auf sie wartete. Die beiden stiegen auf, der Knecht ließ sie durch eine Geheimtür hinaus, und sie trabten los. Bis eine Stunde nach Morgengrauen ritten sie ohne Pause, dann hielten sie in einem Wäldchen an und aßen.
Nach dem Frühstück holte Ryochi aus Mungs Satteltaschen das Schwert und die Pistole.
Ryochi nickte in die Richtung, aus der sie gekommen waren. »Die müssen doch selbst auch glauben, daß eine Pistole nicht so schlecht ist. Ich persönlich«, er klopfte auf sein Schwert, »ziehe scharfen Stahl vor.« Er setzte sich. »Jetzt muß ich dir etwas erzählen, was mir sehr weh tut, denn ich hab dich sehr liebgewonnen ...«
Er packte Mung an der Schulter. »Deine Mutter ist vor zwei

Jahren an Schwindsucht gestorben. Fürst Nariakira hat befohlen, daß du unter keinen Umständen versuchen darfst, die Gräber deiner Eltern zu besuchen, weil sie auf dem Land eines Feudalherren liegen, der dem Shogun dient. Die Rückkehr dorthin würde deinen sicheren Tod bedeuten.«
Mung kämpfte mit den Tränen und seufzte laut.
Ryochi fuhr fort: »Fürst Nariakira wird dich, sobald es möglich ist, dorthin schicken, damit du die Gräber deiner Eltern ehren kannst.« Er stand auf. »So ist der Lauf des Lebens. Jetzt müssen wir nach Nagasaki.«
Die nächsten Tage ritten sie tagaus, tagein, redeten kaum ein Wort und übernachteten und aßen in Gasthäusern entlang des Wegs. Endlich erreichten sie den Gebirgskamm, der Nagasaki überragte. Schattierungen von Violett und Rosa glühten am Horizont, wo Himmel und Meer sich vereinten. Die Stadt, die sich bis über die Bucht hinaus erstreckte, war an beiden Seiten umgeben von Pinien und Zedern, die bis ans Wasser hinab wuchsen. Kleine Windböen kräuselten das Meer in der Bucht, und Möwen segelten im Aufwind übers Meer.
Mung stand ganz versunken in den Anblick, als ein gellender Schrei ihn herumfahren ließ.
Ein untersetzter Mann mit schmutzigen Kleidern und fettigem Haar brach aus dem Unterholz. Seine Augen blitzten wild, und er schwang mit beiden Händen ein Schwert, während er auf Ryochi zustürzte, der am Boden hockte. Es blieb keine Zeit, die Waffe zu ziehen. Ryochi sprang hoch, wich der Klinge seitlich aus und schlug dem Angreifer kurz in die Rippen. Ein knackendes Geräusch, dann verpaßte er dem Mann einen Hieb mit der Handkante unters Kinn, der ihm das Genick brach. Der Angreifer war schon tot, als sein Körper auf dem Boden aufschlug. Mung war fassungslos, mit welcher Geschwindigkeit alles vor sich gegangen war.

Ryochi rief Mung zu: »Banditen! Zieh dein Schwert!« Fünf weitere, schwertschwingende Männer stürmten aus dem Unterholz auf sie zu. Ryochi lief zu Mung, so daß sie Seite an Seite waren, mit der Klippe im Rücken. Mung zog seine Pistole, zielte und feuerte alle vier Läufe der Reihe nach, jedem der vier Angreifer mitten in die Brust. Der fünfte blieb entsetzt und mit erhobenem Schwert stehen. Ryochi, der sich als erster vom Schock der lauten Knallerei erholt hatte, schwang sein Schwert und zerteilte den Banditen an der Taille. Mung rannte zu seinem Pferd, um sich Munition zu holen, während Ryochi den Banditen die Köpfe abschnitt. Dann ließ er sein Schwert selbstzufrieden wieder in die Scheide gleiten. Er ginste und sagte: »Die Pistole ist wirklich wunderbar!«

»Sollten wir nicht lieber hier weg?« fragte Mung.

Ryochi zuckte mit der Schulter. »Jetzt wird es erst einmal in dieser Gegend ein Jahr lang keine Banditen geben.« Er nahm Mung die Pistole aus der Hand. »Das mußt du mir zeigen.«

»Nur wenn wir diesen blutigen Ort verlassen.«

Die beiden stiegen wieder auf ihre Pferde, und auf der Straße nach Nagasaki erklärte Mung den Mechanismus der Pistole.

Danach beschrieb Mung, wie er den ersten Angreifer mit bloßen Händen getötet hatte. »Das einzig Sinnvolle, was ich in Ryuku gelernt habe, war die Kunst des Karate. Die Inselbewohner dürfen nach dem Gesetz keine Waffen tragen. Darauf steht die Todesstrafe. Deshalb haben sie diese Kampfart entwickelt; sie töten mit ihren Händen und Füßen. Ich hab's mir von jemanden beibringen lassen.«

Sie erreichten den ersten Außenposten Nagasakis und machten Meldung von dem Überfall. Man teilte ihnen

einen Läufer zu, der mit einem Muschelhorn vorauslief, und so ritten sie in die Stadt ein, in der fast eine halbe Million Menschen lebten.
Der Läufer führte sie zwischen den dichtgedrängten Häusern und Pagoden hindurch, bis sie zu einer Einfriedung am Meeresufer kamen, deren Tor von zwei furchterregenden Samurais bewacht wurde. Nach Vorzeigen ihrer Beglaubigung ließ man sie ein und brachte sie zum Präfekten. Innerhalb der Einfriedung befanden sich die Amtsräume der Polizei und der Steuereintreiber sowie die zentrale Verwaltung für Nagasaki und die umliegenden Gebiete.
Ryochi legte dem Präfekten von Nagasaki eine Schriftrolle vom Hof von Satsuma vor.
Der streng aussehende alte Samurai las die Rolle, dann musterte er Mung und sagte: »Sie werden uns übersetzen, was der Amerikaner Ihnen auf unsere Fragen antwortet. Schauen sie.« Er deutete auf die andere Seite des Hofs, zu einem Raum ohne Tür. »Er ist da drinnen. Sie werden nur mit ihm sprechen, wenn einer der anderen Dolmetscher bei Ihnen ist.«
Mung verbeugte sich schweigend.
Der Präfekt warf ihm einen wütenden Blick zu. »Meiner Meinung nach sind Sie genauso verdächtig wie der Amerikaner. Ihr solltet beide tot sein.«
»Kann er denn tot dem Kaiser dienen?« fragte Ryochi.
»Kann er denn lebendig dem Shogun dienen?«
Mung sagte: »Ich diene beiden, denn sie sind Japan.«
Darauf entließ sie der Präfekt mit einer Handbewegung.
Man brachte sie in ihr Quartier. Unterwegs fragte Mung: »Warum ist er denn gegen mich?«
Ryochi antwortete: »Er ist einer von Fürst Hayoshis Männern und unterstützt den Shogun mit allen Mitteln.«

In den nächsten zwei Monaten verhörte Mung Harold MacDonald, den schiffbrüchigen Amerikaner, immer unter den wachsamen Augen eines Dolmetschers. Erst nachdem man MacDonald auf die Insel Dishima verlegt hatte, die gegenüber der Hafeneinfahrt lag, bekamen die beiden Gelegenheit, sich offen zu unterhalten und Freunde zu werden.

Die Insel Dishima war vor zweieinhalb Jahrhunderten auf Befehl des Shoguns gebaut worden. Jahrelang hatte man mit Booten und Flößen Steinblöcke und Steinbrocken zu einem mit Holzflößen markierten Gebiet im Wasser gebracht, das eine halbe Quadratmeile groß war, bis die Masse fünf Fuß über die Wasserlinie emporragte. Die holländischen Kaufleute, die nie versucht hatten, ihre protestantische Religion zu verbreiten, wie es die Katholiken aus Portugal und Spanien getan hatten, bevor sich Japan mit einem kaiserlichen Edikt von der Welt abgeschlossen hatte, hatten die Erlaubnis bekommen, sich auf der künstlichen Insel niederzulassen.

Die Holländer sammelten Tang als Dünger, brachten Erde und Mist nach Dishima und pflanzten Gemüsegärten an. Sie hielten sich Schafe, Schweine und Kühe und fischten. Diese Insel war der einzige offizielle Kontakt Japans mit dem Abendland.

Mung begann seinen Unterricht in der kaiserlichen Dolmetscherschule, die sich auf Dishima befand. Er schrieb aus dem Gedächtnis ein eigenes Grammatikbuch für Englisch. Dann schrieb er Zusammenfassungen einiger lateinischer Bücher für Sakuma Shozan.

Mungs Tagesablauf war bald schon von Routine geprägt. Jeden Morgen wurde er mit einer Fähre nach Dishima gebracht. Er gab drei Stunden Englischunterricht und wurde dann selbst vier Stunden mit den anderen Dolmetschern von Herrn Levysohn unterrichtet. Hinterher ging er eine Stunde mit MacDonald spazieren und unterhielt sich mit ihm. Anschließend begab sich Mung in das Zimmer, in dem die lateinischen Bücher untergebracht waren, und übersetzte drei Stunden lang, bis die Fähre ihn und die anderen wieder nach Nagasaki zurückbrachte. Ryochi holte ihn immer am Kai ab, dann gingen sie zusammen essen oder in ein Geisha-Haus. Mung verfluchte oft die Arbeit, die ihn von Saiyo fernhielt, aber er genoß sie auch und hatte wenig Zeit zum Grübeln. Er bekam weder von Yoshida noch von Saiyo Briefe.

Eines Morgens, gerade als er sein Zimmer verlassen wollte, geschah etwas Ungewöhnliches. Zwei Samurais erschienen, befahlen ihm in Zimmer zu bleiben und stellten sich vor der Tür auf. Er weckte Ryochi, der ihm riet, seine Pistole im Ärmel zu verstecken. Drei Tage lang hielt man sie dort fest. Sie durften unter Bewachung zum Baden, man brachte ihnen zu essen, aber keiner redete mit ihnen.

Am Morgen des vierten Tages wurde Mung angewiesen, seinen üblichen Unterricht in Dishima abzuhalten. Die anderen Dolmetscher begrüßten ihn zwar auf der Fähre, sagten sonst aber kein Wort. Als er sein Klassenzimmer betrat, fand er dort zwölf zerlumpte, übermüdete amerikanische Seeleute und den Präfekten von Nagasaki vor, der Mung befahl, zu übersetzen. Er erfuhr von den Soldaten, daß sie von einem Handelsschiff namens *Lila B.* stammten und sich auf der Rückreise von China befanden. Sie waren in der Meerenge von Shimoneski in einem Sturm in Seenot geraten. Japanische Fischer hatten sie gerettet, sie dann gefesselt, fast verhungern lassen und dann endlich hierher nach Dishima gebracht.

Mung blieb eine Woche auf der Insel, leitete die Verhöre und übersetzte. Die anderen Dolmetscher waren immer dabei. Als Mung schließlich wieder in sein Quartier am Hafen zurückkehrte, erwartete ihn Ryochi.

Er flüsterte Mung zu: »Sei vorsichtig. Man beobachtet mich, seit du die Amerikaner verhörst.«

»Woher weiß du, was ich getan habe?«

»Jeder hat seine Informanten, aber das tut nichts zur Sache. Ich möchte alles hören.«

Mung berichtete.

Ryochi schüttelte den Kopf. »Was sie dir nicht gesagt haben, ist, daß noch weitere sieben Seeleute von Fischern aus anderen Dörfern gefunden wurden; man hat sie geköpft und ins Meer geworfen.«

Mung sagte: »Du mußt eine Nachricht nach Satsuma schikken. Ich habe von den Amerikanern erfahren, daß eine Gruppe amerikanischer Schiffe demnächst aus Kanton lossegelt. Sie wollen durch die Meerenge von Shimoneski fahren, die Küste hoch nach Edo und mit dem Shogun einen Handels- und Beistandsvertrag aushandeln.«

Ryochi flüsterte: »Ist das wahr?«

»Ja, aber das hab ich dem Präfekten nicht übersetzt. Ich bin sicher, die anderen Dolmetscher haben nichts verstanden, weil ich Seemannsslang gesprochen habe, als ich merkte, was die Amerikaner da erzählen. Ich habe gesagt, sie dürfen es niemandem erzählen, weil man sie sonst umbringt.«

Ryochi überlegte. Dann beugte er sich vor und flüsterte: »Es gibt keine andere Möglichkeit. Ich muß die Botschaft selbst überbringen.« Er deutete auf die Matratze. »Laß das hier liegen, bis ich wieder da bin und schlaf in einem anderen Teil des Zimmers.«

»Glaubst du, man wird mich angreifen?«

»Wenn ich fort bin, werden der Präfekt und die Freunde des Shogun wissen, wohin ich gegangen bin. Sie werden annehmen, du hast mir etwas erzählt, das sie von den Spionen noch nicht erfahren haben.«

Mung zuckte mit der Schulter. »Kannst du warten, bis ich einen kurzen Brief geschrieben habe?«

»Das dauert zu lang.«

»Dann mußt du dich bei Yoshida nach Fräulein Ishikawas Gesundheit erkundigen.«

Ryochi lachte. Er legte die Hand an seine Schwerter, schob die Tür auf und verschwand in der Nacht.

Keiner verlor ein Wort über Ryochis Verschwinden. Kurz danach zogen zwei grimmig aussehende Samurai in sein Zimmer. Drei Wochen lang verlief Mungs Leben routinemäßig: Schule, Essen, danach Geisha-Haus oder Theater. Immer wenn er in sein Zimmer zurückkam, legte er Kleiderbündel auf die Matratze und wechselte den Schlafplatz. In dieser Nacht streckte er sich neben der Tür zu Ryochis Zimmer aus, als er es nebenan flüstern hörte. Er legte sein Ohr nahe an die Papiertür und lauschte angestrengt. Dann das Geräusch laufender Füße, ein Schrei.

Zwei Gestalten sprangen Seite an Seite durch die Papierwand. Einer stolperte über Mungs Füße, der andere sprang über ihn hinweg und hackte auf die Kleider auf der Matratze ein. Mung warf seine Decke von sich, und seine Pistole fiel aus dem Ärmel. Er suchte nicht lange, sondern sprang durch das Loch, das seine Angreifer in die Wand gerissen hatten. Ihr Geschrei folgte ihm, als er durch die nächste Wand brach. Ein alter Mann hockte da auf einem Nachttopf. Er rannte zur nächsten Wand, während der alte Mann ihm fassungslos nachstarrte. Die Angreifer stürmten durch das Loch. Der alte Mann fiel hintenüber vom Topf. Mung

brach durch die nächste Wand, wo ein großer Berg auf dem Boden lag. Der Berg teilte sich und entpuppte sich als zwei riesige, nackte Sumo-Ringer. Die Gesichter der Kolosse waren wutverzerrt. Als die beiden dreihundertpfündigen Riesen sich zu ihrer vollen Höhe aufrichteten, lief er zur rechten Wand, sprang und fiel in den Hof. Die Angreifer rannten den Sumo-Ringern direkt in die Arme. Mung hörte sie schreien und lief weiter bis zum Büro des Präfekten. Der Präfekt kam gerade aus seinem Zimmer. Zwei Wachen packten Mung, ließen ihn aber auf Geheiß des Präfekten gleich wieder los. Auch die nackten Sumo-Ringer und hinter ihnen der alte Mann trafen ein, um sich zu beschweren.
Nachdem der Präfekt die Geschichte gehört hatte, begab er sich zu Mungs Zimmer, um sich die Sache anzuschauen, gefolgt von Mung, den beiden Ringern und dem alten Mann. Als er durch alle Zimmer gegangen war und mit der ganzen Meute wieder im Hof angelangt war, fing er an zu kichern. Er schaute von einem zum anderen, zeigte auf die Löcher, durch die die beiden Riesen die Angreifer durchs Dach geworfen hatten, und lachte, bis ihm die Tränen übers Gesicht liefen. Sein Heiterkeitsausbruch war ansteckend, und schließlich hielten sich alle den Bauch vor Lachen. Daraufhin gab der Präfekt Mung ein bewachtes Zimmer neben dem seinen.
Ein paar Tage später wurde Mung ins Büro des Präfekten gerufen, wo Yoshida und Ryochi auf ihn warteten.
Der Präfekt sagte zu Mung: »Ich beglückwünsche Sie zu Ihrer bevorstehenden Hochzeit.«
Mung fiel die Kinnlade herunter. Er stotterte: »Danke«, verbeugte sich und ging aus dem Zimmer.
Als Yoshida und Ryochi sich zum Abschied verbeugten, sagte der Präfekt: »Sagen Sie seiner Frau, sie soll sich vor

ihm in acht nehmen. Er läuft manchmal Amok und rennt durch Wände.«

Draußen warteten schon die Pferde. Ein Stück weiter, in der Nähe des Hafens, rief Mung seinen Freunden zu: »Ich gehe keinen Schritt mehr weiter, bis ihr mir erklärt, was passiert ist.«

Yoshida zügelte sein Pferd und sagte: »Du willst doch immer noch die magere Ishikawa heiraten, nicht wahr? Es ist alles arrangiert. Ich habe in deinem Namen mit Herrn Ishikawa gesprochen, und er hat zugestimmt.«

Mung wiederholte: »Er hat zugestimmt. Zugestimmt. Einfach so?«

»So einfach war es nicht. Fürst Nariakira will dich in Edo haben, wenn die Amerikaner kommen. Die Spione des Shogun in China werden ihn sicher von der Ankunft der Amerikaner verständigen. Dann wird man dich nie lebend aus Nagasaki herauslassen. Außerdem kann deine Einheirat in die Familie Ishikawa dich in Edo vielleicht schützen. Sie ist eine der ältesten und angesehensten im Reich. Der Präfekt mußte dich gehen lassen, weil Fürst Nariakira dein Pate sein wird und selbst die Reisegenehmigung für die Hochzeit befohlen hat.«

»Wo ist Saiyo?«

»Sie ist schon mit ihrem Vater im Schloß von Satsuma. Wir haben noch einen langen Weg vor uns.«

Mung fing an zu lachen. Dann warf er den Kopf zurück und schrie: »Town-hooo!«, klatschte seinem Pferd auf die Flanke und galoppierte los. Ryochi und Yoshida stürmten hinter ihm her.

Sie ritten achtzehn Stunden ohne Unterbrechung und hielten nur an, um Pferde zu wechseln und zu essen. Um zehn Uhr morgens kamen sie in Satsuma an. Ryochi wurde zu einem Bad und einem Schlafquartier geführt, Mung und Yoshida ins Pagodenschloß. Dort geleitete man sie in einen Raum, in dem Fürst Nariakira und Sakuma Shozan saßen. Die jungen Männer warfen sich zu Boden, man befahl ihnen, aufzustehen und sich zu setzen.

Sakuma Shozan sagte: »Erzählen Sie uns von diesem Gerücht, daß Amerikaner von Kanton nach Edo segeln.«

Mung versuchte, trotz seiner Erschöpfung, seine Gedanken zu ordnen. »Die Männer, mit denen ich geredet habe, waren von einem Handelsschiff, der *Lila B.* Sie sagten, es lägen fünf amerikanische Marineschiffe in Kanton. Zwei sind Versorgungsschiffe. Die *Columbus*, die *Vincennes* und die *Prebble* sind Kriegsschiffe unter dem Kommando von Commodore James Biddel. Der Commodore hat Anweisung, Verhandlungen für Verträge zu führen; dabei soll es um Kohlestationen, Handelsmöglichkeiten und die anständige Behandlung schiffbrüchiger Matrosen gehen.«

Der alte Gelehrte fragte: »Wann werden sie ankommen?«

»Das ist nicht klar, aber wahrscheinlich bald.«

»Würde eine Mauer wie die in Nagasaki gegen diese Schiffe bestehen können?«

»Nachdem die Befestigungen dort hauptsächlich aus Lehm sind und in den Kanonen die Vögel nisten, würde alles in etwa fünfzehn Minuten dem Erdboden gleichgemacht werden.«

»Wie würden die Samurai in einer Landschlacht bestehen?«

»Ich glaube, sie hätten keine Chance«, erwiderte Mung. »Die Schiffe könnten in den Hafen einfahren und die Stadt mit Brandbomben beschießen. Und da die Häuser aus Papier und Holz sind, wäre die Stadt verloren.«

»Haben alle Soldaten solche Pistolen wie Sie?«

»Nein, die meisten haben Musketen und Gewehre, die nicht

so schnell sind, aber dafür auf lange Entfernungen genauer.«

Der Fürst schwieg einige Minuten, dann sagte er zu Mung: »Geh und bade dich und bereite dich auf das *Mi-ai* vor, das rituelle Treffen mit deiner Braut und ihrem Vater.« Er winkte Mung aus dem Zimmer.

Yoshida blieb. Fürst Nariakira wandte sich an den Gelehrten und seinen Studenten. »Wir wollen die Macht des Kaisers wiederherstellen, aber wir wollen keine Ausländer mit Gewalt in unser Land einziehen lassen. Wir wollen kein zweites China werden.«

Sakuma Shozan sagte: »Wenn wir den Shogun nicht davon überzeugen können, keine Gewalt anzuwenden, wird unsere Entscheidung, egal wie sie ausfällt, keinen Unterschied machen. Wann geht Mung nach Edo?«

Der Fürst erwiderte: »Das *Mi-ai* ist in drei Stunden. Er kann heute abend heiraten und drei Tage Flitterwochen verbringen, bevor er mit Yoshida und Ryochi nach Edo geht. Yoshida, du wirst mich beim Ritual des Brautstehlens vertreten.« Er lachte. »Ich bin zu alt zum Bräutestehlen.«

Nach dem Bad kam der Hofbarbier zu Mung und rasierte den vorderen Teil seine Kopfes. Die langen Haare an der Seite und hinten wurden geölt und zu einem Zopf gebunden, dann nach vorne über den rasierten Teil gezogen. Er zog einen gestickten Kimono an, weite Seidenhosen und einen schwarzen *Obi*, in den er sein Schwert mit dem Walknochengriff schob.

Ein Priester führte ihn in ein Zimmer, in dem Fürst Nariakira auf einer lackierten Empore saß. Mung wurde zu einer Matte zur Rechten des Fürsten geleitet. Alles schwieg. Die Tür glitt auf. Herr Ishikawa mußte sich beim Eintreten bücken. Hinter ihm kam Saiyo, den Kopf leicht nach vorne

gesenkt. Ihre pechschwarzen Haare waren zu einem Knoten gebunden, der von einem rosa Korallenkamm gehalten wurde. In Mungs Augen war sie das schönste Wesen, das er je gesehen hatte.
Vater und Tochter nahmen auf den Matten vor Fürst Nariakira Platz, Saiyo ein kleines Stück hinter ihrem Vater. Sie drehte den Kopf und schaute Mung von der Seite an, dann senkte sie rasch die Augen. Ihm wurde heiß und kalt. Wie aus weiter Entfernung hörte er die Stimmen von Herrn Ishikawa und dem Fürsten, die die Bedingungen der Heirat aushandelten. Ihm war alles gleich, wenn er nur seine wunderbare Saiyo heiraten konnte. Dann war der Zeitpunkt gekommen, an dem Fürst Nariakira den alten Samurai bat, ihm zu offenbaren, was sein Herz ihm sagte.
Der Greis hob den Kopf: »Gnädiger Fürst, ich habe nur Töchter gezeugt. Ohne Söhne wird der Name meiner Familie mit mir begraben werden.« Er wandte sich an Mung. »Dieser junge Mann hat einen anderen Namen angenommen, und den Rang eines Jung-Samurai, der diesem Namen gebührt.« Er drehte sich dem Fürsten zu. »Im Buch der Geschichte sind mehrere Fälle einer zweiten Namensgebung verzeichnet.«
»Was ist mit dem Namen, den Mung erhalten hat? Soll der verblassen? Moryiama Einosuke war ein treuer Untertan und ein Mann, der nach dem Kodex des Bushido gelebt hat.«
Ishikawa beugte das Haupt und sagte: »Sie haben mich gefragt, was mein Herz mir sagt. Ich hoffe, es macht Ihnen keine Unannehmlichkeiten, Herr, wenn ich Sie bitte, uns zuerst darauf zu einigen, daß eine zweite Namensgebung möglich ist, bevor wir eine Lösung für ein Problem suchen, das vielleicht nicht existiert?«

Fürst Nariakira nickte, dann schickte er nach Sakuma Shozan. Der alte Gelehrte kam und hörte sich an, was sein Fürst zu sagen hatte.
Sakuma Shozan überlegte kurz, dann sagte er: »Mein Fürst, bei einer zweiten Namensgebung müßte man Mung mit Rücksicht auf die ehrenvolle Familie in den Rang eines mittleren Samurai erheben.«
»Was immer noch nicht die Frage nach dem Namen von Moryiama Einosuke klärt«, sagte Fürst Nariakira. »Gibt es da eine Lösung?«
Mung und Saiyo warfen sich sehnsuchtsvolle Blicke zu.
Nach einer kurzen Schweigepause sagte Herr Ishikawa: »Mein Fürst, als Moryiama Einosuke noch am Leben war, wie habt Ihr ihn da angesprochen?«
»Mit seinem Vornamen.«
»Wäre dann nicht der Name Moryiama Ishikawa akzeptabel?«
Fürst Nariakira klatschte sich aufs Knie, stand auf und sagte: »Es soll geschehen!« An Sakuma gerichtet, fügte er hinzu: »Schreibe auf, daß Moryiama in den Stand eines mittleren Samurai erhoben wird und von der Familie Ishikawa aus Kagoshima adoptiert wird.«
Der Fürst verließ den Raum, und Sakuma Shozan wandte sich an die drei. »Die Adoption wird nach der Hochzeit stattfinden.« Und zu Mung sagte er: »Sie reisen am Morgen des vierten Tages mit Yoshida und Ryochi nach Edo.«
Danach brachten Yoshida und Ryochi Mung in sein Zimmer, halfen ihm beim Umkleiden und rissen Witze über sein Glück. Man ließ Sake bringen, und die beiden gossen immer wieder ein.
Jemand klopfte an der Tür, und eine Stimme rief von draußen: »Sind die Diebe bereit?«

Yoshida brüllte: »Der Dieb ist bereit!« Dann schoben er und Ryochi den verwirrten Bräutigam zur Tür hinaus. »Was muß ich denn machen?«
Yoshida packte ihn am Arm. »Los, es ist alles arrangiert, wir schleichen uns in ihr Zimmer. Du gehst rein ...«
»Was, wenn ihr Vater mich erwischt?«
Die beiden Freunde schüttelten vorwurfsvoll die Köpfe: »Es ist Brauch, die Braut zu stehlen, und Herr Ishikawa weiß das.«
»Wollt ihr damit sagen, er hilft mir, seine eigene Tochter zu stehlen?« Jetzt schüttelte Mung den Kopf. »Ihr feinen Leute habt seltsame Bräuche. Ich glaube, ich muß noch einen trinken, bevor ich sie stehle. Ich mache mir Sorgen. Wenn sie sich nun wehrt?«
Seine beiden Freunde packten ihn an den Armen und zerrten ihn in ein nahes Restaurant, wo sie noch eine Flasche Sake tranken. Danach mußten sie Mung stützen, weil er nicht mehr geradeaus gehen konnte.
Vor dem Haus angekommen, riß Mung sich los und rief: »Sie ist schön, wun-der-schön!«
Die beiden schlugen ihm auf den Rücken und schubsten ihn die Verandatreppe hoch. Er stolperte nach links und schob die falsche Tür auf, ehe sie es verhindern konnten. Ishikawa und Sakuma Shozan saßen sich darin gegenüber und tranken Tee. Mung verbeugte sich einige Male und entschuldigte sich vielmals.
Herr Ishikawa flüsterte Mung zu: »Sie ist im nächsten Zimmer.«
Mung verbeugte sich noch zweimal und schloß die Tür, dann torkelte er nach rechts und wollte die nächste Tür aufschieben, aber seine Hand rutschte ab und stieß durch das dünne Papier. Er zog die Tür auf, das Papier riß noch

weiter. Er richtete sich auf, strich sich den Kimono zurecht und stieg durch die Papierwand.
Saiyo kniete in der Mitte des Zimmers. »Man hat mir gesagt, du würdest mich erwarten?« sagte er. Dann bemerkte er ihr weißes Kleid. »Warum trägst du Weiß? Weiß ist die Farbe der Trauer. Wer ist gestorben?«
Die Tür zum Nebenzimmer ging auf. Herr Ishikawa steckte den Kopf zur Tür herein. »Noch ist niemand gestorben, aber wenn du sie nicht hier rausschaffst, werde ich mir überlegen, ob ich dich nicht umbringe!«
Saiyo erhob sich schnell, packte Mung am Arm und führte ihn durch den Riß im Papier. Dann liefen die beiden mit Yoshida und Ryochi davon.
Herr Ishikawa rief: »Meine Tochter ist von einem Verrückten gestohlen worden!«, und seine Nachbarn liefen aus ihren Häusern herbei, um ihm zu gratulieren.
Auf dem Weg zu ihrem Zimmer bestand Saiyo darauf, an einem Shinto-Tempel anzuhalten. Die beiden knieten sich vor den Altar. Jeder betete mit der Stirn auf der Erde.
Nach einiger Zeit merkte Saiyo plötzlich, daß ihr frischgebackener Ehemann neben ihr während des Betens eingeschlafen war. Sie drehte ihn sanft um, so daß sein Kopf in ihrem Schoß lag, und ließ ihn bis zum Morgengrauen schlafen.
Als der Himmel sich rötete, erhoben sie sich und gingen ohne ein Wort in ihr Zimmer. Drei Tage lang sangen ihre Herzen vor Freude, und von Sehnsucht verzehrt vereinten sich ihre Körper. Weder klassische Gedichte noch Kurtisanentagebücher hatten sie auf diese Freuden vorbereitet. Doch selbst mitten in der Ekstase sprachen sie von ihrer Zukunft, voller Angst, sie könnten während ihrer Trennung verschiedenen Träume nachhängen. So lagen sie engum-

schlungen unter den Decken, flüsterten sich ihre Pläne zu, liebten sich und schwammen im Meer der Gedanken des anderen.
Am dritten Tag, als sich die Abendnebel über die Gebirge legten und die Sonne im Westen hinter dem Horizont verschwand, besuchten Yoshida und Ryochi die Liebenden. Sie hatten drei Pferde dabei, verbeugten sich in aller Form vor Saiyo Ishikawa und versprachen, Mung in der Hauptstadt des Shogun zu beschützen. Es sollte sich herausstellen, daß dies leichter gesagt als getan war.

13

30. November 1852

Nach seiner Hochzeit versteckte sich Mung drei Monate lang zusammen mit Ryochi und Yoshida. Die Zeit verging nur schleppend. Mung verzehrte sich vor Sehnsucht nach seiner Frau, wurde immer magerer und begann sogar, sein Äußeres zu vernachlässigen.

An diesem Tag stand er allein auf der Veranda und schaute hinaus auf die Bucht von Edo. Das Warten war zu Ende. Es regnete. Draußen an der Hafeneinfahrt lagen drei amerikanische Kriegsschiffe vor Anker. Vor fünf Stunden waren Yoshida und Ryochi fortgegangen, um seinen Einsatz als Dolmetscher für den Shogun zu arrangieren. Sie wollten sich zuerst Sicherheitsgarantien geben lassen, bevor er erschien. Der Wind pfiff ums Haus. Hunderte kleiner Fischerboote legten vom Ufer ab und ruderten durch den strömenden Regen hinaus zu den großen Segelschiffen. Hinter den Lagerhäusern, außer Sichtweite der Docks, formierten sich die Samurai. Sie standen reglos und in voller Rüstung im Regen.

Mung ging ins Haus, wo er eine Zeichnung von Saiyo zur Hand nahm und sie lange betrachtete. Nach einiger Zeit rollte er die Skizze wie ein Teleskop zusammen, hielt sie sich ans Auge und schaute hinaus zu den amerikanischen Schiffen. Die Segel waren hochgerollt; es war kein Dampfer dabei. Marinescharfschützen hingen in der Takelage, be-

waffnete Seeleute standen auf Gefechtsstation an der Reling. Die Kanonen waren ausgefahren. Auf den Achterdecks standen die Offiziere und warfen durch ihre Ferngläser einen ersten Blick auf Japan.
Er nahm das provisorische Teleskop vom Auge, entrollte die Skizze und betrachtete sie noch einmal. Er mußte lachen, als er an ihre gemeinsamen Nächte dachte. Saiyos Mutter hatte ihr ein Buch mit dem Titel: *Sexuelle Freuden für Unerfahrene* gegeben, das sie viele Stunden studiert hatte. Mung war nicht unerfahren, aber mit Saiyo zu schlafen war nicht nur ein physisches Erlebnis, sondern auch ein geistiges, wie er es noch nie erlebt hatte.
Er rollte das Bild zusammen, ging ins Haus und setzte sich an den *Hibachi*, um sich zu wärmen.
Bald darauf traten Yoshida und Ryochi ein. Sie legten ihre Regenkleidung nicht ab, sondern hockten sich neben ihn und rieben sich die Hände über dem Feuer.
Yoshida sagte: »Es ist alles arrangiert. Fürst Hayoshi garantiert für deine Sicherheit. Wir gehen jetzt sofort zu einer Audienz mit dem Shogun.«
Als die drei Freunde das Haus verließen, wurden sie sogleich von Samurais mit Fürst Hayoshis Emblem eingekreist, die sie zum Palast eskortierten.
Zehn Stockwerke hoch ragte die Pagode aus dem Zentrum von Edo, Japans einwohnerreichster Stadt. Eine zehn Fuß hohe und sieben Fuß dicke Mauer zog sich um den Palast. Samurais mit geflügelten Helmen und in voller Rüstung hielten Wache.
Im Hof wurden Ryochi und Yoshida von Samurai-Wachen abgeführt, während man Mung zur Empfangshalle des Shogun brachte. Die Türen öffneten sich, und er wurde zu Boden gestoßen. Bäuchlings wie eine Schlange kroch er durch die Mitte der Halle.

Zu beiden Seiten einer erhöhten Plattform mit Baldachin saßen die Räte des Kaiserreichs. Jeweils ein grimmig dreinblickender Samurai stand an den vier Pfosten. In der Mitte der Plattform saß der Shogun, Fürst Hotta, gleichzeitig der Regent Japans. Zehn Fuß vor der Plattform befahl man Mung liegenzubleiben, mit dem Gesicht auf der Matte.

Einer der Räte rutschte auf den Knien zu Mung. Er schrie mit schriller Stimme: »Werden die Amerikaner ihre Waffen gebrauchen?«

Mung holte tief Luft, um ruhiger zu werden. »Ich glaube, sie werden es nicht tun, wenn man sie nicht dazu zwingt. Amerikaner sind im allgemeinen ein friedliebendes Volk, außer wenn man sie reizt.«

»Warum begeben sie sich in Gefahr? Was wollen sie?«

Mung zögerte. Er durfte nicht zugeben, daß er den Beamten in Nagasaki nicht alles erzählt hatte, denn damit hatte er dem Shogun Informationen vorenthalten. Er sagte: »Ich weiß es nicht.«

Der Rat zischte voller Sarkasmus: »Haben dir die schiffbrüchigen Seeleute nicht erzählt, daß amerikanische Schiffe kommen, um über einen Handels- und Beistandsvertrag zu beraten?«

Mung lag schweigend da, denn er hatte Angst zu antworten.

Der Rat brüllte: »Oder übersetzt du nur für den Fürsten von Satsuma korrekt? Und nicht für den Shogun, den vom Kaiser berufenen Hüter des Volkes und der Länder von Japan!«

Mung preßte seine Nase fester in die Matte und murmelte ein Gebet, das ihm sein Adoptivbruder John Whittefield beigebracht hatte. Jede Sekunde konnte das Schwert auf seinen Kopf heruntersausen.

Die sarkastische Stimme fuhr fort: »Dieser Abschaum, der das Gesetz gebrochen hat, indem er in einem fremden Land gelebt hat, erwartet, daß wir glauben, er würde Japan einen Dienst erweisen, wenn er uns warnt, daß drei amerikanische Schiffe kommen, um das Kaiserreich zu stürzen. Er ist ein Dummkopf!« Damit verbeugte sich der Rat und rutschte auf den Knien zurück zu seinem Platz.

Der Shogun hob den kleinen Finger seiner rechten Hand. Zwei Wachen packten Mung an den Knöcheln und schleiften ihn aus dem Saal und durch einige Gänge und warfen ihn schließlich eine Treppe hinunter in ein vier mal vier Fuß großes Loch, das in den Felsen gehauen war. Das Loch war sieben Fuß tief und wurde mit einem Bambusgitter geschlossen, das zwei Samurai bewachten.

In der Halle hatte der Shogun alle außer seinen zwei ältesten Ratgebern weggeschickt, Fürst Hayoshi und Fürst Abi. Sie knieten vor der Empore.

Der Shogun nickte dem dicken, gelehrten Fürsten Abi zu, der sagte: »Jede von Admiral Biddels Bitten sollte einzeln behandelt werden. Die Macht der amerikanischen Waffen darf nicht unterschätzt werden. Handel und Kohlestationen sind inakzeptabel. Auch die Hilfe und Repatriierung schiffbrüchiger Seeleute sollten wir zuerst verweigern, ebenso wie wir der Aufnahme ihrer Schiffe in Seenot in unsere Häfen nur dann zustimmen dürfen, wenn Druck ausgeübt wird. Sollten sie tatsächlich Gewalt anwenden, gestehen wir ihnen eine Kohlestation auf einer entlegenen Insel zu.«

Fürst Hayoshi richtete sich auf. Die Adern auf seinem kahlrasierten Schädel vibrierten unter der glänzenden, gelben Haut. Er warf Fürst Abi einen verächtlichen Blick zu. »Keine Zugeständnisse! Sollten wir auch nur in einer einzi-

gen Sache nachgeben, werden die Franzosen, Engländer, Russen und Holländer sofort auch mit ausgestreckten Händen dastehen. Wenn wir auch nur einen Buchstaben am Ausschlußedikt ändern, werden wir von allen Seiten angegriffen werden!« Er packte die Griffe seiner beiden Schwerter und knurrte: »Bis in den Tod!«
Der Shogun zog seine rechte Augenbraue hoch. Er musterte die beiden Ratgeber. Dann flüsterte er kaum hörbar: »Keine Zugeständnisse. Keinen Widerstand, solange die Amerikaner nicht versuchen, an Land zu gehen. Sollten sie das Leben so hoch einschätzen, wie sie vorgeben, lassen wir unsere Boote von ihnen bombardieren. Wenn sie ein paar hundert Fischer getötet haben, werden wir wissen, ob sie es ernst meinen oder nicht. Fürst Hayoshi wird für den militärischen Bereich verantwortlich sein, Fürst Abi für die Verhandlungen.« Er grinste und zeigte seine vorstehenden Zähne: »Zieht dem Vorstand der Metzgergilde die Kleidung des Präfekten an. Er wird den amerikanischen Admiral empfangen.« Während sich die beiden Räte verbeugten, sagte der Shogun: »Bringt den Dolmetscher Mung nicht um. Wir werden uns mit ihm amüsieren, wenn diese Affäre vorbei ist.«

Auch ein amerikanischer Admiral macht Fehler, wenn man ihm nur vage Anweisungen gibt. So erging es Admiral Biddel im Winter 1852. Seine Befehle lauteten: »Handelsverträge abschließen; Hilfe für schiffbrüchige Matrosen sichern; Errichtung von Kohlestationen mit dem Herrscher Japans aushandeln. *Keinerlei Gewaltanwendung oder Herbeiführung von diplomatischen Zwischenfällen.*«
Admiral Biddel wußte nur wenig über Japan, und er hatte zu wenig Schiffe. Das Ostindiengeschwader, das er komman-

dierte, hatte nur drei Schiffe im Einsatz und zwei Versorgungsschiffe, allesamt Windjammer.

Der Admiral ließ die Versorgungsschiffe zur Sicherheit auf hoher See und ankerte an einem grauen, regnerischen Tag an der Einfahrt der Bucht von Edo. Kurz darauf wurden die Schiffe von einer Flotte von Booten umringt, die in ungefähr hundert Metern Entfernung liegenblieben.

Am Nachmittag legte eine große Regierungsbarke vom Ufer ab. Der Vorstand der Metzgergilde, eine gesellschaftlich verachtete Gruppe (Japaner essen selten Fleisch), saß, als Präfekt kostümiert, unter einem Baldachin. Fürst Hayoshi und Fürst Abi waren als Boten verkleidet. Zwei Samurai aus der Dolmetscherschule fungierten als Wache, ein dritter als Dolmetscher für Holländisch. Die Insassen wurden mit Bootsmannspfeifen und allen Ehren auf Admiral Biddels Schiff empfangen.

Auf dem Rückweg zum Ufer sagte Fürst Hayoshi: »Sie haben also wirklich niemanden, der Japanisch kann. Sie sind so sicher, daß wir kein Englisch verstehen, daß sie sich offen vor unseren Dolmetschern unterhalten. Diese Amerikaner sind offensichtlich naiv und verwirrt.«

Fürst Abi sagte: »Sie dürfen nicht vergessen, daß Mung recht hatte, als er uns ihre Forderungen nannte. Er könnte auch in bezug auf die Zerstörungskraft ihrer Waffen recht haben.«

Fürst Hayoshi machte eine verächtliche Handbewegung. »Die Kanonen sind zwar groß, aber der Mann, der sie befehligt, ist unentschlossen. Sie können nicht behaupten, daß dieser Amerikaner Forderungen gestellt hat, es waren eher Bitten.«

Fürst Abi sagte: »Ich möchte, daß er den Hafen durch Verhandlungen verläßt, nicht durch eine Schlacht.«

»Sie haben zwei Tage, um zu verhandeln. Dann trete ich in Erscheinung. Der Shogun wünscht, daß sie hier verschwinden.«

Zuerst ließ Fürst Abi die kleinen Boote um jedes Schiff einen Ring bilden, um sie zu isolieren. Als die Amerikaner nicht reagierten, schickte er ihnen eine Botschaft, Verhandlungen wären nicht möglich und die Ausländer müßten Anker lichten. Die Antwort des Admirals war an den Kaiser gerichtet, was zeigte, daß er keine Ahnung von der politischen Struktur Japans hatte. Der Admiral weigerte sich, den Hafen zu verlassen, ehe er nicht mit dem Kaiser oder einem seiner Stellvertreter gesprochen hätte. Daraufhin gab Fürst Abi den Fischern Befehl, an Bord der Schiffe zu gehen und die Amerikaner zu provozieren.

Die ganze Nacht lang mußten die gesamten Mannschaften Wache stehen und durften keine Gewalt anwenden, obwohl alles, was nicht niet- und nagelfest war, gestohlen wurde. Am nächsten Tag erklärte sich Fürst Abi bereit, die Fischer zu vertreiben, wenn der Admiral an Bord des Schiffes des Präfekten kommen würde. Biddel erklärte sich damit einverstanden, um die Strapazen seiner wachestehenden Männer nicht unnötig zu verlängern.

In den Augen der Japaner hatte der Admiral schon sein Gesicht verloren, als er persönlich Botschafter empfangen und die Fischer nicht einfach getötet hatte. Als James Biddel an Bord der Barke kam, rempelte ihn ein Samurai an, so daß er fast ins Wasser fiel. Daß er den Samurai nicht töten ließ, wurde zu einer der beliebtesten Geschichten am Hof des Shogun. Man erzählte sich, wie der Amerikaner versucht hatte, im Schneidersitz Platz zu nehmen, und von seinen Bemühungen, mit dem Metzger zu verhandeln. Zu diesem Zeitpunkt reduzierte Fürst Abi mit einer List die Streitkraft des Admirals um ein Drittel. Er erzählte dem Admiral von den schiffbrüchigen Seeleuten in Nagasaki und sagte, man müsse sie sofort holen, weil sie von einem Fürsten gefangengenommen worden wären, der dafür bekannt sei, daß er Ausländern den Kopf abhacken ließ. Der Admiral ordnete daraufhin die USS *Preble* zur Rettung der Schiffbrüchigen ab.

Am Morgen des dritten Tages schritt Fürst Hayoshi in voller Kampfrüstung in Fürst Obis Zimmer. Er verbeugte sich und sagte: »Ihre Verhandlungen waren ein Fehlschlag. Jetzt ist es an der Zeit, diese fremden Kinder zu töten und ihre Spielzeuge zu verbrennen.«

Fürst Abi erwiderte: »Erlaubt mir noch eine Botschaft.«

Fürst Hayoshi gestattete es.

Fürst Abis letzte Botschaft warnte Admiral Biddel vor einer drohenden Schlacht, falls er nicht den Rückzug antrete.

James Biddel sah seine Fehler ein. Er erwiderte, er sei bereit, in See zu stechen, müsse aber einen günstigen Wind abwarten. Japanische Fischerboote schleppten schließlich die amerikanischen Kriegsschiffe hinaus auf die offene See, von wo aus sie die Heimreise antraten.

Nach diesem Fehlschlag wurde die Japanische Abteilung des amerikanischen Außenministeriums gegründet und William Whittefield zu ihrem ersten Direktor ernannt.

Im Palast des Shogun wurde Mung aus seiner Zelle geholt und in ein Bad gebracht. Er wusch sich, salbte sich mit Jasminöl, um den Gefängnisgeruch loszuwerden und zog das bereitliegende, saubere, weiße Gewand an. Die Wachen brachten ihn dann in ein Vorzimmer der Empfangshalle des Shogun, wo einige andere Männer in weißen Roben zusammen mit Schauspielern und Musikanten warteten. Da er den Rang eines Samurai hatte, wurde er von den anderen weggeführt und direkt in die Empfangshalle gebracht. Dort mußte er an einer Seitenwand warten.

Erster Programmpunkt waren die Akrobaten, gefolgt von den Musikern und Sängern.

Anschließend kamen von der entgegengesetzten Seite der Halle vier riesige Männer herein, nackte Berge aus Muskeln und Fett, nur mit Lendenschürzen bekleidet. Die Sumo-Ringer verbeugten sich vor dem Shogun und teilten sich dann in Paare auf. Ein Kreis von fünfzehn Fuß Durchmesser wurde mit blauen Seidenkordeln auf den Fußmatten abgesteckt, und die ersten beiden Ringer betraten den Ring. Sie standen sich ein paar Minuten gegenüber, zeigten ihre Muskeln und schnitten Grimassen, mit denen der Gegner eingeschüchtert werden sollte. Dann verbeugten sie sich und stürzten sich mit überraschender Leichtfüßigkeit aufeinander. Das Klatschen von Fleisch und Muskeln dröhnte durch die ganze Halle. Die riesigen Körper verkeilten sich ineinander, der Schweiß lief in Bächen an ihnen herab, während sie grunzten und schoben. Dann, plötzlich, eine schnelle Bewegung, und einer der beiden Ringer wurde über die Linie gedrückt. Die nächsten beiden betraten den Ring, und dieselbe Prozedur wiederholte sich, bis die beiden Gewinner ermittelt waren.

Ein aufgeregtes Raunen ging durch den Saal. Chikamutsu, Japans Sumo-Champion, hatte den Saal betreten. Er war größer und breiter als die anderen Ringer. Wie ein menschliches Gebirge stapfte er durch den Saal, verbeugte sich vor dem Shogun und dann vor einem der Sumo-Ringer, der in den Ring trat. Der kleinere begann mit der üblichen Routine, zu der das Schneiden von Grimassen und das Vorzeigen der Muskeln gehörte. Chikamutsu verzog keine Miene,

sprang auf den Mann zu und warf ihn verächtlich, wie einen Sack Reis, über die Seidenkordel. Dem zweiten Ringer erging es nicht anders.
Aus dem Vorzimmer kamen nun die Männer in den weißen Roben. Sie wurden hintereinander aufgestellt und der kleinste in den Ring geschoben. Angsterfüllt schaute er den schwitzenden Fleischberg vor sich an und sank zitternd auf die Knie. Chikamutsu packte den kleinen Mann mit einer Hand an der Schulter, mit der anderen am Nacken und drehte. Bis ans andere Ende des Zimmers, wo Mung stand, hörte man das Knacken seines Genicks.
Ein weiterer Mann wurde in die Arena geschoben. Ihm brach der Champion die Wirbelsäule und warf ihn wie ein totes Huhn aus dem Ring.
Mung wurde am Arm gepackt. Kurz vor dem Ring hielten die Wachen mit ihm an. Der Rat, der ihn angegriffen hatte, bevor man ihn in den Kerker warf, kam auf Knien nach vorn.
Er verbeugte sich vor dem Shogun und schrie Mung zu: »Die angebliche Bedrohung durch die Amerikaner war eine Lüge. Wie einen Hund, der vor Angst den Schwanz zwischen die Beine klemmt, haben wir sie auf die See hinausgeschickt. Zeig uns deine amerikanischen Kampfmethoden gegen Chikamutsu. Wenn du gewinnst, bist du frei. Der Shogun, Fürst Hotta, hat das bestimmt.«
Mungs Angst vor dem Sterben hatte sich in der Zelle gelegt. In der Sekunde, in der er die Hoffnung, zu überleben, aufgegeben hatte, fühlte er sich so frei wie nie zuvor in seinem Leben. Entweder würde er Saiyo in einem anderen Leben wiedertreffen, oder er erwartete sie im christlichen Jenseits. In jedem Fall hatte er sich seinem Karma gefügt.
»Wenn ich diesen Herrn besiege«, er gebrauchte bewußt die

höflichste Form der Anrede, »werden meine Freunde dann auch freigelassen?«

Der Rat drehte sich zum Shogun hin, der kaum merklich seine dunklen, dumpfen Augen kurz schloß und dann wieder öffnete.

Der Rat zeigte zum hinteren Ende der Halle: »Deine beiden Freunde werden Zeugen deines Schicksals werden. Es liegt in deiner Hand.«

Mung wurde in den Ring geführt. Chikamutsu starrte ihn an wie eine Kuh ihr Futter. Mung ging mit gespreizten Beinen in die Hocke, die Arme angewinkelt. Er überlegte fieberhaft, was für tödliche Griffe er kannte, aber gegen dieses Monstrum waren sie alle sinnlos. Als er zufällig über seine gebrochene Nase strich, fiel ihm plötzlich die Kampftechnik des Franzosen in Hawaii wieder ein; so wollte er es versuchen. Mung verbeugte sich tief. Chikamutsu schaute zu ihm hinunter, dann senkte er langsam seinen riesigen Kopf und erwiderte die Verbeugung. Mung zog seinen rechten Arm zurück, bis ihm fast die Venen am Kopf platzten und schlug Chikamutsu von unten mit aller Macht zwischen die Augen. Das menschliche Gebirge erschauderte und schwankte hin und her. Mung wich rasch ein paar Schritte zurück, machte einen Satz nach vorn, sprang in die Luft und trat dem Sumo-Ringer mit beiden Füßen ins Gesicht. Der Koloß torkelte und versuchte sein Gleichgewicht wiederzufinden. Dabei stolperte er über die Seidenkordel und krachte gegen einen der Samurais, die den Shogun bewachten. Beide Männer fielen gegen einen der Stützpfeiler des Baldachins. Der Stoffhimmel glitt zu Boden. Mung schaute den Shogun an, der keinerlei Überraschung oder Gemütsregung zeigte. Seine dumpfen Augen starrten ins Leere, sein Mund öffnete sich wie der einer Kobra. Einige

Samurai zogen ihre Schwerter und wollten sich auf Mung stürzen.
Aus dem Hintergrund des Raums ertönte eine autoritäre Stimme: »Halt!«
Der Priester, der Mung in Satsuma geführt hatte, trug Rüstung und ein hohes Rangabzeichen. Mung hatte nicht gewußt, daß dieser Mann der Älteste der Kriegerpriester ganz Japans war. Der Priester schritt auf das Podest zu, die Hände in die Hüften gestemmt. »Der Shogun hat sein Wort gegeben! Der Kodex des Bushido verlangt die Einhaltung! An diesem Hof darf keinem der drei Männer aus Satsuma ein Haar gekrümmt werden!«
Der Shogun verzog keine Miene. Dann machte er eine kurze Bewegung mit der rechten Hand. Mung wurde aus dem Raum geschoben.
Im Korridor wollte sich ein Samurai mit gezogenem Schwert auf den Priester stürzen. Er starb, erstickt an seinem eigenen Blut und mit einem Dolch im Hals, den der Kriegerpriester geworfen hatte. Die Wachen trieben Mung und den Priester hinaus auf die Straße. Dort warteten, etwas verwirrt, Ryochi und Yoshida.
»Keine Zeit zu verlieren«, rief der Priester und deutete auf die Samurai, die durch das Tor auf sie zukamen. Die vier liefen los, immer in südlicher Richtung, bis sie nach vier Meilen in einen wenig bevölkerten Teil der Stadt kamen.
Die drei Freunde waren völlig erschöpft und ruhten sich aus, während der Priester aus einem nahen Wäldchen vier Pferde holte. Sie stiegen auf und galoppierten los. Als sie schließlich anhielten, blieben die Pferde mit schäumenden Mäulern und gespreizten Beinen einfach mitten auf der Straße stehen. Die Männer nahmen ihre Bettrollen und Satteltaschen ab und schickten die erschöpften Tiere in eine Schlucht. Dann setzten sie sich und aßen.

Zu Fuß ging die Reise weiter zum Berg Fudschi. Zwanzig Tage und Nächte führte der Kriegerpriester sie, ohne daß sie Verfolgern, anderen Reisenden oder Dorfbewohnern begegnet wären. Sie ernährten sich von Wurzeln, Kräutern und Pilzen aus den Wäldern und Gebirgen. Endlich tauchten sie, völlig zerlumpt, an einem kleinen Schrein nahe der Küste in der Provinz Mikawa aus den Wäldern auf. Dort erholten sie sich einen Tag, während der Priester ihnen ein Boot und einen Führer nach Satsuma besorgte. Dann verschwand er, ohne ein Wort.

In einer mondlosen Nacht setzten sie die Segel, hielten Kurs auf die andere Seite von Kyushu und mieden dabei die Küste. Erst nach Einbruch der Dunkelheit des nächsten Abends fuhren sie in den Hafen von Ichiki ein. Von dort brachte sie ein Führer über Land nach Satsuma.

Nach ihrer Ankunft im Schloß wurden Mung, Yoshida und Ryochi von Fürst Nariakira und Sakuma Shozan empfangen. Drei Tage lang berieten sie sich, was für Auswirkungen Admiral Biddels Fehlschlag auf ihre Sache haben würde. Der Shogun hatte dadurch seine Position gestärkt und würde viele Wankelmütige auf seine Seite bringen.

Nachdem er diese bittere Erkenntnis ausgesprochen hatte, verließ Fürst Nariakira den Raum.

Sakuma Shozan sah unendlich alt aus. »Vor fünfzig Jahren bin ich als ältester Gelehrter an den Hof von Satsuma gekommen. Meine Lebensaufgabe war die Wiederherstellung der Macht des Kaisers. Ich werde diesen Tag nicht erleben.« Er blickte zu Ryochi und Yoshida. »Von nun an werden Sie beide mir ständig zur Seite stehen. Sie, Yoshida, werden bald mein Nachfolger als ältester Gelehrter und persönlicher Berater Fürst Nariakiras sein. Ryochi wird mit dem Studium bestimmter militärischer Bücher beginnen, die ich für ihn ausgesucht habe; einige davon hat Mung in Nagasaki übersetzt.« Er wandte sich an Mung. »Sie ernenne ich hiermit zum ersten Assistenten des Gouverneurs von Kagoshima, Ihrem Adoptivvater.« Er lächelte. »Gehen Sie nach Hause zu Ihrer Braut. Verbringen Sie mehr Zeit mit ihr. Es ist nicht gut, eine junge Frau allein zu lassen.«

Mung verabschiedete sich und machte sich auf den Weg nach Kagoshima. Er reiste, so schnell er konnte, und trotzdem war Fürst Kagoshimas Bote vor ihm da und erwartete ihn mit einem frischen Pferd am Stadttor. Der Führer brachte ihn zu einem Hügel oberhalb der Zerstörungslinie der *Tsunami* und verabschiedete sich, als sie an einer Hütte angekommen waren, von der aus man den Hafen überblikken konnte. Auf der Veranda stand Saiyo. Sie lächelte. Eine Träne lief ihr übers Gesicht, als sie sich verbeugte.

»Lieber Mann, es ist schön, dich zu sehen. Geht es dir gut?«

Mung verbeugte sich ebenfalls. »Ja, jetzt geht es mir wieder gut, weil ich zu Hause bin. Ich habe mich nach deinem Anblick gesehnt.«

»Und ich mich nach deinem. Du bist über eine lange, staubige Straße gekommen. Ein Bad erwartet dich.«

»Wirst du mich begleiten?«

»Ich hatte schon Angst, du würdest mich nicht fragen.«

Im Badezimmer zogen sie sich aus und mußten ihre ganze Willenskraft aufbringen, um sich nicht anzufassen. Als sie vorsichtig einander gegenüber in der Wanne Platz nahmen, berührten sich ihre Knie. Saiyo nahm zwei Stück Seife und überreichte eines davon Mung, dann schäumte sie ihm die Schulter ein, und er folgte ihrem Beispiel. Schließlich erhob sie sich, ihre winzigen Brüste reckten sich ihm entgegen. Ihre goldene Haut glühte von der Hitze des Wassers und schien sich nach der Berührung seiner Hände geradezu zu verzehren. Sie stiegen aus der Wanne, umarmten sich und ließen ihre Körper aneinander auf und ab gleiten, bis er in sie drang und sie ihre Beine hochhob, um ihn in sich aufzunehmen. Nach einem Stoß ejakulierte er, ließ sie aber nicht los, sondern trug sie, auf seine neuerliche Erektion gespießt, zum Bett. Dort liebten sie sich ganz langsam bis zur totalen Sättigung.

Wochen voller Glück und Seligkeit folgten. Mung bemalte die *Shoji*-Paravents des Hauses nach Saiyos Wünschen mit Blüten.

Eine Veränderung, die Mung im Haus anbrachte, trug ihm den Ruf eines Exzentrikers ein. Er baute eine Toilette ein. Als die Arbeit beendet war, gab Saiyo eine Teeparty. Die Gäste standen den ganzen Abend an der Toilette Schlange.

Mit dem Frühling erblühte Saiyo. Sie erwartete ein Kind.

Mung und der Gärtner Herrn Ishikawas entwarfen einen Plan für einen Felsengarten für Saiyo. In Bambusröhren leiteten sie Wasser aus einem nahen Fluß über sorgsam gesetzte Steine. Das musikalische Geräusch tropfenden Wassers bereitete ihnen Tag und Nacht Freude. An einer Stelle, wo das Wasser einen Teich bildete, pflanzte Mung eine Trauerweide. Das erinnerte ihn an Lucky, und er erzählte Saiyo von dem Kätzchen. Überhaupt ermutigte sie ihn, all seine Erlebnisse und Abenteuer zu berichten und führte ohne sein Wissen sogar Buch über seine Erfahrungen, die einst Bestandteil japanischer Volksgeschichte werden sollten.

Im Laufe ihrer Schwangerschaft rundete sich Saiyos Gesicht zu solcher Schönheit, daß jeder, der sie sah, davon sprach. Mung war glücklich, weil andere erkannten, was er jedesmal empfand, wenn er sie ansah.

Zehntausend Meilen weit entfernt fand indessen der Abschied eines anderen Paares statt, ein Abschied, der sowohl für Mungs und Saiyos Leben als auch für die Zukunft Japans bedeutsam werden sollte.

14

John Whittefield und Beth Spaulding waren in Annapolis gemeinsam durch das Spalier gekreuzter Schwerter geschritten. Kurz nach der Heirat und Johns Promotion wurde er dem Stab von Commodore Matthew Calbraith Perry zugeteilt. Zwei Jahre lang führten sie ein aufregendes gesellschaftliches Leben in New York.
Als ihr Sohn Jeffrey drei Monate alt war, bekam John Order, mit dem Commodore in See zu stechen. Er trennte sich zwar nur ungern von Frau und Kind, konnte es aber dennoch kaum erwarten, wieder auf einem Schiff zu sein. Und da sowohl er als auch Beth aus Seefahrerfamilien stammten, war der Abschied zwar tragisch, aber für beide nichts Neues.

Im Gegensatz zu der improvisierten Expedition von Admiral Biddel wurde die Fahrt Commodore Perrys mit voller Unterstützung von Daniel Webster geplant, dem ältesten Senator des amerikanischen Kongresses. Er konnte sich die Schiffe aussuchen, erhielt freie Hand zum Einkauf von Geschenken und präzise Anweisungen von Präsident Millard Fillmore.
»Die Anliegen dieser Regierung sind: 1. eine dauerhafte Lösung zum Schutz amerikanischer Seeleute und Besitztümer, die vor diesen Inseln in Seenot geraten oder durch ungünstige Witterungsbedingungen in ihre Häfen getrieben werden; 2. die Genehmigung für amerikanische Schif-

fe, einen japanischen Hafen anzulaufen, um Vorräte, Wasser oder Brennstoff zu laden und/oder im Falle einer Havarie zu reparieren, damit es ihnen möglich wird, ihre Reise fortzusetzen; 3. die Genehmigung für unsere Schiffe, einen oder mehrere ihrer Häfen anzulaufen, um ihre Ladungen zum Verkauf oder Tausch anzubieten.«

Die persönlichen Anweisungen des Präsidenten an den Commodore lauteten: »Stellen Sie klar, daß die Vereinigten Staaten weder ein Teil noch Verbündete des britischen Empires oder irgendeines anderen europäischen Landes sind. Weisen Sie darauf hin, daß unser Reichtum und unsere Bevölkerung im Begriff sind, sich ungeheuer zu vermehren, daß Kalifornien nur zwanzig Dampfertage von Japan entfernt ist, und daß selbst ein begrenzter japanisch-amerikanischer Handel für beide Seiten gewinnträchtig wäre. Jedes Zugeständnis an unsere Forderungen sollte vertraglich festgehalten werden, wofür man Sie mit den nötigen Verhandlungsvollmachten ausstatten wird. Sollte aber trotz aller Argumente und Überredungskünste kein Abkommen zustande kommen, dann werden Sie andere Saiten aufziehen und die Japaner informieren, daß im Falle von Akten der Grausamkeit gegenüber Bürgern dieses Landes, ob durch die Regierung oder die Einwohner Japans, entsprechende Vergeltungsmaßnahmen eingeleitet werden.«

Commodore Perry traf mit Hilfe von John Whittefield, dem einzigen Dolmetscher für Japanisch, genaue Vorbereitungen. Alle Kapitäne und Seeleute mit Wissen über Japan wurden befragt.

Commodore Perry und sein Truppen verließen im März 1853 die Vereingten Staaten und verpaßten damit nur um einige Wochen die Gelegenheit, den besten Informanten

über das jetzige Japan zu befragen. Harold MacDonald war gerettet worden und befand sich an Bord der USS *Prebble* auf dem Rückweg in die Vereinigten Staaten.
In Hawaii schlossen sich drei weitere Schiffe dem Geschwader an. John besuchte alte Freunde und verbrachte die meiste Zeit im japanischen Viertel, um sein Japanisch aufzubessern.
Das Geschwader nahm direkten Kurs von Honolulu zur Insel Ryuku. Der Commodore ließ eine offizielle Nachricht von seinem bevorstehenden Besuch in Edo auf die Insel bringen. Er ankerte nur einen Teil seiner Flotte in Sichtweite der Küste und ließ seine Versorgungsschiffe mit Holz, frischen Früchten und Gemüse beladen.
Dann durchquerte er die Meerenge von Formosa. Seit Jahren hatten amerikanische Walfänger und Handelsschiffe Schwierigkeiten mit Piraten, die von der großen Insel vor dem chinesischen Festland aus operierten. Zur Abschrekkung ließ Commodore Perry in den Häfen Tainan und Kaohsiung deshalb mit seinen Geschützen die oberste Spitze der größten Pagode wegschießen, dann schickte er ein Kontingent Marinesoldaten unter Führung John Whittefields an Land. John ließ seine Männer am Ufer antreten und forderte die Stadtväter auf, ihm die Piraten vorzuführen. Als diese zögerten, gab John ein Zeichen und die *Susquehanna* feuerte einer weiteren Pagode das Dach weg. Daraufhin wurden die Piraten eingekerkert und später den chinesischen Behörden auf dem Festland in Kanton übergeben.
Das Geschwader segelte den Perl-Fluß hoch. Nach Jahren sah John jetzt das Tiger-Gate-Fort und die Bucht wieder, in der während des Opiumkrieges die Seeschlacht stattgefunden hatte. Zwei weitere Schiffe sollten hier zu ihnen stoßen.

John stand auf dem Oberdeck und suchte die Menschenmenge am Kai ab, bis er die vertraute Gestalt Jake Tillims entdeckt hatte. Wie immer hatte er eine unangezündete Zigarre im Mund. An Land schwelgten die beiden stundenlang in Erinnerungen, dann machte John eine Tour durch die Stadt in einer Riksha; dies war eine Erfindung der Engländer, die die herkömmlichen Sänften ersetzte. Er kaufte Kleidung und Mitbringsel für Beth, seinen Sohn und die Familie.

Während des Aufenthalts des Geschwaders in Kanton wurde ein amerikanischer Dampfer, die *Mildred R.*, der auf Grund gelaufen war, von religiösen Fanatikern unter der Führung Hsui-Chuangs, eines selbsternannten Messias, der sich für den jüngeren Bruder Jesu Christi hielt, belagert. Einem Gerücht zufolge verkaufte das amerikanische Schiff Opium.

Commodore Perry befahl John Whittefield und seinen Marinesoldaten, an Bord der *Vandalia* zu gehen und an der Rettung der *Mildred R.* teilzunehmen. Sollte sich das Gerücht über das Opium bewahrheiten, hatte er Order, Kapitän und Mannschaft der *Mildred R.* in Eisen zu legen und nach Kanton zu bringen.

John Whittefield und seinen Männern gelang es, die *Mildred R.* aus den Klauen des Mobs zu befreien und Hsui-Chuang zu töten. Als die beiden Schiffe nach Kanton zurückkehrten, wurde John Whittefield zum Fregattenkapitän befördert, und der chinesische Präfekt Kantons überreichte ihm einen Saphiranhänger. Die Marine der Vereinigten Staaten verlieh ihm später für seine Tapferkeit die Ehrenmedaille des Kongresses.

Neunzig Jahre sollten vergehen, bis sich wieder eine Flotte vom Ausmaß des Ostindiengeschwaders in Kanton versammelte. Angeführt von den Fregatten *Susquehanna, Mississippi, Macedonian* und *Powhattan,* dampften die Korvetten *Plymouth, Saratoga* und *Vandalia* den Perl-Fluß hinunter, segelten ins Japanische Meer hinaus und durch die Meerenge von Shimoneski.

Bei der Durchfahrt durch die Meerenge an ihrer engsten Stelle, dem Moji-Point, gerieten die Korvetten, die zum Schutz des Geschwaders mittlerweile vorausfuhren, unter Beschuß durch die drei Forts, die unter dem Kommando des Fürsten von Choshu standen. Die Korvetten erwiderten das Feuer nicht, sondern begaben sich außer Schußweite und warteten auf Instruktionen vom Flaggschiff. Der Commodore befahl ihnen, sich hinter dem Geschwader einzuordnen und ließ die Fregatte *Mississippi* auf Parallelkurs zur *Susquehanna* gehen.

Die Mannschaften aller Schiffe wurden auf Gefechtsstation befohlen.

Die *Susquehanna* signalisierte die Bitte um freie Durchfahrt auf einem internationalen Wasserweg. Als Antwort donnerte im nächstgelegenen Fort eine Kanone, die Kugel schlug hundert Meter hinter dem Heck des Flaggschiffs ins Wasser.

Commodore Perry befahl »Feuer frei« für die beiden Fregatten. Zwei Breitseiten mit explosiver Munition wurden abgefeuert.

Im Logbuch des Kapitäns fand sich an diesem Tag folgender Eintrag: »23. Juni 1853, 11 Uhr. Während der Durchfahrt durch die Meerenge von Shimoneski in internationalen Gewässern signalisierten wir Bitte um freie Durchfahrt und wurden von drei verschiedenen Befestigungen unter Beschuß genommen. Das Feuer wurde von der *Mississippi* und der *Susquehanna* erwidert. Die Forts wurden dem Erdboden gleichgemacht, und das Geschwader konnte sicher passieren. Tatsächliche Kampfzeit: Acht Minuten.«

15

An einem Abend Anfang Juni 1853 wurde Mung in das Büro des Gouverneurs gerufen. Yoshida und Ryochi erwarteten ihn dort. Sie sahen aus, als hätten sie einen langen, harten Ritt hinter sich.

Erst nachdem Herr Ishikawa das Zimmer verlassen hatte, begann Yoshida: »Sie kommen! Sie kommen wieder! Die Amerikaner haben mehr Schiffe als zuvor! Dampfschiffe! Große, genau wie du vorausgesagt hast!«

»Woher weißt du das?«

»Sie waren in Ryuku. Sie wollten die Nachricht von ihrer Ankunft verbreiten. Glücklicherweise gehört Ryuku zum Herrschaftsgebiet Satsumas. Die Botschaft wurde direkt an den Hof gebracht. Seither hat niemand mehr die Insel verlassen dürfen.«

»Wo sind die Schiffe jetzt?«

»Sie sind nach Kanton, um Proviant zu fassen. Wahrscheinlich wollten sie abwarten, bis die Nachricht Edo erreicht hat.«

»Was müssen wir tun?«

Yoshida sagte: »Fürst Naraikira befiehlt dir, mit der *Shinto Maru* zum Point Satasuki am westlichen Ende der Meerenge von Shimoneski zu segeln und Kontakt mit dem Kommandanten der amerikanischen Schiffe aufzunehmen. Ryochi und ich werden sofort nach Norden segeln und für den Fall, daß du sie verpaßt, Wachen auf die Sieben Inseln von Izo aufstellen, die vor der Einfahrt nach Edo liegen.«

»Was sage ich ihnen, wenn ich sie treffe?«
Yoshida holte zwei Schriftrollen aus dem Ärmel. »Die eine ist in Japanisch, die andere in Holländisch. Es sind offizielle Schriftstücke von Fürst Satsuma, als Vertreter des Kaisers von Japan, an den Kommandanten der amerikanischen Flotte, die deine Position als Verwalter Satsumas und offiziellen Vertreters der Interessen des Kaisers bestätigen. Kein Japaner darf diese Dokumente je zu Gesicht bekommen. Nur ich habe ein Duplikat von beiden.«
Mung nahm die beiden Rollen mit dem Siegel von Satsuma.
Yoshida fuhr fort: »Es ist unsere Aufgabe, den neuen amerikanischen Kommandanten von Admiral Biddels Fehlern zu unterrichten und ihm die reale Machtverteilung in Japan klarzumachen. Obwohl der Shogun mit den Amerikanern verhandeln wird, müssen sie ihre gesamte Korrespondenz an den Kaiser richten. Diesmal muß der Shogun sein Gesicht verlieren, und nicht die Amerikaner. Sag ihnen, sie sollen die Farce mitspielen und niemals Schwäche zeigen. Erkläre ihnen, daß das Shogunat sich einer Öffnung Japans mit allen Mitteln widersetzen wird. Wir, die wir den Meiji-Kaiser unterstützen, wollen unser Land nicht verraten, sondern sind bestrebt, unsere Wirtschaft durch Handel zu stabilisieren, von ihren Fortschritten in der Wissenschaft zu profitieren und von den neuen Freiheiten zu erfahren, die die Völker der Welt erlangt haben. Und schließlich muß ein Treffen zwischen Fürst Nariakira und dem Kommandanten der amerikanischen Flotte arrangiert werden, um die Ereignisse in Edo und ihre Auswirkungen auf die Zukunft auszuwerten.«
Wieder einmal packte Mung seine Seesäcke. Die hochschwangere Saiyo begleitete ihn zum Schiff, wo ihn seine Mannschaft jubelnd empfing. Beim Auslaufen stand er auf

dem Achterdeck und schaute hinab zu ihr. Dann verbeugte er sich tief vor seiner geliebten Frau und sie vor ihm.
Am 30. Juni 1853 um acht Uhr früh kam der Ruf aus dem Ausguck: »Rauch am Himmel! Rauch am Himmel!«
Mit Ausnahme von Mung hatte keiner an Bord des Walfängers je einen Dampfer gesehen. Er stieg mit einem Fernglas hoch in die Wanten. Über dem Horizont kamen drei Korvetten in Sicht, die bogenförmig vor vier Fregatten in Rautenformation segelten, gefolgt von drei Kuttern nebeneinander.
Die amerikanische Flagge wehte an den Hauptmasten. Jedes Schiff hatte einen goldenen Adler als Galionsfigur. Mung ließ eine Seenotrakete feuern. Die erste Korvette drehte in Richtung *Shinto Maru* bei. Er befahl, seine Flagge zu hissen. Das Emblem des Meiji-Kaisers, das die aufgehende Sonne mit sechzehn Strahlen auf weißem Grund zeigt, entfaltete sich im Wind. Mung übernahm persönlich das Aufziehen der Signalflaggen.
»Bitte um Erlaubnis, an Bord zu gehen«, signalisierte er.
»Erlaubnis gegeben«, kam die Antwort.
Mung wurde zur *Vandalia* gerudert. Er bat in Holländisch darum, den Kommandanten in einer dringenden Sache sprechen zu dürfen.
Commodore Perry war sich bewußt, daß er in den Augen der Japaner sein Gesicht bewahren und auf der Hut sein mußte. Mung wurde erst nach Übergabe der zwei Schriftrollen und deren Übermittlung auf das Flaggschiff an Bord der *Susquehanna* gebracht. In seiner offiziellen Samurairobe mit den beiden Schwertern im *Obi* kletterte er die Strickleiter hoch. Offiziere und Marinesoldaten waren an Deck angetreten. Er verbeugte sich vor der Flagge, und man salutierte vor ihm, dann führte man ihn zur Kabine des Commodore.

Der Kommandant des Ostindiengeschwaders, ein Meter achtzig groß, mit Koteletten, die ihm fast bis zum Kinn reichten, saß kerzengerade hinter seinem Mahagonischreibtisch. Er musterte Mung, der sich verbeugte, mit kühlen, braunen Augen. Weder er, noch John Whittefield oder irgendeiner seiner Stabsmitglieder hatten je einen Samurai gesehen. Er war größer als die gestrandeten japanischen Fischer aus Hawaii. Sein Kopf war vorne rasiert, das Haar geölt und zu einem strengen Knoten oben am Kopf gebunden.

John sah sich das Kostüm des Samurai an – weiße Socken mit abgetrennter Hülle für den großen Zeh, graue weite Hosen und eine grüne Brokatrobe. Dann fiel sein Blick auf einen Messingkompaß, der von der Schärpe des Mannes herabhing und ihm bekannt vorkam. Dann musterte er sein Gesicht, den starken Mund, ruhige, sichere Augen und eine verbogene Nase.

Mung spürte, daß ihn jemand ansah, und blickte hoch, direkt in die Augen eines großen, blonden Offiziers, der einen sehr merkwürdigen Ausdruck im Gesicht hatte. Sie erkannten sich im selben Moment.

John Whittefield rief erstaunt auf Japanisch: »Mung! Mein Gott, Mung, du bist es!«

Beide machten einen Schritt vorwärts, aber die scharfe Stimme Commodore Perrys ließ sie innehalten. »Was ist los, Commander Whittefield?«

Mung hatte sich schnell wieder gefaßt und antwortete John auf Japanisch: »Je weniger von unserer Beziehung wissen, desto besser. Versteht uns sonst jemand hier?«

»Nein, nicht auf diesem Schiff.«

»Gut. Es besteht große Gefahr. Ich muß mit dir und dem Commodore allein sprechen.«

Commodore Perry verstand die beiden zwar nicht, hatte aber bemerkt, daß da etwas Besonderes geschehen war. »Commander Whittefield! Bitte um Erklärung!«
»Sir, unser Gast hat dringend darum gebeten, daß Sie, ich und er uns allein unterhalten.«
»Glauben Sie, die Situation erfordert es?«
»Jawohl, Sir!«
Als die anderen den Raum verlassen hatten, wandte sich John an seinen Vorgesetzten: »Sir, bei der ersten Unterredung mit Ihnen habe ich Ihnen von diesem Herrn erzählt.« Er grinste von einem Ohr bis zum anderen. »Darf ich Ihnen meinen Bruder John Mung Whittefield vorstellen?«
Mung verbeugte sich.
Etwas Derartiges hatte der Geschwaderkommandant in seinen ganzen dreißig Dienstjahren nicht erlebt. Er ließ sich in seinen Stuhl zurückfallen. Was für ein glücklicher Zufall, dachte er. Um Zeit zum Nachdenken zu gewinnen, sagte er: »John, Sie haben meine Erlaubnis, Ihren Bruder gebührend zu begrüßen.«
Die beiden jungen Männer umarmten sich, und der dunkelhäutige Japaner, der um fast zehn Zentimeter kleiner war, begann offen auf Englisch zu sprechen. »John, wie geht's deinen Eltern? Hast du Beth geheiratet? Geht's dir gut? Bist du glücklich?«
John lachte. »Vater und Mutter geht es gut. Sie werden sich bestimmt freuen, von dir zu hören. Im letzten Brief, den wir von dir bekommen haben, stand, daß du nach Japan zurückkehren wolltest. Wir hatten solche Angst, man würde dich umbringen.«
»Ich hoffe, ich habe deinen Eltern nicht zu viel Schmerz bereitet?«
»Sie lieben dich und verstehen deine Entscheidung. Und jetzt kann ich Ihnen mitteilen, daß du Erfolg hattest.«

»Mit Informationen über mich mußt du aber sehr vorsichtig sein.«
John schlug Mung einige Male vor Freude auf die Schulter.
»Bist du verheiratet?« fragte Mung.
»Ja, Beth und ich haben einen Sohn. Er spielt oft mit dem Walzahn, den du ihr geschenkt hast.« John holte eine Fotografie seines Sohnes aus der Uniformjacke.
»Ein hübscher Junge«, sagte Mung und strich mit den Fingerspitzen immer wieder über das Bild, denn so etwas hatte er noch nie gesehen.
John sah Mungs Neugier und sagte: »Das ist ein neues technisches Verfahren, das genau abbildet, was man sieht. Ich werd's dir später erklären. Aber erzähl mir erst einmal, ob du in dein Dorf zurückkehren konntest, um deine Mutter zu sehen?«
Mung schüttelte traurig den Kopf. »Noch nicht.« Dann fing er an zu grinsen. »Aber ich bin auch verheiratet, und meine Frau ist schwanger. Ich hab ihr alles über dich erzählt.«
»Gentlemen«, unterbrach sie der Commodore, »wir haben viel zu besprechen. Zuallererst müssen wir sehen, wie Amerika und Japan von dieser glücklichen Fügung des Schicksals profitieren können.« Er wandte sich an Mung. »Gehe ich recht in der Annahme, Mr. Mung, daß Sie uns an der Ausfahrt der Meerenge von Shimoneski erwartet haben?«
»Jawohl, Sir.«
»Dann haben Sie Informationen für mich.«
»Richtig, Sir. Meine Beglaubigung steht in den beiden Schriftrollen an Bord der *Vandalia.*«
»Ihre Richtigkeit ist bestätigt worden. Wir sind sehr neugierig, was Sie uns zu berichten haben.«
»Ich vertrete Fürst Nariakira von Satsuma, der auf der Seite

des Kaisers steht. Mein Fürst möchte, daß Ihre Mission von Erfolg gekrönt wird. Er nimmt an, sie hat dieselben Anliegen wie die von Admiral Biddel.«

»Das ist richtig.«

»Das Scheitern des Admirals war ein Schlag für den Kaiser und seine Anhänger in ihrem Kampf um die Wiedererlangung der Macht. Ihr Erfolg bei den Verhandlungen mit dem Shogun wird der erste Schritt zu einer Schwächung des Shogunats sein.«

»Ich muß gestehen, ich bin ein wenig verwirrt, Mr. Mung.« Er klopfte auf eine Akte, die vor ihm auf dem Tisch lag. »Alles, was wir bis jetzt über Japan erfahren haben, hat uns zu der Überzeugung gebracht, daß das Volk dem Kaiser uneingeschränkt ergeben ist.«

»Das stimmt, Sir.«

»Aber Sie haben von der Macht des Shogun gesprochen.«

»Das ist auch richtig. Seit zweihundertfünfzig Jahren haben die Kaiser ihre Paläste nicht verlassen und den Shoguns die Regierung überlassen. Jetzt will der Meiji-Kaiser seinen Thron und seine Macht wieder zurückholen.«

Der Commodore musterte die beiden jungen Männer vor sich. »Ich hatte vor, den vierten Juli in der Bucht von Edo zu feiern. Aber ich werde diesen Plan fallenlassen, wenn Mr. Mung damit einverstanden ist, mit mir und Commander Whittefield einen Plan auszuarbeiten, wie man am besten mit der Regierung von Japan verhandelt, wer auch immer das sein mag.«

»Meine Mitarbeit an dem Plan entspricht durchaus meinen Pflichten gegenüber Fürst Nariakira. Aber bevor wir weitermachen, muß ich Ihnen noch die Notwendigkeit strikter Geheimhaltung erklären.« Mung legte die Hand auf seine Schwertgriffe. »Sollte der Shogun erfahren, daß Fürst Nariakira Kontakt zu Ausländern aufgenommen hat, dann müßten der Fürst und Tausende seiner Samurais Selbstmord begehen. Unter anderem ich. Außerdem würde sich das japanische Volk, wenn man es glauben macht, ein fremdes Land hätte die Absicht, sein Vaterland zu besetzen, unter dem Banner des Shogun versammeln und bis zum Tod jedes Mannes, jeder Frau und jedes Kindes kämpfen. Dazu gäbe es keine Alternative.«

»Ihre Bitte um Geheimhaltung ist verständlich. Nur wir drei werden an diesen Treffen teilnehmen. Es wird nichts schriftlich niedergelegt, und wir werden dieses Geheimnis mit unserem Leben wahren. Sie haben unser Wort als Offiziere und Gentlemen.«

Mung verbeugte sich. »Ich werde meinem Schiff signalisieren, daß ich an Bord bleibe, dann können wir sofort anfangen.«

Nachdem Mung die Kabine verlassen hatte, sagte der Commodore zu John: »Wir müssen das Beste aus diesem glücklichen Zufall machen. Offensichtlich ist der japanische Kaiser es müde, eine Galionsfigur zu sein. Mung vertritt eine politische Fraktion, die sich dem etablierten Regime widersetzt. Wir müssen feststellen, wie mächtig diese Fraktion ist und wie unsere Mission davon profitieren kann. Ich würde auch gerne wissen, woher dieser Walfänger kommt. Wenn die Japaner ihn gebaut haben, können wir uns bald auf Konkurrenz für unsere Walfängerei und unsere Handelsschiffe im Pazifik einstellen.«

Als Mung in die Kabine zurückkehrte, lautete die erste Frage des Commodore: »Mit wem sollen wir verhandeln und wie sollen wir dabei am besten vorgehen?«

Die folgenden Tagen verbrachten die drei Männer jede wache Minute damit, einen Plan zu entwickeln, der die Zukunft beider Länder in einer Art und Weise beeinflussen würde, die keiner hätte voraussagen können.
Vor ihrem abschließenden Treffen am vierten Tag hatten die beiden Brüder endlich ein wenig Zeit füreinander.
»Setzen wir uns hinauf in den Bug«, sagte Mung. »Ich bin die Gerüche auf einem amerikanischen Schiff nicht mehr gewöhnt.«
»Hast du in Japan gefunden, was du wolltest?« fragte John.
»Ja, es war richtig, zurückzukehren.«
»Bist du glücklich?«
Mung überlegte, dann antwortete er: »Ja, es macht mich glücklich, mit Saiyo zusammen zu sein. Und den Walfänger zu bauen, war eine echte Herausforderung.«
»Du hast den Walfänger gebaut? Das hätte ich mir denken können. Der Commodore ist sehr an deinem Walfänger interessiert. Und ich würde gerne wissen, wie ein Fischer Samurai wird.«
Mung erzählte seine Erlebnisse mit Yoshida und Ryochi. Dann fragte er: »Wie fühlst du dich denn, so weit weg von zu Hause?«
»Beth und Jeffrey fehlen mir, aber ich genieße es, das zu tun, wofür ich ausgebildet bin. Die Gelegenheit, bei der Erforschung des letzten noch unbekannten Landes dabei zu sein, kann ich mir nicht entgehen lassen.«
»Japan ist der Welt genauso unbekannt wie die Welt Japan. Wir brauchen westliche Technologie. Zum ersten Mal in unserer Geschichte hat es Aufstände wegen Nahrungsmitteln gegeben, über achttausend Leute sind dabei von den Samurai des Shogun erschlagen worden. Sie sind gestorben, weil sie die Nahrungsmittel, die sie produziert hatten,

nicht dem Shogun als Steuern geben wollten. Wenn sie es getan hätten, wären sie verhungert.«

Die beiden Brüder schwiegen eine Weile, jeder war mit seinen eigenen Gedanken beschäftigt. Dann fragte John: »Wenn Fürst Nariakira und der Kaiser wieder an die Macht kommen würden, was würde das verändern?«

»Sie haben sich geschworen, eine demokratische Regierung einzuführen, die auf dem britischen System basiert. Der Kaiser als Monarch, das Oberhaus als Domäne der *Daimyos* und das Unterhaus an erster Stelle für die Samurai und dann für das Volk.«

»Warum nicht das amerikanische System, Regierung durch Repräsentanten?«

»Das würde nicht funktionieren. Wir sind eine Feudalgesellschaft, genau wie England es war. Unser Volk lebt noch im Mittelalter. Wir haben eine uralte Kultur. Es wird nicht einfach sein, mit der Vergangenheit zu brechen. Der Sprung ins neunzehnte Jahrhundert muß mit Vorsicht gemacht werden. Unsere ersten Schritte zur politischen Reife sollten sich im Rahmen unserer gesellschaftlichen Struktur halten. Amerika baut sich seine Kultur erst jetzt auf und versucht immer noch, seine Identität zu finden. Japan dagegen hat dies alles schon. Was es braucht, ist eine bessere Regierungsform.«

John lächelte. »Ich wünschte, deine Lehrer in Harvard könnten dich hören. Sie wären genauso stolz wie ich.«

Danach schworen sich die beiden Brüder, ihr Leben der Demokratisierung Japans und dem Aufbau einer dauerhaften Beziehung zwischen den beiden Ländern zu widmen.

Commodore Perry ließ sie in sein Quartier rufen, wo sie noch einmal den Plan durchsprachen. »Ich werde nur die *Susquehanna*, die *Mississippi*, die *Vandalia* und die *Sarato-*

ga in die Bucht von Edo bringen. Inzwischen müßte der Shogun aus der Meerenge von Shimoneski Nachricht über die Macht unserer Geschütze erhalten haben. Er wird in diesen Berichten erfahren, daß ich noch mehr Schiffe auf See habe, aber nicht, wie viele. Wir werden uns nur kurz in Edo aufhalten, um Konfrontationen zu vermeiden. Ich werde Präsident Filmores Brief persönlich den offiziellen Vertretern des Shogunats übergeben und ihnen dann einen erneuten Besuch ankündigen, und zwar mit noch mehr Kriegsschiffen. Dabei wird der Vertrag dann unter Dach und Fach gebracht.«

Mung nickte zustimmend. »Ich werde Fürst Nariakira verständigen und nach dem Besuch ein Treffen arrangieren.«

Kurz darauf verabschiedeten sich John und Mung, nicht ohne noch zuvor einen Plan geschmiedet zu haben, der sie für längere Zeit zusammenbringen würde.

Gegen Mittag des 8. Juli ertönten Alarmgongs von den Wachtposten an der Zufahrt nach Edo. Man signalisierte ein oder mehrere brennende Schiffe. Auf spiegelglatter See näherten sich vier Schiffe, aus deren Bäuchen schwarzer Rauch quoll, der Einfahrt zum Hafen. Verwirrung und Angst machte sich in der Einwohnerschaft von Edo breit, als die ausländischen Schiffe mitten in die Bucht fuhren und sich in Schlachtformation aufreihten.

Im Palast des Shogun traf ein Laufbote nach dem anderen ein, aber keiner wagte es, den Shogun zu wecken. Da Fürst Hayoshi verreist war, übertrugen die Berater des Shogun in aller Eile Fürst Abi den Oberbefehl. Er schickte eine beträchtliche Anzahl kleiner Boote hinaus in die Bucht, um die seltsamen Feuerschiffe einzukreisen. Sie versuchten, an den großen Schiffen anzulegen und an Bord zu gehen, wurden aber von den Amerikanern ohne großen Aufwand eines Besseren belehrt. Ausgeworfene Leinen wurden durchgeschnitten und vorwitzige Samurais einfach ins Wasser geworfen. Dann erschien die Barke des Präfekten. Fürst Abi, in der Kleidung eines königlichen Botschafters, wurde mit drei Dolmetschern an Bord gelassen. Man ließ ihn an Deck stehen, bis sich der Kapitän der *Susquehanna* die Übersetzung vom Holländischen ins Englische angehört hatte. Der Commodore ließ sich überhaupt nicht blicken. John Whittefield stand in der Nähe und hörte sich an, was die Japaner untereinander sagten.

Auf Fürst Abis erste Frage: »Was wollen Sie hier?«, erwiderte der amerikanische Kapitän: »Lassen Sie die kleinen Boote abrücken!«

Fürst Abi verbeugte sich und sagte: »Sie sind zu Ihrem Schutz.«

Der Kapitän gab ein Zeichen. Zwei Geschütze auf jedem der vier Schiffe waren mit Mehl gefüllt worden. Man feuerte sie gleichzeitig ab. Als der Rauch und die Staubwolken sich legten, war fast die Hälfte der Flotte kleiner Boote mit weißem Staub bedeckt. Fürst Abi gab ein Zeichen, und alle Boote, bis auf ein paar Wachschiffe, kehrten ans Ufer zurück.

»Diese Barbaren sind verrückt!« hörte John Fürst Abi zu seinen Dolmetschern sagen.

Jetzt wandte sich der Kapitän an Fürst Abi. »Wir haben eine Persönlichkeit von größter Bedeutung an Bord. Sie bringt einen Brief des Präsidenten der Vereinigten Staaten an den Kaiser von Japan.«

Fürst Abi antwortete: »Lichten Sie Ihre Anker und verschwinden Sie auf der Stelle von hier!«

Der Kapitän erwiderte: »Wir kommen in Frieden, nicht um Japan zu besetzen. Wenn wir den Brief übergeben haben, werden wir abfahren.«

Der Shogun wurde vom Knall der Kanonen geweckt. Als er erfuhr, was passiert war, fing er an zu toben und gab Befehl, die Schiffe anzugreifen. Dann widerrief er den Befehl sofort wieder und ließ Fürst Abi eine Nachricht schicken, er solle mit derselben List wie bei Admiral Biddel die Anzahl der Schiffe im Hafen reduzieren.
Fürst Abi jedoch folgte diesem Befehl nicht. John hörte, wie er darüber mit seinen Dolmetschern sprach. Statt dessen forderte er: »Ziehen Sie Ihre Schiffe an die Hafeneinfahrt zurück, erst dann wird weiter verhandelt!«
Der Kapitän ließ Fürst Abi aufs Achterdeck der *Susquehanna* bringen und gab einige Befehle. Breitseiten von der *Susquehanna* und der *Vandalia* rissen daraufhin ein riesiges Loch in einen Berghang links von Edo, den Marineingenieure vorher genau bestimmt hatten, und lösten einen Erdrutsch und eine Staubwolke aus, die sich über ganz Edo ausbreitete.
Danach ließ der Kapitän Fürst Abi vom Schiff eskortieren. »Morgen wird der Vertreter des Präsidenten der Vereinigten Staaten mit einer Ehrenwache an Land gehen. Entweder Commodore Perry darf den Brief an Land einem Minister des japanischen Kabinetts überreichen, oder das ganze Kontingent wird zum Palast marschieren und ihn dort abgeben. Sollte der Ehrenwache oder dem Commodore etwas geschehen, vergessen Sie nicht, daß die Kanonen des Geschwaders auf Edo gerichtet sind.«
Inzwischen war beim Shogun ein Bote mit der Nachricht von der Zerstörung der drei Forts in der Meerenge von Shimoneski eingetroffen. Der Shogun ließ den Boten sofort hinrichten und zog sich daraufhin in einem Zustand der Hysterie und Verwirrung in einen Meditationsraum des Palastes zurück.

Fürst Abi ließ nach seiner Rückkehr an Land Erdbefestigungen auf der Straße zum Palast des Shogun errichten. Die ganze männliche Bevölkerung der Stadt wurde mobilisiert. Alle anwesenden Samurai mußten sich mit ihren Leuten am Ufer versammeln. Die Nacht war warm und klar. In den Tempeln drängten sich die Gläubigen und beteten um einen Sturm, der die Ausländer aufs Meer hinausblasen würde. Gegen zehn Uhr schoß ein Komet über den Himmel. Weder Japaner noch Amerikaner wußten, ob er Gutes oder Böses ankündigte.

Die See war ruhig, und die Mitternachtswache hatte gerade ihren Dienst angetreten, als ein Boot dicht an die *Mississippi* heranruderte. Es waren Yoshida und Ryochi. Yoshida bat zuerst auf Holländisch und dann mit Gesten, an Bord gelassen zu werden, aber man verstand ihn nicht.

Eines der japanischen Wachboote war auf sie aufmerksam geworden und bewegte sich auf sie zu. Die beiden ruderten durch die Bucht um ihr Leben, aber die Wachboote holten unerbittlich auf. Yoshida steckte sein Schwert durch die beiden versiegelten Rollen und ließ sie ins Wasser fallen, dann packte er das Ruder und sagte zu Ryochi: »Spring über Bord und schwimm an die Küste! Du mußt die Nachricht nach Satsuma bringen, daß wir versagt haben!«

»Niemals!« schrie Ryochi. »Ich bin Samurai, geboren und erzogen, um in der Schlacht zu sterben! Das ist meine Ehre!«

Yoshida packte das Ruder, hob es aus dem Wasser und schlug es Ryochi voll gegen die Brust, der rückwärts ins Wasser fiel. Dann ruderte Yoshida mit seinen letzten Kräftereserven weg von Ryochi, um die Verfolger abzulenken. Nach kürzester Zeit hatten die Wachboote ihn eingeholt. Man fesselte ihn und brachte ihn zum Präfekten von Yedo.

Während des Verhörs riß man ihm nacheinander alle Fingernägel aus, setzte ihm unter einer heißen Schüssel eine Ratte auf den Bauch, die sich in seine Eingeweide fraß, aber er verriet nichts von seiner Mission. Er lebte noch, als man ihn in einen Käfig mit der Aufschrift ›Bestrafung für Verräter‹ steckte und ihn nahe des Hafens auf einem Platz aufstellte, wo die Leute ihn mit Kot und Unrat bewarfen.
Am nächsten Tag wurde Yoshida aus dem Käfig geholt und von zwei Wachen des Präfekten in Stücke gehackt. Seine Überreste wurden in einem Misthaufen begraben. Unter den Zuschauern war ein schmutziger Bettler. Keiner sah die Tränen über Ryochis Gesicht laufen oder hörte seine Racheschwüre. Barfuß machte er sich auf den Weg von Edo nach Satsuma, eine Reise von tausend Meilen.

In der Bucht lichteten die amerikanischen Schiffe Anker und näherten sich in Gefechtsformation der Küste. Die Geschütze waren ausgefahren, die Mannschaften in Alarmbereitschaft. Fünfzehn Landeboote standen bereit, um zweihundertfünfzig schwerbewaffnete Marinesoldaten, Seeleute und die Geschwaderkapelle an Land zu bringen.
An Land standen zwanzigtausend Japaner in voller Rüstung und gezückten Waffen.
Am 9. Juli 1853, genau um elf Uhr dreißig, donnerten dreizehn Salutschüsse durch die Bucht von Edo. Die Landeboote machten sich auf den Weg zum Ufer. John Whittefield war der erste Amerikaner, der offiziell japanischen Boden betrat. Samurai, Speerwerfer, Bogenschützen, Schwertkämpfer und berittene Truppen musterten mit düsteren Blicken die Marinesoldaten in ihren blauen Ausgehuniformen mit den weißen Koppeln und gefiederten Hüten. Die Disziplin auf beiden Seiten war bemerkenswert.

Die Marinesoldaten führten eine Reihe von Paradeübungen vor und stellten sich dann im Viereck auf, die Gesichter nach außen, Brust an Brust mit den grimmigen Samurai. Schwerbewaffnete Matrosen mit neuen weißen Pullovern und blauen Hosen formierten sich zu beiden Seiten des Platzes. Unter einem Trommelwirbel ging die Geschwaderkapelle an Land. Ein Signalleutnant stellte sich mit zwei Flaggen hoch über dem Kopf ans Ufer. Wenn diese Flaggen sich senkten, würden die Kriegsschiffe das Feuer eröffnen. John Whittefield salutierte, als Commodore Matthew Perry, flankiert von den beiden größten schwarzen Matrosen der Flotte, an Land ging. Bei den ersten Klängen von »Hail Columbia«, das die Kapelle anstimmte, zuckten die Samurai zusammen. Der Commodore marschierte los; fünfundzwanzig ausgesuchte Offiziere, die sechsschüssige Pistolen lose in den Halftern trugen, bildeten seine Begleitung.
Am Strand hatte man in aller Eile einen Pavillon errichtet. Hinter der leinenen Rückwand standen hundert Leibgardisten des Shogun mit gezogenen Schwertern, und unter der Plattform lauerten zwanzig hochgestellte Samurai mit Befehl, die Amerikaner zu töten, falls es zu Zwischenfällen kommen sollte.
Commodore Perry stieg die Treppe zu der Plattform hoch, flankiert von seinen beiden schwarzen Wachen, einem holländischen Dolmetscher und John Whittefield. Fürst Abi, der immer noch den Kurier spielte, begleitete sie. Auf der Plattform saßen ein Dolmetscher und zwei Ratgeber des Shogun, die eigentlich von niedrigerem Rang waren als Fürst Abi, hinter einem schwarzen, lackierten Tisch. Die beiden schwarzen Matrosen traten auf ein Zeichen des Commodore vor und öffneten zwei Rosenholzschachteln. Eine enthielt den Brief Präsident Fillmores in Englisch, die

andere denselben in Holländisch. Sie zeigten den Räten die Briefe, die kaum die Augen von den beiden Matrosen abwenden konnten, weil sie noch nie schwarze Menschen gesehen hatten. Schließlich stellten die beiden Seeleute die offenen Kassetten ab und traten zurück.
Der japanische Dolmetscher ging in die Knie, nahm vom ersten Rat eine Rolle in Empfang, stand wieder auf und überreichte sie einem der schwarzen Matrosen. Es war ein Schriftstück, in dem man offiziell den Empfang von Präsident Fillmores Brief bestätigte.
Die beiden Gruppen standen sich, betreten schweigend, gegenüber.
Schließlich sagte der Commodore: »Wir werden in Richtung Norden die Küste Japans hochsegeln und dann nach Kanton zurückkehren. Wenn irgendein japanischer Offizieller mit uns nach Norden reisen will, ist er willkommen.«
Keiner antwortete.
Dann fügte Commodore Perry hinzu: »Danke, daß Sie uns empfangen haben. Ich werde in einem Jahr wiederkommen, um den Vertrag abzuschließen.« Damit machte er einen Schritt rückwärts, als ob er gehen wollte.
An diesem Punkt gerieten die beiden Ratgeber aus dem Konzept. Noch nie hatte ein Untergebener eine Diskussion mit einer Drohung beendet. Der japanische Dolmetscher stellte eine der vorbereiteten Fragen, um den beiden Ratgebern Zeit zu geben, sich zu fassen. »Wir haben gehört, daß in China eine religiöse Rebellion stattfindet, in die christliche Fanatiker verwickelt sind. Haben Sie davon gehört?«
Der Commodore antwortete nur mit einem kurzen »Ja« und starrte dann durch die beiden Ratgeber hindurch, als existierten sie überhaupt nicht.
»Kennen Sie die Hintergründe?«

Perry schaute dem ersten Ratgeber direkt in die Augen: »Unzufriedenheit. Unzufriedenheit des Volkes mit einer korrupten und rückständigen Regierung.«
John Whittefield sah, wie der Dolmetscher blaß wurde. Die Antwort des Commodore übersetzte er mit: »Sie sind in der Tat Fanatiker und haben wenig Unterstützung von der Bevölkerung.«
Der erste Rat fragte: »Wird der Commodore mit allen zehn Schiffen zurückkommen?« Damit wurde offensichtlich, daß die Nachricht von der Zerstörung der Forts angekommen war.
Perry antwortete: »Es ist nur angemessen, daß die Unterzeichnung eines Vertrages durch zwei Nationen von einer Zeremonie begleitet wird, die besser besucht ist als die Übergabe eines Briefes.« Er nickte, und noch ehe sich der Dolmetscher verbeugen konnte, hatte er auf dem Absatz kehrtgemacht und den Pavillon verlassen.
Im Pavillon herrschte Ratlosigkeit. Man hatte sich auf lange, komplizierte Verhandlungen eingestellt. Jetzt hörten sie, wie die Kapelle den »Yankee Doodle« spielte und schauten zu, wie der Commodore mit seiner Eskorte ablegte. Die Zeremonie hatte keine zwanzig Minuten gedauert.

John Whittefield schrieb seiner Frau einen Brief, in dem er ihr die Ereignisse schilderte und auch von seinem Wiedersehen mit Mung berichtete. Er ermahnte sie, Mung nur gegenüber seinen Eltern zu erwähnen.

Als die *Shinto Maru* sich von der amerikanischen Flotte getrennt hatte, segelte sie zu der Hafenstadt Ichiki, wo Mung das Schiff verließ. Er machte sich auf den Weg nach Satsuma. Hier leistete ihm sein phänomenales Gedächtnis wieder einmal gute Dienste, und er fand ohne weiteres die Abdeckung des Tunnels, der unter der Mauer zum Laden des Schmiedes führte, wo er sich vierundzwanzig Stunden versteckt hielt, bis der Kriegerpriester kam. Ohne ein Wort geleitete er Mung ungesehen durch die dunklen Straßen zu einem Geheimgang im Pagodenschloß; dieser führte zu einem Raum, in dem Fürst Nariakira und Sakuma Shozan saßen.

Mung berichtete alles, was an Bord des Flaggschiffes mit Commodore Perry passiert war und sagte, wann und wo das nächste Treffen vereinbart war. Danach führte der Priester Mung zurück in den Tunnel, wo er den ganzen Tag lang schlief.

In dieser Nacht legte Fürst Nariakira die Kleider eines mittleren Samurai an und folgte dem Priester zu Mung in den Tunnel. Nicht einmal die engsten Vertrauten durften wissen, daß der Fürst Satsuma verlassen hatte. Sakuma Shozan ließ verbreiten, der Fürst habe sich zum Fasten und Meditieren zurückgezogen.

Unter der Führung des Priesters machten sich Fürst Nariakira und Mung zu Fuß auf den Weg. Sie reisten nur bei Nacht über Schleichwege.

Kurz vor Ichiki wurden sie in einer Schlucht überfallen. Aber wie sich herausstellte, waren es keine Banditen, sondern *Ronin*, Samurai ohne Herrn, die kurz vor dem Verhungern waren. Fürst Nariakira gab ihnen etwas Geld und schickte sie nach Satsuma, wo sie sich bei Sakuma Shozan melden sollten, der ihnen einen Posten verschaffen würde.

Schließlich erreichten die Reisenden das sumpfige Uferland, in dem Mung sein Boot versteckt hatte. Sie ruderten hinaus auf die offene See, und als es Nacht wurde, gab

Mung Signale mit einer Lampe. Sie ruderten weiter, bis plötzlich die *Shinto Maru* vor ihnen emporragte. Sie gingen an Bord und nahmen Kurs auf den Treffpunkt mit Commodore Perry.

An Bord des Schiffes bereiteten Mung und Fürst Nariakira sich stundenlang auf die Verhandlungen vor. Trotzdem blieb noch Zeit, dem Feudalherrn die Jagd und das Erlegen eines Wals vorzuführen. Dabei konnte Mung Fürst Nariakira überreden, zwei weitere Walfänger zu bauen und eine Walstation in Kagoshima zu errichten. Der Fürst stellte nur eine Forderung: die *Shinto Maru* und jeder weitere Walfänger sollten mit Kanonen ausgestattet werden.

Am 5. August trafen sich die *Shinto Maru* und die *Susquehanna* einhundertfünfzig Meilen vor der nächsten Küste. Der Fürst von Satsuma zeigte sich schwer beeindruckt von der Größe des Schiffes und seiner Fähigkeit, in den Wind zu segeln.

Die Verhandlungen zwischen Fürst Nariakira und Commodore Perry wurden von Mung und John Whittefield gedolmetscht.

Der Commodore eröffnete die Sitzung: »Wir haben keine Erfahrung mit diplomatischen Gepflogenheiten in Japan. Sollten wir Sie im Verlauf des Gespräches beleidigen, so geschieht das in jedem Fall unbewußt.«

Fürst Nariakira erwiderte: »Sie haben mit Ihren Worten meine Gedanken genau erfaßt. Es ist in unserem beiderseitigen Interesse, wenn wir diese Formalitäten einfach ignorieren. Würden Sie mir freundlicherweise die Vorgänge in Edo schildern.«

Nach der Zusammenfassung bestätigte der Fürst, daß es sich bei dem Kurier um Fürst Abi gehandelt hatte, und gratulierte dem Commodore zu seinem Plan. Er sagte ihm auch, wie glücklich er sich schätzen mußte, daß Fürst Hayoshi nicht beteiligt gewesen war, weil dieser sicher angegriffen hätte. »Bei Ihrer Rückkehr wird entweder er die Streitkräfte des Shogun kommandieren oder ich die Armeen des Kaisers.«

Der Commodore sagte: »Es ist mein innigster Wunsch, daß dieser Vertrag auf friedlichem Wege durchgesetzt wird. Um das zu bewerkstelligen, möchte ich Ihnen die Gastfreundschaft der *Susquehanna* anbieten, damit Sie sich etwas ausruhen können, bevor wir das nächstemal konferieren.«

»Das ist ein sehr großzügiges Angebot, aber wie Mung mir mitteilte, dauerte es einige Zeit, bis sich sein Magen an westliches Essen und sein Körper an Hängematten und Kabinen gewöhnt hat. Ich werde mich an Bord der *Shinto Maru* wohler fühlen, obwohl ich mir Ihr Schiff gerne einmal genau ansehen würde.«

»Es wird uns eine Ehre sein.«

Im Lauf der nächsten zwei Tage fanden zahlreiche Treffen statt. Fürst Nariakira gab ihnen einen Abriß der militärischen Geschichte Japans, und der Commodore war schokkiert über die Truppenstärken, die an den zahlreichen historischen Schlachten teilgenommen hatten. Bei der letzten Auseinandersetzung, bei der die Tokugawa die Macht des Shogunats an sich gerissen hatten, waren mehr Leute im Feld gestanden als vor Waterloo, wenn man die Truppen der Franzosen und der Engländer zusammenzählt.

Fürst Nariakira war überzeugt davon, daß es Krieg geben würde.

»Wieso sind Sie davon so überzeugt?« fragte der Commodore.

»Es gibt einige Fürsten, unter anderem mich, die einen Eid geschworen haben, bis in den Tod für eine Rückkehr des

Kaisers an die Macht zu kämpfen. Wir müssen unser Land gegenüber dem Westen öffnen, aber zu unseren Bedingungen. Wir wollen nicht, daß es uns ergeht wie China. Ich habe keine andere Wahl! Ich würde sonst meine Ahnen und Kindeskinder mit Schande beladen! Selbst wenn sich nur Satsuma erhebt, werde ich kämpfen!«

Der Commodore musterte den Fürsten eindringlich. »Wir können Sie nur in Grenzen unterstützen. Ich muß dafür Ihre Zusicherung haben, daß wir von Ihrem Kaiser empfangen und unsere Bitten ernsthaft behandelt werden.«

»Ihre Anliegen sind ganz im Sinne unserer Politik. Aber Sie verstehen die Position des japanischen Kaisers in unserer Gesellschaft nicht. Er ist ein Nachkomme des Sonnengottes. Weder Sie noch irgendein anderer Ausländer werden ihn je zu Gesicht bekommen.« Fürst Nariakira warf dem Commodore einen scharfen Blick zu. »Vor allem sind wir Japaner, die keine Abendländer werden wollen, und wir wollen auch nichts mit Ihrer Religion zu tun haben.«

»Nichts liegt uns ferner, als Sie zu ändern. Wir wollen lediglich eine Reihe humanitärer und wirtschaftlicher Abkommen treffen, die für beide Länder von Vorteil sind«, sagte der Commodore.

»Ich glaube Ihnen, aber man muß die Sache im richtigen Licht sehen. Wenn Sie sich mit Gewalt Zugang zum Palast des Shogun erkämpft hätten, dann hätten sie ganz Japan gegen sich gehabt. Aber Sie haben genau richtig gehandelt. Die Kürze Ihres Besuches, die ganze Zeremonie müssen den Shogun und seine Leute völlig verwirrt haben.«

»Wie sehen Sie die Zukunft?«

»Der gemäßigte Fürst Abi muß wahrscheinlich *Seppuku* begehen. Hayoshi wird Oberster Rat und Befehlshaber der Streitkräfte. Er wird sofort Schritte einleiten, um Ihre erneute Landung in Edo zu verhindern. Er wird das Shogunat unter allen Umständen verteidigen. Das Bushido zwingt ihn dazu.«

Commodore Perry erwiderte: »Auch wir Amerikaner haben unser Bushido. Ich habe mein Wort gegeben, einen Vertrag unter Dach und Fach zu bringen, und ich werde zurückkehren!«

»Es gibt nur eine Möglichkeit, eine Konfrontation zu vermeiden, und das ist eine Niederlage der Streitkräfte des Shogun vor Ihrer Ankunft.«

»Wie kann das bewerkstelligt werden?«

»Bei meiner Rückkehr nach Satsuma werde ich Boten zu allen Feudalherren schicken, die dem Kaiser Treue geschworen haben, und sie anweisen, sich für den Krieg gegen den Shogun zu rüsten.«

»Kann man sich denn nicht auf friedlichem Weg einigen?«

»Bushido regiert unser Leben. Es ist unser Karma. Der Shogun ist seit zweihundertfünfzig Jahren an der Macht, und wir, die wir den Kaiser unterstützt haben, mußten Tribut zahlen. Der Shogun ist eine schwache Persönlichkeit. Zum ersten Mal haben wir jetzt wieder einen Kaiser, der sein göttliches Recht als Anführer des Volkes fordert. Sie haben den unvermeidlichen Konflikt nur beschleunigt.«

»Wie stehen Ihre Chancen?«

»Äußerst schlecht.«

»Warum versuchen Sie es dann überhaupt?«

Der Fürst von Satsuma straffte die Schultern und sagte nur ein Wort: »Bushido!«

Während der letzten Stunden des Treffens führte der Commodore den Fürsten über die *Susquehanna.* Der Fürst war sehr beeindruckt von der riesigen Dampfmaschine und dem Ofen, der so viel Kohle verschlang. Während die anderen aufs Achterdeck gingen, erlaubte der Commodore Mung, die Kanonen mitsamt ihren Geschossen und Lunten am konkreten Objekt und anhand von Zeichnungen zu studieren.

Auf Deck hatte man Segel aufgespannt, um Schatten für eine lange Reihe von Bankettischen zu schaffen. Commodore Perry, Fürst Nariakira und John Whittefield nahmen an einem Tisch an der Stirnseite Platz. Fünfzig Männer von der *Shinto Maru* saßen auf der einen Seite, ihnen gegenüber dieselbe Anzahl Offiziere und Maate von der *Susquehanna.* Marineköche servierten den Japanern amerikanische Spezialitäten und alkoholische Getränke. Die Japaner wiederum hatten Delikatessen aus ihrem Land für die Amerikaner mitgebracht – rohen Fisch, gekochten Seetang, weißen, klebrigen Reis, Seeschnecken mit Gingko-Nüssen und Sake.

Die Amerikaner und Japaner waren von ihren Vorgesetzten ermahnt worden, alles mit Genuß zu essen. Aber nachdem beide Seiten einige Zeit lustlos in ihren Tellern herumgestochert hatten, tauschte der erste amerikanische Matrose seinen Teller mit einem Japaner, und alle folgten seinem Beispiel.

Die Herren an der Stirnseite ließen sich davon nicht beeindrucken und leerten stoisch ihre Teller. Nur John verlangte einen Nachschlag und aß mit viel Genuß eine weitere Portion rohen Fisch. Der *Daimyo* von Satsuma hob die Augenbraue, sagte aber nichts. Er wußte nicht, daß diese Vorstellung Teil eines Plans war, den Mung und John mit dem Commodore ausgearbeitet hatten.

Nach dem Essen gaben die inzwischen stark angetrunkenen Mannschaften jeweils eine Darbietung mit Musik und traditionellen Volkstänzen zum besten, was in einem großen

Durcheinander endete, als beide Seiten versuchten, die Volkstänze der anderen nachzuahmen. Als Mung nach kurzer Abwesenheit wieder aufs Deck kam, sah er gerade noch, wie ein Kreis von Tänzern beider Nationen ins Schleudern kam und mit viel Gelächter durcheinanderpurzelte.

»Was ist passiert?« fragte Mung.

»Wir haben gerade ein Abkommen auf die bestmögliche Art getroffen. Beide Mannschaften haben sich unsterblich blamiert.«

John übersetzte dies für Fürst Nariakira, der sich verbeugte und sagte: »Erst wenn der Haarknoten gelöst ist, zeigt sich die Wahrheit der Gedanken und das wahre Herz.«

John zwinkerte Mung zu, der nickte und sich an seinen *Daimyo* wandte: »Herr, Commander Whittefield hat eine Bitte.«

Der Fürst von Satsuma schenkte seine Aufmerksamkeit dem jungen, blonden Amerikaner. »Sprechen Sie!«

»Sir, ich bitte mit allem Respekt, meinen aufgesparten Landurlaub in Satsuma verbringen zu dürfen.«

Commodore Whittefield fügte hinzu: »Mr. Whittefield wird für Kost und Logis gerne arbeiten.«

Fürst Nariakira wandte sich an John: »Was für eine Arbeit könnten Sie denn verrichten?«

»Ich bin Soldat, Sir, viel mehr kann ich auch nicht.«

Fürst Nariakira grinste. »Einverstanden. Für solch einen Mann wird es in Satsuma viel Arbeit geben.«

Er zog seine beiden Schwerter mit ihren silberbeschlagenen Scheiden aus seinem *Obi* und überreichte sie dem Commodore. Matthew Perry verbeugte sich zum Dank. Dann ließ er sich seinerseits eine Mahagonikassette reichen, in deren Deckel der amerikanische Adler geschnitzt war, und

überreichte sie dem Fürsten. Die Kassette enthielt ein Paar Colts mit Perlmuttgriffen. Fürst Nariakiras Augen blitzten vor Begeisterung. Er verbeugte sich und sagte: »Sie würden einen guten Samurai abgeben.«
Worauf der Commodore erwiderte: »Sie würden einen guten Amerikaner abgeben.«

16

John Whittefield ging in voller Feldausrüstung und mit einem Henry-Stutzen an Bord der *Shinto Maru*, die sofort Kurs auf Ichiki nahm. Die *Susquehanna* und die *Vandalia* würden wieder zu ihrem Geschwader stoßen und sich mit ihm auf den Weg nach Kanton machen.

An Bord der *Shinto Maru* teilten sich Mung und John eine Kabine. Die Koje war für John zu kurz, weshalb man ihm eine Strohmatratze auf den Boden legte. Dann begaben sich die Adoptivbrüder daran, eine Verkleidung für den Amerikaner zu erfinden und seine Aussprache des Japanischen zu verbessern.

Der Kriegerpriester kannte ein Färbemittel aus Holz, mit dem man Johns Haut die richtige Farbe geben konnte. Wenn man ihm den Kopf rasierte und die Augen ein wenig schminkte, konnte er als buddhistischer Priester mongolischer Herkunft durchgehen.

Seine Sprachlektionen wurden von der Mannschaft übernommen, während Mung die Zeichnungen der Kanonen aus dem Gedächtnis naturgetreu zu Papier brachte. Nach diesen Zeichnungen sollte eine Familie auf der Insel Tanegoshima Kanonen anfertigen. Seit zweihundertfünfzig Jahren wurden keine Waffen mehr hergestellt, aber diese Familie hatte das Geheimnis des Kanonengießens heimlich vom Vater zum Sohn weitergegeben. Dorthin sollte Mung gehen.

Man baute ihm einen Arbeitstisch, an dem er jeden Tag viele Stunden verbrachte.

Zehn Tage Fahrt bis Ichiki lagen vor ihnen. Das Wetter war schön und die See ruhig.
Die ganze Mannschaft versammelte sich an Deck, um zuzuschauen, wie Johns Augenbrauen und seine blonden Haare abrasiert wurden. Unter lautem Gelächter wurden sein Kopf, der Hals, die Arme und Hände gefärbt. Dann zog John die hölzernen Zehenschlappen an, die ihm der Priester reichte, und erntete bei den Mannschaften wahre Lachsalven, als er damit übers Deck stolperte. Doch er übte verbissen, so daß er sich noch vor der Landung mühelos darauf bewegen konnte.
Kurz nach Sonnenuntergang näherte sich die *Shinto Maru* dem Hafen von Ichiki. Gekleidet in eine safrangelbe Kutte, die ihm ein Mitglied der Mannschaft genäht hatte, stieg John gemeinsam mit Fürst Nariakira, Mung und dem Priester in ein Langboot, das sie ans Ufer brachte. Niemand sonst aus der Mannschaft durfte das Schiff verlassen, das wieder auf Walfang ging. Jeden dritten Tag würde die *Shinto Maru* von Mitternacht bis eine Stunde vor Morgengrauen vor der Küste kreuzen. Das Signal für ein Treffen war eine weiße und eine grüne Laterne.
Nach ihrer Landung in Ichiki führte der Kriegerpriester die Gruppe auf Schleichwegen nach Satsuma. Kurz vor dem Geheimtunnel zeigte der Priester auf einen seltsamen Lichtschein vor der Festungsmauer. Auf ein Zeichen Fürst Nariakiras machten sie sich dorthin auf den Weg. Als sie um die Ecke der Festung bogen, sahen sie Hunderte von Feuern und Tausende von Männern, die auf dem nackten Boden schliefen.
Fürst Nariakira ging auf einen Mann zu, der neben einem Feuer hockte. Er deutete auf die schlafenden Gestalten und fragte: »Was hat das zu bedeuten?«

Der Mann stand auf, und jetzt sah man die zwei Schwerter in seinem *Obi*. Seine Kleider waren oft geflickt, seine Haltung aber sehr stolz. »Wo bleiben Ihre Manieren? Ein Samurai fragt einen anderen nichts, bevor er sich nicht entschuldigt hat!«

Als er sah, wie schockiert der Fürst war, lachte der Samurai und sagte: »Kommen Sie. Setzen Sie sich. Hier draußen werden die Formalitäten nicht so streng eingehalten.«

Sie nahmen im Schneidersitz am Feuer Platz.

Fürst Nariakira hatte sich wieder gefaßt. »Bitte entschuldigen Sie meine schlechten Manieren.«

Der Samurai holte einen schäbigen, alten Beutel aus seinem *Obi* und leerte seine letzten Teeblätter, die fast zu Staub zerfallen waren, in den Topf. »Sie müssen ein richtiger Lebemann gewesen sein, bevor Sie *Ronin* geworden sind«, sagte er zum Fürsten. »Gute Kleidung, aber keine Schwerter. Die Zeiten sind ja hart, aber seine Schwerter verkaufen ...« Er schüttelte den Kopf und reichte Fürst Nariakira eine Tasse Tee.

Dann zeigte der Samurai auf die schlafenden Gestalten: »Bald werden wir *Ronin* wieder einen Herrn haben, dem wir dienen können.« Er deutete zum Schloß hin. »Der Fürst von Satsuma meditiert schon seit einem Monat. Seitdem treffen die *Ronin* hier ein, weil man sich erzählt, er würde alle ehrenhaften Männer einstellen.« Er schaute auf die Teetasse in der Hand des Fürsten. »Trinkt.«

Der Fürst lächelte: »Jetzt zeigen aber Sie schlechte Manieren. Es ist unhöflich, einem Gast zu sagen, wann er trinken soll.«

»Ja, das ist wahr.« Der Samurai grinste. »Aber ich habe nur eine Tasse, und Ihre Freunde warten.«

Der Fürst hob die Tasse an den Mund und trank. Als er sie

weitergab, sagte er: »Sie haben recht. Ich war ein Lebemann. Ich habe viele Teezeremonien von Meistern dieser Kunst erlebt, aber Ihre heute abend hat sie alle übertroffen.«

Der Samurai reichte John Whittefield die Tasse: »Ich habe ja gesagt, er ist etwas Besseres. Hört euch die Komplimente an.«

Der Fürst von Satsuma erhob sich und zog die Kassette mit dem eingeschnitzten Adler aus seinem Kimono. Er öffnete sie, holte eine Kugel heraus und fragte den Samurai: »Wie ist Ihr Name?«

»Showa-kai.«

Der Fürst verbeugte sich. »Nehmen Sie das, Showa-kai.« Er legte ihm die Kugel in die Hand. »Bringen Sie das morgen mittag zum Präfekten von Satsuma. Sie haben mich heute mit Ihrer Gastfreundschaft geehrt und mein Herz mit einer Neuigkeit erfreut.«

Noch ehe der Samurai antworten konnte, schritt der Fürst davon, die anderen eilten ihm nach.

Mung und John blieben im Tunnel, während der Priester den Fürsten auf geheimen Wegen in den Palast und in die Meditationszelle brachte. Dort fiel der Fürst in tiefen Schlaf.

Er wurde wach, als Sakuma Shozan ihn sanft an der Schulter berührte. Sein alter Lehrer sah sehr mitgenommen aus, aber seine Stimme war immer noch stark. »Wie geht es Ihnen, mein Fürst?«

»Es geht gut, mein Lehrer. Ich habe einen Weg eingeschlagen, von dem es kein Zurück gibt.«

»Ist es ein ehrenhafter Weg?«

»Der einzig ehrenhafte Weg. Es ist Bushido. Bitte laß meine zwei Söhne hierherbringen. Schicke nach dem Kriegerpriester und Mung, die mit einem Gast im Tunnel warten. Und ein Diener soll das schönste Teeservice in Satsuma kaufen. Es soll fünf Tassen haben. Fülle jede Tasse mit Silber und laß sie einem *Ronin* mit dem Namen Showa-kai überreichen. Er wird gegen Mittag im Büro des Präfekten erscheinen und das Gegenstück hierzu bringen.«

Fürst Nariakira reichte dem Gelehrten die Kugel. »Was ist das?«

»Vielleicht ist das das Mittel, mit dem wir den Kaiser wieder an die Macht bringen können.«

Der alte Mann schüttelte den Kopf. »Ich glaube, ich warte schon zu lange und werde diesen Tag nicht mehr erleben.«

Der Fürst von Satsuma packte den alten Gelehrten an der Schulter. »Mein Lehrer, ich brauche dich mehr denn je. Die Zukunft Japans wird sich innerhalb des nächsten Jahres entscheiden. Es darf keine endlosen Belagerungen geben. Wir haben Pläne zu machen!« Er schüttelte die geballte Faust gen Himmel: »Ich bin frei! Ich kann atmen! Kein Tribut mehr an den Shogun! Kein einziges Körnchen Reis! Ich werde die Gelübde meines Vaters und die seiner Väter vor ihm einlösen! Der Kaiser wird Japan regieren!«

Draußen hörte man die Schreie des Fürsten. Die Nachricht breitete sich im Schloß, in den Straßen und Feldern wie ein Lauffeuer aus. Die Zeit der Meditation war vorbei. Leute versammelten sich vor den Palasttoren, *Ronin* drängten sich durch die Tore der Festung.

Im Meditationsraum gab der Fürst seinen Söhnen genaue Anweisungen. Er nannte ihnen die Namen der Feudalherren im Norden, die dem Kaiser treu ergeben waren, und verriet ihnen die geheimen Losungsworte, auf die man sich für den Aufstand gegen den Shogun geeinigt hatte. »Kriegsvorbereitungen sollen getroffen werden, doch vermeidet Schlachten. Man muß Druck auf die Feudalherren ausüben, damit sie sich auf die Seite des Kaisers schlagen. Alle Metall- und Holzhandwerker sollen mit ihren Werkzeugen auf die Insel Tanegoshima gebracht werden. Die Feudalherren sollen die *Ronin* im Land zu den Waffen rufen.«

Die beiden Söhne verbeugten sich. Dann zogen sie ein langes, in Seide gehülltes Bündel heraus und präsentierten es ihrem Vater. Als er die Umhüllung öffnete, lag vor ihm das Schwert, an dem er und seine Söhne gearbeitet hatten. Er nahm es in die Hand, prüfte die Balance. Dann legte er es auf seinen Schoß und verbeugte sich vor seinen Söhnen. Langsam und gemessen sagte er: »Es wird keine Schande über das Haus Satsuma gebracht werden. Wenn die Zeit zu kämpfen gekommen ist, werden wir drei Seite an Seite stehen!«

Die Söhne verbeugten sich und verließen das Zimmer, gerade als Mung, Sakuma Shozan und John hereinkamen. Fürst Nariakira wandte sich an Mung. »Du wirst mit deinem Bruder die *Shinto Maru* nach Tanegoshima segeln. Mit deinen Zeichnungen wirst du die Produktion der Artillerie überwachen.« Er drehte sich zu John. »Erlauben Sie unseren Handwerkern, Ihr Gewehr zu untersuchen. Jeder soll einen Teil davon anfertigen, bis er darin perfekt ist. Danach werden Sie Männer ausbilden, die den *Ronin* da draußen das Schießen beibringen können.« Der Kriegerpriester betrat den Raum. Jetzt sprach der Fürst alle an. »Uns bleiben nur wenige Monate zur Vorbereitung. Die Schlachten werden im Sommer beginnen. Die Spione des Shogun wissen bereits von der Versammlung der *Ronin*. Wir befinden uns praktisch schon im Krieg.«

Sakuma Shozan wurde in einer dringenden Angelegenheit

aus dem Zimmer gerufen. Man führte ihn in ein Zimmer, in dem ihn eine hochschwangere Frau erwartete. Ihrer Kleidung nach entstammte sie einer Familie von hohem Rang, aber ihr Haar war zerzaust und ihr Gesicht sehr blaß.
»Das ist die Tochter des Gouverneurs von Kagoshima und die Frau Moryiama Ishikawas«, sagte der Rat, der ihn in das Zimmer geführt hatte.
Jetzt erkannte der alte Herr Mungs Frau. »Wie ich sehe, geht es Ihnen nicht gut. Was führt Sie denn unter diesen Umständen hierher?«
Saiyo warf einen Blick auf den Rat und preßte die Lippen fest zusammen.
Der alte Gelehrte beruhigte sie: »Sie können frei sprechen. Er ist ein getreuer Diener des Fürsten.«
Aber Saiyo schwieg hartnäckig, bis der Rat das Zimmer verlassen hatte. Tränen liefen ihr übers Gesicht und sie mußte ein Schluchzen unterdrücken, ehe sie sprechen konnte. »Ryochi ist in Kagoshima. Er ist halb tot. Die linke Seite seines Körpers ist gelähmt und sein Gesicht entstellt. Wie er die Reise von Edo her ohne Essen und Geld geschafft hat, ich, ich ...« Sie zuckte zusammen und hielt sich ihren riesigen Bauch, dann fuhr sie fort: »Vor drei Tagen haben Fischer Ryochi mir vor die Tür gelegt. Ich mußte ihm schwören, eher zu sterben, als jemandem anderen außer Ihnen, meinem Mann oder dem Fürsten diese Nachricht zu geben.«
Sakuma Shozan kniete sich neben sie. »Hier bin ich, Sie sehen mich. Wie lautet die Botschaft?«
»Ryochi sagt, die Mission sei gescheitert und die Amerikaner nicht erreicht worden.«
»Aber es war kein Fehlschlag. Ihr Mann hat sich mit ihnen getroffen.«

Sie schluchzte herzzerreißend. »Dann ist Yoshida umsonst gestorben. Man hat ihn in Edo in Stücke gehackt und auf einen Misthaufen geworfen, in Edo.«

Sakuma Shozan wiegte sich in seinem Schmerz hin und her. Er schlug die Hände vors Gesicht. Als er sie wieder sinken ließ, sah man, wie ihm die Tränen über die Wangen liefen.

»Ich wollte Yoshida zu meinem Adoptivsohn machen. Damit er der oberste Gelehrte von Satsuma werden kann«, flüsterte er.

Saiyo stöhnte laut auf. Der alte Mann legte ihren Kopf sanft an seine Schulter, und sie weinten zusammen.

Später bat Sakuma sie, Ryochis Geschichte zu erzählen. Während Saiyo berichtete, schaute sie immer wieder auf ihren Bauch, wo die Bewegungen des Babys unter dem Kimono deutlich erkennbar waren.

»Schenken Sie mir noch ein wenig Zeit«, sagte der Gelehrte.

Saiyo deutete auf ihren Bauch: »Das werde ich, mein Herr, aber ich weiß nicht, ob er es zuläßt.«

»Wenn Sie mir bloß sagen könnten, was Ryochi gesehen hat.«

»Es herrschte große Verwirrung in Edo, solange die Amerikaner da waren. Die Leute drängten in die Tempel. Nachdem die Schiffe abgefahren waren, wurde der Kriegsgong geschlagen, und alle *Daimyos* mußten vor dem Shogun antreten.«

Sie versuchte, sich nichts anmerken zu lassen, aber Sakuma Shozan sah, daß die Wehen eingesetzt hatten. »Danke, kleine Mutter«, sagte er. »Ich weiß, Ihre Reise war lang und beschwerlich. Aber Sie haben Ihrem Fürsten und Ihrem Kaiser einen großen Dienst erwiesen. Yoshida ist nicht umsonst gestorben, wir werden ihn und den verkrüppelten

Ryochi rächen! Aber jetzt muß ich gehen. Ich muß noch eine Sache erledigen, ehe ich zu meinem Fürsten gehe. Ich werde Ihren Mann zu Ihnen schicken.«

Als Sakuma Shozan in den Meditationsraum zurückkehrte, war er fast tobsüchtig vor Wut. Er kniete sich hin und berührte den Boden mit dem Gesicht und den beiden Handflächen. Als er den Kopf hob, sah man zwei Reihen schwarzer Zähne in seinem Mund aufblitzen.

Fürst Nariakira fragte erstaunt: »Welches Gelübde hast du abgelegt, als du dir die Zähne geschwärzt hast?«

»Tod dem Shogun!« rief der alte Gelehrte. Er wandte sich Mung zu. »Gehen Sie zu Ihrer Frau. Sie ist eine mutige und tapfere Frau. Ich habe nach der Hebamme geschickt.«

Mung lief aus dem Zimmer. Er kam gleichzeitig mit der Hebamme und ihrer Helferin an. Saiyo lag, auf Kissen gestützt, in der Ecke des Zimmers. Sie hatte die Augen geschlossen, ihr Gesicht war blaß und schweißnaß. Mit ihrem geschwollenen Bauch und den dünnen Beinen sah sie aus wie eine Puppe, die ein Kind in die Ecke geworfen hat. Mung kniete neben ihr nieder und strich ihr über die Wange. Saiyo schlug die Augen auf und strahlte vor Glück. Wieder setzte eine Wehe ein, und sie packte ihn mit beiden Händen und schrie. Ihr Schmerz stieß ihm wie ein Dolch ins Herz.

Die Hebamme befahl Mung, aus dem Zimmer zu gehen. Draußen versuchte er, durch Meditation Ordnung in seine verwirrten Gedanken zu bringen, aber es half nichts. Er betete zu allen ihm bekannten Göttern, seiner Saiyo beizustehen und das Kind, egal, ob Mädchen oder Junge, endlich zur Welt kommen zu lassen.

Es kam ihm vor, als sei eine Ewigkeit verstrichen, als endlich der Schrei eines Kindes ihn aufschreckte. Man rief ihn ins

Zimmer. Er kniete sich neben seine Frau und seinen Sohn, brachte aber kein Wort heraus.
»Hast du gesehen, es ist ein Sohn«, flüsterte Saiyo.
Mung lächelte mit Tränen in den Augen, dann beugte er sich zu den beiden herab und umarmte sie.

Fürst Nariakira und Sakuma freuten sich über die Nachricht, daß Saiyo einen Sohn geboren hatte. Der alte Gelehrte grinste mit schwarzen Zähnen, als er hörte, daß Mung seinen Erstgeborenen Yoshida taufen würde, und sagte: »Sein Karma wird gut sein.«

Nach stundenlangen Beratungen beauftragte Fürst Nariakira den Kriegerpriester, mittels Brieftauben Botschaften an alle Mitglieder seiner Kaste zu schicken. Darin sollte er sie auffordern, sich im Süden zu sammeln, um an dem koordinierten Angriff von Norden und Süden teilzunehmen. Außerdem sollten sie versuchen, ihren Einfluß bei den Feudalherren geltend zu machen, damit diese sich den Befürwortern des Kaisers anschlossen. Der Priester machte sich auf den Weg.
Auf einen Blick Fürst Nariakiras hin wandte sich Sakuma Shozan an Mung. »Am dritten Tag der nächsten Woche werden John und Sie an Bord der *Shinto Maru* gehen. Unsere Brieftauben sind auch zu den Meistern des Metall- und Holzhandwerks unterwegs, damit diese sich an bestimmten Punkten einfinden. Auf dem Weg nach Tanegoshima werden Sie sie einsammeln.«
»Wir müssen noch Männer im Umgang mit den Waffen ausbilden, die wir bauen. Ich würde gerne mit den fünf Samurai beginnen, die mich bewacht haben, während ich hier in Satsuma auf meine Anweisungen wartete«, sagte Mung.

»Die können Sie haben. Beeilen Sie sich mit ihrer Ausbildung. Wir haben nur sieben Monate, bis die Armee des Shogun nach Süden aufbricht.«
»Wie können Sie so sicher sein, daß er zuerst nach Süden kommt?«
»Fürst Nariakira ist der Anführer der Bewegung, die den Kaiser wieder an die Macht bringen will. Wir hier im Süden sind stärker als die im Norden, aber wir haben einen schwachen Punkt. Fürst Choshu, der dem Shogun treu ergeben ist, könnte uns in den Rücken fallen. Wir werden versuchen, von Norden und Süden her anzugreifen, genau wie das auch Fürst Hayoshi tun wird. Das ist klassische japanische Strategie. Sie werden im Juni kommen. So war es immer schon.«
Am sechsten Tag ihrer zweiten Woche in Satsuma brachen Mung, seine Frau und ihr Kind, John, fünf Samurai und zwanzig Träger nach Ichiki auf. Dort gingen sie in einer sternenklaren Nacht bei ruhiger See an Bord der *Shinto Maru.*
In Kagoshima gestattete Mung John, an Land zu gehen. Mung brachte die Gruppe zum Haus des Gouverneurs. Während er sich mit Herrn Ishikawa besprach, hatten John und Saiyo endlich Gelegenheit, sich besser kennenzulernen. Saiyo betrachtete John als Teil ihrer Familie und fragte ihn ohne Scheu über Mungs Vergangenheit aus.
Sie waren ganz vertieft in ihre Unterhaltung, als Herr Ishikawa kam, um seine Tochter und seinen Enkel zu begrüßen. Dann wandte er sich an John. »Mung ist mein Adoptivsohn. Sie sind sein Bruder, deshalb also auch mein Sohn und Saiyos Bruder.« Er lächelte und verbeugte sich. »Einst hatte ich keine Söhne. Jetzt habe ich zwei und einen Enkel dazu. Das Leben bringt auch angenehme Überraschungen mit sich.«

John verbeugte sich respektvoll. »Es ist eine Ehre, noch einen Vater zu haben und ein Mitglied der edlen Familie Ishikawa zu werden.«
Saiyo und das Kind blieben bei ihrem Vater. John und die Samurai-Wachen folgten Mung zu seinem Haus. Dort zeigte ihnen eine Dienerin das Zimmer, in dem Ryochi flach auf dem Rücken lag und an die Decke starrte. Er war erschreckend abgemagert, seine Haut aschfahl. Mühsam drehte er seinen Kopf zu ihnen. Eine Seite sah aus wie geschmolzenes Wachs, das Auge war nach unten gezogen, die Unterlippe stand vor, der Kiefer war verschoben. Ryochi versuchte, etwas zu sagen, aber erst als Mung sich zu ihm hinunterbeugte und er die Worte noch einmal wiederholt hatte, verstand er und schreckte zurück. Er verließ ohne ein Wort das Zimmer.
John folgte Mung nach draußen und fragte: »Was hat er gesagt?«
»Er hat gesagt: ›Ich habe meinem Fürsten gedient. Jetzt bin ich nutzlos. Ich bitte dich um deine Genehmigung und Hilfe, die *Seppuku*-Zeremonie durchzuführen.‹ Aber ich kann das nicht.«
John war fassungslos. »Kannst du wirklich auch nur in Betracht ziehen, ihn Selbstmord begehen zu lassen?«
»Das verstehst du nicht. Das ist Bushido. Er ist Krieger, und für ihn ist es der ehrenhafteste Weg. Ich kann meinen Freund nicht einfach dahinsiechen lassen.«
»Warum? Kannst du es nicht ertragen?«
Mung lief wutentbrannt auf und ab, dann baute er sich vor seinem Bruder auf und schrie: »Ja, ich kann es nicht ertragen! Er kann es nicht ertragen! Das ist eben unsere Lebensart!«
John erwiderte, ebenso wütend: »Das ist keine Entschuldi-

gung, daß ihr es nicht ertragen könnt. Es gibt auch noch einen dritten Weg. Er muß weder Selbstmord begehen, noch muß man ihn hier einfach verrecken lassen!«
»Was meinst du?«
»Wir nehmen ihn mit.«
»Was?«
»Hier hat er keine Chance. Wenn wir ihn mitnehmen, könnte er überleben. Ich habe in Fairhaven Männer gesehen, die sich von Schlägen so erholt haben, daß sie wieder arbeiten konnten. Aber die hatten auch Mut.«
Mung zeigte zum Haus: »Der Mann da drinnen hat mehr Mut als all deine Helden aus den griechischen Sagen zusammen.«
Schließlich ging Mung wortlos weg, aber kurze Zeit darauf wurde Ryochi mit einer Sänfte an Bord der *Shinto Maru* gebracht. John ging mit den Samurai aufs Schiff und half bei den fieberhaften Vorbereitungen zur Abreise. Einige Handwerksmeister kamen an Bord. Achtzehn Stunden nach ihrer Ankunft in Kagoshima gab Mung Befehl zum Auslaufen.
Auf dem Weg nach Norden näherte sich Mung einige Male der Küste, um Handwerker aus kaisertreuen Provinzen an Bord zu nehmen. Mung und John sprachen kein Wort miteinander, selbst als sie den Handwerkern die Zeichnungen der Kanonen und die Funktionsweise des Henry-Stutzens erklärten. Mung verschanzte sich hinter seiner Arbeit. John ließ sechs Gewehrattrappen aus Holz anfertigen, mit denen er die fünf Samurai drillte. Außerdem überwachte er die Nachbildung der Gewehrteile und widmete sich der Heilung Ryochis.
Er ließ über Ryochis Hängematte in seiner Kabine Schnüre an den Balken anbringen, die dann an seinen gelähmten

Gliedmaßen angebracht wurden. Das Schwanken und Schlingern des Schiffes hielt die Gliedmaßen in ständiger Bewegung. John saß oft bei ihm und sprach ihm Mut zu.
Als sie schon drei Wochen unterwegs waren, bat Mung John aufs Achterdeck. Ohne seinen Bruder anzuschauen, sagte Mung: »Die anderen Samurai beschweren sich. Sie sagen, Ryochi hätte ein Recht darauf zu sterben. Du quälst ihn und nimmst ihm noch das bißchen Ehre, was ihm geblieben ist.«
»Komm und sieh ihn dir an«, sagte John. »Dann kannst du entscheiden.«
In Ryochis Kabine angelangt, sah Mung sofort, daß sein Freund das Schwanken der Hängematte mit den Schnüren an seinem gelähmten Arm und Bein kontrollierte. Ryochis Gesicht war weniger verzerrt, er sprach viel deutlicher und redete nicht mehr vom Sterben. Von diesem Tag an ging Ryochi mit John an Deck und übernahm Stück für Stück die Ausbildung der fünf Samurai. Das Verhältnis der Brüder besserte sich in dem Maße, in dem Ryochis Genesung Fortschritte machte.
Bei leichtem Nieselregen landeten sie in Tanegoshima und gingen Seite an Seite von Bord, Ryochi auf einen Stock gestützt. Dreihundertfünfzig Handwerker verließen mit ihnen das Schiff und schlossen sich den fünfhundert bereits anwesenden an. Jeden Tag trafen weitere Unterstützer ein; die Insel glich einem Bienenstock. Man begann sofort mit der Herstellung der Kanonen und gab ihnen allen einen Namen, weil sie auch eine Seele hätten. Jede wurde nach einem legendären Tier benannt, wie zum Beispiel »Falke«, »Fisch« oder »Schmetterling«.
Unter der Anleitung von John Whittefield lernten die Metallarbeiter, wie man mit geschmuggeltem Pulver aus China Explosivgeschosse herstellen konnte. Das und die Fertigung

von Gewehrmunition bereitete mehr Schwierigkeiten als die Waffen selbst. Man brauchte einen Tag für eine Kugel und drei für eine Artilleriepatrone. 4000 der besten Handwerker Japans waren Tag und Nacht im Einsatz. Der Rauch von den Schmieden hüllte die ganze Insel ein. Per Schiff wurden riesige Mengen Holz herangeschafft.
Brieftauben waren ständig unterwegs. Im November traf eine Taube mit einer Botschaft von Fürst Nariakiras ältestem Sohn ein. Er warnte Mung vor einem Angriff, der auf die Insel geplant war. Mung ließ vier Kanonen auf die *Shinto Maru* bringen. John und Ryochi, der fast vollständig genesen war, drillten die Mannschaft und die Samurai im Umgang mit der Artillerie. Ryochi hatte einen sechsten Sinn für die Kanonen. Wie kein anderer konnte er Entfernungen und sogar die Auswirkung des Wellengangs beim Zielen abschätzen.
An einem eisigen Tag im Dezember stiegen plötzlich Alarmraketen von den Wachbooten draußen auf dem Meer auf. Dreißig Minuten später fuhr die *Shinto Maru* aus dem Hafen. Als es zu schneien begann, verschlechterte sich die Sicht rapide.
Der Ruf: »Segel, ahoi!« erscholl vom Ausguck.
Alles war in Gefechtsbereitschaft, als in einer halben Meile Entfernung fünfzig Boote aus dem Schneetreiben auftauchten. Mung wollte das Schiff gerade auf Rammkurs bringen lassen, als wieder ein Ruf aus dem Ausguck erscholl: »Satsuuu-maaa!«
Auf dem Leitschiff wurde einen Moment lang das schmale grüne Banner mit dem Emblem von Satsuma sichtbar.
Angeführt wurde die Flotte von den beiden Söhnen Fürst Nariakiras. Die Boote waren voller erschöpfter und verwundeter Samurai. Fürst Hayoshi, Oberster Feldherr der

Streitkräfte des Shogun, hatte im Winter eine Armee nach Norden geführt, was allen Regeln japanischer Kriegskunst widersprach. Diejenigen Feudalherren, die bislang gewankt hatten, weil sie glaubten, der Shogun sei schwach, waren zu Hause geblieben oder hatten sich der Armee des Shogun angeschlossen. Darauf waren die Kaisertreuen nicht vorbereitet gewesen, und so kam es, daß sie, einer nach dem anderen, von Hayoshis Armeen geschlagen worden waren. Den Fürsten von Riku, Ugo und Uzen hatten die beiden Brüder geraten, nicht zu kämpfen, sondern eine Belagerung zu erzwingen, doch die Fürsten hatten den Rat mißachtet und sich statt dessen auf den Feldern von Arato, einer Ebene zwischen zwei parallelen Hügelketten, in althergebrachten Formationen Hayoshis Armee gestellt. Die Schlacht war in der üblichen archaischen Form eröffnet worden: die besten Samurai schrien sich Beleidigungen zu, Herausforderungen wurden angenommen, und bald tobten Hunderte von Zweikämpfen gleichzeitig, während die Soldaten zusahen. Das hatte zwei Tage angedauert.

Am dritten Tag waren Raketen abgeschossen worden, und die Trommeln schlugen zum Angriff gegen Hayoshi, dessen Männer sich in einem Scheinrückzug auf die Hügel begaben. Als die Armee des Kaisers auf den Feind zustürzte, war sie plötzlich von beiden Seiten von über 1000 Reitern angegriffen worden, denen Bogenschützen und Speerkämpfer folgten.

»Das Manöver war brillant«, sagte Fürst Nariakiras ältester Sohn. »Wir wurden vernichtend geschlagen.« Er schaute zu Mung. »Wir hatten nicht einmal Zeit, die Tauben loszuschicken.« Er lachte verbittert. »Sie haben auch die Vögel getötet.«

Noch an diesem Tag wurden Botschaften nach Satsuma

gesandt. Die Stimmung im Lager paßte sich dem Wetter an. Am dritten Tag flatterte ein halberfrorener Vogel aus Satsuma in den Taubenschlag: »Keiner darf wegen Gesichtsverlust in der Schlacht *Seppuku* begehen. Die Produktion von Waffen muß vergrößert werden. Die *Shinto Maru* wird rechtzeitig im Februar nach Ichiki zurückkehren, um die *Ronin* im Gebrauch der neuen Waffen zu unterrichten. Hayoshi wird sich im Frühling nach Süden begeben. Die Schlacht findet im Frühsommer statt.«

Am 3. Januar verließ die *Shinto Maru* mit zwanzig Kanonen, fünfhundert Duplikaten des Henry-Stutzens, Munition und Granaten Tanegoshima. Ryochi blieb vor Ort, um die weitere Waffenproduktion und das Training der Männer zu überwachen, die mit den Söhnen des Fürsten auf die Insel gekommen waren.

In Ichiki wurde das Schiff von 2000 Trägern empfangen, die die Waffen an Land brachten. Mung, John und die Söhne Nariakiras setzten die Reise nach Satsuma zu Pferd fort. Im Schloß wurden sie sofort in die Gemächer des Fürsten gebracht, der gemeinsam mit Sakuma Shozan seine Söhne über die Schlachten im Norden befragte.

Nach langen Diskussionen kamen sie zu dem Schluß, daß Hayoshi sich nur in den Norden gewagt hatte, weil er sich nicht sicher war, ob Fürst Choshu ihm tatsächlich folgen würde. Sakuma Shozan bat um Erlaubnis, zu Choshu zu reisen, um festzustellen, auf wessen Seite er stand.

Innerhalb von zwei Tagen war Sakuma Shozan unterwegs zu dem Lehen von Choshu, das an der Meerenge von Shimoneski lag. Mung begann mit Hilfe der Samurai die Ausbildung der *Ronin* im Umgang mit Gewehren. John trainierte die Männer an den Geschützen. Mitte Februar standen im Lager von Satsuma über 25 000 Soldaten. Der

Fürst von Osumi versprach 10 000 Mann, Fürst Bungo 7000, Hayuga 6000, Chikuzen 8000 und Hakusar weitere 8000 Soldaten. Die Straßen des Herrschaftsgebietes von Satsuma waren überfüllt mit berittenen Samurai und Bauern zu Fuß. Überall herrschte rege Geschäftigkeit.
In den Lagern wurde täglich trainiert. Männer exerzierten, Schießübungen wurden abgehalten, das Laden und Feuern der Geschütze trainiert. Man übte das Abfeuern von Salven und das Zielen auf Kommando.
Ende Februar öffneten sich die Tore der Festung, und eine Kavalleriekolonne stürmte mit wehenden Bannern hinaus. In ihrer Mitte flatterte das lange, grüne Emblem von Satsuma. Donnernder Jubel folgte der Kolonne, an deren Spitze Fürst Satsuma und seine Söhne ritten. Die Truppen, die um die Festung lagerten, hoben Speere, Schwerter und Bogen im Salut. Mung ließ von zehn Schützen eine Salve abfeuern, und auch zwei Kanonen wurden abgeschossen.
Ein Bote brachte ein Pferd für Mung; John und die anderen Befehlshaber waren schon aufgesessen und folgten der Kolonne.
Mung holte John im Galopp ein, schlug ihm auf den Rücken und sagte: »Das Warten ist vorbei! Endlich sind wir unterwegs.«
John grinste übers ganze Gesicht und brüllte: »Hai!«
Sie gaben ihren Pferden die Sporen und galoppierten mit mehr als zweihundert Befehlshabern dem Fürsten von Satsuma hinterher. Erst nach drei Pferdewechseln und achtzehn Stunden im Sattel machten sie Rast, doch nach nur drei Stunden schon ging es weiter. Der Ritt war gut geplant, denn als sie den Hügelkamm über dem Tal von Hakusar erreichten, waren bereits Zelte und Essen vorbereitet. Die Stammesbanner der Fürsten Osumi, Bungo, Chikuzen,

Hayuga und Hakusar wehten vor den größten Zelten. Nach einer Mahlzeit aus Reis und eingelegtem Gemüse legte man sich schlafen.
Mung und John wurden vor Sonnenaufgang ins Zelt Fürst Nariakiras gerufen. Seine beiden Söhne saßen neben ihm. Er sagte: »Es hat sich wieder bestätigt, daß Fürst Hayoshi ein brillanter Stratege ist. Er wartet nicht auf die Kirschblüte. Er ist bereits mit 90 000 Mann losmarschiert, und auf dem Weg hierher werden noch mehr zu ihm stoßen. Hier werden wir aufeinandertreffen. Das Tal von Hakusar wird zum Schlachtfeld werden.«
»Warum gerade hier, und aus welchem Grund hat Hayoshi das akzeptiert?« fragte John.
»Unsere Väter haben diesen Ort vor 250 Jahren auserwählt. Hier hat der Shogun seine Macht erlangt, und hier werde ich sie dem Kaiser zurückgeben.«
»Können wir ihm denn nicht Fallen stellen oder ihm unterwegs auflauern, wo er uns nicht erwartet?«
»Es entspricht dem Bushido, daß wir ihm hier begegnen, und unser Karma wird entscheiden, ob wir gewinnen oder verlieren.«
»Ich bin Gast hier«, sagte John. »Ich akzeptiere eure Traditionen und euren Ehrenkodex, aber Hayoshi hat sein Karma in seine eigenen Hände genommen. Wir können nicht hier herumsitzen und einfach warten.«
»Was schlagen Sie vor?«
»Wir sollten versuchen, ihm auf dem Weg hierher das Leben schwerzumachen und ihn am Vorwärtskommen zu hindern, indem wir seine Männer zwingen, extra Wachen zu schieben und die Menge der Lebensmittel, die er unterwegs requirieren muß, verringern.«
Fürst Nariakira nickte. »Diese Aufgabe habe ich bereits

meinen beiden Söhnen zugeteilt.« Er wandte sich an Mung und John: »Sie beide werden jeden Zentimeter dieses Schlachtfeldes abschreiten, bis Sie genau wissen, an welchen Punkten man die Waffen am besten einsetzen kann. Ich habe noch nichts von Sakuma Shozan gehört. Wenn Choshu gegen uns zu Felde zieht, haben wir zusätzlich 30 000 Feinde im Rücken. Mung, Sie schicken Tauben zu Ryochi. Befehlen Sie ihm, mit der *Shinto Maru*, allen Waffen und den Männern, die er ausgebildet hat, zurückzukehren.«

In den nächsten beiden Wochen machten sich Mung und John mit allen Einzelheiten des Schlachtfeldes vertraut. Nach langen Diskussionen konnten sie Fürst Nariakira von der Sinnlosigkeit der traditionellen Samurai-Zweikämpfe überzeugen und legten ihm einen Plan vor, wie man die Kanonen und Gewehre am besten einsetzen konnte. Der Fürst von Satsuma versprach, den Plan genau zu studieren.

Eine Nachricht von Ryochi und Sakuma Shozan war längst überfällig. Endlich, eines Nachmittags, klingelte das Glöckchen am Taubenschlag. Es war eine Taube mit einer Nachricht von Ryochi. »Bis zur Ankunft der *Shinto Maru* hatte ich keine Nachricht aus Satsuma. Wir laden sofort und laufen aus.« Am Fuß der Botschaft war ein Wort gekritzelt: »Habichte«.

In der Tat setzten beide Seiten Habichte ein, um Botschaften abzufangen. Alle drei Tauben, die man Ryochi geschickt hatte, waren von Habichten geschlagen worden.

An einem sonnigen Aprilmorgen sah Mung von der Spitze des Hügels aus schwarze Rauchwolken. Sie waren ein Zeichen dafür, daß die Prinzen von Satsuma Johns Plan in die Tat umsetzten; immer wieder griffen sie Fürst Hayoshis

Vorhut an und erschwerten ihm die Lebensmittelzufuhr, indem sie Dörfer evakuierten und Lebensmittellager leerten oder verbrannten. Von diesem Tag an waren die schwarzen Wolken stets präsent und rückten immer näher.
Bald darauf wurden Mung und John ins Zelt des Fürsten gerufen. Seine Söhne waren eingetroffen.
»Meine Söhne haben gute Arbeit geleistet«, sagte Fürst Nariakira. »Trotzdem steht uns noch ein Heer von 120 000 Mann gegenüber. Die Vorreiter sind schon im nächsten Tal. Die Schlacht dürfte in wenigen Tagen beginnen. Sorgen Sie dafür, daß ihre Kundschafter die Kanonen und Gewehre nicht zu Gesicht bekommen.«
Als vor dem Zelt Stimmen laut wurden, schickte Fürst Nariakira einen seiner Söhne hinaus, um zu sehen, was da draußen vor sich ging. Der Sohn kam zurück und trug den zerbrechlichen Körper Sakuma Shozans auf den Armen. Das Gesicht des Greises war grau, und er atmete schwer. Der Sohn legte den alten Gelehrten behutsam auf die Matte vor seinen Vater.
Sakuma Shozan flüsterte kaum hörbar: »Der Fürst von Choshu hat mich vergiftet. Er hat gesagt, es würde sieben Tage dauern, bis ich sterbe.«
Fürst Nariakira kniete sich zu ihm. Er wollte etwas sagen, aber Sakuma Shozan hob abwehrend den Finger, räusperte sich und krächzte: »Der Fürst von Choshu war von der Vorstellung der amerikanischen Kanonen an der Meerenge so beeindruckt, daß er sich dem Shogun nicht anschließen wollte.« Der alte Mann rang nach Luft. »Ich muß lange genug leben, um Euch alles zu berichten. Choshu wollte neutral bleiben, aber vor einer Woche erhielt er die Nachricht von Hayoshi, die *Shinto Maru* sei mit allen Waffen, die man auf der Insel Tanegoshima hergestellt hatte, gekapert worden, das Schiff und die Ladung verbrannt.«

Alles schwieg, stumm vor Entsetzen. Nach einiger Zeit sagte Fürst Nariakira: »Mein Lehrer, du mußt dich ausruhen.«

Der alte Mann schüttelte den Kopf. »Noch nicht. Noch nicht. Ihr müßt noch zwei Lektionen lernen.«

»Und die sind, mein Lehrer?«

»Verrat und Ehre. Der Verrat des Fürsten Choshu. Er wird angreifen, aber nicht von hinten. Er wird Eure linke Flanke angreifen mit allen 30 000 Mann. Das habe ich ohne sein Wissen vom Kriegerpriester erfahren können, dessen Leute sich in aller Stille hier im Süden versammeln. Es sind an die 5000.«

»Du hast mir vom Verrat erzählt. Was willst du mir über Ehre sagen?«

Sakuma Shozan versuchte, sich aufzurichten, aber es gelang ihm nicht.

Fürst Nariakira stützte seinen Kopf mit dem Arm. »Ja, mein Lehrer?«

Der alte Mann leckte sich seine ausgedörrten, blauen Lippen. »Ich habe Euch und Eurem Vater immer gehorcht. Ich habe nicht die Kraft, ehrenvoll zu sterben. Werdet Ihr mir helfen?«

Fürst Nariakira blickte lächelnd in die alten Augen. »Ja, mein Lehrer.«

Der Fürst von Satsuma befahl, alle Vorbereitungen zum *Seppuku*-Ritual zu treffen. Alle Befehlshaber wurden aufgefordert, daran teilzunehmen.

Ganz in Weiß, saß Sakuma Shozan, gestützt von den beiden Fürstensöhnen, vor den Befehlshabern auf einer erhöhten Plattform. Fürst Nariakira bedeutete seinen Söhnen, zur Seite zu treten. Er nahm den alten Mann bei der Schulter und packte das scharfgeschliffene Messer. Er legte die

Hände des alten Mannes um den Griff, setzte die Spitze an seinem Unterleib an und fragte: »Bist du bereit, mein Lehrer?«
Flüsternd erwiderte der alte Mann: »Ich bin bereit, mein Fürst.«
Fürst Nariakira packte die Hand des Gelehrten mit dem Messer und stieß es tief hinein, dann zog er es rasch einmal quer durch den Unterleib. Sakuma Shozan seufzte einmal, dann fiel er vornüber.
Der Fürst erhob sich mit Tränen in den Augen. »Begrabt diesen weisen alten Mann, der mir wie ein Vater war. Begrabt ihn aufrecht sitzend, damit er das Schlachtfeld überblicken kann und sieht, daß wir dem Kaiser genauso mutig dienen wie er. So lautet mein Befehl. Kein Mann wird auf diesem Schlachtfeld seine Ehre verlieren!« Er stemmte die Hände in die Hüften. »Hier werden wir siegen oder für den Kaiser sterben!«
Die Befehlshaber nahmen seinen Ruf auf, und bald brüllten 70 000 Soldaten im Chor, so laut, daß die umliegenden Hügelketten von dem Echo vibrierten.
Sakuma Shozan wurde auf einem Hügel hinter Fürst Nariakiras Zelt begraben, wo Mung und John dem Fürsten gerade eine Änderung in der Strategie unterbreiteten.
»Der Verlust der *Shinto Maru* und der Waffen ist ein schwerer Schlag. Selbst mit fünfhundert Gewehren und achtzehn Kanonen stehen unseren 70 000 Mann immer noch 150 000, viele davon mit großer Kampferfahrung, gegenüber. Wir haben wenig Munition für die Waffen. Wir müssen Johns Konzept folgen und den Feind in möglichst kleine Gruppen aufspalten.«
Als der Fürst nickte, sprach John an Mungs Stelle weiter: »Ein amerikanischer General namens Andrew Jackson hat

einmal bei New Orleans eine Truppe unausgebildeter Männer gegen doppelt so viele Briten ins Feld geführt und trotzdem gewonnen. Er hat Barrikaden errichten lassen und sich die landschaftlichen Gegebenheiten zunutze gemacht. Wir dürfen unsere Schützen nicht vorrücken lassen. Der Feind muß zu ihnen kommen.« Er breitete eine Karte vor dem Fürsten aus. »Sehen Sie hier: Wenn die Armee von Choshu unsere linke Flanke attackiert und das Heer des Shogun frontal angreift, dann lassen Sie Ihre Befehlshaber einen organisierten Rückzug an der linken Flanke vorbereiten. Es muß schnell gehen, damit die Armee von Choshu vor Hayoshis Truppen gezogen wird und ihnen die Sicht versperrt. Die Leute von Choshu müssen in Schußweite unserer Schützen und Kanonen gelockt werden. Wenn Sie Kavallerie und Bogenschützen hinter dem Hügelkamm versammeln, dann können Sie Choshu in die Flanke fallen und ihn auf die Truppen des Shogun zutreiben.«

Fürst Nariakira studierte die Karte. Nach einiger Zeit sagte er: »Der Plan ist gut. Ihr habt zwei Tage, um eine Barrikade zu errichten. Los!«

17

15. April 1854

Kurz nach Morgengrauen raschelte eine Brise durch das Gras im Tal und strich vorbei an den uralten Pinien, die rund um das Tal von Hakusar auf den Hügelkämmen standen. Rauch von Kochfeuern stieg in den blaßblauen Himmel auf, doch am Horizont waren keine schwarzen Wolken mehr zu sehen. Ein Rebhuhn flüchtete sich in die Baumlinie hinter Sakuma Shozans Grab. Ein leises, sanftes Rumpeln hatte eingesetzt und wurde allmählich lauter. Kleine Tiere flohen vor den Donnerwellen über den Kamm, Vögel stiegen auf, Maulesel und Rehe flüchteten die Abhänge hinab ins Tal. Die Männer im Lager von Satsuma schauten zum Horizont, der neunhundert Meter vor ihnen lag.

Das Donnern wuchs an zu einem ohrenbetäubenden Lärm, in dem jetzt deutlich Trommelschläge auszumachen waren. Gras und Bäume erzitterten unter dem Getöse der 10 000 Trommler, die die Armee des Shogun anführten. Mung spürte die Vibrationen unter seinen Füßen, ihm schien, als wiegte sich die Erde im Takt. Eine blaue Rakete zog rauchend über den Himmel. Die Trommeln verstummten, aber in Mungs Herz schlugen sie weiter.

Ein einzelner Fahnenträger kam mit dem Banner des Shogun über den Hügelkamm geritten. Als nächstes erschien Fürst Hayoshis Banner. Auf beiden Seiten strömten jetzt

Bannerträger über den Hügel, gefolgt von den Feudalherren und ihren Vasallen. Ihre Silhouetten zeichneten sich vor dem Horizont ab, als sie ihre Banner in die Erde steckten.
Mung hörte, wie ein Befehlshaber der Satsuma-Armee Fürst Nariakira die Anführer und ihre Farben beschrieb: »Awaju, Bitchu, Wakasa, Yamato, Shimutsu, Iwaki, Hida, Higo, Noto, Echigo, Inaba, Aki, Musashi, Kotsuke, Sanuke, Tajima, Tosa, Tokugawa, Mito, Minimoto.«
Jetzt setzte das Trommeln wieder ein, und am Horizont erschienen Reihen von Samurai in polierten Rüstungen und geflügelten Helmen. Wieder explodierte eine Rakete am Himmel. Aus der Mitte der Formation trabte ein einzelner Samurai mit seinem Pferd den Hügel hinab, gefolgt von hundert Männern, die in jeweils fünfzig Meter Abstand voneinander fächerförmig zu beiden Seiten ausschwärmten. Man konnte das Klirren der Rüstung des Samurais hören, als er sich Fürst Nariakira und seinem Gefolge näherte.
Fünfundzwanzig Meter vor der Stellung der Satsuma hielt er an und schrie: »Diejenigen, die meine Stimme hören, müssen dem Shogun Tribut zahlen!«
Die auf dem Feld verteilten Männer wiederholten seinen Befehl.
Ein hochrangiger Samurai von Satsuma trat vor. »Zollt Ihr dem Kaiser Respekt?« Er zeigte auf den Boden. »Verbeugt Euch vor dem Kaiser!«
»Heißt das Krieg?« brüllte der Samurai des Shogun.
»Hai!« rief der Mann aus Satsuma.
Auf eine Geste des Shogun-Samurais rannten die Männer zu seiner Rechten und Linken zurück zu ihren Stellungen.
Er ritt näher heran. »Ich bin der Meisterkrieger Fürst Hayoshis. Ich fordere den Meisterkrieger von Satsuma

heraus.« Er trabte mit seinem Pferd hin und her, während er voller Ungeduld auf das Erscheinen seines Gegners wartete.

John drehte sich zu Mung um und tätschelte dabei seinen Colt. »Was würde passieren, wenn ich einfach da hinausgehe und ihm ein Loch zwischen die Augen schieße?«

»Dann hätten wir einen ziemlich überraschten, toten Mann, aber das hier muß nach dem Ritual ablaufen. Warte ab und schau zu.«

Fürst Nariakiras Bote trat mit einem Seidenkissen vor, auf dem ein Schreibpinsel lag. Er präsentierte es dem Samurai und sagte: »Das ist die Waffe von Sakuma Shozan, dem Gelehrten von Satsuma. Ihr mächtigen Krieger des Shogun gabt ihn vergiftet. Ist das der Weg des Bushido?«

Der Samurai trat dem Boten das Kissen aus der Hand, riß sein Pferd herum und galoppierte zu seiner Stellung zurück. Andere kamen aus dem Lager des Shogun, um die Krieger des Kaisers herauszufordern, die begierig die Herausforderungen annahmen. Bald waren im Tal an die zweihundert Duelle im Gang, beide Seiten feuerten ihre Meisterkrieger lautstark an. Mung und John sahen mit an, wie die Krieger kämpften, bis einer starb oder tödlich verwundet war. Keine Seite errang einen Vorteil. Der Tag der Einzelkämpfe endete bei Sonnenuntergang.

Am nächsten Tag wurden Mung und John eine halbe Stunde vor Sonnenaufgang zur letzten Besprechung vor der Schlacht gerufen. In Meditationshaltung saßen sie mit Fürst Nariakira und seinen Befehlshabern zusammen; jeder hatte die Augen geschlossen und war mit seinen Gedanken allein. Die meisten sahen ihren Ruhm auf dem Schlachtfeld. John und Mung aber wären überrascht gewesen,

hätten sie gewußt, wie ähnlich ihre Gedanken sich waren – sie dachten an ihre jungen Söhne, Frauen und Familien.
Das Bellen von Hunden und Glöckchengeläute durchbrach das Schweigen der Meditation. Die Sonne verströmte ihre Wärme über dem Tal. Aus den Wäldern hinter dem Lager von Satsuma traten zweihundert bewaffnete Samurai; jeder von ihnen hielt eine zehn Fuß lange, zwei Zoll dicke, bunt geflochtene Leine. Riesige Hunde mit Gesichtern wie Bären stemmten sich gegen die Leinen. Jeder Hund wog mindestens hundertvierzig Pfund und war fast drei Fuß hoch. Um den Hals trugen sie Rüschen ähnlich wie die der Clowns, die Mung und John in Fairhaven gesehen hatten. Beim Anblick dieser Prozession warfen sich alle zu Boden. Es waren die Hunde des Kaisers.
Mung und John blieben auf dem Boden liegen, bis die Samurai an ihnen vorbei waren und sich den feindlichen Linien näherten. Hinter ihnen kamen 5000 Kriegerpriester mit rasierten Köpfen und Brustpanzern über ihren safrangelben Kutten. Gebetsglocken schepperten an ihren Gürteln. Sie trugen acht Fuß hohe Bogen und Köcher voller Pfeile mit Stahlspitzen.
Der oberste Kriegerpriester verbeugte sich vor Fürst Nariakira. »Der Kaiser schickt seine Akita-Hunde als Zeichen für den Shogun, daß er Satsuma unterstützt.«
Alle im Lager von Satsuma beobachteten gespannt, welche Wirkung die Hunde auf die Truppen des Shogun haben würden. Trommeln wirbelten, Pfeifen schrillten und Gongs ertönten, bis 120 000 Männer des Shogun in Habachtstellung gingen. Die vorderen Reihen warfen sich vor den königlichen Hunden zu Boden.
Der Befehlshaber der kaiserlichen Wache schritt auf das Banner Fürst Hayoshis zu und brüllte: »Im Namen des

lebendigen Gottes und der Verkörperung Japans müssen die Truppen des Shogun ihre Waffen niederlegen und in ihre Heimat zurückkehren!«

Fürst Hayoshi sah einige seiner Feudalherren zögern und gab ein Signal. 1000 *Ronin* stürzten sich mit Speeren auf die Leibwache des Kaisers. Die Hunde, die zum Töten abgerichtet waren, wurden losgelassen. Ihre Führer stürzten sich mit gezogenen Schwertern nach vorn. Ein wilder Kampf entwickelte sich – bellend und reißend, brüllend und kratzend fochten Hunde und Männer um ihr Leben. Doch die *Ronin* waren in der Überzahl, und die Schlacht war heftig, aber kurz. Die kaiserliche Truppe wurde vernichtet, die Hunde abgeschlachtet.

Dann sah John Reihen um Reihen Bogenschützen aus der Stellung des Shogun vorrücken. Sie zielten auf die eigenen *Ronin*, die die Truppe des Kaisers niedergemetzelt hatten. Entsetzt blickte John zu Mung, während die Bogenschützen ihre eigenen Männer niedermähten.

»Das ist Bushido«, sagte Mung. »Keiner darf dem Besitz des Kaisers Schaden zufügen und weiterleben.«

»Wie können sie denn gegen den Kaiser kämpfen, wenn alle ihn als Gott verehren?«

»Ich weiß, es ist nicht logisch. Der Kaiser und seine Vorgänger durften Kyoto zweieinhalb Jahrhunderte nicht verlassen, als ein Symbol, das nicht die Macht hat, etwas zu verändern.« Mung zuckte mit der Schulter. »Es ist paradox, aber so ist es nun einmal.«

Aus dem Westen waren Trommelwirbel und das Abfeuern von Signalraketen zu hören.

Fürst Nariakira sagte zu dem Kriegerpriester: »Die Choshu werden unsere linke Flanke angreifen. Sakuma Shozan hat uns diese Nachricht gebracht. Wir sind vorbereitet. Befehlt

Euren Priestern, unsere Schützen im Zentrum zu unterstützen.«

Auf der anderen Seite des Tals gingen die feindlichen Truppen in Stellung. Der Lärm im Westen schwoll an. Mung und John begaben sich zusammen mit Fürst Nariakira auf eine höhere Stellung am Abhang und sahen, wie ihre linke Flanke die Armee von Choshu angriff, deren Befehlshaber den Vorteil einer höheren Stellung nicht begriffen. Statt dessen trieben sie ihre Männer vorwärts, um die Armee von Satsuma seitlich des Hügels von ihrer Flanke her aufzurollen.

Fürst Nariakira deutete auf die Linien des Shogun. »Deshalb besetzen sie die höheren Stellungen nicht.«

Scharen feindlicher Truppen ergossen sich von den entgegengesetzten Abhängen ins Tal und durchquerten es, um bergauf die bereits schwer unter Druck stehende linke Flanke der Satsuma-Armee anzugreifen.

Fürst Nariakira nickte John zu. »Genau, wie Sie vorausgesagt haben.« Er gab ein Zeichen, und zwei rote Raketen zischten gen Himmel. Der vorgetäuschte Rückzug vor der Armee von Choshu begann. Die Satsuma-Krieger wichen diszipliniert zurück und lockten die Choshu-Krieger auf diese Weise weiter nach vorne. Schließlich befanden sich 20 000 Krieger Choshus außer Sichtweite der Schlacht und irrten orientierungslos umher.

Fürst Nariakira schlug seinen beiden Söhnen auf den Rükken. Sie sprangen auf die Pferde und galoppierten den Hügel hoch zu ihren Männern. Der Fürst lächelte John und Mung zu und schickte auch sie mit einer Geste zu ihren Stellungen.

Lafette an Lafette standen Johns achtzehn Kanonen nebeneinander aufgereiht; ihre Mündungen waren auf die Flanke gerichtet. Dahinter, in drei Reihen, Mungs fünfhundert Schützen, die den Kanonen von den Seiten Deckung geben sollten. Die Lücke dazwischen schlossen die 5000 Bogenschützen des Oberpriesters, geschickt getarnt in einer Schlucht, die sich den Hügel hinaufzog.

John ließ eine doppelte Ladung Kartätschen einfüllen. Die Kanoniere sprangen an ihre Geschütze und rammten die tödlichen Eisenkugeln in die Läufe. Soldaten auf dem Rückzug liefen an den Kanonen vorbei und formierten sich hinter den Schützen neu. Die letzten Banner von Satsuma kamen durch die Linien herein.

Mung wartete, bis die Bannerträger der Choshu Speerwerfer, Schwertkämpfer, Bogenschützen und berittene Samurai vor seine Gewehre führten. John gab das Signal, und Mung befahl der Hälfte seiner Schützen, das Feuer zu eröffnen. Ihre tödliche Treffsicherheit trieb den Feind direkt auf die Kanonen zu.

Der Lärm des Gewehrfeuers erschreckte die Truppen von Choshu. Fürst Nariakira beobachtete, wie sie hundert Meter vor John Whittefield, den er an seinem kahlgeschorenen Kopf und dem Kriegsgewand der buddhistischen Kampfpriester erkannte, ins Stocken kamen. John hatte den Arm erhoben, bereit, das Signal zu geben. Ein Trommelwirbel setzte ein, und die Männer von Choshu marschierten los. Achtzig Meter ... siebzig Meter ... Johns Arm war stocksteif, die Finger ausgestreckt. Sechzig Meter ... vierzig ... Wolken von gegnerischen Pfeilen zischten auf die Linien der Schützen zu.

John hielt seine Position, bis der Feind fünfundzwanzig Meter vor den Mündungen stand, dann sauste sein Arm nach unten. Achtzehn Kanonen donnerten gleichzeitig los und rollten auf ihren Lafetten zurück. Rauch und Staub hüllten den Hang ein. Die Kanoniere brachten ihre Geschütze erneut in Stellung und luden die doppelte Ladung Kartätschen. Wieder senkte sich Johns Arm, und die achtzehn Kanonen feuerten. Als der Rauch und der Staub sich gelegt hatte, befahl Mung seinen fünfhundert Schützen, unabhängig voneinander zu feuern. Die Henry-Stutzen krachten hintereinander los. Als eine Brise die Staubwolke lüftete, bot sich ihren Augen ein grausiges Bild – zerschmetterte Männer und Pferde, Blut, das in Strömen den Abhang hinunter ins Tal floß. Es lief in Bächen durchs Gras, bildete Pfützen um Felsblöcke. Der Angriff der Armee von Choshu war gestoppt.

Fürst Nariakira gab seinem Raketenschützen ein Zeichen, und zwei blaue Rauchfahnen schossen über den Himmel. Am oberen Abhang brachen 3000 Mann Kavallerie, angeführt von den beiden Söhnen des Fürsten, aus dem Wald. Zur selben Zeit gab der Oberpriester seinen Bogenschützen ein Zeichen. Sie nahmen ihre acht Fuß langen Bogen von der Schulter und schwenkten hinter der Kavallerie ein, die den Hügel hinabjagte. Mung befahl seinen Schützen, Salven auf die herumirrenden Soldaten Choshus abzufeuern, während die Kavallerie mit Wucht von oben gegen die Flanke des Feindes prallte und die buddhistischen Priester ihre Bogen spannten und die fünf Fuß langen Stahlschäfte abschossen. Die Armee Choshus stolperte und wankte, dann bewegte sie sich zuerst langsam, schließlich immer schneller und völlig ungeordnet den Hügel hinab.

Mung sah, wie John schwankend seinen Platz an den Kanonen verließ, und lief zu ihm, weil er glaubte, er sei getroffen. John stand vornübergebeugt, keuchend und würgend, Schleim troff ihm aus Mund und Nase.

Mung packte ihn an der Schulter. »Wo hat's dich erwischt?«

John würgte noch einmal, dann deutete er auf das Schlachtfeld. »Schau, was ich getan habe! Schau's dir an!«
Beide starrten auf das blutgetränkte Feld – auf abgerissene Arme, Köpfe und Beine, auf verwundete Männer und humpelnde Pferde, die auf dem klebrigen, rotverschmierten Gras ausrutschten.
Mung hielt John fest und biß die Zähne zusammen. »Das ist erst der Anfang. Halt durch! Wir brauchen dich!«
Er verließ John und übernahm das Kommando an den Geschützen. Jetzt ließ er Explosivmunition laden und die Kanonen auf die fliehenden Soldaten richten. Die Geschosse schlugen mit vernichtender Wirkung in der Menschenmasse auf dem Hügel ein.
Fürst Nariakiras Söhne stellten die Kavallerie von Satsuma neu auf und griffen wieder an. Wie ein Bulle, der sich in die Flanke eines verwundeten Elefanten bohrt, trieben sie die Soldaten von Choshu und die des Shogun durchs Tal und die gegenüberliegenden Hügel hoch.
Eine einzelne, grüne Rakete zischte aus Fürst Hayoshis Reihen in den Himmel. 5000 gepanzerte Kavalleristen marschierten vom westlichen Ende des Tales aus los, weitere 5000 kamen im Trab von Osten her. Ohrenbetäubender Donner erfüllte das Tal, als die 10 000 Pferde angaloppiert kamen und mit fliegenden Fahnen, glänzenden Schwertern und Speeren die Kavallerie von Satsuma einkreisten und angriffen.
In dem wilden Kampfgetümmel unter ihnen konnten die Artillerie und die Gewehre nichts ausrichten. Mung behielt die Flagge von Satsuma im Auge. Als er sich vergewissert hatte, daß ihre Kavallerie die Stellung hielt, schaute er hinauf zu Fürst Nariakira. Die Fäuste in die Hüften gestemmt, beobachtete der Fürst den Kampf, dann gab er

Mung und dem Kriegerpriester das Zeichen zum Angriff. Mung marschierte mit seinen *Ronin* in Formation ins Tal hinunter und ließ sie in hundertfünfzig Metern Entfernung von der Kavallerieschlacht in Reihen aufmarschieren. Auf sein Signal hin kniete die erste Reihe und feuerte; die zweite Linie rückte in den Lücken der ersten nach, kniete und feuerte; dann folgte die dritte, während die anderen nachluden. Schließlich traten die Bogenschützen der Priester hinter die Männer an den Gewehren und schossen einen Korridor zu der eingeschlossenen Kavallerie von Satsuma frei. Einige konnten sich unter der Führung der beiden Prinzen befreien und im Galopp in Sicherheit bringen, mehr als 1500 aber fielen.

Mung, der gerade seine Schützen zurückziehen wollte, bemerkte plötzlich eine massive Truppenbewegung zu seiner Rechten. Tausende von Kriegern unter der Führung von Fürst Hayoshis Speerwerfern ritten auf ihn zu. Er stellte seine Linien neu auf – vordere Linie liegend, zweite Linie kniend, dritte Linie stehend – und hob die Hand. »Fertig ... Fertig ... Fertig.« Da, mit einemmal ließen sich die vorderen Reihen der angreifenden Speerwerfer zu Boden fallen, und Mungs Schützen blickten in die Läufe von Hunderten von Musketen, die durch die Angreifer verdeckt gewesen waren. Beide Seiten feuerten gleichzeitig. Auf diese Entfernung waren die Musketen ebenso wirkungsvoll, doch konnten die Gewehrschützen dreimal so schnell nachladen. Mung lief die Linien auf und ab und ermutigte sie dazu, genau zu zielen.

Er verlor einige seiner Männer, und irgendwann begannen ihre Waffen zu heiß zu werden. An diesem Punkt sprangen die Speerwerfer des Shogun auf und griffen an. Die Schützen wären überrannt worden, hätte sich nicht ein Pfeilregen über die Speerwerfer ergossen. Es waren die Kriegerpriester, die Mungs Männer unterstützten, aber auch sie fielen den feindlichen Pfeilen zum Opfer. Alle waren sie jetzt in Gefahr, umzingelt zu werden, zumal Fürst Hayoshi noch mehr Truppen in die Schlacht warf.

Drei Pfeile wurden von Mungs Brustpanzer abgefangen, aber ein vierter durchbohrte sein linkes Handgelenk. Er kniete sich hin, konzentrierte sich, legte den langen Schaft übers Knie und brach ihn ab. Mit zusammengebissenen Zähnen kämpfte er gegen den Schmerz und das Schwindelgefühl an und zog sich selbst den Pfeil heraus.

Die feindliche Kavallerie hatte sich indessen neu formiert. Angeführt von einem schwertschwingenden Samurai, vollzog sie einen tollkühnen Angriff auf Mungs Stellung. Er fegte den großen Samurai mit einem Schuß seiner Pistole aus dem Sattel und pumpte die restlichen Kugeln in die heranstürmenden Reiter. Dann plötzlich riß es den Streitkräften des Feindes den Boden unter den Füßen weg, hochexplosive Geschosse krachten in ihre Linien: Johns Kanonen waren wieder in Aktion, seine Männer luden und feuerten wie die Teufel. Unter der Deckung des Artilleriefeuers und dem Pfeilregen der Kriegerpriester gelang es Mung, sich mit seinen Männern hinter die Barrikaden zurückzuziehen.

Der Hofarzt versorgte Mungs Wunde. Jetzt saß er mit dem Arm in der Schlinge neben John und hörte sich die Schlachtmeldungen der Befehlshaber an Fürst Nariakira an. An der rechten Flanke hatte es einige größere Kämpfe gegeben. Zwar hatte man die Stellung halten können, aber die Verluste waren hoch. Die Armee von Choshu war schwer angeschlagen und die Soldaten des Shogun mitgenommen, aber ihre Übermacht betrug immer noch zwei zu eins. Mung

berichtete, daß er mehr als ein Drittel seiner Männer verloren hatte. Die übrigen hatten nur noch acht Kugeln pro Gewehr. John hatte noch elf Schuß für jede Kanone.
Fürst Nariakira nickte dem Kriegerpriester zu, der sagte: »Ich habe von einem gefangenen Befehlshaber des Mito-Clans erfahren, daß die *Shinto Maru* nie gekapert wurde. Dieser Befehlshaber wollte mit einer Flotte von hundertfünfzig Booten Tanegoshima erobern. Aber bei schlechtem Wetter sind die meisten Boote gekentert, und der Rest wurde in alle Winde verstreut. Kein Schiff hat je die Insel erreicht. Die auf der Insel ahnten gar nicht, daß sie angegriffen werden sollten. Die Botschaft nach Choshu war eine Lüge und ein Trick.«
»Ein Trick, der funktioniert hat«, sagte Fürst Nariakira. »Choshu hat sich auf die Seite des Shogun geschlagen.«
Der Kriegerpriester sagte: »Die Musketen, die heute gegen uns eingesetzt wurden, sind von den Holländern gekauft worden. Sie wußten durch ihre Spione von unseren Gewehren und Kanonen, aber die Spione bezweifelten, daß diese Waffen einen Einfluß auf den Ausgang der Schlacht haben könnten.«
Fürst Nariakira sagte: »Das hätten sie auch gehabt, wenn wir mehr Kanonen und Gewehre gehabt hätten.« Mit ruhiger Stimme gab er seinen Befehlshabern die Anweisung, die Linien enger zusammenzuziehen und die Flanken zu verstärken. Dann entließ er alle außer Mung, John und dem Kriegerpriester. Er wandte sich an John. »Ich bin Ihnen für Ihre unschätzbare Hilfe dankbar. Sie sind ein guter Samurai.«
John verbeugte sich dankend. Fürst Nariakira nahm ein langes und ein kurzes Schwert, beide mit dem Satsuma-Siegel auf der Scheide. Er legte sie sich auf die Handrücken

und reichte sie John. Mung und die anderen verbeugten sich.

Fürst Nariakira sagte: »Nehmen Sie diese als ein Zeichen meiner Dankbarkeit und Ihrer Erhebung in den Rang eines Samurais von Satsuma.«

John hielt prüfend die Waffen hoch und schaute von einem zum andern, bis seine Augen denen Fürst Nariakiras begegneten. »Mein Fürst, das klingt nach Abschied.«

Der Fürst von Satsuma erwiderte: »Die neuen Waffen haben uns heute gerettet. Morgen wird Fürst Hayoshi all seine Mannen in die Schlacht werfen. Eure Munition wird innerhalb von Minuten aufgebraucht sein. Der Ausgang steht fest.«

»Sie werden mich mehr denn je brauchen«, sagte John.

Fürst Nariakira unterbrach jeden weiteren Kommentar mit einer Geste. Er wandte sich an Mung. »Ihr werdet beide dann euren Männern befehlen, den kürzesten Weg zum Meer zu nehmen, ohne gesehen zu werden. Dort werden Sie John auf ein Schiff bringen, das Befehl hat, nach Kanton zu segeln. Wenn Sie das getan haben, sind Ihre Pflichten mir gegenüber erfüllt.« Er holte eine Rolle aus seinem Ärmel und übereichte sie Mung. »Hiermit ernenne ich Sie zum Gelehrten von Satsuma. Es wird nach dem morgigen Tag vielleicht ein leerer Titel sein, aber in unserer Familie war es immer ein ehrenhafter.« Er entließ sie beide mit einer Handbewegung.

John richtete sich auf und salutierte, dann drehte er sich auf dem Absatz um und folgte Mung. Niedergeschlagen gingen sie zu ihren Stellungen zurück.

Mung sagte: »Ich fühle mich wie in der Nacht, als wir zuschauten, wie Honolulu brannte. Es war schrecklich, und wir konnten nichts tun.«

John nickte. Er wollte etwas sagen, hob aber nur hilflos die Hände.
Mung suchte sich einen Samurai als Führer, der mit der Gegend vertraut war. Sie schlichen sich davon und marschierten im Gänsemarsch durch den Wald bis zum Ende der Baumlinie, wo das Tal von Hakusar enger wurde. Das Licht des Halbmonds warf trügerische Schatten. Nach einstündigem Marsch durch das schmale Tal hörten sie plötzlich Geräusche vor sich. Mung gab Signal, sich auf den Abhang zurückzuziehen. Sie krochen so schnell und so weit hoch, wie sie konnten, kauerten sich im Dunkeln nieder und beobachteten die Gestalten, die sich unten näherten. Mung erkannte, daß es eine Vorhut Infanterie war, die für eine größere Truppe spähte. Er hörte das Klirren von Rüstungen und hinter ihnen leisen, monotonen Gesang. Der Mond beleuchtete den Gipfel des Hügels und bewegte sich langsam ins Tal hinab. Als der Gesang näherkam, enthüllte das silberne Mondlicht eine Kanone mit Drachenkopf, die von mehr als hundert Männern mit achtzig Fuß langen Stangen getragen wurde. Sie bewegten sich im Takt des Gesangs vorwärts.
John packte Mungs Arm und flüsterte: »Heiliger Strohsack! Der Herr möge mir mein Fluchen vergeben, aber ...«
Er zeigte auf eine Rikscha, die mit der Kolonne dahinfuhr.
Mung stand auf und legte die Hände an den Mund: »Townhoooooooo! Town-hoooooo! Ryochiiiii! Ryochiiiii!«
Sie schlitterten und purzelten den Hang hinunter und wurden sofort von Wachen umstellt, bis Ryochis Rikscha vorgefahren war. Mung und John musterten ihren Freund, als er aus dem Wagen stieg. Sein Gesicht war nicht mehr verzerrt, und er hinkte kaum noch. Es war der alte Ryochi, der zuerst Mung und dann John umarmte.

»Woher hast du gewußt, wo die Schlacht sein wird?« fragte John.
Ryochi schüttelte den Kopf. »Du solltest mehr japanische Geschichte lernen. Seit zweihundertfünfzig Jahren weiß jeder, wo sie stattfinden wird.«
»Was hast du mitgebracht?« fragte Mung.
»Dreiundvierzig Kanonen mit trainierten Mannschaften, hundertdreißig Geschosse pro Kanone. Ich habe die Männer, die mit Fürst Nariakiras Söhnen nach Tanegoshima gekommen sind, als Kanoniere und Schützen ausgebildet. Es gibt sechshundert Schützen, und jeder Mann hat zweihundert Schuß. Die Handwerker haben eine Methode entdeckt, mit der man die Kugeln schneller gießen konnte.« Er zeigte auf die Kolonne. »Wir haben ganze Fässer voll davon.«
Mung musterte die schweren Kanonen, die auf den Schultern von Bauern und Landarbeitern ruhten. »Wo hast du die ganzen Männer aufgetrieben, die die Kanonen und die Munition tragen?«
»Ich habe in jedem Dorf und jedem Tempel von der Küste bis hierher jede Tragestange und jeden Mann requiriert. Sie hatten die Wahl – tragen oder sterben.«
Mung lachte und schlug Ryochi auf die Schulter. Das würde den Ausgang der Schlacht entscheidend beeinflussen. »Ich nehme vierhundert von deinen Schützen. Jeder Mann wird zusätzlich hundert Schuß Munition tragen und ein Artilleriegeschoß. Wir müssen so schnell wie möglich marschieren, um vor Morgengrauen in Stellung zu sein. Diese Waffen werden eine schöne Überraschung für Fürst Hayoshi sein.« Jetzt wandte er sich an John. »Wenn du möchtest, kannst du deinen Weg mit dem Führer fortsetzen.«
John grinste und versetzte Mung einen freundschaftlichen

Schubs, wie damals, als sie noch Jungen waren. »Du magst vielleicht ein Gelehrter aus Satsuma sein, aber ich« – er klopfte auf seine zwei Schwerter – »ich bin ein Samurai von Satsuma.«

Mung rieb sich seine verbogene Nase. »Wir werden es schaffen, John! Deine Kanonen müssen uns an der rechten Flanke unterstützen. Nimm dir die restlichen zweihundert Schützen, um deine Kanonen zu decken.«

John sagte: »Sag Fürst Nariakira, er muß möglichst viel Zeit gewinnen, damit wir die Kanonen aufstellen können. Erklär ihm, je näher er den Feind an die Kanonen bringen kann, desto effektiver werden sie sein.«

Ryochi packte Mung am Arm. »Ich lebe, weil John mich nicht hat sterben lassen. Und außerdem hat er mich an meinen Eid erinnert, Yoshida zu rächen. Ich möchte das Kommando über die Kanonen.«

Mung warf John einen fragenden Blick zu. John trat vor, schlug in Ryochis ausgestreckte Handfläche ein und sagte: »Ich werde nach den Gesetzen des Bushido gehorchen.«

18

Fürst Nariakira schwieg, nachdem Mung ihm die Nachricht überbracht hatte, und saß da wie einer der Steingötzen, die Mung sich immer vorgestellt hatte, wenn Deacon Gilhooley ihm aus der Bibel erzählte. Dann, ganz allmählich, veränderte sich die Farbe seines Gesichts. Seine Augen strahlten wie das Licht der aufgehenden Sonne, die das Tal von Hakusar überflutete, und seine Wangen röteten sich. Er packte seine beiden Söhne an den Armen, so daß sie Schulter an Schulter standen. »Holt den Kriegerpriester und meine Befehlshaber«, sagte er.

Auf der anderen Seite des Tales formierten sich die Truppen des Feindes mit Getrommel und Gepfeife. Die Banner der Tokugawa, der Minimoto, der Hojo und der Mito flatterten vor Fürst Hayoshis Zelt. Rechts und links davon zeichneten sich andere Flaggen vor dem Horizont ab. Die Armee des Shoguns stand unter Waffen.

Mehr als 4000 Kampfmönche traten hinter Fürst Nariakiras Zelt aus dem Wald und stiegen unter der Führung des Oberpriesters den Abhang hinab. Sie trugen Bogen und Köcher über den Schultern, die Silberglöckchen an ihren Gürteln tönten hell. Der führende Mönch hielt das Banner des Kaisers mit der hellroten Sonne und den sechzehn Strahlen auf einem weißen Feld. Sein Anblick löste eine Welle des Unbehagens im Heer des Shogun aus. Die Priester marschierten durch die Linien der Satsuma-Armee und formierten sich im Tal. Fürst Hayoshi ließ derweil

seine Männer nicht aus den Augen. Dann gab er Befehl, die Kavallerie des Togukawa vorzuschicken. Die Pferde Minimotos und Mitos folgten und jagten den Hügel hinab. Unter ihren donnernden Hufen erbebte die Erde.
Seelenruhig spannten die Priester ihre Bögen und legten die Pfeile an. Der Oberpriester schoß einen Rauchpfeil in die Luft. Als er den höchsten Punkt erreicht hatte, sangen viertausend Bogensehnen wie eine Harfe durchs Tal. Noch ehe die Pfeile ihr Ziel getroffen hatten, war schon die nächste Wolke tödlicher Geschosse unterwegs. Die erste Welle der Kavallerie erlitt schwere Verluste, mehr Pferde als Männer, weil letztere durch Rüstungen geschützt waren. Auch die zweite Welle berittener Krieger wurde, als sie über die gefallenen Pferde der ersten hinwegsetzte, von den langen schlanken Schäften niedergemetzelt. Strampelnde, schreiende Tiere wälzten sich am Boden und schlugen mit den Hufen auf Männer und andere Pferde ein.
Die disziplinierten Reiter des Shogun zogen, als sie ihrer Pferde beraubt waren, die Schwerter und griffen die Priester an. Mung beobachtete den barbarischen Kampf. Die Männer des Shogun hackten mit ihren Schwertern auf die ungeschützten Köpfe der Priester ein. Dann ritt die dritte Welle der Kavallerie des Mito mit voller Wucht in die Reihen der Priester.
Fürst Nariakira schaute, starr und ohne eine Gemütsbewegung zu zeigen, auf das Gemetzel hinab. Er schwieg sogar, als der letzte Priester abgeschlachtet wurde. Das Banner des Kaisers stak neben dem blutigen Leichnam des toten Oberpriesters.
Endlich wandte sich Fürst Nariakira an seine Befehlshaber: »Die Priester haben uns Zeit gewonnen. Wir bereiten uns nicht aufs Sterben vor, sondern aufs Kämpfen und Siegen.

An unserer rechten Flanke, irgendwo in den Hügeln, ist weitere Artillerie im Anmarsch. Alle meine Befehle sind darauf ausgerichtet, den Feind nach Osten, in die Schußweite der Kanonen zu treiben. Der Befehl zum Rückzug ist nicht unehrenhaft. Er soll Fürst Hayoshi in die Falle locken.«

Die Samurai schrien mit erhobenen Fäusten: »Hai! Hai! Hai!«

Auch Fürst Nariakira reckte die Faust gen Himmel. »Wenn ihr die Schützen von Satsuma seht, macht Platz. Sie haben Vorrang vor allen Marschbefehlen.«

»Hai! Hai!«

»Rüstet euch für die Schlacht!« brüllte Fürst Nariakira.

»Hai! Hai!« schrien die Befehlshaber und zogen ihre Schwerter.

»Der Sieg gehört dem Kaiser!«

»Hai! Hai! Hai!«

Die Truppen nahmen den Ruf auf. Er wogte durchs ganze Tal. »Hai! Hai! Hai!«

Kurz nach Mittag stieg der Befehlshaber der Armee, Fürst Hayoshi, auf ein Mongolenpony und streckte beide Arme hoch. Er hielt sie eine Weile oben, dann senkte er sie. Raketen stiegen in den Himmel und zogen grüne, blaue und gelbe Spuren über das Tal. Eine Windbö zerpflückte die Rauchspuren und zerrte an den seidenen Schlachtenbannern der unzähligen Speerwerfer, Bogenschützen und Kavalleristen. Zum Klang der Kriegstrommeln marschierten 135 000 Mann des Shogun vorwärts.

Mung, der sich mit seinen Männern in den ursprünglichen Verschanzungen befand, spürte den Klang der Trommeln auf seiner Zunge. Er warf einen Blick auf die übriggebliebenen zwölf Kanonen. Ryochis 400 Schützen waren hinter den Kanonen versteckt.

Die feindlichen Formationen führten eine Reihe von Marschmanövern aus, um die Leichen der Priester zu umgehen. Die Truppen bewegten sich nach Osten und taten damit den ersten Schritt hin zu den Kanonen Ryochis, die irgendwo hinter den Hügeln versteckt waren.

Mit gespannten Gesichtern, die Gewehre im Anschlag, beobachteten die Schützen, wie der Feind durch das üppige grüne Gras des Tales auf sie zukam. Mung gab ein Zeichen, und eine weiße Rakete schoß in die Luft. Seine Kanonen eröffnete das Feuer direkt in die heranrückenden feindlichen Linien hinein, doch die Breschen, die sie in die Formationen schlugen, wurden rasch wieder von anderen geflügelten Helmen gefüllt.

Fürst Nariakira hob sein Schwert und gab ein Zeichen. Seine Söhne reckten ihre Schwerter, salutierten, dann ritten sie an der Spitze der Überreste der Kavallerie von Satsuma den Hügel hinab. Steigbügel an Steigbügel, gefolgt von 1500 berittenen Männern, preschten die beiden Brüder voran. Langsam gewannen die Pferde an Geschwindigkeit, die Erde erzitterte unter ihrer Last. Der ungeheure Aufprall ihres mutigen Angriffs direkt in die Linien des Feindes brachte das Heer des Shogun zum Stehen. Schon wich die Kampflinie in der Mitte zurück und zog die Angreifer weiter nach Osten, doch als sie sich vom ersten Schock erholt hatten, griffen die Männer des Shogun wieder an. Sie mähten Männer und Pferde nieder, töteten alles und jeden und stampften die Körper in die Erde.

Fürst Nariakira sah seine Söhne sterben und war stolz auf sie. Sie hatten dem Kaiser gedient, sich dem Feind gestellt und ihr Karma erfüllt. Das Geräusch von Gewehrfeuer lenkte ihn ab, als Mung seinen Männern Feuerbefehl gab. Sie streckten Reihe um Reihe der angreifenden Speerwerfer

und Schwertkämpfer nieder. Die Bogenschützen des Shogun gingen in Stellung und schickten ihre tödlichen Pfeile in die Linien der Schützen von Satsuma.
Im westlichen Teil des Tales brach die linke Flanke zusammen, und Mungs Schützen konnten nicht mehr auf den Feind feuern, weil ihre eigenen Kameraden ihnen in die Schußlinie geraten waren. Sie waren in Gefahr, überrannt zu werden. Mung befahl ihnen, sich zweihundert Meter zurückzuziehen, aber kaum waren sie wieder in Stellung, wurden sie von den Musketen und Bogenschützen Hayoshis unter Beschuß genommen. Sie bewegten sich weitere zweihundert Meter nach Osten. Die linke Flanke war vollständig ausgelöscht, und an der Front wurden sie von Musketen und Bogenschützen angegriffen. Samurai des Shogun hackten sich einen Weg durch die auf dem Rückzug befindlichen Satsuma-Soldaten, die versuchten, Mungs Stellung zu erreichen.
Ein Läufer von Fürst Nariakira überbrachte Mung eine Botschaft. Er riß das Siegel mit den Zähnen auf, weil sein verwundeter Arm ihn schmerzte. »Zieht euch sofort zurück und verteidigt die Kanonen. Die Fürsten Hayuga und Chikuzen haben uns verraten und sich aus der Schlacht zurückgezogen. Die rechte Flanke ist offen. Wir sind von drei Seiten umzingelt.«
Mung steckte die Nachricht in seinen Kimono und befahl zum dritten Mal den Rückzug. Auf sein Signal hin rannten die Schützen dreihundert Meter bis zur Artilleriestellung. Kaum hatten sie die Stellung erreicht, wurden sie wieder angegriffen. Die Front drohte zusammenzubrechen, denn die Armee des Shogun erstickte durch bloße zahlenmäßige Überlegenheit jeden Widerstand im Keim. Als das Regiment feindlicher Musketen den Abhang hoch zu den Kano-

nen marschierte, gab Mung den vierhundert Schützen, die hinter den Kanonen versteckt waren, ein Zeichen. Sie richteten sich auf und koordinierten ihr Feuer mit dem der restlichen zweihundert Schützen Mungs auf die Musketen. Ihre Treffsicherheit war ungeheuer. In drei Minuten war das Musketenregiment des Shogun ausgelöscht. Mung drehte seine Männer jetzt zur linken Flanke, und auch hier stoppte ihre vernichtende Feuerkraft den Vormarsch des Feindes. Fürst Nariakira hielt indessen die rechte Flanke mit allen Bogenschützen der kaiserlichen Armee. Das Gewehrfeuer trieb die Truppen des Shogun zurück, Tote und Verwundete stapelten sich übereinander. Doch durch den ständigen Gebrauch der Waffen überhitzten sie sich, und Mung sah, wie seine Männer sogar auf die Kanonenläufe urinierten, um sie abzukühlen.

Nur acht Kanonen waren noch funktionsfähig. In der Überzeugung, sie hätten den Feind nicht in Schußweite von Ryochis Kanonen gebracht, befahl Mung seinen Artilleristen, Kartätschen vorzubereiten, um den letzten Angriff abzuwehren. Genau in diesem Augenblick sah er eine Granate im Tal dicht neben Fürst Hayoshis Hauptquartier explodieren. Eine weitere zerbarst genau dahinter. Mung schaute zu seinen Kanonen. Sie hatten nicht gefeuert. Er blickte nach Osten übers Tal. Dort, am Hügelkamm, flatterte das Banner des Kaisers. Dreiundvierzig Kanonen in Reih und Glied zeichneten sich vor dem klaren blauen Himmel ab. Sonnenstrahlen blitzten auf ihren reichverzierten Rohren.

Mung rief Fürst Nariakira zu: »Ryochi! Ryochi! Er hat's geschafft, er hat sie im Visier!«

Der Fürst von Satsuma konnte Mung nicht hören, aber sein Blick folgte dem ausgestreckten Arm, und er sah das Mündungsfeuer und hörte den Donner der Salven. Mung wußte genau, wo er hinschauen mußte. Die Erde auf der anderen Seite des Tals explodierte, Männer und Pferde wurden in tausend Stücke gerissen. Der ohrenbetäubende Lärm brachte den Kampf auf beiden Seiten zum Stehen. Alle Augen waren auf Fürst Hayoshis Hauptquartier gerichtet. Noch eine Salve. Und noch eine. Rauch, Staub, Dreck, Teile von menschlichen Körpern und Tieren flogen in die Luft. Langsam säuberte der Wind das Tal. An der Stelle, wo der General des Shogun und seine Feudalherren gestanden hatten, war kein Zeichen von Leben mehr zu erkennen, weder Mensch noch Tier.

Mung rieb sich die Nase und schlug sich mit der Faust in die Hand. Er drehte sich um und sah Fürst Nariakira seinem Raketenschützen ein Zeichen geben. Rote, blaue, grüne und gelbe Sternraketen sausten in den Himmel. Der Fürst schwang sein Schwert über den Kopf und führte selbst den Gegenangriff an. Die ganze kaiserliche Armee folgte ihm mit wildem Kriegsgeheul. Mungs Schützen übernahmen die Front. Sie rückten in Zweierreihen Schulter an Schulter vor, blieben alle fünf Schritt stehen und feuerten, eine Reihe nach der anderen. Die Kanonen schossen Breschen in die Linien der Soldaten des Shogun. Aus den weiter entfernten Stellungen richteten John und Ryochi ihre Kanonen direkt auf das Zentrum der feindlichen Linien.

Jetzt gerieten die Soldaten des Shogun ins Wanken. Fürst Hayoshi war tot und ihre Feudalherren vor ihren Augen gestorben. Die donnernden Kanonen, die explodierenden Granaten und das immer näherrückende Feuer der Schützen von Satsuma untergruben ihre Kampfmoral. Ganz allmählich begann sich das Zentrum des Heeres des Shogun rückwärts zu bewegen, wie ein riesiges Tier, das vor einem Waldbrand flüchtet. Einige *Ronin* ergriffen die Flucht, und das war der Auslöser: Das Zentrum brach auseinander, dann schmolz die rechte Flanke dahin. Der Rückzug wurde zum Gemetzel. Ryochi und John nahmen den fliehenden Feind mit Granaten unter Beschuß.

Die Kriegsbanner des Shogun, Fürst Hayoshis, der Tokugawa, der Minimoto und Mito wurden zusammen mit denen anderer Unterstützer des Shogun niedergetrampelt. Fürst Nariakira schwang sein Schwert wie ein Besessener und sang ein uraltes Kriegslied. Seine Samurai stimmten in das Lied ein und kämpften Seite an Seite mit ihrem Fürsten. Das Kriegslied, das ihre Ahnen vor zweihundertfünfzig Jahren gesungen hatten, breitete sich durch die Reihen der angreifenden Soldaten des Kaisers aus. Sie schlitzten, hackten und schlugen mit ihren Schwertern auf den fliehenden Feind ein. Ihre Arme ermüdeten von der blutigen Arbeit, während das Kriegslied zu einer Todeshymne wurde, die das Tal von Hakusar erfüllte.

Mung und seine Schützen nahmen die Verfolgung des Shogun-Heeres auf. Am dritten Tag bekam er hohes Fieber, weil er versäumt hatte, den Verband an seinem Arm zu erneuern. Bis man ihn zum Hofarzt brachte, war er schon im Delirium. Der Leibarzt Nariakiras versuchte mit allen Mitteln, die verfärbte, geschwollene Hand zu retten, aber der Wundbrand hatte schon eingesetzt. Mung war dem Tode nahe, als man ihm Opium gab. Fürst Nariakira, John und Ryochi hielten ihn während der Amputation seiner linken Hand am Gelenk.

In den folgenden Wochen pflegten Ryochi und John Mung und gaben ihm den Willen zu leben. Als er so weit genesen war, daß er reisen konnte, ließ Fürst Nariakira die drei in sein Zelt kommen. Der Fürst schaute Mung und John an, die im Aussehen so verschieden waren. »Eure Waffen und euer Mut haben den Ausschlag gegeben. Vierzigtausend Japaner sind in der Schlacht von Hakusar gestorben.« Er warf den Kopf hoch und reckte das Kinn. »Der Verlust wird unsere Nation stärken. Der Kaiser von Meiji wird uns zu unserem rechtmäßigen Platz unter den Nationen der Welt führen. Wir werden am Handel teilnehmen und am Austausch modernen Wissens, damit wir unsere Wirtschaft stabilisieren und den Lebensstandard unseres Volkes heben können.« Er wandte sich an John Whittefield: »Sie haben mehr verdient als die Ehren, die ich Ihnen zuteil werden lassen kann. Ich habe Commodore Perry einen Brief geschrieben. Ich habe es ihm überlassen, Sie zu belobigen. Ihre Taten sollen von Ihrer Regierung anerkannt werden.« Er lächelte. »John, es ist Zeit für Sie, uns zu verlassen. Ihr gelbes Haar und Ihre weiße Haut schimmern schon durch die Farbe hindurch.«

John verbeugte sich voller Ehrfurcht.

Nun wandte sich der Fürst von Satsuma an Mung und sagte: »Geh nach Hause zu deiner Frau und deinem Kind und werde gesund. Meine Söhne haben über ihre Schlankheit gespottet, die in direktem Verhältnis zu ihrem Mut steht. Sie haben gesagt, wenn sie noch mutiger wird, sehen wir sie vielleicht gar nicht mehr. Ich habe ein Gedicht zu ihren Ehren in Auftrag gegeben. Wenn du gesund genug bist, kehre heim in dein Fischerdorf und ehre deine verblichenen Eltern.« Er zog eine Schriftrolle aus dem Ärmel und überreichte sie Mung. »Das ist ein Auftrag zur Errichtung eines Schreins über den Gräbern deiner Eltern. Sie haben einem Sohn das Leben geschenkt, der den Lauf der japanischen Geschichte verändert hat. Wenn du deine Sohnespflichten erfüllt hast, gehe nach Hause nach Kagoshima.

Wir werden Commodore Perry erwarten.« Fürst Nariakira wandte sich an Ryochi und übergab ihm eine Schriftrolle und zwei Schwerter. »Sie sind jetzt ein vollwertiger Samurai im Dienste des Kaisers. Das lange Schwert gehörte meinem ältesten Sohn, das kurze meinem jüngsten. Halten Sie sie in Ehren.«

Ryochi verbeugte sich tief.

»Begleiten Sie Mung und John nach Kagoshima«, sagte Fürst Nariakira. »Bringen Sie John an Bord der *Shinto Maru* mit Befehlen für den Kapitän, ihn nach Kanton zu bringen. Wenn Sie das getan haben, kommen Sie zurück und übernehmen das Kommando über die kaiserlichen Gewehre und die Artillerie.«

Die drei Krieger verbeugten sich gemeinsam vor dem Fürsten von Satsuma. Er ging mit ausgestreckter Hand auf John zu. »Ein Brauch, den ich vom Commodore gelernt habe.«

Die Hände der beiden Männer umschlossen sich in einem festen Händedruck.

In leichten Etappen reisten Mung, John und Ryochi nach Kagoshima. Beim Wiedersehen Mungs mit seiner Familie verspürte John ein Gefühl der Einsamkeit und Sehnsucht nach seiner Frau Bess und seinem Sohn Jeffrey. Jedesmal, wenn er den kleinen Yoshida hielt, dachte er an sein Zuhause.

Schon nach zwei Wochen verabschiedete er sich von Saiyo, ihrem Vater, Ryochi und Mung und ging, beladen mit Geschenken, an Bord der *Shintu Maru*. Bevor sich die beiden Brüder trennten, erneuerten sie ihr Gelübde, ihr Leben der Demokratie und den guten Beziehungen zwischen ihren Ländern zu weihen. Solange die beiden lebten, hielten sie sich an dieses Versprechen.

Mungs Genesung wurde durch seine Sehnsucht, seine Eltern zu ehren, beschleunigt. Er kam mit Saiyo und Yoshida in Nakanohama per Boot an. Die Dorfbewohner warfen sich vor dem Gelehrten von Satsuma mit den beiden Schwertern eines Samurais auf die Erde. Mung schwieg. Er führte Saiyo und ihren Sohn direkt zum Dorffriedhof und war überrascht, wie gepflegt die Gräber seiner Eltern waren. Als er den Dorfobmann befragte, wurde ein alter Fischer geholt.

Der alte Mann schlurfte herein und verbeugte sich vor dem Samurai mit der verbogenen Nase. »Ja, ich pflege diese Gräber. Das mache ich schon vierzehn Jahre lang, seit die Söhne dieser ehrenwerten Leute auf dem Fischerboot ertrunken sind, das ich einst gelenkt habe.«

Mung machte einen Schritt auf ihn zu. Mit seinem heilen, rechten Arm packte er den alten Mann an der Schulter und blickte ihm in die Augen. »Hast du je gehört, wie man ein Kappa fängt? Es ist ein seltsames Tier mit einer magischen Flüssigkeit in der Mulde auf seinem Kopf.«

Der alte Fischer schaute hoch. Seine Augen musterten das seltsam vertraute Gesicht des einarmigen Samurais.

»Fudenojo«, sagte Mung, »nur ein Sohn ist gestorben. Der andere steht vor dir und will mit dir das Seebarschlied singen.«

Zwei Tage dauerten die Festlichkeiten in Nakanohama. Mung erfuhr von Fudenojo, wie er aus den Seehundsfellen, die ihm Deacon Gilhooley zugeworfen hatte, und dem Wasserfaß ein Boot gebaut hatte. Der Wind und eine Strömung hatten ihn in die Nähe von Japan gebracht, wo ihn Fischer auflasen.

Am letzten Tag der Feierlichkeiten überreichte Mung die Rolle mit der Zusage einer Spende für die Errichtung eines

Schreins über den Gräbern seiner Eltern. Der Obmann nahm mit vielen Verbeugungen an. Das Projekt würde in den kommenden Jahren Reichtum in das Dorf bringen. Mung, Saiyo und Yoshida gingen an Bord des Schiffes. Es nahm Kurs auf Kagoshima, wo das Treffen mit Commodore Perry bevorstand.

Danksagung

Jeder Autor, der einen Blick zurückwirft auf den Weg, den er gegangen ist, muß an die denken, die ihm weitergeholfen haben. Meine Eltern, Charles und Grace, schenkten mir das Leben. Mit dreiunddreißig eröffnete mir Mr. Jules Rubinstein, damals neunzig, die Welt des Intellekts. Meine Frau, Janet, hat mir eine Welt von Liebe gegeben. Ihre moralische Unterstützung, ihre Erfahrung als Lektorin und ihr gesunder Menschenverstand haben in den fünfzehn Jahren, die mit Recherchieren und dem Schreiben dieses Buches vergingen, alles möglich gemacht. »Eine tapfere Frau, wer kann sie finden? Denn sie ist mehr wert als jeder Rubin.« Ich habe sie gefunden, und wir gehören zusammen.

Vor fünfzehn Jahren erzählte Professor Robert Lee von der Stony Brook University, New York, während einer Vorlesung ganz nebenbei eine kurze Geschichte über einen schiffbrüchigen japanischen Jungen mit dem Namen Mangiro, der die Brücke zwischen dem Westen und dem feudalen Japan werden sollte. Hiermit begannen meine Recherchen, die das Ziel hatten, einen historischen Roman darüber zu schreiben. Professor David Trask, der damalige Vorsitzende der Geschichtsfakultät von Stony Brook, und andere Universitätsdozenten, besonders Dr. Mark Goldberg, halfen mir dabei, den Grundstein zu legen.

Mit Material und Rat standen mir der Professor für Fernöstliche Philosophie an der Universität von Haifa, Yoel Hoffmann, und Dr. Frank Joseph Schulman, Kurator der

fernöstlichen Schriftensammlung an der University of Maryland, zur Seite. Für das Lesen einiger Kapitel und ihre Vorschläge möchte ich David und Elsa Epstein, Dr. Mervyn Abramson, Lilian Cohen, Edyth H. Geiger, Bernard und Bea Greenbaum sowie Edith Lowell danken.
Besonderer Dank gilt meiner Tochter, die ihrem Vater einiges beigebracht hat, und meiner Schwiegermutter, Malka Rabinowitz, die jeden Morgen ihren Kopf in die Klause steckt, in der ich schreibe, und sagt: »Heute wirst du besser sein als gestern!«
Für ihre Unterstützung und Ermutigung auf meinem Weg danke ich Marilyn Beck, Sylvia und Mel Springer, Shane und Jack Birns und vielen anderen.
Ich danke auch meinem Agenten, Bill Hamilton, für seine fachmännische Kritik. Seine gepfefferten Kommentare und phantasievollen Vorschläge haben zu Korrekturen geführt, die sowohl dem Autor als auch dem Leser zugute kommen.
Ein herzliches Dankeschön gebührt schließlich auch den Herausgebern von Grafton Books, Patricia Parkin und Penelope Isaac, für ihre Unterstützung im ganzen Prozeß der Veröffentlichung dieses Buches.